鏡子之家

KYOKO'S HOUSE

Mishima Yukio
三島由紀夫

第一部

1

大家都在打哈欠。接下來要去哪裡，峻吉問。

「大白天的，實在無處可去啊。」

「讓我們在美容院下車。」

光子與民子說。她們真是精力充沛。

峻吉和阿收，對於讓她們在這裡下車都沒有意見。如此一來，車上剩下的女人只有鏡子，光子和民子也不在意把鏡子留在車裡。峻吉和阿收以各自的作風，極其乾脆地向她們點頭道別。但她們期待的卻是夏雄的溫柔道別，縱使夏雄並非她們的男伴，而夏雄果然也滿足了她們的期待。

這是一九五四年四月初的一個午後，將近三點。峻吉開著夏雄的車，在市內的單行道轉來轉去。要去哪裡呢？對了，去人少清靜的地方吧。待了兩天的蘆湖人潮洶湧，回到銀座更是人滿為患。

這時應該聽夏雄的意見。

「去月島那邊的海埔新生地如何？我去那裡畫過一次素描。」

大夥兒都贊成，便驅車前往月島。

遠遠便看到勝鬨橋[1]那一帶車流壅塞。阿收不禁納悶地說：「怎麼搞的？難道是出車禍了？」但隨即也明白，八成是到了開橋的時間。峻吉不爽地說：「嘖，海埔新生地就別去了，有夠煩。」可是夏雄和鏡子都沒看過勝鬨橋的開橋情景，很想看看，於是將車子停在稍遠處，大夥兒下車走過部分鐵橋，去看開橋情景。然而峻吉和阿收，擺出一臉了無興致的表情。

橋的中央是鐵板，唯有這個部分會開闔。工作人員拿著紅旗站在前後兩端，被迫停下的車輛擠得水洩不通。人行道前面也掛著一條鎖鏈，阻止行人通行。前來參觀人潮眾多，也有因通行受阻而趁機摸魚的推銷員或餐點外送人員。

鐵板上鋪著電車路線的部分，沒有乘載任何東西，一片漆黑寂靜。人車在兩旁望著它。不久，鐵板中央開始緩慢蠢動，慢慢地抬起頭來，接縫處也分開了。隨著鐵板升起，兩側的鐵欄杆與跨於其上的鐵拱柱，與柱上光暈柔和的電燈，全都跟著升起。夏雄覺得這一連串的動作優雅美麗。

鐵板即將垂直時，兩側與軌道凹陷處揚起的塵埃，如輕煙般飄落。兩側無數的鉚釘，各自拖著小黑影。這些小黑影越來越短，逐漸和鉚釘合而為一。兩旁護欄的影子也緩緩改變角度。當鐵板完全垂直時，所有的影子都靜止不動了。夏雄抬起視線，看到一隻海鷗掠過打橫的鐵拱柱。

1 勝鬨橋建於一九四〇年，位於東京都中央區隅田川下游，是一座活動橋，橋樑中央可開闔如「八」字，一天開闔五次。於一九七〇年十一月停止開闔。

……就這樣，一面巨大的鐵牆，驀然擋住了四人的去路。

＊＊＊

宛如等了地老天荒那麼久，橋終於恢復原狀後，大夥兒已不那麼想去海埔新生地了。剩下的只有，橋既然通了當然非過不可的義務感。然而每個人都因睡眠不足與旅途勞頓和溫暖的陽光而昏昏欲睡，無法縝密思考，也不適合重擬計畫。既然目的地是海邊，反正盡量往海邊去就對了。大夥兒都靜默無語，似乎心領神會，再度打著哈欠，慢吞吞地走回停車處。

車子渡過勝鬨橋，駛出月島町的街道，又渡過黎明橋。放眼望去是一片平坦的青藍荒野，猶如棋盤般的寬廣柏油路劃過其中。海風拍打著臉頰。峻吉將車子停在美軍設施一角的跑道邊，掛有「禁止進入」告示牌的地方。遠處的美軍宿舍旁有幾棵白楊樹，在陽光下閃閃發亮。

夏雄下車看到這片景色，萌生一種幸福感，不禁心想：「我喜歡廢墟和海埔新生地。」但夏雄生性溫和謹慎，不會隨便把感想說出口。他不會因藝術見解堆在心裡而感到痛苦，更何況也無法跟這票人談藝術方面的事，然而這正是夏雄喜歡和他們在一起的原因。

即便如此，他的雙眼也不怠惰地梭巡四周。人工荒野遠處的白色巨船。剛剛駛出豐洲碼頭，煙囪上以白漆寫著「井」字的運煤船。這一切都顯得井然有序，十分美麗。而這片海埔新生地，人工且平坦的幾何學土地，洋溢著春天原野的氣息更是美不勝收。

這時峻吉忽然跑了起來，不停不停地跑，直奔荒野而去。轉眼間身影越來越小。

「因為明天就要開始練習了，這傢伙卯足了勁啊。我很羨慕這種隨時都能把身體動起來的人。」

身為演員，但至今尚未有像樣角色的阿收說。

「他在箱根的時候，每天早上也都練跑呢。真的很勤奮。」

鏡子說。

峻吉停下腳步，回頭看他們三人，三人的身影也是又遠又小。他已經養成每天跑步的習慣，縱使下雨天也不忘在集訓處的道場跳繩二十分鐘。

鏡子這一票人裡，峻吉最年輕。他是拳擊社的主將，明年大學畢業。鏡子的其他朋友，至少都已大學畢業。阿收是，夏雄也是。

生性凡事不拘泥的峻吉，第一次去鏡子之家，是拳擊迷前輩杉本清一郎帶他去的，之後便自然而然成了這裡的一員。他沒有車子，但很會開車，所以被視為瑰寶。由於對拳擊手的好奇心，這些年齡、職業、環境各不相同的人，都對峻吉很有興趣，並且很疼愛他。

明明還很年輕，但峻吉已擁有自己的信條。那就是，即使是瞬間也不思考。至少他是如此訓練自己。

譬如昨夜和民子做了什麼，他今晨獨自沿著蘆湖的環湖公路跑步時，早已忘到九霄雲外。當個沒記憶的人很重要。

至於過去……他只從記憶裡留下必要部分，絕對不會褪色的心儀部分，只會鼓舞現在，支撐現在的記憶。譬如三年前，他進大學加入拳擊社，第一次練拳那天的記憶，以及第一次和學長對打的記憶。

離第一次對打的興奮顫抖，如今他已來到多麼遙遠的地方！那是集訓第一個月的事，纏上那條不知洗過多少次的繃帶的感覺，如今依然記憶猶新。粗糙的木棉紋理，在手背上，在指根部位的指節墊，宛如儀式般來回摩擦的感覺。他非常喜歡自己毫不細膩的手，這是一雙具有攻擊性，結實有力，完全不顯露感情與神經，猶如木槌般的手。而且掌紋十分單純，完全沒有能取悅手相師的複雜紋路，只有讓手能握緊與張開的單純深邃線條，刻在深褐色的肉裡。峻吉陶醉地憶起兩位同學，在他伸出的雙手上，為他戴上重達十二盎司、又大又醜的拳擊手套的情景。那是一雙破舊的手套，鞣皮表面都龜裂了。紫色的龜裂將皮革表面撕扯得支離破碎，與其說手套，不如說是手套的屍骸。但這雙又醜又大的手套內部，柔軟又溫暖地包覆著手指。他們將繩子緊緊地綁在峻吉的手腕上。

「會不會太緊？」

「右手有點緊。」

如此問答的瞬間，他已期盼了一個月。猶如為了戰鬥而被豢養愛護的動物，受到兩人如此殷勤照顧，當被問到繩子會不會綁得太緊時，峻吉心中湧現一股難以言喻的甘美。他一直很羨慕拳擊手在回合間的休息時，受到助手們細心照料，在啤酒瓶裡裝水拿給拳擊手漱口，這種尊崇的對待。

畢竟這是為了戰鬥！上戰場的男人必須如此厚待。

接著，他的侍者為他戴上此生第一頂拳擊頭盔。這次戴冠式的感覺他也記得很清楚，即便是一頂破舊的皮革頭盔。興奮發燙的耳垂，被皮革壓住時，熱氣從貼在耳朵上的皮革洞跑出去的感覺。

他先用手套頂起自己的下顎，然後試著打鼻樑與眉間。剛開始輕輕的，接著便使出全力。一陣滾燙厚重的黑暗襲上臉部。

「第一次參加對打的人，沒有一個不這麼做。」一位學長在他旁邊說。

……想到這裡，峻吉滿臉通紅。一旦上了擂台，比賽開始的鐘響起後，接下來真是慘不忍睹！那比過去打過無數次架的經驗更痛苦。不管怎麼打，自己的手就是碰不到對方的身體。但對方的手，卻能從各種角度狙擊自己的顏面、胃部、肝臟。那種毫不留情的慘狀，簡直像遇上了千手觀音。第二回合，覺得疲憊至極的左直拳，簡直像棉花般癱軟無力地擊出時，反倒被誇獎：

「這記左拳打得好！」

當對手說「這記左拳打得好！」的瞬間，峻吉在他的聲音裡發現急促的喘息。居然能如此細微地嗅到對手的弱點，心中不禁湧起狡猾的喜悅。在這個喜悅的鼓舞下，力氣再度復甦……

——峻吉望著眼前被汙染的春天灰藍大海。外海停著一艘五千噸級的典型三島型貨輪。薄薄的浮雲覆在水平線上，鬆散凌亂。由於陽光明亮，白色的海鷗看起來更純潔。

峻吉對著大海出拳。他那愛惡作劇的靈魂，悄悄浮現臉龐。起初，他想成為拳擊手，也是這個愛惡作劇的靈魂慫恿所致。

這不是以看不見的東西為對手做的空擊練習，這片浩瀚的骯髒春海便是他的對手。舔著岸壁下的連鎖漣漪，甚至和遙遠的外海連成一氣。然而這是個絕不戰鬥的敵人；只會吞噬一切，以恐怖的融合為武器的敵人；始終淡淡地面帶笑容的敵人……

三個人坐在施工用的石材上抽菸，等峻吉回來。而三人之間最為悠閒，完全進入休息模式，宛如不在那裡似的，是阿收。

鏡子與夏雄，很久以前就發現阿收這個特性。只要稍微沉默下來，他就會在周遭築起看不見的城牆，出現一個不允許任何人介入，唯有他在的世界。也因此，阿收有時會被認為是無聊的男人，或更嚴重一點，被誤以為是空想家。然而只要稍微留心觀察便能發現，他絲毫沒有空想家的素質。他既不是空想家也非現實家，總之阿收就只是在那裡。鏡子已習以為常，因此最近也不再問：「你在想什麼？」

即使如此，阿收並非孤獨的男人。縱使獨處時，也很難找到比他看起來更不寂寥的人。這個年輕人總像在嚼口香糖般，獨自嚼著自製的「愜意的不安」。自己現在在這裡，確實存在於此，但自己究竟是否真的存在呢？如同這種不安。

這種不安對年輕人而言，並不稀奇。然而阿收的特色是，這種不安對他而言是愜意的，這份愜意可能來自……不，確實來自他的美貌。

峻吉跑回來。身影在荒野中越來越大。膝蓋正確彎曲的線條，在斜陽的映照下，顯得勇敢果斷。不久，他終於在他們的旁邊站定，汗涔涔的臉泛著紅潤，但絲毫沒有氣喘吁吁。

「大海聞起來是什麼味道？」

鏡子問。峻吉漠無表情地回答：

「阿摩尼亞的味道。」

夏雄眺望遠方，貨船的吃水線將船身分為上部的黑與下部的朱紅。他思索著這條線的正確度與強勁度。不僅如此，還有無數明確的數學線，交錯纏繞在這片廣大的風景裡。可是地表升騰的熱氣扭曲了部分線條，將它變成海藻般柔軟的東西。

阿收則是出神地憶起，實習演員公演時第一場戲的夜晚。他扮演飯店的門僮，而且是開幕時就出場的演員，因此帷幕從他的腳邊徐徐上升。對於自己以這身裝扮，出現在光霧瀰漫的觀眾前，不禁戰慄了起來，覺得自己的存在被別人的眼睛吸走了，轉移成別人的存在。他憶起了這份戰慄……

至於鏡子，她很喜歡放養這些年輕人，因此也很喜歡他們發呆恍神的樣子。她直覺地知道，他們並非在想昨晚的女人。鏡子也感受到，旅途將盡、疲累至極反而復甦的興奮情緒。唯一煩惱的是，強勁的海風是否會吹亂她的頭髮。當她手壓著頭髮，回頭望向車子，看到四、五個男人群聚在車旁。男人們也正看著她笑。

他們都穿著被泥土弄髒的短外褂工作服，打著綁腿，穿著膠底分趾鞋，可能是這一帶的工地工人。其中一個還把毛巾綁在頭上。之前他們都滿安靜的，直到鏡子回首才笑出聲來，看得出來都帶著酒氣。其中一人撿起一塊白色石頭，往車頂砸下去，頓時響起刺耳的聲響，然後一群人又笑了。

峻吉站了起來。鏡子也站了起來，想制止峻吉。

阿收從空想裡，不，應該說從他自己極其模糊的現實裡，緩緩回過神來，但在做出機敏的判斷前，他早就放棄了。他還沒跟人打過架。對於眼前這種毫無預警的突發事件，他只覺得難以置信。

夏雄知道自己弱不禁風，卻毫不裝模作樣地護著鏡子。這輛車是父親買給他不到一個月的新車，自己還不太會開，所以交給峻吉駕駛，不料上面的烤漆立刻被刮傷了。但夏雄自幼對物慾極其淡泊，只是帶著一種幻想般的眼神，望著眼前的車子即將遭到毀損，甚至在心中描繪車子遭破壞的情況。

峻吉背向車子，被四個男人團團圍住。他大吼：「你們想幹嘛！」

阿收看著這一幕，不滿地暗忖：「他在抗議。他很明顯在抗爭。為什麼他能做出這種事？只為了一輛朋友的車子。」

其實阿收誤會峻吉了。因為他認為峻吉是相信正義的人。

工人怒目瞪視，故意說了一些難聽話。但沒有一句獨創性的髒話。峻吉仔細聽他們說，其中猥褻的話都在譏諷鏡子。總之就是年輕小伙子開車到處兜風，大白天就在這種地方和女人尋歡作樂，他們實在看不下去。扔石頭的中年男人誤以為峻吉是車主，罵他是「資產階級的小開」，這離譜的誤解燃起了峻吉的鬥志。打鬥是需要誤解的。

石頭砸到車子的玻璃。玻璃沒有破得四散紛飛，但出現了蜘蛛網般的裂痕。因為峻吉在那一瞬間，抓住了扔石頭男人的手腕，因此削弱了石頭粉碎玻璃的力道。這時，另一個穿膠底分趾鞋的男人想掃峻吉的腿，但靠掃腿是贏不了的，峻吉轉身便賞他一個頭槌，男人立即倒在草地上。

鏡子看到中年男人拿起石頭要扔峻吉的背，立刻放聲尖叫。峻吉依然停在頭槌的姿勢卻側身一閃，讓拿石頭的男人向前撲了個空。峻吉趁機揪起他短外褂工作服的衣襟，朝他下顎狠狠送上一拳。

鏡子的叫聲，引起另外兩個男人的注意。他們看到的是被柔弱青年保護的女人，以及呆然站在身後衣著華麗的青年，於是鏡子穿著套裝的肩頭就被髒兮兮的大手抓住了。

峻吉見狀飛奔過來，一把拉住鏡子的手。但抓著鏡子肩頭的男人卻朝峻吉胸口揍了一拳，峻吉退後了兩三步，但沒倒地。他看著對方穿襯衫的肚子，以及鍍金剝落的皮帶環釦。白襯衫裹住的肚子上下起伏，環釦露出了黃銅原貌。這個品味極差的環釦上，還刻了一朵銀色大牡丹。峻吉意識到它很容易傷到自己的手指，為了這種事傷了寶貴的手就太不划算了。

對方的情緒相當激昂。然而峻吉能在瞬間做出這種判斷，算是已經贏了。他以勾拳連續直擊對方的肚子，享受打進肉裡的快感，尤其是極寬廣的肥肉。他所面對的空間，唯有人肉能給他最大的充實感。男人彎下上半身，就這樣倒地不起。

另一個男人逃走了。

這時溜進駕駛座的夏雄已發動引擎，等鏡子、阿收、峻吉坐進來便立即發車，轉眼間渡過黎明橋，穿梭在月島町雜沓的市街裡。夏雄自己都很驚訝，沒想到自己的駕駛技術這麼好。

＊＊＊

打架的餘味很差，總覺得自己忽然變小而萎縮了，峻吉和這種厭惡感纏鬥了一陣子。後來他那絕不思考的自制信條終於戰勝了這種情緒。

峻吉禁止自己抽菸喝酒，但打架和女人都是對方找上門的沒辦法。然而自制的並非只有峻吉。聚集在鏡子之家的男人們，雖然職業與個性都不相同，但他們有個共同點，就是都以各自的方式自制。阿收是這樣，夏雄也是，杉本清一郎更是其中之最。縱使羞於苦惱與青春的焦躁，他們也習慣不吐露，每個人都極度自制。他們咬牙苦撐，卻露出歡愉的笑容，非得擺出一副絕不相信世上有苦惱存在的樣子。而且必須一直佯裝下去。

車子朝四谷東信濃町的鏡子之家行駛而去。

世上竟然有個家是男人聚集的地方。這是個開放得可怕的家庭，甚至瀰漫著一種妓院般的感覺。在這裡可以說任何笑話，任何蠢話，而且不用錢，可以免費喝酒。因為有人帶酒來，放著便走了。這裡有電視，也有麻將。高興什麼時候來，什麼時候走都無所謂。這棟房子裡的東西，都是共同財產。要是有人開車來，誰都可以自由使用那輛車。

如果鏡子父親的鬼魂來到這個家，看到訪客名簿一定會嚇破膽。完全沒有階級觀念的鏡子，只憑魅力來判斷一個人，將家裡的客人完全屏除於階級框架外。無論社會上的哪個人，都無法像鏡子這樣忠於時代所打破的東西。她不太看新聞，自己的家卻變成時代思潮的容器。無論再怎麼等，自己的心都不會產生偏見，她覺得這是一種病，於是也死心了。就如在空氣清新的鄉下長大的人，對病菌的免疫力較弱，鏡子遭到戰後時代培育的各種有毒觀念肆意侵襲，就算別人治好了，她也絕對治不好。她一直認為無政府主義是常態。即使別人唾罵她不道德，她對這種老舊陳腐的誹謗也一笑置之，完全沒察覺到這是現在最新穎的誹謗。

清瘦的鏡子，繼承了父親中國風的漂亮臉蛋，稍薄的雙唇時而顯得壞心眼，但內唇豐潤溫暖，與外唇的冷冽印象恰成對比。她穿貴婦風的洋裝很漂亮，到了夏天穿袒臂露肩的花俏印花洋裝也很美。一年四季不忘緊身馬甲，唯獨對香水不執著，隨著心血來潮變換使用。

鏡子總是給別人最大限度的自由，她比任何人都愛無秩序，卻也比任何人更自我克制。就像害怕自己的診斷能力而不想用的醫生，她過於精通自己的魅力，卻沒有意欲去品嘗魅力帶來的結果。她喜歡誇耀，但也僅止於誇耀。遭到任何不實的不道德批評，她會暗自竊喜。聽到別人判斷錯誤，不認為她是正經女人，反倒認為她是女服務生或舞女時，她甚至會很高興。這些不實的看法，反而成為鏡子的驕傲。她整天都在談男女關係，內心卻瞧不起男女關係。很多年輕客人都曾一度愛上鏡子，但最後也只能死心，轉而追求次好的女人。這種固定模式的結果，是鏡子無盡幸福感的源頭。

她不愛鳥，也不愛貓狗，唯獨對「人」抱著濃厚興趣。這個任性的招婿入贅獨生女，卻有個愛狗的丈夫。狗是他們夫妻最初吵架的原因，終究成為離婚的理由。她把女兒留在身邊，趕走了丈夫，把丈夫和七隻牧羊犬與大丹狗一起趕出去後，長久瀰漫在家裡的狗味終於消退了，鏡子也獲得了自由。但與其說是狗味，不如說是討厭人類的男人所散發出的不潔氣味。

鏡子有種不可思議的確信。在路上和夫妻或情侶擦身而過時，只要那個男人看鏡子一眼，她就深深感覺到，比起自己的妻子或女友，那個男人其實更想要鏡子，卻拼命地忍耐。鏡子很喜歡男人忍耐的眼神。可是她的丈夫不曾有過這種眼神，不僅不曾有過，而且還和鏡子有同樣的嗜好，可能是太喜歡忍耐的眼神，所以才養那麼多狗吧。哦！想到這個，她便渾身發抖。光是想像就渾身發抖……

鏡子之家在高台的懸崖上，因此進入大門後，從庭院望出去的視野遼闊。眼下是進出信濃町車站的國營電車，遠處有雄偉的明治紀念館森林，再過去是大宮御所森林，將天空分成好幾塊。此時正值花季，這片風景卻少了櫻花，唯獨明治紀念館的濃厚綠意中，有一棵巨大櫻花樹盡情舒展載滿花朵的枝椏。此外，一群高出其他灰暗常綠樹的樹木挺拔地聳立著，以其瑣細複雜如扇子般展開的枯枝，伸向暮色天空。

這片森林的天空裡，時而可見宛如撒黑芝麻般的烏鴉群。鏡子小時候是遠眺烏鴉群長大的。神宮外苑的烏鴉，明治紀念館的烏鴉，大宮御所的烏鴉……這一帶有很多烏鴉巢。烏鴉有時也會出現在客廳的陽台上。但那些在遠處群立，以為牠們要凝聚卻又四散紛飛的黑點，在年幼的鏡子心裡，留下漠然不安的印象。她常獨自長時間眺望這幅景象。以為牠們消失了，卻又出現。或在眼下的繁茂樹林中嘰嘰喳喳，或叫聲淒厲地飛越天際。……如今鏡子已然忘記這個，倒是經常被孤零零放著的八歲女兒真砂子，常在陽台眺望烏鴉。

大門的正面是一座借景的西式庭院，左邊有一棟洋樓，再往左去，有一棟以前洋樓被政府強制接管時，全家人暫時棲身的日式小屋。門前的路很窄無法停車，因此車子都停在西式玄關前。

進門的瞬間，夏雄即被御所森林上空的美麗暮色吸引，大夥兒都在玄關下車後，夏雄又折回去看暮色天空。

大家都知道夏雄生性沉默寡言、溫馴善良，因此他的舉動，大多能免於別人出自好奇心的探詢。若換成別人，不進玄關又折回大門，需要有些說詞吧。至少無可避免地會被問：「喂，你要去哪裡？」但，沒有人會如此問夏雄。

感受性豐富的人通常活得很辛苦，但令人驚異的，夏雄絲毫沒有這種困擾。他從來不覺得自己的感受性和外界、別人、社會有所衝突。他的感受性就如手腕高明的扒手，神不知鬼不覺地剪下他看上的畫。他未曾苦於自己的豐富，只是不斷感受到一種清澈的不足。

他的個性溫馴善良體貼，人見人愛。然而究竟是先有這種個性才豐富了他的感受性，還是因為天生敏銳的無私感受性容易受傷，為了保護自己才造就了這種個性，他自己也難以回答吧。並沒有硬要追求均衡，卻自然地保持均衡。他並不對外界的大自然尋求任何意義，因此大自然也安心將自己的美獻給他。美術大學畢業以來兩年都有作品榮獲特選，這位溫和又輕率的日本年輕畫家，甚至不曾為自己是否有才華煩惱過。

他的眼睛再度裁剪外界的一部分，幾乎無意識地不斷梭巡。

黃昏的天空，飄著水墨暈染般的淡紅色晚霞，暮色也映在森林表層。如黑芝麻的烏鴉群在森林上方緩緩飛翔。天際的深藍呈現出即將被黑暗侵犯的預感。

「剛才打架的事，我早就忘光了。」夏雄心想，「雖然那確實是一場排遣無聊的鬧劇……」那是相當危險的鬧劇，但也僅止於鬧劇。事件是針對夏雄的車子而起，並非發生在夏雄身上。絕不惹是生非，是他的人生特色。

譬如上個月，日本漁船在比基尼環礁附近，遭到原子彈試爆的落塵汙染，船員們罹患了原子病，東京人害怕吃到原子鮪魚，使得鮪魚價格瞬間暴跌。這是非比尋常的社會大事件。但夏雄不吃鮪魚，所以事件就不是發生在夏雄身上，與他無關。雖然他生性善良也同情被害者，但精神上並未蒙受特別的打擊。

夏雄有種孩童般的宿命論，潛意識也有孩童般的信仰，相信自己被什麼守護神守護著。……因此，他當然對任何種類的行動都沒有興趣。

他只是用眼睛看著。總是在探尋好餌。即便是瞬間也不讓他眼睛喜歡的東西溜掉，專注地看著。那一定很美。但時而也會湧現一抹不安。

「我真的可以全部去愛，我眼睛所愛的東西嗎？」

——這時，忽然有人從後面扯他的褲子。真砂子放聲大笑。這個家的客人裡，真砂子最喜歡夏雄。

真砂子八歲了，長得非常可愛。她和同齡的女孩不同，特別喜歡童稚的衣服，不受大人的裝扮影響，也絕不模仿大人，讓自己像個「可愛得想咬一口」的洋娃娃。從另一個角度看，這也算是一種批評才華的展現吧。

夏雄來家裡時，她總是黏著他，不斷摸他的袖子、褲子或領帶。這種黏人的舉動，鏡子也罵過她好幾次，但她只有在被罵的時候保持距離，之後又立刻故態復萌黏著夏雄。而鏡子也立刻忘記自己剛才的訓斥。

純真的年輕人摸著真砂子乳臭未乾的頭髮暗忖：

「要是我昨晚做了奇怪的事，還真的沒臉見這個孩子。幸好我的處世方式是正確的。」

昨晚在箱根的飯店裡，峻吉和阿收都分別與女人同房，但夏雄與鏡子卻住不同的房間。這是鏡子的提議，她打從一開始便想炫耀自己的光明正大。但是到了深夜，鏡子卻來敲夏雄的門，走了進來。

「有沒有什麼書可以看？我實在睡不著。」

正在看書的夏雄笑了笑，遞了一本手邊的雜誌給她。夏雄並沒有特意留她下來，她卻逕自在一旁的椅子坐下。這種時候的交談，最令夏雄發愁。但他無需煩憂，因為向來輕蔑賣弄風情的鏡子，竟中邪似的獨自喋喋不休。

夏雄很感謝鏡子一直以來的友情。這次旅行，也沒發生任何讓友情變質的事。但此時夏雄膽顫心驚，試著以另一種眼光看鏡子。可是這種努力卻伴隨著痛苦。

從寬鬆的睡衣前襟，隱約可見穿著襯裙的胸部。胸部在深夜太亮的燈光下，顯得寂寥蒼白。從頸項到胸部的滑順斜面，有種近似威嚴的氣息。薄唇不斷開闔說話，但動也不動的雙眼卻漾著慵懶熱氣。鏡子時而神經質地以紅色纖細指尖，猶如燙傷的人摸自己的耳朵。她如此辯解：

「因為戴慣了耳環，沒戴總覺得怪怪的。耳朵那裡空無一物，感覺好像沒穿衣服。」

此時等待的，只是一個單純的厚臉皮。但深知鏡子的夏雄，事到如今要他把自己賭在不自然的厚臉皮上，他也嫌麻煩。他希望那種舒服自在的幸福感可以一直延續下去。更何況，他一直相信鏡子絕對是潔身自愛的女人，如今斗膽想誤解她，必須以自尊心當賭注，這需要相當的勇氣。夏雄對「勇氣」這個粗糙的字眼，完全缺少年輕人應有的虛榮心。

即使放著不管，感情這種東西也無法長久忍受曖昧狀態。感情會自己命名，自己整頓，逕自消退而去……然而這種事，夏雄並非靠經驗得知，只是他已習慣這種順其自然的處理方式，任何人都學不來。

不久，鏡子終於相信夏雄的躊躇來自對她的「敬意」。她的表情忽然開朗起來，以一種與深夜不搭的開朗聲調道了「晚安」便離開房間……

——真砂子問：

「車子的玻璃怎麼破了？是撞到什麼嗎？」

「是撞到了沒錯。」夏雄微笑回答。

「撞到什麼？」

「石頭。」

「這樣啊。」

真砂子不像別人家的小孩，老是問「為什麼，為什麼」逼得大人無從回答。她就此打住，不再追問。但這不意味她都懂了，也並非謎底解開了，更不是探究欲消退了。……只是這個八歲女孩有個毛病，一旦問到了某個地方，她就會戛然而止不再提問。

＊＊＊

青年們圍著鏡子開始喝酒。這是一瓶不曉得誰留下的菲諾雪莉酒。唯有峻吉頑固地喝橘子汁。大家已習慣他的養生之道，所以不以為意。鏡子叫峻吉和阿收，把昨晚的事詳細道來。兩人都雲淡風輕，老實說旅館費是女人付的。阿收還有一點錢，但峻吉根本身無分文，當然讓女人付。說到做愛細節時，峻吉完全不復記憶，倒是阿收記得很清楚，雖然一副索然無味的樣子，卻也說很詳細。鏡子連枝微末節都想聽。夏雄看著真砂子一臉天真無邪，在一旁轉來轉去，聽著這種成人話題，不免為她擔憂。

「夠了，真是夠了！光子會做這種事？」

「她就真的做了呀。」

阿收說。但話一出口，他自己都覺得像在說謊，沒有一個是真的。

夏雄對沉默不語的峻吉說：

「我得向你道謝。多虧了你，保住了車子。」

峻吉擺出宛如喝酒的架式，狂傲地將身子埋進搖椅裡，喝著橘子汁。聽到夏雄這麼說，他靦腆地笑了笑，默默地抬起手，在臉的前面搖了搖。

不過話說回來，為何峻吉總是事件頻頻，夏雄就沒有呢？峻吉的回憶都是拳擊和突然找上門的幹架，女人的事便立刻就忘了。

夏雄身為畫家，對於峻吉的臉很感興趣。那是一張單純而雄糾糾的臉，也確實是鍛鍊出來的臉，常常被毆打使得他的臉更為俊美。拳擊手的臉，分為極其俊美與極其醜陋；被毆打反而更美，以及相反。皮膚強韌緊實，帶著一種光澤。峻吉的臉單純且線條強烈，強韌的皮膚益發增顯它的單純，使得輪廓更為清晰。從未損傷的劍眉與眼角俊美的大眼睛，也顯得生氣勃勃。尤其銳利水潤的眼睛更引人注目。這張臉不同於一般男人的臉，像個皮革製的足球，唯有眼睛從內部鮮明地露出，清澈水潤的大眼所閃爍的光芒，統一了整張臉，成了臉的代表。

「後來怎麼了？後來？」

鏡子壓低嗓門問。這並非顧忌峻吉與夏雄，而是低聲詢問反而能鼓舞被問的當事者情緒。

「後來啊……」

阿收又綿延不斷說出床上的事，連不必要的部分也詳細道出。這樣說著說著，他更加覺得自己昨夜不在那裡。漿得硬挺床單上的銳利皺褶；微微退去的汗水；彈簧很軟的彈簧床，讓人躺在床上有種漂泊感……這些都確實存在過。還有快感消退瞬間的安心感也存在過。唯獨自己是否在那裡存在過，難以確認。

——夜幕低垂。真砂子倚在夏雄的大腿，悠哉看著大開本漫畫。

夏雄倏地思索「幸福」二字，心頭一驚。「如果我現在置身的這個家，也可以稱為家庭的話……」他心想，「真是個恐怖的家庭……」

通往陽台的法式落地窗敞開，經常傳來國營電車發車的鳴笛聲。信濃町車站已然燈火通明。

＊＊＊

晚上十點，鏡子家的門鈴響。旅途勞累正準備就寢的鏡子，知道是杉本清一郎來訪時，又坐到梳妝鏡前重新打扮，睡意也全消了。這時真砂子已經睡了。任何時刻都要開心迎接訪客，這是鏡子的家風。

在客廳等候的清一郎，看到鏡子一來便立刻抱怨。

「怎麼，大家都回去了啊？」

「光子和民子在銀座就分手了喔。三個男人來我家，峻吉和夏雄很早就走了。待到最晚的是阿收，不過他在三、四十分鐘前也走了。至於我？我剛才正準備上床睡覺。」

鏡子沒補上一句「要來就先打個電話嘛」。因為不打電話直接跑來是清一郎的習性。此外她也沒說「你喝醉了吧」。因為深夜來訪的清一郎，大多是在應酬酒醉後。而且來這裡的男人裡，清一郎和鏡子的交情最深，她十歲就認識清一郎了，猶如弟弟般。

「旅行好不好玩？」

清一郎問。由於他問得過於漠不關心，鏡子原本無意回答，終究還是開口說：

「還好，普普通通。」

清一郎在這個家的表情，通常是極度不平與極度安心一併出現。這種表情和下班的上班族在酒館裡的表情一樣，但清一郎頑強的下巴與銳利的眼神，那看似意志堅定的臉龐卻背叛了這種表情。他堅信即使是這張臉，或者說在這張臉的保護下，一定能看到世界毀滅。

鏡子為他斟酒後，像是對喜歡高爾夫球的男人要談高爾夫球一樣，為了清一郎，她搬出世界毀滅的話題。

「……可是現在不管跟誰談這種事，根本沒人當一回事。如果現在還是戰爭期間，而且是大空襲的時候，大家會覺得阿清說得很對吧。或是戰爭剛結束，共產黨說明天可能會爆發革命時，或許還有人會聽。甚至在三、四年前，韓戰爆發時，大家可能會相信。可是現在這種情況……一切都回不去了，大家都一臉悠哉地過日子。說世界會毀滅，誰會相信呢？我們又不是全都坐在福龍號[2]上。」

「我說的和原子彈試爆無關喔。」

清一郎說。然後因為醉意，以昂揚如詩般的語氣，向鏡子詮釋自己的意見。

他的看法是，現在完全看不出任何毀滅徵兆，這無疑正是世界毀滅的前兆。動亂也都以理性對話解決，所有人都相信和平與理性的勝利，權威再度恢復，開戰前便互相諒解的風潮應運而生。家家戶戶都養奢侈的狗，儲蓄取代了危險的投機，幾十年後退休金的多寡成了年輕人的話題，就這樣洋溢著穩定和煦的春光，櫻花盛開。……這一切的一切，每一項每一項，無疑都是世界毀滅的前兆。

——通常，清一郎不會跟女人爭論。至於跟男人，他則是避開爭論。

可是和鏡子在一起的時候，清一郎覺得鏡子和自己是同類。她是會拋開所有義務，委身於順其自然，為了深夜十點來訪的客人精心化妝，但絕不賣身的女人。

「這條項鍊，和這件洋裝一點都不搭哪。」

他端著酒杯，毫不客氣地說。

「哦？」

鏡子趕緊回房換項鍊。因為她最相信青梅竹馬老友的意見。

「最近鏡子疲倦的時候，眼尾會出現輕微的皺紋。」清一郎心想，「鏡子比我大三歲，所以也有三十了啊。我和鏡子，我們居然必須跟一般人一樣變老，實在太不公平了。我們兩個明明都不想活在這個時代。」

鏡子換了項鍊回來，這條項鍊確實更適合這件洋裝。清一郎看了不禁暗忖，這小小的變化，在鏡子白皙的頸項到胸前的肌膚上，光是在這個小地方所產生的變化，就大幅減少了世界的違和感，增加了些許調和。或許是醉意讓清一郎的感想如此誇張，總之這次，他說很好看。鏡子心滿意足，兩人會心一笑，感到靈犀相通。帶著些許作戲般的歡愉，在彼此的心裡交流。

鏡子的父親死後，加上丈夫被趕出去了，清一郎也終於能在這個家自由呼吸。清一郎的父親生前，一生盡忠職守幫鏡子的父親拿公事包，到了假日或節日，也經常帶著妻小過來請安問

2 在比基尼環礁附近，因原子彈試爆遭輻射汙染的漁船。

好。托鏡子父親的「民主作風」之福，幼時的清一郎能對等地和鏡子玩耍，說話不須有什麼顧慮，回家時一定會得到一包糖果點心。可是鏡子長到荳蔻年華之際，就不便讓清一郎自由進出，因此他父親也不再帶他去了。後來鏡子結婚後，她父親也還活著的時候，學生時代的清一郎便恢復一年幾次去請安的習慣，家長與年輕夫妻都溫和地歡迎他。……但是現在，清一郎每次來到這個家，便擺出一副自己是家長的模樣。

仔細想想，這種舉止令人討厭。但是清一郎很了解鏡子，也很贊成她打破階級觀念的熾烈精神，所以他只是以身作則。他不考慮時間地來訪，毫不客氣的蠻橫態度，將自己的朋友一視同仁介紹給鏡子，讓他們進入鏡子社交圈的做法……這些都是鏡子期望的。若說鏡子愛清一郎，未免言過其實，但她在孤獨的瞬間，發現清一郎是獨一無二的朋友。這世上，鏡子最討厭的是卑屈。傲慢都比卑屈美麗多了。說不定超乎他們的想像之外，兩人從小就是同類了。

鏡子喜歡清一郎在這個家展現的任性，沒有半點不自然之處。其實清一郎有種微妙的分寸，對於鏡子家的財產管理相關事宜，他竭盡所能為鏡子著想，認真提出意見。雖然這是他的才能之一，但同時他那無止境的虛無主義，也為他的形象蒙上一層陰影，成了真砂子最不喜歡的客人。

由於清一郎過於預言地說世界末日已近，鏡子不由得說：

「好不容易才復興了，如果又被搞得亂七八糟怎麼受得了。上星期，我去了M大廈的天台，久違地從上面眺望東京的中心地帶，親眼看到東京復興的情況，我相當震驚啊。那些燒毀的斷垣殘壁已經沒了，宛如報紙的版面般填平了不規則的凹凸，以前那麼多綠茵草地剩下很少，唯有人們像雜草的種子般，被風吹著跑。」

清一郎問鏡子，這時她對這片景色，是否真的感到歡欣？鏡子回答，並沒有。

「我想也是。如果妳說真心話，想必也很喜歡崩壞與毀滅，妳是站那一邊的，以念念不忘的焚燒原野所燃起的巨大清新火光，照亮過去的記憶，眺望現在的街景。一定是這樣。……妳走在如今已修復的冰冷柏油路上，若腳底不能感受到焦土的餘燼之熱，想必會覺得有所不足。即使在新蓋的摩登帷幕玻璃大廈裡，若不能透視長在廢墟裡的蒲公英，想必會感到寂寞。不過妳喜歡的是早已成為過去的破滅，妳保存那個破滅，親手照料它，洗滌它，妳應該有種完成的驕傲。因為妳在心裡……對於從灰燼中站起來，從惡德中好轉，謳歌建設，改良，變得更出色，胡亂拼命復興，重新跨出人生第一步等等一連串的行為，有著無可奈何的厭惡感。所以妳根本無法活在現在。」

「要這麼說的話，你也無法活在現在啊。」鏡子回嗆，「你總是杞人憂天，而且不是普通的杞人憂天，老是在說世界末日即將到來。」

「妳說的沒錯。」清一郎坦白承認，但他語氣帶著抒情的激動，無意中露出年輕人的本性。但在這個家以外，他不會出這種紕漏。「妳說的沒錯。如果不相信世界一定會毀滅，要怎麼活下去？如果認為往返公司路上的紅色郵筒會遠在那裡，要如何不噁心不恐怖走在那條路上？要是它會永遠在那裡，我片刻也無法容忍那郵筒的紅色，以及它張著奇形怪狀的嘴巴。我會立刻衝去打郵筒，跟郵筒搏鬥，打倒它，打到它粉碎為止。我之所以能忍受那個郵筒存在於我往返公司的路上，我之所以能忍受每天早上在車站看到海豹臉的站長，我之所以能容忍公司電梯裡的鵝黃色牆壁，我之所以能容忍午休在天台看到的有氣無力廣告氣球……這一切都多虧我深信世界遲早會毀滅。」

「是啊，所以你什麼都能容忍，什麼都能吞下去。」

「就像童話裡的貓，什麼都吞下去是僅剩的戰鬥方法，生存方法。童話裡的貓，把在路上碰到東西全都吞下去。吞了馬車、牛隻、學校建築物，喉嚨乾渴就吃儲水槽，也吞了國王出巡的行列、牛奶車……等等，那隻貓確實知道如何活下去。

妳夢想著過去的世界崩壞，我預知未來的世界崩壞。而『現在』則是苟延殘喘活在兩個崩壞之間。它苟延殘喘的方式卑鄙且頑強，遲鈍得驚人，不斷讓我們懷抱永續永存的幻影。幻影不斷擴大，麻痺了眾人，現在不僅現實與夢幻的界線不見了，人們甚至認為這個幻影才是現實。」

「只有你知道這是幻影，所以你才能若無其事吞下去吧。」

「沒錯。因為我知道真正的現實是，『崩壞前夕的世界』。」

「你是怎麼知道的？」

「我看得見。只要稍微凝神靜觀，誰都能看得見自己的行動根據。只是誰都不想去看它罷了。我有勇氣正視它，而且我的眼睛就是清清楚楚看到了，這也沒辦法。就像能看清楚地看到，遠處鐘樓上的細小時針一樣。」

清一郎醉得更厲害了。紅通通的臉與鬆軟無力的四肢，宛如在表明不為自己的思想負責。

這個年輕人向來穿著正經八百的藏青色西裝，樸素的領帶與樸素的襪子，宛如毫不懈怠地隨時準備混入群眾裡，但此刻連白襯衫袖口的髒汙，都帶著一種普通的生活味，或者應該說是不具個性的生活味。這個髒汙，與其說是自然形成，不如說是他煞費苦心讓它自然沾上的。他在鏡子之家，宛如水母被沖到沙灘上進行分解，簡直是矛盾衝撞的化身，思想與情感與衣著各自為政所拼湊的大雜燴，令人不知如何是好。

忽地，清一郎改變話題。

「峻吉練習前的情況如何？」

「看起來不錯喔。他幹勁十足地回去了。」

鏡子提起今天下午打架的事。

清一郎聽了哈哈大笑。他是個絕不打架的男人，卻很喜歡聽別人打架的事。他也稱許鏡子的膽量，面對這場鬥毆沒有受到什麼衝擊。

他深深吸了一口深夜的空氣，坐著伸了一個大懶腰。突出的喉結在燈光照射下，火紅地蠕動著。接著他忽然反彈似的起身，走近鏡子跟她握手。

「晚安，我要走了。妳旅行回來一定很累吧。」

「你究竟是來做什麼的？」

鏡子仍坐在椅子上問。她的眼睛沒看清一郎，而是望著自己在深夜似乎變得更銳利的紅色指甲。

「對哦，我是來做什麼的呢……」

清一郎晃著公事包，在門口來回踱了兩三次，宛如欣賞自己的影子在古老橡木門上的移動，終於他開口說：

「我有點頭痛。對了……我是來找妳商量，問妳的意見。」

「什麼事？」

「我在想，再過不久我也得結婚了。」

鏡子送清一郎去玄關，對此不發一語。深夜忽然刮起一陣風，撞到圍著前院的三面牆和石製圍籬翻捲了起來，在玄關燈光照得到的地方，只見綠樹上紅得發亮的果實和鮮明的淡綠嫩葉隨風搖動。

「好大的風啊。」

臨別之際，鏡子說。清一郎敏感地回首，以詫異的眼神看著鏡子。因為清一郎明白，鏡子不是那種風大的時候，還會特地說「好大的風」的女人。然而鏡子也是，她認為此時清一郎露出詫異的表情，才是最冒失的。可是鏡子沒有任何理由恨清一郎。

……像歐美家庭般，被迫獨自睡在房間的真砂子，被客人離去的聲音吵醒了。她看看枕邊的時鐘心想，今晚最後的客人應該早就走了呀。於是她起身，躡手躡腳打開玩具櫃的抽屜。她很厲害，能夠靜悄悄地打開這個抽屜。

抽屜裡放了很多給紙娃娃換穿的衣服，一股樟腦丸味撲鼻而來。真砂子很喜歡色彩繽紛玻璃紙包的樟腦丸，所以抽屜裡放了很多。不僅如此，她還很喜歡獨自一人的時候，將鼻子湊近抽屜，使勁地吸入這種強烈的克己味道。

從玻璃窗透進來的微弱燈光，使得紙娃娃的衣服泛著朦朧的淡藍色或淡粉色。波浪狀的裙襬邊，圍著僵硬廉價的蕾絲。這些絕對不會被汗水沾溼的衣服，真砂子經常覺得很無趣。

她環顧四周，痙攣般地伸出舌頭，上下牙齒輕輕地咬著舌頭，從紙衣服下面抽出一張照片。然後將照片拿去窗邊，藉著窗外透進來的燈光，凝視照片裡被趕出去的父親。

那是有氣無力，身形偏瘦但端秀的年輕男人，戴著無框眼鏡，頭髮旁分，領口有著神經質般將領帶繫得很緊的小領結。

真砂子絲毫不顯傷感，眼神宛如在物色什麼，目不轉睛看著照片裡的父親，然後以深夜醒來時的例行儀式，在嘴裡悄悄地說：

「請再等等。有一天真砂子一定會讓你回來。」

照片散發著樟腦味。這個氣味對真砂子而言，是深夜的氣味，也是祕密的氣味，更是父親的氣味。聞了這個氣味，真砂子就能睡得很熟。這裡已經沒有鏡子厭惡的狗味。

2

「犬養實在太窩囊了。」

午休時間，和清一郎外出散步的同事佐伯說。兩人朝二重橋走去，打算去皇居外苑。

「不是犬養，簡直是飼犬。」佐伯接著說。

清一郎附和：

「沒錯，那傢伙丟盡男人的臉。居然將男人一生一次的機會白白葬送掉了。」

吉田首相是維持秩序與討厭改革的代表人物。像這種思想陳腐只會討人歡心又愛唱反調的老派傢伙，不只吉田一個，其他還有很多。可是犬養是嶄新的喜劇演員。他是第一個拋開個人思想與喜好，以令人吃驚的笨拙，親自演出該如何對既有秩序做出貢獻的人物。那種笨拙宛如是刻意的。就像小丑戴的禮帽，那頂禮帽的尊嚴不容置疑，但他笨拙的演出反而喪失了既有秩序的尊嚴。這件事也惹惱了民眾，憤怒已成普遍現象。

昨天的早報報導犬養法務大臣行使指揮權，晚報接著報導他提出辭呈。這看在誰的眼裡都是支離破碎的行動。如果他想提出辭呈就不該行使指揮權，一旦行使了就不該立刻遞辭呈。他想討好首相和民眾，想兩邊討好才會招來矛盾。這是激怒人們的鬧劇。

人們群情激憤，這憤怒包含了各種面向，結果成為一種沒有特殊面向的普遍憤怒。再加上這種憤怒是最安全的憤怒，所以清一郎也跟著唱和。他應該也要憤怒，憤怒比較自然。

「那傢伙幹的事，簡直跟女人的尖叫聲沒兩樣。你說對不對？」佐伯又說。

「對，真叫人生氣。」清一郎回答。

清一郎勒緊韁繩，不讓自己的意見超出保守派新聞十年如一日的修正主義。

這是個溫暖，有些陰翳的午後，四周也有不少上班族為了消化而出來散步。他們兩人在護城河邊停下腳步。

楊柳青青，在護城河周圍狹窄的草坪上，有著密密麻麻的苜蓿葉，其間點綴的蒲公英顯得非常突出。護城河的水猶如藍黑色的羹湯，水裡的穢物聚集在一個角落，猶如骯髒地毯翻面漂在水面上。

佐伯與清一郎又邁開步伐，走在車水馬龍的路上。他們對這一帶的一草一木瞭若指掌，如同他們熟稔的辦公室，沒什麼變化。熟悉的路上那棵如路標的松樹，和辦公室的衣帽架沒什麼差別。這跟不存在是一樣的。

佐伯像是忽然想起自己有心血來潮的權利，說還想去沒去過的地方走走。清一郎為了暗示他沒什麼時間，看了看手錶。但佐伯不予理會，逕自往前走。他看了停靠整齊的遊覽車後，忽然又想起明明就在附近，卻一直敬而遠之的地方。外苑這裡有一道微妙的國界，散步的上班族與遊覽車乘客，保持互不侵犯領上的狀態。

上班族和粉領族的飯後散步，帶著猶如鑲在都會風格畫作的畫框上的矜持，抬頭挺胸，像在進行什麼有模有樣的儀式。在溫和半透明的陽光下，他們的胃希求一點運動，基於健康上的考量而邁開步伐。新鮮的空氣、陽光，加上二、三十分鐘的散步，大家都覺得不錯，更何況免費。

「一個人的心裡會產生這種小小的健康考量，是很自然的事。」清一郎思忖，「可是這麼一大群人同時在同樣的考量下行動，這幅情景何等荒謬。這麼多人都祈求永生，委實令人作嘔。這是一種療養院的精神。……說得更直接一點，是強制收容所的精神。」

他想起今晨被安全剃刀刮傷的嘴唇，以舌尖舔了一下，有點鹹鹹的。他也想起今晨看到唇邊滲血時，非常在意這個小小的無害過失，偶爾缺乏慎重也是好事。說不定剃刀的刀鋒，是在那一瞬間，接受了他的意向才打滑一下。

「你看，這裡沒有來過吧。」

佐伯率先走過禁止車輛進入的燒焦木椿，得意地說。

「這就很難說了，我小時候應該來過。」

「小時候不算啦。」

他們踩著低矮松樹下的紙屑，仰望矗立眼前的青銅像。這是家喻戶曉的「馬背上的楠公[3]像」。

楠公的鍬形頭盔戴得很低，幾乎遮住他的眉宇，右手緊拉韁繩，使得驍勇的駿馬全身肌肉緊繃，馬首驕矜地昂起，左前腳在空中搔抓，鬃毛與馬尾高高豎立，勾勒出抵抗狂風襲來的態勢。

這種古代忠君愛國的銅像，居然能安然度過占領時代倖存下來，實在不可思議。駿馬比楠公雕得更為出色，可能是托駿馬之福，才能倖免於難吧。實際上，在青銅薄薄的皮膚下，也能看見驍勇駿馬如年輕競技者，肌肉發燙充血、血脈賁張的肌理，使人看到如此昂奮的動作，不免聯想到有敵人存在，但如今敵人已死。過去雙眼可見，確實存在過，穿著同樣盔甲護身的敵人，如今已看不見了，永遠遁逃而去，化身為更狡猾的敵人，在目瞪口呆仰望銅像馬首的鄉巴佬頭上，遠遠地飛翔在春天迷濛微陰的天空，嘲笑著他們。

導遊小姐對著五、六個來東京觀光的鄉下人，熱心地講解。

「各位請看，麻雀在銅像的馬尾那裡築巢喔，現在也在啼囀著『忠孝忠孝』。」

導遊小姐的聲音年輕嬌柔滑潤，但話一出口，便在因春天灰塵乾掉的口紅上，被午後刮起的風吹得支離破碎。遊客們為了不漏聽一言半語，將那泥土侵蝕布滿皺紋的手兜在耳畔。

……無數的垃圾，無數的鴿子。鴿子也停在鍬形頭盔上。疲憊的遊客在砂礫上拖著陰慘的腳步聲。總之，在這種極其不景氣的景致裡，疲憊恍如春天的塵埃，撒在每個角落。

不景氣的景觀，不景氣的風景……這並不意味著這裡的事物有了什麼改變。韓戰結束後，暫時性的投資景氣持續到去年年底，然後又再度陷入低潮。「不景氣」這個詞，先是像水澆到火盆裡翻起煙塵躍上報紙版面，然後擴散開來，汙濁了空氣，覆蓋在物體表面，使得一切喪失了原本的面目。樹成了「不景氣」的樹，雨成了「不景氣」的雨，銅像成了「不景氣」的銅像，領帶成了「不景氣」的領帶。就像以前的蕭條時代，佐佐木邦的上班族小說曾風靡一時，如今人們喜歡源氏雞太的小說。這種小說雖然是一種絕望的產物，但字裡行間沒有出現「絕望」二字。

佐伯與清一郎坐在銅像周圍的鐵鍊上，被參觀名勝古蹟的遊客圍繞著，擺出無動於衷的表情抽菸，卻也十分愜意。

「我真羨慕楠公啊。他一定沒想過什麼景不景氣吧。」

---

3 楠木正成，鎌倉幕府末期的武將，以效忠天皇而聞名，備受尊崇，曾以「七生報國」的名言震懾天下，後世以其為忠臣與軍人之典範。明治時代起尊稱大楠公。

「我們也算是一種楠公呀。只要用『忠孝忠孝』來讓腦子發熱就行了。」看似比清一郎更憤世嫉俗的佐伯說，「其他的，頑強的馬會安排得好好的。因為我們的馬名是財閥公司哪。」

「真是一匹強健的馬。」

「而且是殺不死的馬，是馬中的不死鳥喔。就算拆解牠的手腳，把牠燒掉，牠也會立刻復活，就像你看到的那樣。」

佐伯雖然憤世嫉俗，但絕不相信「毀滅」。他也是永遠不朽的信徒，金剛不壞銅像的信徒。可是當他在說敷衍了事的話時，他那些許突出的眼睛，會在眼鏡後方閃現喜悅的光芒。

「啊，對了，我忘了跟你說一件事。」佐伯忽然以截然不同的聲音說，「今天早報，有一則化妝品公司女社長因不景氣破產自殺的新聞吧。誰都不認為女人會因為這種事自殺，其實啊，原因絕對跟男人有關。最好的證據就是，這個女人當初發奮拼事業的動機，就是被某個年輕男人甩了，事業成功之後也假裝討厭男人的樣子，卻接二連三捕食男人，結果破產的同時也被最後一個男人拋棄了，所以就自殺了。但是，當初那個引發這個女人拼事業的冷酷初戀男人，你猜是誰？不是別人，就是我們部長，坂田先生。」

清一郎早就知道這個八卦，卻故作天真擺出一臉驚訝，並且不忘補上一句老掉牙的感想：

「哦？想不到部長也有浪漫的時代啊。」

「你實在太單純了。」佐伯說。

被說「單純」之際，清一郎不禁露出滿足的微笑，卻也機警地趁佐伯還沒察覺時收斂笑意。

「你實在太單純了。那才不是什麼浪漫。真相是，部長在大學時代，為了讓那個女的幫他出學費，才去勾搭她。這可是典型的功利主義啊。部長進我們山川物產之前，就是個具備物產精神的人了。」

「這一點，我們也得好好學習。」

「至少你是學不來的喔。像你這種單純爽快的男人，談起戀愛只會橫衝直撞，傾注所有的熱情吧。」

這種離譜的看法使清一郎感到十分幸福，這也是他喜歡和佐伯在一起的原因。而佐伯本人則是和爽快型男人相去甚遠，是個膚色白皙戴眼鏡的秀才型，非常以自己的複雜為傲。有一次，佐伯面色凝重向清一郎吐露苦衷：

「我真羡慕你啊。你的言行舉止可以很自然，而且有種與生俱來的社會適應性。你一定不會杞人憂天，也不會偏執於某種凝重的看法。」

他們繞了一個大圈子，越過日比谷十字路口走回公司，一路上批判政府的貨幣緊縮政策。簡單地說，就是政府只會緊縮銀根，對於預算的編制卻毫無定見。總是提出同樣的提綱，猶如沖昏頭的戀愛激情必定幻滅而終，一味地提升生產力也會導致堆積如山的滯銷品，貿易差額的惡化，政府資金的超額發放，以通貨膨脹危機，陳腐的財政緊縮及通貨緊縮政策收場。……然而這對貿易公司的員工而言，是批評政府的安全話題。從明治時期開始，政府就是他們逞威風的保鏢，而這個粗俗保鏢的一舉一動，經常引來經商者的訕笑。

隔著馬路，清一郎看到帝國劇場預售票處的看板。那是後天開始公演的約瑟芬．貝克（Josephine Baker）直立式看板。鏡子曾打電話邀他一起去看，但他拒絕了。他不喜歡陪同鏡子出現在隆重的正式場合，想見鏡子的話，去她家就行了。鏡子聽到這不稀奇的拒絕也頗為淡定，說要和阿收一起去。俊美且經常放空的阿收，確實適合鏡子帶去這種場合。那個有著男人的眉與少女的唇，水汪汪的浪漫眼眸，總是讓人猜不透在想什麼的青年。從外表看來，清一郎與阿收毫無相似之處，但清一郎經常覺得知道阿收在想什麼。這時阿收的無意識生存方式，與清一郎的有意識生活方式，單純只是盾牌的一體兩面。

山川物產的陰鬱老舊大樓，出現在大樓林立的街角。這時是下午十二點五十五分。同一課今年新進的職員小谷，氣喘吁吁滿臉通紅地趕回來上班，看到清一郎和佐伯後，向他們行了注目禮便不敢再用跑的，邁著機械般的步伐向員工出入口疾行而去。

「喂，不用這麼趕啦。」

清一郎喃喃地說，心想反正他聽不到。確實他也沒聽到。

「一定是有人跟他說，要比前輩早一步坐在辦公桌前。」

「話說回來，新進職員都長得又高又壯哪。真是營養充足的傢伙。哪像我們是吃代用食品和豆渣長大的，不一樣就是不一樣。」

新進職員身上有種凜然不可侵犯的年輕；眼裡露出過剩的光芒；臉上帶著想討人喜歡、又不願讓人認為逢迎諂媚的拘謹笑容；一旦失敗就做出年輕人特有的搔頭老套動作；為了展現爽朗的態度，肌肉不斷地緊繃；渾身充滿了凡事都想挺身而出的獻身能量……這一切看在他們眼裡想必賞心悅目，但清一郎反倒更想看到一、兩個月後，他們臉上流露出被倦怠、不安、幻滅的預感侵蝕的模樣。然而清一郎進公司已有三年，如今在同事間，他依然有自信維持爽快俐落的態度，緊繃的臉頰，給人好感的年輕，適度的靜默，以及絲毫不顯倦怠鬆弛。

山川物產的辦公室，位於掛著「山川總公司」青銅招牌的灰色八樓建築裡。山川財閥喜歡這種簡樸外觀。這棟建築乍看絲毫沒有現代主義的感覺，單調的水泥牆下方貼著花崗岩，絕對不會讓人產生幻想。而對面正好是一棟現代主義大樓，牆面全部裝上帷幕玻璃，山川大樓的影像就映在上面。多虧了這種頑固的影像，削減了現代主義的效果。

今年早春，由於三家公司合併，使得山川物產復活了。清一郎待了三年的N大樓辦公室，也和整個公司搬來這棟傳統的山川大樓。古老而輝煌的東西都復活了。他想起當初搬來這棟大樓，第一次踏進門檻的瞬間，告誡自己的種種綱領。今天他依然恪守著這些原則。

一、銘記絕望能培養出務實家。

二、應徹底斷絕英雄主義。

三、發誓絕對服從自己輕蔑的事物。若要輕蔑習慣，便服從習慣。若要輕蔑輿論，便服從輿論。

四、平庸才是至高的道德。

……………………。

清一郎甚至善於創作平庸的俳諧詩句。缺乏詩才是博取他人信任的捷徑。他也參加課長喜歡的詩會，認真創作偶爾能得到一兩分青睞的可悲俳句。不多不少，認真湊足十七個字，下工夫創作「平庸」的俳句。

＊＊＊

「昨晚你跟鏡子去看了約瑟芬．貝克吧？」

阿收半夢半醒地聽著光子說。

「對啊。」

阿收這麼一答，光子將他裸身的雙臂攤開，宛如將他釘上十字架般用力壓住，然後趴在他的身體上，用嘴唇在他兩邊的腋窩搔癢。阿收很怕癢，所以扭動身體大聲嚷嚷，但怎麼使力都推不開壓在身上又熱又重的女體。

「膽小鬼！瘦皮猴！」

女人口出惡言，而且是阿收最討厭的惡言。於是他死心，筋疲力盡地閉上眼睛。肚子上的女人體重，被唾液舔溼的腋窩，一連串的混濁感使他噁心難受，猶如遠處傳來草汁般的噁心味道，令人反胃。而那隨時都可能被搔癢的預感，像是風未吹至便敏感飄搖的葉子，颯颯颯地在他全身奔竄。阿收不禁心想：「光子說我是瘦皮猴。要是演戲時，我必須扮演裸體角色怎麼辦？我只注意自己的臉蛋，壓根兒沒想過身材的事……要是更有肉的話，我會更有存在感吧？更有分量吧？能擺脫這種好像只有液體在流動的狀態吧？能擺脫為了確認自己的存在，不得不經常攬鏡自照的狀態吧？」

終於掙脫了光子的手後，阿收開始在枕邊尋找鏡子。

「你在找什麼？鏡子嗎？」

光子知道他的毛病。在罩上浴巾變得昏暗的檯燈微光中，光子的手帶著朦朧的神聖圓形光暈，伸向阿收的臉，然後從上而下傳來一陣梔子花香。但光子伸手，並非想把榻榻米上的小鏡子拿給阿收，而是將它挪得更遠。

「找不到鏡子耶，我幫你看好了。」

光子說著便緊緊地捧起阿收的臉。阿收的臉頰幾乎沒有鬍渣，因此光子摸到的是滑潤皮膚。首先她輕吻阿收的亮澤瀏海：「這是你的頭髮。」然後撫摸白皙的額頭：「這是你的額頭。」接著輪流輕吻濃密的左右眉毛：「這是你的眉毛。」……阿收感覺到，女人的唇如蒼蠅般在薄薄的眼瞼上爬行。他在閉上的眼瞼裡轉動眼球，想逃脫蒼蠅的沾惹。然而隔著一層薄皮，冷漠的眼球卻感受到一股熱氣細細地溫暖著。

「這是你的眼睛。」

「看到了吧。你都看到了吧。」光子對依然閉眼的阿收說，「比照鏡子看得更清楚吧。」

「這是你的鼻子。」光子又開始了。他那因夜氣冰涼的俊秀鼻子，聞到一股潮溼悶熱的氣息，像是在某個夏日河邊聞過的味道。

阿收宛如喪失力氣的重病患者，連臉上的蒼蠅都無力拍走。自己確實陷入極度的厭惡裡，卻也像豬隻浸在大白天的泥淖中，知道自己適合這種厭惡。但無論如何需要一面清晰的鏡子。偏偏房間籠罩著薄暮般的朦朧，無論指尖如何在榻榻米上摸索，也找不到鏡子。

光子與丈夫分居中，獨自住在一間公寓裡。她和阿收幽會時，不用自己的公寓，而是選擇澀谷附近的旅館。阿收第一次去的時候，看到光子對旅館女服務生與櫃台人員頤指氣使的態度，很是震驚。這間旅館的房間是分開的，水池延伸的複雜水道，區隔出每個房間，深夜偶爾還會聽到鯉魚的彈跳聲。窗外便可看到澀谷車站附近與百軒店的高台，卻靜謐得很不自然。

阿收倏然起身，穿上圓領襯衫，想暫時離開女人身邊。他前往洗手間，關上身後的門，在洗手間亮晃晃的燈光下，看著大鏡子鬆了一口氣。頭髮被撥得亂七八糟還翹起來，他用梳子仔細梳理。塗滿髮油的黑髮，再度泛著漆器般的光澤沉靜下來。

「我不要，我不要，我不要。我要一個更可愛，不黏人，臉蛋合我口味的少女。」阿收思索著。鏡中的臉，是一張所有少女都會愛上的臉。可是自從他和一個少女上床、懷孕、拋棄她之後，看在一般人眼裡並不醜陋的性事，阿收感到厭煩之至。

光子的身材略為豐滿，膚色淺褐，是個整體不太勻稱的美女。有著一雙眼角下垂的大眼睛，平順的鼻子，下唇微微突出，耳形姣好。如果現在回去床上，阿收猜得出光子會說什麼，她一定會說：「我是不是有點黏人？對不起哦。」儘管在一起度過的夜晚，她會像常人產生嫉妒，也會做出瘋狂的舉動，但這個女人的自尊心與感情能泰然自若地保持協調，即便不理她，她也絕不糾纏不休。他們的幽會總帶著一種痙攣性質，有時連著十天見面，但也有兩個多月不見面的時候。阿收第一次見到光子，是在鏡子之家。他以極其慵懶的心情，任憑自己成為被選擇的對象。

——阿收俊美的臉，清晰地映在深夜的鏡子裡。

他心想：「我確實存在這裡。」男子氣概的眉毛下，是一雙清秀細長的眼睛，那烏黑清澈的瞳眸……無論在哪個街角，都很難遇到如此俊美的男人吧。看著自己明亮清澈的臉龐，絲毫沒有留下剛才性事的陰影，阿收感到心滿意足。

「我就聽朋友的建議，去練舉重吧。以富有彈性又厚實的肌肉來武裝身體，然後將整個身體變成臉。」

阿收如此思忖。肌肉和臉不同，不需鏡子也能仔細觀看。到時候他就能以自己的手臂、胸部、腹部與大腿，清楚看見自己確實存在於何處，這種存在不斷呼喚著他，創造出存在之詩。

阿收看向劇團排練場牆上貼的，下次公演的角色分配表。倒數第三個寫著「青年Ｄ」就是他扮演的角色。這是最後一幕酒店的戲，他的角色只是稍微跳一下舞，沒有台詞，看到女主角被殺很驚訝，然後就退場了。

排練場的舞台上已經在排練，飾演女主角的戶田織子正在說台詞：

「我開的酒店，不是一般的酒店喔。這裡每晚都有刀光劍影，有悲劇發生，是真正的愛情戰場，有著真正的熱情——對啊，無論多麼庸俗的熱情，都比你們一副博學多聞的樣子高級多了——這種真正的熱情，有著真正的怨恨，真正的眼淚，必須流真正的血。開幕酒會的邀請函，再過兩三天就會印好。到時候請務必光臨喔。只要來了，從頭到尾看個究竟就好。說不定你們也會成為舞台上的臨時演員喔……」

織子沒怎麼化妝，站在滿是灰塵的舞台上，頭上戴著髮網，穿著顏色不協調的襯衫與長褲，站在舞台上特別釘製的髒兮兮木板前。導演三浦說一句「等一下」打斷了織子的台詞，「說到必須流真正的血時，表情要略帶嚇唬，往左邊的淺見博士走兩三步。還有，之前也說過好幾次了，『請務必光臨喔』這台詞，氣勢要強一點。」

織子在舞台上默默點頭。舞台監督草香低聲徵詢三浦的意見：「要重來嗎？」三浦大聲說：「重來！從我開的酒店之前，淺見博士的台詞開始！」

「這齣戲有夠無聊。」阿收倚在排練場的牆上，帶著年輕演員渴望角色未果的怨恨，客觀地批評。這也確實是一齣無聊的戲。劇作家對於吉霍都（Jean Giraudoux）純真無邪的憧憬，使他的頭宛如海綿浸水。真是可憐的靈魂，無法理解夢想其實帶著濃厚的揶揄意味。這位劇作家雖然嘗盡人世艱苦，卻不斷以同樣話語做重複的夢，使得他吃的苦派不上用場。更麻煩的是，他的夢想並非強到足以壓制人生，只是像軟弱小孩受到欺凌時，得以逃進的置物間小角落。無論吃過多少苦，夢想膚淺的人也只能有膚淺的人生。儘管如此，為了彌補藝術上的弱點，他經歷的苦楚確實也發揮了很大的作用，甚至養成了世間普遍的矜持，所以他不算庸俗之輩。人們認為他是不可侵犯的純情之人，並擁有很多年輕的崇拜者。這種滑稽的事，在藝術家的圈子裡屢見不鮮。

但是，阿收很喜歡這位劇作家朝間太郎。理由很簡單，因為朝間曾誇他在實習劇目中扮演的角色，這次雖然是不起眼的角色，但也是朝間指名他演的。況且儘管劇本寫得再蠢，膽敢毫不忌諱把現代劇裡罕見的浪漫角色寫進去，也只有朝間太郎。

自己無法演出的劇作，無論是再怎麼掛保證的名作，演員都難以真心愛它吧！以前和築地座的夥伴去看高爾基的《底層》感動到渾身顫抖，從此阿收立志當演員，然而這已成為遙遠的往事，遠離了阿收的心。他至今依然無法成為純然「感動的觀眾」。他總是茫然地夢想著陶醉，夢想著別人的舞台無法給予陶醉，唯有他一人具備讓人陶醉的才華。

舞台使他的人生變得不確實，曖昧模糊，總是將他關在半醒半夢之處，並讓他心中漂浮不定的東西，處於天真不滿的狀態。當演員，就是將自己的人生委由他人擺布。不是自己選擇，而是終身處於被選擇的立場。扮演別人挑選的角色，照著作者的命令說話，活在別人給予的感情中，光是從這張椅子走到那面牆邊，都得照別人的意思走。更何況，能自由行使自我意志的私生活，對他也談不上任何魅力，因此他一味地將一切賭在不自由的「被選擇」生活裡。最終希望能像被選上的美女般，擁有一切。

只要能愉快地貪食對自由的汙辱，縱使長久被放置不管而怠惰了，這種食慾也不會消失。某個喉嚨乾渴的早晨，阿收在報上看到一則全家自殺的新聞。這家人的母親，把加了氰化鉀的果汁，拿給六歲和兩歲的小孩喝。但是，阿收看到「讓小孩喝毒果汁」的斗大標題時，對「毒果汁」三個字感到難以言喻的美味。那想必是清爽潤喉的美妙飲料；色澤鮮豔，香氣馥郁，飽含迅速發作的劇毒，在某個口渴的早晨，與自己的意志無關，一隻溫柔的手遞來的飲料；喝下的瞬間，世界霎時為之一變的飲料。阿收引頸期盼的，可能是這種飲料。

沒有任何確切不移的東西，任憑自己委身於別人的情感風暴，當一切都過去之後，雖然不會留下任何東西，但他周遭世界的意義已經改變。「如果我能演羅密歐，」阿收吐著熱氣思索：「演羅密歐之前的世界，和演完的世界，絕不可能是同樣的世界。當我步下舞台時，想必是走向自己未曾住過的世界。」

他擔心自己修長的腿，穿上緊身褲會不會過於削瘦。但這雙幾乎沒有腳毛的腿，應該能將冰涼的絲質緊身褲穿得優雅服貼吧。脫掉緊身褲後，他的腿成了演過羅密歐的腿；他的唇，成了演過羅密歐的唇。當他再度穿過舞台後面的破銅爛鐵回到休息室時，那些破銅爛鐵也像魔物般，變成漆黑美麗的團塊。他來劇場時穿的鞋子所沾的街道塵土，看起來也像閃閃發亮，令人讚嘆的微粒子聚合物……一切都會改變吧。而這個世界變貌的異常記憶，將持續到他布滿皺紋的老年吧。

關於自己應該給別人帶來魅惑與陶醉，無論花多少時間，阿收都能毫不厭倦地尋思下去。我們的時代已經淡忘高尚的狂熱。阿收覺得，唯有自己能將這種狂熱帶給觀眾。然而重點是，這只是他「覺得」。

宛如飽含露溼樹木的氣息、夾帶雨絲的微風，吹過人們的臉龐，滋潤了雙眼與臉頰，這是多麼美好的事。成為這樣的風是美好的。此外，若成為會刺痛皮膚、帶著濃厚鹽分的海風，吹向人們的胸膛也是美好的。啊，要使人魅惑，讓人陶醉，就要把自己化成風。在舞台上，自己的身體在血肉之外裹著美麗戲服，如神殿般巍然聳立，但自己卻看不到，即便看在狂熱的觀眾眼裡，也只覺得演員像超越形體光燦流動的風。這時肉體的鞏固物質存在化為一種悖論。站在那裡，在那裡說話，在那裡做動作，猶如胡蜂顫動羽翼，化成看得見又像看不見的彩虹樂章。……阿收夢想著這種情境到來。但他只是夢想，什麼都沒做。一邊夢想著舞台上的極致轉身，與璀璨存在消滅的瞬間，一邊又因自己的存在總是處於曖昧狀態，生怕放著不管可能消失不見。為了短暫的存在證明，他和女人上床。因為女人會確實回應他的美貌魅惑。除了女人之外，還有一種東西能回應他，而且比女人忠實，堅定不渝。……那就是鏡子。

＊＊＊

清一郎所在的一樓機械部辦公室，在公司裡也不是多麼漂亮的地方，桌子很舊，書架和櫃子都很舊。唯獨這棟盟軍解除接收後重新粉刷的牆壁很新。

建築物老舊，所以窗形也很老舊。從窗戶眺望出去，隔著中庭的對面也是同樣的窗形。午後的幾個小時，可以看見陽光像貼在上面，斜斜地切過對面的窗戶與部分牆壁。但與其說是陽光，更像取下掛了很久的畫框後，出現的白色牆面。然而陽光這種不自然的新鮮感，有時也能讓人走向窗戶，倚在窗邊。窗戶的上半邊，像是倒映的水井水面，勉強能看到天空。

中庭非常殺風景，單調到難以置信。絲毫沒有綠意介入的空間，有的只是覆蓋著地下鍋爐室的灰色屋頂，以及通往地下室的樓梯，和有兩個排氣通風筒的屋頂，其他就是鋪著粗砂礫的地面。這個終日不見人影的地方，到了下雨天，泛著黑色光澤的溼潤砂礫，和周圍的室內商業活動形成有趣對比。這時候，砂礫成了眼睛的慰藉。課長曾以砂礫為題，做了幾首拙劣的俳句。

室內的空間裡，螢光燈的拉繩規規矩矩從天花板垂到桌子上方。即便四下忙得不可開交也不關拉繩的事，它依然動也不動。機械部有五個課，為了讓各課便於聯絡，中間沒有任何隔板，一張桌子接著一張桌子，以貿易公司特有的配置排列。清一郎搬到這棟大樓上班後，辦公室也充滿資深前輩，所以他的桌子依然在最後面。但這個四月上旬，公司合併後開始調薪，他也破例調了三千圓。以前底薪是兩萬三千兩百圓，現在變成兩萬六千兩百圓。

清一郎所屬的課，課員們彼此照面的時間，只有早上九點上班，和下午五點左右。幾乎所有課員上午都要外出一次，一上班就拿著型錄和報價單又匆匆外出了。以前也跟每家公司一樣，外出時會在黑板的自己名字下方寫上外出地點，但因後來訪客來到辦公室，有時會正巧看到黑板上寫著生意仇家的名字，因此這個習慣便不知不覺消失了。所以現在課員外出後，只要不在電視轉播棒球的觀眾席被發現，沒人知道他去哪裡。

課長是個身材削瘦寒酸，堪稱卓越小市民的男人，屬於都會造就的典型早衰型。他鄙視所有充滿活力的表現，講起話來聲音小到幾乎聽不見。清一郎非常不想讓課長知道他喜歡拳擊，因此沒跟公司任何人說，以免傳到課長耳裡。而副課長「關」，恰好與課長形成對比，是個聲音洪亮的磊落男人，因為請過長期病假而耽誤升遷，但這種厄運卻使得他比別人更加快活，他知道同事們都喜歡他，所以很愛強調自己這種爽直個性作為社會人是何等吃虧，卻也對自己的社會不適性引以自豪，甚至把它當作博得人氣的素材使用。清一郎第一次接觸課長和副課長，這個對照組的人物時，感到相當頭痛，因為要博得兩人同樣的喜愛太難了。但博得同樣的喜愛是沒有意義的事。因為審定考核表時，關副課長的發言比課長更有力。然而關副課長之所以大刺刺地以自己的缺點為傲，其實是為了確保自己的獨特性，絕非意味著高度器重和他同類的人。明白這一點之後，清一郎便留心展現自己「開朗的社會適應性」。雖然他算不上運動員，但學會了運動員特有的讓人放心的單純，現在大家甚至想像，清一郎在大學時代是個不錯的全能選手。

清一郎的座位和佐伯背對背，他的椅子後面就是佐伯的椅子。佐伯所屬的那一排桌子，和清一郎不同組。佐伯的同事都對佐伯很感冒，但基於相同的理由，清一郎覺得必須親近佐伯。因為人們通常認為，能輕鬆地和眾人討厭的人交往，這個人一定很遲鈍。這種遲鈍能緩和旁人的警戒心，更何況佐伯並非被視為危險人物，只是討人厭而已，所以對清一郎而言，是絕佳的陪襯角色。

不可思議的是，即使周遭的同事都在談清一郎親近佐伯的事，佐伯因為完全不知道自己被孤立，所以對清一郎也不抱特別感謝之意。他自認是個極其複雜，很有魅力的人，因此會引起清一郎這種單純之輩的興趣並不足為奇。就如狂人某個程度知道自己是狂人，討人厭的人某個程度也知道自己討人厭，但就如狂人絲毫不為這種自我認識煩憂，討人厭的人也絲毫不為討人厭而煩憂，這才是討人厭者的真正特質。

——清一郎午休散步回來就坐後，習慣抽一支菸。反正現在沒有要事待辦，也沒有訪客。

清一郎看了看吊在桌邊的擦手毛巾與工作日誌。他總是在桌邊掛著一條乾淨毛巾。雖然誰都沒說，但誰都理應看見了這條乾淨毛巾。這條乾淨毛巾不僅訴說著他的人品，也象徵著汗水、年輕、運動、單純、明朗的天空、奔跑、跳躍、田徑場的綠、跑道上的白線，更訴說著年輕人的無思想性、盲目的忠實、無害的鬥志、年輕的順從、旺盛的精力等等。總之就是社會所要求的，有益社會且容易駕馭的各種特質。

為了排遣無聊，清一郎拿起工作日誌，一邊抽菸，一邊看今天早上自己寫的昨天的記錄。

「昭和二十九年四月二十一日（星期三）

拜訪清田機械工業股份有限公司的墨田工廠

接見者………清田社長、山口課長

同行者………松波技師

事 項………關於大澤電工洽購的雕模機，前去聽取技術說明。以目前的技術來看，不遜於進口品。今後該公司擴大銷售，對我們有益無害。」

這時關副課長以粗啞的嗓音，從前方的桌子喊過來。

「喂，杉本，兩點陪我去東產好嗎？今天可能會簽約。」

「好。」

清一郎明確地回答，然後將一度脫掉的藏青色西裝，又穿了回去。

關副課長的雙眼，依舊是宿醉布滿血絲。他個性磊落，卻有嗜藥的癖好，總是在嘗試宿醉和頭痛的新藥，而且不太看說明書和服用方法便一古腦兒吞下去。

兩人從員工出入口走到陽光耀眼的戶外。陽光照到關副課長的眼睛，使他不禁打了個噴嚏。多虧這個突如其來小幸福般的噴嚏，他的眼睛溼潤了起來，不再年輕的臉縮成一團。清一郎知道他的家庭糾紛。

從關副課長走向車站的步調，清一郎推測他可能想講什麼私密的話。果不其然，關副課長說：

「問這種話有點冒昧，你現在有沒有結婚的打算？」

清一郎早料到會被問這種事，所以他的答案也早就準備好了。然而他故作深思模樣，慢條斯理地回答：

「我是覺得，我也差不多該結婚了。」

「有女朋友嗎？」

「沒有。」

「那父母親看上的對象呢？」

「我老爸早就過世了，所以也沒有。」

「這樣啊……沒事，我只是想問你有沒有結婚的打算而已。」

「您有什麼好人選嗎？」

「這件事你要千萬保密喔。其實，有人托我給庫崎副社長的千金做媒……」

關副課長如此說道。

消息靈通的同事早就在傳這件事，說庫崎副社長有意將女兒許配給公司有前途的職員，請部長幫忙物色人選。機械部長坂田，是副社長以前在中央金屬貿易當社長時的部下，所以副社長才從許多部門裡挑選了這個部。

清一郎向來不會擺出苦瓜臉，而單身同事對這個傳聞所展現的世俗反應，他也只是默默地看著。隔壁課也有個驚人的俗物，已經三十歲了還一心想攀上董事的女兒，對任何女人的誘惑都不屈服。這種都會特有的浪漫主義者，其實和鄉下出身的秀才陷入房東的女兒、打字員、女職員的婚姻陷阱，相去不遠。

當初聽到傳聞時，清一郎立刻相信自己是有力人選。因為結婚是一種不太顧慮現狀，將一切賭在未來、前途、能力與發展性的事，所以沒有比堅信世界會毀滅的他更夠格的人選。他會成為理想的、不吉利的準女婿吧。保護那位小姐免遭那些打著如意算盤、充滿發跡慾望的新郎候選人侵害；只為了不讓別的男人當她的丈夫，所以自己來當丈夫；讓她體會，和相信未來只會毀滅的丈夫在一起，才有純粹的婚姻幸福。……像這樣剎那間成為世俗欽羨的對象，也不是壞事。只是無意義地掠奪別人的野心目標，這是善！

「我會結婚吧。不久的將來會結婚吧。」不知不覺間，他開始這麼想，而且他並不愛任何人。不知不覺間，這句話成了吶喊，並非難以壓抑的欲求，卻也變成一種欲求。清一郎非常驚訝，「渴望習慣」這種社會性的習性，居然可以在一個男人心裡，融洽地和「毀滅思想」同居。

儘管渾身已貼滿與他人無異的標籤，他依然無法滿足，還想把「已婚男人」的標籤弄到手。他覺得自己是個另類的集郵家，想要的不是珍奇郵票，而是盡量把廣泛流通的郵票全部弄到手。想到有一天，能在鏡子裡看到一個心滿意足的丈夫肖像，他便認真地重畫自己的滑稽草圖。

＊＊＊

阿收經常睡懶覺，起得很晚。他對於無所事事，絲毫不感厭倦。從玻璃窗的亮度，看出早上的雨停了。打開這扇玻璃窗，只能看見隔壁的屋頂和招牌的背面。

夏夜裡，後樂園夜間球賽的光芒，會漸層地照亮招牌夾縫中的細長天空。有時會聽到歡呼聲，或是舉行百萬人的音樂會時，經由擴音器傳出的貝多芬樂章，隨著風勢強弱傳到耳畔。

阿收在東京有家，但在去年球賽開始的季節，刻意獨自搬到這個本鄉真砂町租房子住。他盡量向別人隱瞞這個住所，因為這不是能向別人誇耀的住處，而且房裡亂七八糟。最重要的是，他想把這裡當作自己無所事事的根據地。他經常外宿，但從沒帶女人進來過。雖然他過著極其不規律的生活，但房東太太卻對他讚譽有加。

雨已經完全停了。阿收從床上伸手，按下咖啡機的開關。這個咖啡機是女人送的，可是他只在沒有女人陪伴之夜醒來才會用這個咖啡機。沒多久，這個五月初的午後房裡，充滿了咖啡香。

置於枕邊的小鏡子，照出阿收剛起床的臉。絲毫不見惺忪浮腫，是一張肌肉緊實、開朗而年輕的臉。真的很美。

阿收有個遊手好閒的父親，母親在新宿經營女裝服飾店，因為不景氣生意欠佳，阿收也感到些許不安。前些時候母親還跟他商量，想把服飾店改為咖啡店。

阿收的一天才剛開始，就已隱約看到一天的結束。他知道這一天也不會有任何變化就這樣過去，連結尾都能勉強看到。但接下去的未來就看不到了，也不想看。有什麼必要看呢？未來籠罩著黑暗，宛如一頭走投無路的黑魅巨獸，以高傲的黑暗，擋住他的視線。

……阿收站在和大學學長約見面的N體育館前，看著迅速陰霾起來的天空，宛如剛才喝的還留在胃裡的咖啡，帶著又焦又濃的香氣，乘著風勢吹了過來。忽然他感到頭上疼痛，來不及伸手去摸，周遭便紛紛響起物體擊落的嘈雜聲，原來是下冰雹了。

阿收慌忙退到大門的屋簷下。冰雹不斷在步道路面彈跳。這種從天而降的方式也未免太隨便，太雜亂，簡直像在亂撒東西。午後陽光曬熱的柏油路面，旋即融化了冰珠。那些猶如被亂撒的眾多黑眼珠，依然保持眼珠形狀，但已不是冰雹，只是普通的水滴。

「舟木！」有人從背後喚了阿收的姓氏。阿收回頭一看，只見比自己矮的學長武井站在那裡。幾年不見，武井完全變了樣。上捲的白襯衫袖子，在兩條粗壯的手臂周圍，閃著緊迫的皺褶。從襯衫可看出肩膀隆起的肌肉。裹在襯衫裡的胸部像是在抗議什麼向外突出，猶如要迸開胸前的鈕扣。

「嘿，好結實的身材啊。」

「對啊。」武井微微鼓動肩膀、手臂和胸前的肌肉，像對這理所當然的寒暄，表現出理所當然的感情。這是肌肉的答話。襯衫裡的胸部肌肉，也猶如睡眠中神經質地翻了個身。「……對啊。只要努力，誰都可以有這種結實身材。重點在於付出多少努力。」

武井有種新興宗教傳教士般的個性。阿收聽到他的傳聞，打電話給他時，他回答的口吻，像是迫不及待伸出舌頭舔眼前的新餌。武井大學畢業後，在父親的工廠隨興上班，也開始對舉重產生興趣。然而他已無望成為舉重選手，便著眼於這個運動的側面，讀遍美國進口的幾十本雜誌，成為當時日本鮮為人知的肌肉鍛鍊新法開山鼻祖，又說服母校成立舉重社，成功併入了這個新運動的目的。現在他滿腦子只有肌肉。隨著時間過去，他的身體已化為傳布肌肉福音的見證。

「日本演員的裸體真是不堪入目。電影裡的演員脫掉衣服後，不是太瘦就是一團肥肉，真的慘不忍睹啊。你看看美國電影，尤其是聖經故事或古代片，連臨時演員都有結實隆起的肌肉，身材好得不得了。」

武井開始滔滔不絕。他看電影都專看演員的肌肉，就像做鞋子的，看電影專看畫面裡的鞋子。

武井認為，無論演技再好，一個演員沒有結實的肌肉根本一文不值。這種演員，即便適合表現文明的末梢，但在舞台上也無法呈現典型的人，以及人本身的價值。「在舞台上，能呈現全人類價值，唯有高度發達的肌肉！」……世界的頹廢與細分化，是在偏頗的知性取向下，接受了悲哀、衰頹、醜陋、蒼白、薄弱、平坦、窩囊（武井堆疊了一堆這種形容詞），老朽、沒有光澤、如紙片般、肌肉鬆垮垮的人；以及像豬一樣，挺著肥肚，走路時肚子像波浪滾動，像蛆蟲般渾身都是脂肪的人。不僅接受，還把這兩種荒誕怪物配置在社會上層才會發生這種事。明明肌肉才是判斷一個人價值的明確基準，世間卻完全忘了它，而以遙遠曖昧不清的各種基準，來混淆人類的道德、美感與社會的各種價值。

導致肌肉衰頹、腐蝕肌肉的一切事物，都是「惡」的。肌肉，這項男性唯一的神話特質，在現代變成最無力的東西。例如被鐵環銬住的普羅米修斯，或被巨蛇纏繞的勞孔，都在在顯示出男性的悲劇性格，是透過隆起的肌肉，成為看得見的東西。然而在肌肉遭到輕蔑、被排擠到角落的現今，男性的悲劇變成極為抽象的東西，舉目可及的男人，都成了一種滑稽的存在。男性真正的尊嚴，應該只存在於帶著悲劇性誇張的隆起肌肉裡，而現在卻著重於地位、財力、高檔西裝、鑲鑽領帶夾、新款高級轎車、雪茄等各種無聊的玩意，將它當成男性的尊嚴所在。

肌肉之所以失去社會地位，也是因為肌肉的效用在目前社會生活裡消退了。這種效用的消退本身（雖然是遺憾且可悲的事），卻也是無法否定的現實，文明生活朝著越來越不需要肌肉的方向發展而去，是無法逆轉了。

武井是檸檬的信徒，他喝著能消除疲勞的檸檬汽水，朗朗地背誦了一節惠特曼的詩。

「如果有神聖存在，那就是人的肉體。

一個男子的光輝與清鮮，便是純潔男性的表徵。

而在男子與女子身上，

清淨、強健、堅韌且纖細的肉體，

比最美的容貌更美。」

一般的運動，保存了肌肉的原始效用，並強調每一個部分的效用，以追求某項運動的爐火純青。唯有在運動的世界裡，還殘存著以前一對一的搏鬥風貌。柔道選手的屈肌之力；划船選手在與水面齊高的賽船上划船，運用驚人的背肌、闊背肌、二頭肌、前腕肌和大腿肌的力量；橄欖球和足球選手是腰部與下肢的力量；擲鐵餅的臂力，游泳的胸力……這些力量確實能如閃電在空中展現一閃之力，而展現或看到這種閃電之力的喜悅，都與過去的光榮和光輝密不可分，更新記錄更是對未來的展望。然而如今，既然運動已成為沒落於現實的肌肉效用殘渣，那麼真正能自然綻放光輝也只有遙遠的從前，現在的運動只是模仿過去失去的光榮，改寫昔日的神話罷了。

因此，武井企求的並非收復肌肉勞動的失地，也不是原始搏鬥性的運動洗鍊。他的目的在於完全恢復肌肉的機能，並追求肌肉的最高度發展，另一方面也試圖完全抹去肌肉的社會性效用殘渣，因而創出「純粹肌肉」一詞（這是武井自創的詞彙，並常常掛在口上），藉以恢復肌肉外觀原本就含有的高度倫理美學價值。

武井如此斷言：

「一般的運動，已無法對未來的文明做出任何貢獻，因為它們只著眼於力量、速度和高度，忽略了肌肉本身的絕對價值，其實已不具備積極性的文化意義。」

肌肉，舉個例來說，譬如手臂的肌肉，為了舉、打、拖、推，可以藉由運動塑造最有效的理想形態，但身為人的形態之美則遠遠超過這種運動機能，帶著不同的、獨立的美學價值與倫理價值，因此才能產生希臘雕刻的理念吧。為了獲得這種獨立的價值，需要不以投擲或打擊為目的的訓練，沒有任何實用價值的訓練，肌肉必須以肌肉本身為目的來鍛鍊。

當然希臘人的健美肉體，是陽光、海風、軍事訓練與蜂蜜的結果。但現在「自然」已死。希臘人為了讓肉體達到詩的形上學境界，只能以相反的方法來鍛鍊，亦即為了肌肉而鍛鍊肌肉的「人工」方法。

「你想想人的臉就知道了。」武井指著自己顴骨突出、眼睛細小的醜臉繼續說，就算野蠻人，對於「臉」也只講求形態美醜的問題，機能性的部分完全不成問題。鼻腔如何有益於通風，嘴巴如何有益於吃食，眼睛看得見，耳朵聽得見，這些功用當然很重要，但卻次於外表。畢竟光靠口眼鼻排列的微妙差距，就能決定美醜，甚至能決定精神價值的深淺。而肌肉能被如此看待的時代也來了。

當然臉部具有的精神表象，在口眼鼻的機能上純粹是被動的，整張臉擔任主動角色的只有「表情」做出的感情表白。這是因為人類在漫長社會生活史裡，已經學會從臉部表情來讀取對方的意願或感情的生活習慣。然而相反的，身體各部位的肌肉則負責動態積極的角色，提供對外展開行動的線索，因此被當作與感情表白無緣的運動機能吧。

但絕對不只如此！肌肉絕對不只如此！（武井再度於緊繃的襯衫裡，鼓動胸部肌肉。）你想想看，感情和心理究竟有多少價值？為什麼只有感情和心理是微妙的？人體最微妙的東西是肌肉！感情和心理只不過像穿過肌肉的火焰，或肌肉的某種表現，除了稍微令人緊張之外，沒有太大的價值，更何況憤怒、流淚、愛情或笑容，沒有一樣能比肌肉蘊含更多微妙的意涵。肌肉能展現它的各種樣貌，例如怒張、鬆弛、快樂、歡笑、微妙的膚色，朝夕不同光澤所顯示的疲勞濃淡，以及汗水的光澤等，甚至像山巖般，從粗糙礦物質的黑色變幻到高山植物的紫色，猶如隨著一天的光線推移不斷產生變貌的山，顯示出種種變化。

你看看可憐的肌肉的哀傷吧。那可是比感情的哀傷更為悲壯。你看看痛苦扭動的肌肉的嘆息吧。那可是比心靈的嘆息更為率真。啊，感情不重要，心理不重要。眼睛看不到的思想更不重要！

思想必須像肌肉清晰明瞭。比起埋在內部黑暗中、形態模糊的思想，肌肉更有資格取代思想。因為肌肉不僅嚴密地屬於個人，又比感情更具普遍性，雖然很像語言，又比語言更清晰，是比語言更優質的「思想媒體」。

…………………。

——武井一口氣說到這裡，忽然起身催促阿收：

「好，走吧，我來指導你。」

兩人走過大廈夕影遮蓋大半的車道，進入燻黑陰森的體育館。舉重社的房間明顯遭到冷落。那是一間布滿塵埃、像牢房般的水泥房間，站在關不太緊的拉門外，似乎可以聽見輕微的呻吟聲，恐怖急促的喘息聲，還有悲歎聲。打開拉門的瞬間，一股囚獸般的氣味撲鼻而來。這是汗水和鐵鏽的氣味。阿收看到這個房間，只能想到拷問室。

古代的採石場，或年輕奴隸的勞役場……以瀰漫這種傳奇色彩的觀點來看，這個房間和其他運動社團的房間截然不同。年輕人痛苦地彎著結實的背，咬緊牙根承載重負，連大腿肌肉都在打顫。一片靜悄悄的，沒有呼喊聲也沒有吆喝聲，只有苦惱、緊張、汗水淋漓的年輕肉體。

今天的舉重練習已經結束了。在這裡的都是武井派的晚輩。有人把腳綁在傾斜木板的頂端，倒立著身體，將左右附著重鐵盤的棍子上下舉動。有人仰躺在帆布面的摺凳上，在胸前上下舉著同樣的重鐵盤。有人將重鐵盤扛在肩上，一會兒站立一會兒坐下。還有人把雙層鐵盤的啞鈴，交互舉到肩膀的高度，看著自己上臂怒張的模樣，然後再放下。也有人俯身打開雙腿，將左右掛上重鐵盤的鐵棍，放低到接近地面，然後手臂使力，將它提到碰觸胸部。阿收覺得這一切都是異樣、陰慘、滑稽而奇怪的姿態。宛如默默履行被課以的各種刑罰。

但在這刑場般的空氣裡，有著令人著迷的東西。半裸的年輕奴隸們，一個個都被幽禁在無法窺知的、黑暗神祕的肉體思緒裡。傍晚也不開燈的天花板，滿室塵埃的地板，老舊的鐵製器材，一切都顯得陰暗，唯有肌肉閃閃發亮。仔細一看，在這裡看到的各部位肌肉，確實都很敏銳善感。阿收在別的地方沒看過如此敏感的肌肉群。一個年輕人彎下身去，側腹立刻浮現結繩般的肌肉群。連什麼都沒做，只是靜靜站著休息的年輕人身上，時而也像閃現什麼感想似的，肌肉到肌肉產生了迅速波動，手臂的肌肉宛如受到波及也急忙隆起。阿收開始覺得武井說的話很有道理。

「首先脫光上半身，我要看看你的身體。」

個子比阿收矮小的武井，趾高氣揚地說。在這種地方脫掉上半身後，阿收對自己削瘦的身材感到格外丟臉。但武井不予理會，硬是毫不留情把他拉到鏡子前。鏡子裡，映著阿收不想看的身材。雖然不到清晰可見，但也看得出肋骨的起伏。

「你看。」武井說，「你的骨頭很粗，所以沒必要為現狀沮喪。現狀是什麼？簡而言之就是零分。這種身材，充分顯露出你長期過著不知節制的生活，你的皮膚也沒有你這個年齡該有的光澤，也缺乏年輕人該有的強健力量，就只是一團白白的，軟弱無力，像一塊到處都有的豆腐。」

武井的兩三個後輩聽到這種說明，笑著走到阿收的旁邊。和他們異樣結實的身材相比，阿收的裸體更顯蒼白孱弱。

「與其說豆腐，不如說像一隻瘦小可憐、被拔毛的小雞。」武井得意忘形，繼續不客氣地加碼批評，「肌肉和其他器官一樣，也會出現非主動性的萎縮。你看看你的三角肌。對，就是肩膀那個圓圓的肌肉。把它跟這些人的肩膀比比看。因為你過去一直過著和力量無緣的生活，使得你肩膀的骨頭畢露，衰弱萎縮的三角肌只有一點點黏在上面。」

事到如今，阿收也不得不承認，自己的身體確實比不上臉蛋，完全沒有臉蛋那種氣質出眾的美感。那瘦弱的身體，離優雅很遠。而男性的優雅，必須建立在某個程度的結實上。霎時，他細瘦的手臂下垂，力氣宛如從指尖滴光了，痛切地暗忖：「我要有詩人的臉與鬥牛士的身體。」他知道自己現在欠缺樸素、粗暴、野蠻等要素的支撐。真正的抒情，唯有結合詩人的面貌與鬥牛士的肉體才能誕生。

「今天是第一次練習，所以用輕型的槓鈴，各練兩次就好。首先是挺舉兩次，然後抓舉兩次，接著是背撐兩次，然後是臥推兩次。接著是兩次半蹲，兩次深蹲。最後再做個腹肌運動吧。」

武井命令阿收穿上運動衣褲。阿收換了衣服，內心感到非常丟臉，覺得被陌生環境的荊棘空氣刺傷。他難以相信，自己長期習於懶散的肉體，竟然會朝向一個目標動起來。內心深處，他覺得自己像一隻猶豫退縮而挨打的可憐小家畜；告別溼潤的乾草窩，告別自己的氣味，在半醒半睡中徘徊，被趕出去服勞役的小家畜。……阿收覺得好不容易才伸手摸到自己的存在。初學者用的灰色小槓鈴，放在水泥地板上，猶如一對失去車體的手推車輪，躺在夏草圍繞的砂礫陰影處。

阿收以雙手將槓鈴抓到胸部，結果竟出乎意料的輕。

——母親化著一臉濃妝。雖然她只是小服飾店的老闆娘，可是阿收喜歡看著這臉濃妝幻想，母親在做什麼不正經的生意。

阿收也喜歡聽母親誇張地訴說自己的不幸；喜歡聽她以沙啞的聲音，將自己的人生說得像淺草電影院的廣告看板，充滿濃豔色彩的刺眼悲劇。

「我今天去運動了一下。」阿收說。

母親在抽菸，視線追著吐出的煙，宛如將興趣各分一半給煙與話題，如此答道：

「哦？你去運動啊，這可稀奇了。」

「我想把體格練得好一點。」

「練體格做什麼？啊，我懂了，最近的女孩喜歡體格好的男生。」母親說。

阿收久違地感到流汗後的爽快，以及從事體力活動後全身還凝固著力量的感覺，使他奇妙地興奮，不由得以高姿態看母親。今天的母親看起來很小，穿著不合適的套裝，以濃豔口紅掩蓋嘴唇的皺紋，並以自己所能想像的「辛苦」，當作緊身胸衣勒緊身體。

「你爸爸又被一個無聊的女人纏上了。」

「妳怎麼知道是無聊的女人？」

「會纏上你爸爸的當然都是無聊的女人。」

「也是啦。」

阿收愉快地笑了。寒酸可憐的父親，總是會有疥癬般的女人纏上他。

夜色低垂，路上行人如梭。這條路有很多酒店和咖啡店，在這裡開服飾店並不適合，只有從店裡看著人群走過的份。店裡的櫥窗，雜亂擺著項鍊、胸針、手鐲、耳環、手帕和手套。自從對面咖啡店裝了巨大的原色霓虹燈後，母親就開始發牢騷，說店裡的東西都受到反射而變色了。無論如何，這種把生意不好都怪罪於不景氣的店，本身就帶著濃厚的不景氣陰影，不管把店弄得再怎麼明亮，那一抹陰影也會使客人遠離。

很難得的，有兩個像粉領族的年輕女孩，在櫥窗前駐足。母親卻在店裡說，她們不會買啦。她過於相信自己的判斷，不知不覺就變成了死心，現在她已不再努力將客人招攬進來，像個吉普賽的占卜女人，只一味地坐在店裡，遠遠地占卜客人的去向，滿足於自己占的凶卦很靈驗。

這兩個年輕女孩，看起來不是很富裕，但也打扮得滿漂亮的，她們的視線落在一條項鍊上。那是一條很貴的項鍊。母親又低聲說，反正她們不會買啦。

女孩看著想要的東西，眼神越來越璀璨晶亮。那已經不只是一條項鍊，而是她們整個生活的夢想，能讓她們變得更美的全貌，也是對貧瘠錢包的浪漫抵抗……不僅如此，甚至是能將人拉去自殺或投水的力量總和。

但是，現在她們眼中有什麼消逝了。慾望雲消霧散後，轉為柔和寬恕的眼神。她們和剛才仇敵般的項鍊和解了。換句話說，她們下定決心只看不買。對面絢麗的霓虹燈，照在她們下班途中，帶著一日疲勞、搽著搶眼口紅的側臉上，不斷地變換顏色。

……阿收不由得走上前去。正打算離去的兩個女孩也注意到了，抬頭看向阿收。她們眨了眨眼睛，然後眼角用力般地改成注視。阿收暗忖：「這和剛才看項鍊的眼神一樣。我取代項鍊了。」兩個女孩側著身體，往店裡挪了幾步，假裝在看別的東西，但好像被什麼線牽著，又看向阿收的臉。

「歡迎光臨。」阿收說。

兩個女孩幾乎同時嫣然一笑。

「她們終於把薪水花光了。」

阿收滿意地看著賣出項鍊的價錢出現在收銀機上，一邊說。

「我在包裝項鍊的時候，那兩個女孩跟你說了什麼？」

「她們說在對面的咖啡店等我。女人都是這樣，立刻想撈回本。」

「要是你肯來店裡當店員，生意一定會很好，根本不用花心思改裝成咖啡店。」

「哼，我才不要來這種店工作。」

「靠色相來招攬生意，對男人來說，應該不是無趣的工作吧。」

母親喜歡跟兒子講不道德的話。她認為兒子是站在她這一邊，他的放蕩是對父親放蕩的復仇。無論如何，這是一種孝順母親的行為。

不道德的話變成牢騷，然後拿出店面的改造設計圖和估價單給阿收看。兒子問，錢從哪裡來？母親答，去借就好了呀。

然後兩人開始想錢的事，彼此默默不語，凝望著不同的地方。兩人都在這個空間裡感受到某種籠統的危機。而這種危機也一直像氣球般，飄浮在兩人的頭上，療癒了母親被客人拋棄，兒子被戲劇角色拋棄的不安。即便未來一片黑暗，這對母子依然有氣無力，依然怠惰，依然帶著半似好玩的心情，覺得在黑暗的未來裡，他們還是會雀屏中選。

「快點去吧，那兩個女孩在等你。」

母親一如往常，做出趕兒子的動作。她很愛兒子，但若兩人一直在一起，生怕自己的不安會反映在兒子身上，她不想看到這個。

「哼，就讓她們著急吧。」

阿收對著商品陳列櫃上的鏡子梳頭。螢光燈從下面打上來，使他形狀姣好、如翅膀般的鼻翼顯得蒼白。

母親把剛才賺的錢，悄悄塞進兒子的口袋裡。

「這是你賺的錢。」

阿收依舊照著鏡子，連聲謝謝也沒說。母親愛幻想，兒子也愛幻想，這對母子的悲劇有著愛幻想的性質。更何況阿收還是演員。他擺出反抗的浪蕩子姿態，忽然斜身穿過商品陳列櫃走了出去。

＊＊＊

清一郎不是那麼喜歡喝酒，因為他很容易醉。醉了就會被異樣的不安驅使，想要躲起來。而此時，他就會前往唯一不怕被人看到他真實面目的地方，鏡子家。

今晚他沒醉，而且孤獨的夜張開大口，彷彿要將他吞噬。這時他乾脆去買春，比以前更加孤獨地走在街上。

這是個多雲溫暖的五月之夜。街燈微微刺激了他疲累的眼睛。他瞇起雙眼，街景便融化了。行人的身影與車子的車影都融化了。整條街道宛如由溼潤易溶的物質構成的。

清一郎在辦公室的時候，彷彿置身恆久不變的堅固物質，此刻獨自走在街上，覺得像走在薄薄的閃爍鋁箔製，只要稍微一摸就會毀掉，有著纖細玻璃骨架的危險世界裡。然而這才是他親密的世界。眾多五光十色的招牌與霓虹燈彼此在競賽，看誰對虛偽之美的法則比較忠實。有一盞霓虹燈，上面浮現三個古風的紅字「不夜城」，但其實夜晚已包圍在它四周，甚至入侵了字畫間的空隙。清一郎想變成霓虹燈，這樣就能完成對欺瞞的效勞。連瞬間都不為自己的法則而活，這種沒有目的的禁慾主義，若化成霓虹燈，就會成為無所謂、日常普通，自然的習慣吧。

某間酒館的後門口堆著許多空啤酒瓶，其中一瓶底部已沒有泡泡，只殘留一丁點的酒，汽車從它旁邊駛過，誰也沒發現它敏感地直打哆嗦。清一郎也想成為這瓶啤酒的殘渣。明天並不存在。因為，儘管這瓶啤酒確實剩下一點殘渣，但這瓶啤酒確實也「被喝光了」。

想當大將！想當高官！想當大發明家！想成為大人道主義者！想成為大企業家……啊，不管如何搜尋兒時的記憶角落，他都不曾想過長大要成為這種人。也不像別的小孩，長大想成為車掌、士兵或消防員。只是一個看在任何人眼裡都是快活而普通的男孩，但他內心是空洞的，從未描繪過自己在這世上想成為怎樣的人。

……在人潮眾多的巷子一角，有一間大型柏青哥店，從遠處就能聽到響亮的金屬聲。那鈴鐺聲，那鐵製彈珠的滾落聲，不只是普通的機器聲，還帶著人類的感情反應，無論是小小的失望、小小的滿足、小小的喜悅，都隨著彈珠滾落聲一起彈到街上的噪音裡，猶如滾落的石子，被人們踩在腳下。

清一郎站在門口，瞄了一下店內。沒有笑容的側臉整排並列，裡面明亮得猶如來世。有個樓梯通往二樓。樓梯口閃著一盞霓虹燈，上面寫著「娛樂中心」。拾級而上，可以聽見機關槍的聲音和警報器的鳴聲。

清一郎被這些聲音吸引，登上二樓。二樓是以前的射擊場，排著美軍留下的各種娛樂機器，而且入口處有傳統的撈金魚和釣鯉魚。不久將被撈起的金魚，在裝水的狹小木箱裡，在噪音的環繞下，悠哉地游著。

無論是機關槍、猿猴、潛水艇、高射砲、開車兜風、賽車、曲棍球，玩哪一種遊戲都是一次二十圓。這二十圓的消愁解悶，是一種對社會積鬱的公然侮辱。這種侮辱比香甜的點心更甜，諂媚著社會弱者的心，想說這種東西他們就能安心接受，大吃特吃。

清一郎開始尋找空機台，哪一台都行。只要能倚著一台機器，找回和自己小小的親密感即可。

「開車兜風」有空位。一個女人從機器後面探出頭來，清一郎遞給她二十圓，便在玻璃箱前的椅子坐下，雙手放在箱子外側的大方向盤上。

箱子裡亮起了燈，出現初夏耀眼陽光照射的高速公路情景。畫成圓筒形的高速公路往山丘的頂端延伸而去，山丘的上面以油漆畫出一大片絕對的藍天，藍天裡飄著浮雲。道路兩側畫了些許花草，牧場的柵欄裡有牛隻在嬉戲。沒有人會討厭這種風景。但如此樂天、平庸、詩意的世界裡，卻沒有半個人影。這是玻璃箱裡的晴朗星期天。

一輛紅色敞篷車奔馳在高速公路上。圓筒不斷往前轉。若只是這樣，車子應該能順利在路上行駛吧。但圓筒也常常不規則地左右轉動，所以車子也有出軌的危險。清一郎機警地轉動方向盤，確保車子穩穩地走在路上，否則車子很容易岔出路面，往懸崖或小河邊狂奔。車子在路上奔馳時，箱子外側的紅燈偶爾會亮起「On the road」的英文字，藍天則以絢麗色彩浮現得分數字，五〇〇，一〇〇〇，二〇〇〇，閃個不停。

出現在藍天裡的紅色、黃色、紫色數字相當鮮明清晰，彷彿沒有這些數字，這一大片晴朗藍天便無法成立。這是在強調詩意般的藍天。當二〇〇〇或三〇〇〇的粗體字閃爍刺眼，藍天就變成預言性的藍天。

……時間到了，圓筒轉速變慢，徐徐靜止了。如同遊戲剛開始時，高速公路前方的山丘，變成一道用白鐵皮做的未知地平線，戛然而止。

女人又探出頭來，不發一語，將兩顆用沾滿灰塵蠟紙包的水果糖，放在清一郎前面。

箱子裡的燈熄了。玻璃上映出兩三張臉，他們剛才一直站在後面看清一郎開車。其中一張笑臉是阿收。

「嗨。」

清一郎從椅子站起來，將手搭在他肩上。

「你的技術真差啊。這要打超過五千分才行。」阿收說。

另一個客人已坐上椅子，雙手也放在方向盤上了，因此站著說話的兩人稍微挪開了點，但高射砲的聲響也頻頻打斷他們的對話。那是裝設在玻璃箱內四個角落的四門高射砲，每當在中央柱子上盤旋的兩架飛機被擊中時，紅色的機翼燈便神經質地閃個不停。

「你接下來要去哪裡？」清一郎問。

「我也不知道。我原本釣到兩個女生，不過她們實在太無聊了，我剛才把她們甩了……對了，去鏡子家吧，剛好有伴。」

＊＊＊

……即使聚集在這裡的青年，生活上逐漸產生變化，鏡子也不予理會，依然以同樣的波長，過著她同樣的重複生活。若將青年比做函數，鏡子就是常數。乍看之下，她體現了生活的不變樣貌。鏡子之家，無論什麼時候去都是鏡子之家。無論青年們在哪裡做什麼，到了晚上，他們都能想像，現在鏡子之家開燈了，鏡子換上夜晚的服裝，可能和大家商量要去哪裡玩吧，或是早就已經玩回來，正準備開洋酒又要開始喝。

無論在都會的多麼郊區，只要想到鏡子之家就在那裡，就能給常去的青年帶來一種安心，對整個都會產生親密感。在那裡，不分晝夜都轉動著不道德的水車，可以包容任何背信、苦惱、溫柔的吐息、信賴、誓言、羞恥與心動。在那裡，背叛、謊言、無恥、欺瞞、死皮賴臉的求愛、甚至墮胎的商量，都有著同等的價值。想到世上有這種地方，便令人開心不已。因為這裡沒有任何禁忌話題，所以傾訴失戀可以得到慰藉，但同樣的，侵犯可愛少女的罪行也能得到安慰。打從骨子裡是個女人的鏡子，不僅深知加害者的屈辱與懊惱，也能有充分的共鳴與同情。

鏡子雖然過著隨心所欲的生活，但不知不覺中也明白自己對客人的必要性。因此也讓自己越來越像周遭所描繪的她，甚至時而會極度地誤解自己，沉浸在離譜的幻想裡。「我這個人想必有過度的母愛啊。」

……事實上，生活上的單調也幾乎威脅不到鏡子。人們一旦獻身於悖德，最後通常會被要求發明、要求獨創性追著跑，而這種獨創性的危機會帶來毀滅。然而鏡子從沒遇過這種危機，她能毫無獨創性地安穩過活。因為很多男人把不道德帶進這個家，她沒有必要發明。

鏡子甚至不知道什麼是失眠！最後一位客人離去後，剛才性方面的種種交談成了她上好的安眠藥，沉浸於自己能擺脫各種煩憂獲得自由與客觀的滿足感，關上床頭燈，枕在枕頭上，一下子就能睡著了。

這天晚上，光子與民子來到鏡子家。女人聊起天來，怎麼聊都聊不完。這時阿收打電話來，說等一下要和清一郎一起來。明明是很熟的朋友，但這兩個男人即將到來的消息，霎時使席間熱絡了起來。

民子是大森山王一帶，相當富裕的地主之女，「基於興趣」在酒店上班，說是上班也極其任性，想休息就休息。民子是個傻呼呼的爛好人，好到近乎病態，總把別人的話當作善意接受，因為這種不可思議的品德，她從沒碰過被騙哭泣這種事。誰都不會去騙民子。畢竟面對如此輕信他人的女人，男人若想興致勃勃地欺騙她，想必也會覺得無趣掃興。這種輕信的好處，使得她和疑心病重的女人一樣不會被男人騙，除此之外，她還有不束縛男人的優點。

民子和誰都能當朋友，無論是大臣，或蔬果店的外送員，縱使西洋人也一樣。而且她是絕對和平主義的信徒，總認為世人為什麼不能手牽手繞著地球跳舞。為人慷慨大方，也喜歡收別人的東西，可是完全不懂收到禮物和收到現金，兩者的意義有何不同。

關於男人，民子非常沒主見。不管對方六十歲或十六歲，她都認為各有優點，總把「世上沒有壞人」掛在嘴上。這也是她和光子常起爭論的原因。光子只喜歡年輕男人，關於青年的魅力，她有精闢的一家之言。無論是男人的髮型、眼睛、白襯衫、微微敞露的胸膛、言談措詞、襪子，甚至低頭時的肩膀角度等等，她都很有想法，但民子根本不在乎這種事。

相較於這種爭論，鏡子的興趣別具一格。與其說她對男人洋溢的魅力感興趣，不如說她是色情緋聞的蒐集家。要說魅力，她自己的魅力就很夠了。即使在幻想時，她也是自我本位，尤其喜歡想像男人路過她的身邊時，被她的豔麗所惑，陷入淫蕩幻想的地獄中。明明可以開車去的地方，她偏偏喜歡搭電車，因為害怕過於擁擠的電車，她總是挑不太擠也不太空的時段。

玄關的門鈴響。光子與民子大喊：「來了！」然後立刻彼此提醒，不可以露出引頸期盼的表情。

兩名青年，就像回到自己的家，毫無表情地走進來。清一郎分別嗅了三個女人身上的香水味，以陰鬱的口吻說：

「哼，是人味喔，人味喔。」

說完便逕自坐在暖爐前的椅上。阿收則是坐在長椅上的光子旁。

鏡子很喜歡清一郎這種「食人族」的打招呼。她以天真無邪的競爭心說：

「三個人裡面，要先吃哪一個都行喔。」

可是清一郎現在不餓。

「聽說你要結婚了？」

光子發狂似地說。說到結婚二字，語氣還充滿猥褻。

「對方的老爸看中我，說我是開朗的青年，而且前途無量。」

女人們紛紛批評那個老爸沒眼光。大夥兒追根究柢想問女方的事，但清一郎閉口不談。因為這不是色情緋聞，不是應該在這裡說的事。

副社長已經請他吃過午飯，在東京會館昏暗的西餐廳。席間談到董事們在丸之內附近共進午餐的話題時，副社長若無其事地問了他幾個問題，總之很欣賞他。給人沉默寡言，深思熟慮，且開朗的印象，是清一郎的特技。他精於塑造自己的形象，而且塑造的方法和世間教的相反。他以奇妙的直覺發現，若想洞悉社會的本質，與其研究別人，不如研究自己才是捷徑，這是女人的方法。可是現在社會對青年要求的，並非當一個男人。

——阿收來了之後，逐漸感到肌肉痠痛。長久沒用的肌肉，發出輕微的呻吟訴說疲勞。到了明天早上，渾身會一起喊痛吧。但這種內心的不安，有種奇妙的新鮮感，甚至爽快。他覺得自己的體內，有個在土中的種子正在發芽。以往未曾意識過的肌肉，從長眠中醒來，微微地開始蠢動。自己內在的心，與外在的肉，似乎很明顯地開始疊合。想到這裡，他很希望能一點點掏出精神，讓它們變質為肌肉。遲早能將精神全部掏出，變成肌肉吧。如此一來，他就能成為完全由外型塑，完全被外在浸透的人。成為一個沒有心，只有肌肉的人。

阿收一如往常，呆然地坐在椅上，夢想著有一天，有個像鬥牛士般，渾身都是敏捷肌肉的男人坐在這裡。他暗自心想：

「到了那時候，我才是完全存在於此吧。到了那時候，此刻在想這種事的我，這個模糊的存在也才會消失得無影無蹤吧。」

「你在想什麼？」

光子忽然搖著他的膝蓋問。

光子總是不允許他恍神發呆。不僅如此，她還喜歡用自己的看法來斷定它，把自己的看法硬塞給別人，而且對自己的治療方法充滿自信。

「我知道你在想什麼喲。你在想一個小時前，在某個街角，有個不知道打哪來的女孩迷上你那張臉。然後你事後在想像，接下來會有什麼樣的羅曼史呢？可是想著想著又覺得很無聊，想說反正都一樣。你的眼神看起來不像在追尋未知的東西。」

阿收沒有回答，只是眉頭輕蹙。雖然光子從頭到尾都猜錯了，可是他喜歡別人像按摩般認真地分析他。這是一幅與他無關的他的肖像畫，而這幅肖像畫比他本人更確實存在。

——鏡子討厭揣摩臆測。在這個家裡，大家應該更為正直，必須擺脫嫉妒、羞恥心與種種心機獲得自由。電車發車的鳴笛聲衝破夜氣，從敞開的窗戶傳了進來，勾起她想去旅行的念頭。

「要不要去旅行？大家一起再去旅行吧？」

但大家只是低吟著，沒有明確表示贊成或反對，總之就是沒有回答。唯獨鏡子熱切溼潤的聲音餘韻，在空中飄盪了片刻。

民子說，院子有腳步聲。儘管她此言出於善意，但民子的發言向來不受重視。

過了一會兒，這回換光子說了同樣的話。但聽起來像在演戲，也沒有博得大家信任。

終於鏡子站了起來。

「我剛才也有聽見，陽台下面確實有人在走動。……又停了，可能是躲起來了。」

大家面面相覷。可是阿收不表關心，清一郎也擺出懶得幫忙的態度，窩在自己的城堡中，有趣地打量三個女人忐忑不安的樣子。

陽台上什麼都沒有。明治紀念館的森林上方掛著一輪新月。地勢較低的地方，有戶人家忘記把鯉魚旗收進去，此刻連旗幟上的紅鯉魚看起來都有點黑了。風很小，鯉魚旗無法翻飛，只能緩緩地扭動身體，只有尾巴能稍稍離開旗杆。

坐在法式落地窗旁的民子，忽然跳起來尖叫。因為一扇法式落地窗突然砰了一聲，猛地關了起來。一個黑色人影從陽台闖進來，走到房間的中央鬼叫了一聲。定睛一看，原來是峻吉。他穿著黑T恤和黑長褲，一身黑站在水晶燈下大笑。這一瞬間，他看起來異樣高大。

峻吉滿意地大笑。清一郎覺得他笑得很失禮。今晚在場的人，只有峻吉由衷感到滿足。

女人們紛紛譴責這種惡作劇後，夏雄也從陽台出現了。儘管他是峻吉惡作劇的幫兇，但無法像峻吉那樣帥氣登場。可是當他靦腆地拍掉上衣的塵土現身時，那副模樣反倒讓大家毛骨悚然。

然後又是一陣熱鬧的恐怖表白。峻吉說他在路上巧遇夏雄，所以邀他一起來這裡。清一郎和阿收聽了都大吃一驚，深深覺得今晚的巧遇真多。

此時客廳的門開了，真砂子穿著睡衣探出身來。為了看起來很可愛，她還一手抱著洋娃娃，然後以宣言般的口氣說：

「好吵哦。都把我吵醒了。」

因為這個宣言，鏡子放棄把真砂子趕回床上。於是真砂子模仿童話劇裡的兔子，以極其可愛的稚氣腳步，蹦蹦跳跳地跳進夏雄的雙腿中。

隔了一個月，原班人馬再度相聚，大夥兒都很開心。清一郎問峻吉這陣子在做什麼，峻吉說大學聯賽快到了，每天都在加緊練習。然後轉頭跟民子說，他對本月二十四日，白井對艾斯皮諾札之戰的預測，白井可能會勉強衛冕成功，可是無法贏得很光彩吧。……從那之後，民子沒見過峻吉，此刻看他的表情絲毫沒有箱根一夜的記憶，迫於無奈只好跟他比恬淡，充滿善意地說了一句挖苦話。

「反正拳擊忌諱女人吧。」

美酒上桌，只有峻吉沒喝。不知不覺中，女人被晾在一邊，久違的四個男人自己聊得很起勁。但是夏雄很低調，不談自己的任何事情。

「我們的共通點到底是什麼？」

清一郎問鏡子，想把她拉進來聊天。

「大概是，沒有人想得到幸福吧。」

鏡子只遠遠地回了這麼一句。

「不追求幸福，這可是古老的感傷思想喔。」清一郎反駁，「我們即使得到幸福也完全不在乎，即使幸福像青苔纏在身上也不害怕。荒謬的是，人有時會因為無聊透頂的理由，不由得追求幸福。像避開瘋瘋病般逃避幸福的傢伙的英雄主義，充其量只是脆弱又窩囊的陳舊貴族主義吧。我們對任何事情都免疫，連幸福也免疫，我希望妳這麼想。」

受到這種鄭重其事的宏論壓迫，鏡子也不再說話，轉而和女人們聊天。

但四個男人也都默默感受到了。我們是站在高牆前面的四個人。

不知道這道牆是時代之牆，抑或社會之牆。然而在他們少年時代，這種牆早已徹底瓦解，在外頭還是明亮之際，可以看到滿地的瓦礫。太陽從瓦礫的地平線升起，也沉落於瓦礫的地平線。將玻璃瓶碎片照得璀璨耀眼的日出，為無數散落的碎片帶來了美。那個相信世界是由瓦礫與碎片組成，那個無限快活、無限自由的少年時代消失了。如今唯一確定的是，一面巨大的高牆矗立在眼前，四個人站在高牆前。

「我要打破這面牆！」峻吉握拳心想。

「我就把這面牆變成鏡子吧。」阿收慵懶地心想。

「我要在這面牆上畫畫。把這面牆變成風景或繁花的壁畫。」夏雄熱切地思索。

清一郎則是這麼想：

「我要變成這面牆。我要化為這面牆本身。」

……沉默中，各自思潮洶湧。在這一瞬間，他們成為熱情的青年。而清一郎本身是青年，卻也很喜歡煽動青年。

「對了，難得大家又碰頭了。」清一郎忽然想起什麼似的說，「接下來不管幾年，我們每次見面時，都毫無隱瞞地暢談所有的事吧。最重要的是固守自己的方法。所以不可以互相幫忙。因為即便是些微的幫忙，都是對每個人宿命的侮辱。我們來締結一個同盟，無論陷入什麼困境都不可以互相幫助的同盟。這大概是史上未曾有過的同盟，也是史上唯一恆久不變的同盟吧。因為歷史已經證明，過去所有的同盟都無效，最後都淪為一張廢紙。」

「不和女人締結同盟嗎？」

對女人的話題感到厭倦的光子，立刻說。

「已經結了喔。」

「說得也是，已經結了呀。和女人締結同盟的必要條件是，絕對不能上床。所以你沒跟在場的女人上過床吧。」

「我只喜歡買春。可是，不跟妳們上床的人不只有我，夏雄也是喔。」

「夏雄還是處男呢。」

這句露骨的話，使夏雄羞紅了臉，但他沒有因此受傷。因為他對這種事沒有虛榮心。

鏡子站了起來。

「好了，一起出去玩吧。去瑪努薇拉如何？不過那裡要穿西裝打領帶喔。」

清一郎和峻吉拒絕了。清一郎討厭奢華的地方，峻吉則是明天一早有越野長跑訓練。夏雄穿著西裝，但阿收穿著運動服。

「去拿爸爸的西裝和領帶來，借收先生穿。」

鏡子命令真砂子。離婚的丈夫留下幾件舊衣服，這種時候總是能派上用場。

鏡子自己早已一身外出夜遊的打扮，穿著晚禮服，戴著夜晚的耳環與項鍊，擦上夜晚的香水。這身打扮是為了在昏暗的夜總會看起來年輕十歲，但在明亮的客廳過於豔麗而稍顯寂寥。

其實她一直在想清一郎要結婚的事，也知道她沒有理由嫉妒，也沒資格感到寂寞。兩人之間，從未表現過戀愛的態度。但這並非出於自尊心或賭氣，而是極其自然的結果。

如此一來，此刻的心痛和這個家充滿情愛氛圍無關，只能看作失去朋友的友情之痛。也能看作失去了和她同樣信奉無秩序，不相信所有道德的精神伴侶。但清一郎並非背棄無秩序的思想。以他一流的悖論來說，正因相信毀滅，不相信明天，才能輕易與世俗握手，屈服於習慣。但是……鏡子又繼續思忖，他也有肉體。這是過去未曾想過的事，他也有肉體！雖然內心輕蔑所有男女情愛，但也無法否定眼前存在的事實。以前他曾凝視鏡子說：「妳是個絕對無法活在現在的女人。」而此刻鏡子眼前出現兩種恐怖的東西，「現在」與「悔恨」，她覺得必須從中選擇其一。

「可是，我絕對不會選擇吧。」她重新振作，再度昂然地思索，「不選一個特定的人是我的一貫原則，所以也沒必要選擇一個瞬間。選擇，其實也同時在被挑選。我無法允許這種事。」

這時光子忽然冒出一句：

「妳應該在眼睛下方，多撲一點粉。」

鏡子對於不客氣的言行大多能接受，但在化妝上被人說三道四就很不是滋味。

「妳的意思是我有黑眼圈？妳連黑眼圈都長不出來呢。」鏡子回答。

真砂子趿著拖鞋，踩著非常開朗的腳步聲，回到了客廳。她穿著長及小腿的父親西裝，將領帶繞在脖子上。大夥兒見狀哄堂大笑。

但真砂子毫無笑意，一臉嚴肅地走向阿收，然後這麼說：

「阿收，我願意把我的西裝和領帶借給你，不過你要好好愛惜喔。」

民子大聲誇獎，這件西裝和領帶的顏色配得真好。

阿收在繫領帶、穿西裝時，真砂子側腿坐在地毯上，目不轉睛盯著他。無力的小孩搆不到，只能望著連小孩都不允許的行為，像儀式般堂堂地在眼前進行。但真砂子對於自己的眼神有多麼天真可愛，而且沒露出一抹責難之色，感到相當滿足與陶醉。

3

今年的秋季展覽會，夏雄因為去年獲得特選，所以今年無須審查就能展出，但他遲遲難以決定要畫什麼題材。從春天起，心裡一直掛念著這件事，但還是找不到題材。他的心裡，儲存著許多感受性豐富的獵物。被他的感受性之箭射中的東西也堆積如山，恰如荷蘭的靜物畫裡，野雞和青鶺的屍骸與豐醇果實一起染著夕陽餘暉，混雜堆疊著。也可能是收穫過於豐碩，所以遲遲難以決定焦點。

進入七月的某一天，夏雄懷著截稿日迫近的憂鬱心情，帶著素描簿，驅車前往多摩的深大寺。

夕陽已然西斜，樹木拖著長長的影子。他將車子開進古老水車旁的小徑，樹陰下閃爍的水珠映入眼簾。不久來到古木參天之處，石階上方即是桃山時代的深大寺紅色山門。夏雄在此停車。

來野餐的中學生們，坐在清澈泉水旁的摺凳上嬉鬧。附近有知名的蕎麥麵店和素陶店，也有人在賣鴿笛和稻草編的馬等手工藝品。夏雄買了鴿笛，試著吹了幾聲。不料隨著笛聲響起，幾乎所有中學生也吹起了鴿笛，夏雄大吃一驚。猶如在靜謐黯淡的寺門風景畫上，不慎潑灑了不協調的喧囂原色顏料。

夏雄在山門前，輕輕行了一禮，便決定往後山去。走過蓮葉、水萍覆蓋的弁天池旁，在一間販賣樹根工藝品的古樸茶屋前，右轉往上走。此時夏雄成為帶著素描簿走進大自然的畫家，一種抽象的存在。在鉾杉保護的陡坡上，除了他以外，不見人影。夏雄邊爬邊吹鴿笛，笛聲消失在深邃的杉林裡，他覺得自己宛如孤島。

爬到頂端一帶，周圍的坡度變緩了，斜陽照進稀疏的赤松林中。只見兩三個中學生利用斜坡與松樹，玩著令人眼花撩亂的腳踏車特技。那個叫喊聲與夕陽照出的車輪銀色閃光融為一體。夏雄想打開素描簿，隨即又打消念頭。因為這一切動得太快。

不久，少年們騎著腳踏車衝下陡坡消失了。

夏雄就這樣走在初次看見的風景裡，那種狀態像是難以成眠之夜特別清醒的腦袋裡，陸續出現許多鮮明的意象。但夏雄遲遲無法將這些意象凝成畫面，許多無意義的片段轉瞬流逝，雖然時而也出現璀璨的完整畫面，卻也像側身般從眼前一閃而過，來不及捕捉全貌便已消逝。大多數風景就像這樣，如接踵而來的片段閃現又消逝無蹤。

然而風景就像展閱畫卷，有開端也有終結。若以入睡前的心理準備，來比喻觀賞風景的心情準備，倘若入睡前腦筋清醒、意象不斷躍動，看似反而影響入睡，但某個瞬間會突然陷入睡眠。欣賞風景也一樣，在意想不到的瞬間會陷入風景裡。畫家在欣賞風景時，看得最仔細的時候也是最清晰，但達到清晰的極限時，會出現和睡意突然襲來相同的情況。

……夏雄走在稀疏的松林裡，知道這個瞬間還沒來。

穿過稀疏松林後，眼前出現一片遼闊鮮明的草地。剛才走在那片昏暗森林時，完全沒料到頂端有如此平坦遼闊的風景。夏雄站在草地上，背後是昏暗的森林，遠方地平線上同樣是森林毗連，兩者之間除了斜斜橫越的高架線，是一片完全沒有遮蔽物的平坦田園。剛才在森林裡極度缺乏的光線，此刻豐饒地流瀉在原野上。雖然夕陽的光線傾斜且低平，但草原和田畦的表面反而漾著發自內部的光亮。舉目望去，除了遠方田裡工作的兩三個人，看不到別的人影。

明明離市中心不遠，竟能在夏日黃昏，置身於天空、遼闊原野、田畦與森林中。這種遺世獨立的孤獨狀態，令人難以置信。在這片遠及地平線的風景圍繞下，夏雄感到一種純潔，覺得它們竟純潔地將自己托付給他。沒錯，這片毫無特色的夏日黃昏田野，甚至染在細草葉末的夕陽之色，都純潔得無比清澄。這裡有著淨化作用。

夏雄覺得擺脫了心裡煩瑣的意象，逐漸步入風景的核心。從草地盡頭向左轉，漫步在麥田、玉米田和剛才通過的森林邊緣之間。小路左邊是古木參天的茂密森林，已經暗得像黑夜；小路右邊的青翠麥田，唯有葉子的輪廓清晰可見，其他的綠色已被夕暮侵蝕，開始泛黑了。

驀地，小路前方傳來陣陣機車聲，夏雄以為會朝這裡駛來，不料機車聲逐漸遠去。想必是從別條岔路轉進這條小路，然後逐漸離去，只見車尾燈的一點紅光閃在田野小路深處。這也顯示出天色已暗。

夏雄這時才望見小路盡頭的天空，太陽在那裡西沉。

地平線已被黑色夕雲籠罩，地面與天空的界線消融在黑暗裡。又厚又密的黑雲上方，有著絲條狀的橫向浮雲，因此還能看到橫雲間的水藍色天空，密雲上方也殘留著窗戶般的水藍色空隙。窗形恰似橫放的詩箋。太陽就在這些雲層的彼方西沉。

這時夏雄成了某種獨特且感受深刻的俘虜。他覺得自己忽然陷沒於風景的核心裡。這是處在極致的冷靜裡，卻也同時幸福到目眩神迷的特殊狀態，而且還能清晰地看見風景。

落日西沉。當夕陽發出鮮豔橙光，開始侵犯最上層的橫雲，天空上方凌亂的流雲也綻放出嚴肅的光芒。然而隨著夕陽更加西沉，光芒也逐漸消退，夕陽徐徐變成鮮紅色。被橫雲分割的夕陽上方依然停在橙色，下方卻已是鮮血欲滴的紅。

轉眼間，落日滑落幾道橫雲間，開始照進開在黑色密雲中的神奇窗戶，如詩箋橫放般的窗戶。上下都被黑雲牢牢圍住，唯獨這扇窗充滿了落日餘暉。夏雄看到世上最神奇的四角形落日。這顆鮮紅的四角形太陽就這樣停駐了片刻。原野已然全黑，麥田在微風中發出黑色的喃喃細語。

不久，詩箋形的落日越來越細，夏雄動也不動地佇立原地，直到最後的餘火燃盡。他甚至沒有打開素描簿。當落日完全隱沒後，高空依然有幾絲纖細的雲，凝在清澄的光線中。

夏雄下定決心，就畫這個吧。

＊＊＊

大學拳擊聯賽結束一星期了。峻吉所屬的大學奪得冠軍，身為主將的峻吉也很有面子。峻吉不知如何表現自己的開心，便拉學弟去遊樂園看剛開始舉辦的妖怪大會，竟把幽靈特殊裝置的手扯了下來，和工作人員發生爭執，上演全武行，把整個鬼屋搞砸了。

清一郎聽到這個傳聞，對峻吉表現開心的方式頗感興趣。雖然結果荒謬愚蠢，但表現開心的方式竟以破壞而終，看來這件事是真的。尤其峻吉把妖怪大會當作破壞衝動的發洩地，更是適得其所。峻吉渴望幽靈，而幽靈也為了被他擊退而存在。

大學已進入暑假，但聯賽結束後兩星期，拳擊社的人依然住在杉並的集訓所進行集訓。聯賽期間停止的越野長跑訓練，又從早上開始了。一群穿著黑色運動褲的年輕人，選擇沒有鋪柏油的道路跑步，沿途還進行空拳練習與兔子跳，就這樣跑過尚未甦醒的街道。

七月初的一個星期六，清一郎下午三點多便得閒，於是去集訓所看他們練習。

集訓所是一間老舊小工廠改造的，原本的員工宿舍改成現在的學生集訓宿舍，部分工廠成了拳擊場，宿舍與拳擊場之間是單調的食堂兼廚房，以及有淋浴的洗澡間和廁所。沒有半棵樹的前院，用來做暖身操。然而這種粗糙老舊的木造建築，確實很適合作為朝氣蓬勃年輕人展現活力的地方。

老舊的大門上開了一扇小門，清一郎從小門進到前院，只見夏日夕陽清晰地照著一無所有的地面，與洗澡間外的苔蘚。他站在廚房門口窺探，只見兩個輪班人員正在削馬鈴薯皮。削皮後的馬鈴薯白色肌膚，在他們粗壯的手指間顯得很妖豔。

剃著光頭的兩人看到清一郎，連忙對學長恭敬行禮。清一郎將帶來的一包牛肉扔在流理台上。

「大夥兒一起吃吧。」

聽到鮮肉碰到桌面的沉甸甸聲響，兩人再度回頭，情不自禁地微笑致謝。

清一郎暗忖，這兩張充滿鄉下氣息的樸實新面孔，多虧了拳擊社，才能讓這份樸實毫髮無傷吧。他步出廚房，走到前院對二樓的一扇窗戶大喊。

「喂，阿峻在嗎？」

「在！」

隨著宛如要驅趕午覺睡意的粗啞應答聲，峻吉裸著上半身出現在窗口。知道來訪的是清一郎，他以雙手在頭上交握，發出印第安人般的怪聲。

「要不要上來？離練習還有一段時間。」

清一郎踩著嚴重嘎吱作響的樓梯往上爬，打開峻吉的房門，看到三個只穿內褲的年輕人躺在榻榻米上睡覺，峻吉發出的怪聲絲毫沒有妨礙他們酣睡。三個裸身的肉體彷彿浸漬在睡眠中，猶如汗珠發亮的金色果實。

峻吉的眼角到眉毛，還貼著聯賽受傷時的ＯＫ繃，但連個小擦傷都沒有的閃耀身體，從肩膀到側腹，清晰地印著榻榻米睡痕。連圓圓的臉頰也有些許榻榻米睡痕。

地上散落著兩三本無聊的娛樂雜誌。

「你成功做到瞬間也不思考了。」

「對啊，我成功了。如果思考的話，打不出那種幸運之拳喔。」

峻吉的個性極度開朗，不會執著於憎惡與輕蔑，但唯獨輕蔑思考。他甚至沒想過，自己有輕蔑思考的思想。思考只是他的敵人。

行動與有效的拳擊，位於他世界的核心。峻吉認為思考是裝飾性的東西，像是抹在核心周圍的香甜奶油，是一種過剩多餘的東西。思考是簡樸的相反，單純的相反，速度的相反。若速度、簡樸、單純與力量有美的話，思考代表一切的醜。他不相信思考能像箭一樣快，也不相信有比瞬間炸裂的直拳更快的思考。

思考的人，像樹木般緩慢生成。看在峻吉眼裡，只是一種可憐的植物性偏見。文字書寫的不滅，和行動的不滅相比，更是極其卑微。因為文字本身的價值不會產生不滅，是被保證不滅之後才有價值。不僅如此。思考的人，若不以行動來比喻，一步也無法前進。大論戰的勝利者，絕對無法享受行動勝利者俯瞰敵人鮮血淋漓倒在眼前的快感。

思考有一種模糊性！越是增加它的透明度，越容易墮落成無用的旁觀者囈語。而不透明的思考，光藉著它的不透明就能有益於行動。就這一點來看，在這次聯賽中致敵人於死地的閃耀幸運一拳，便是從活力不可測的黑暗深處，如一閃上升的閃電，展現它透明的姿態。這一閃，正是將我們帶離黑暗的力量。

……清一郎每次見到峻吉，總會深感語言的無力。他和這位奇妙的朋友，從未有過像樣的交談。

「今天練習後有空嗎？」

「有。」

「一起去吃個飯吧。」

「我要跟社員一起吃飯，學長要不要一起來吃？」

清一郎為自己沒跟峻吉說帶牛肉來，感到很高興。

「這樣也好。那飯後一起出去玩吧？」

清一郎翹起小指頭，暗示有女人想見峻吉。

「哦？是今晚就能上床的女人嗎？」

「你怎麼又立刻說這種話。對了，你討厭妓女啊。」

「妓女和麻煩的女人，我都舉雙手投降。妓女不乾淨，麻煩的女人太麻煩……」

就像眼前出現了煩瑣的方程式，峻吉光是想像這些煩瑣的情感糾葛就毛骨悚然。他將煩瑣的感情與思考混在一起，認為兩者都是敵人，兩者都是女性之惡。他向來認為「會思考的傢伙是女人」。

峻吉閉上一隻眼睛，微微一笑。

「不提那些了，現在就有個好女孩。等一下我會讓杉本學長見見她。」

「怎麼個好法？」

「看起來單純，滿不在乎，身材火辣……算是傻妞那一型的。不過大家都說她是美女，一定錯不了吧。」

「像民子那一型的？」

峻吉已記不清民子的長相了。

川又教練來了。他總是在練習前十五分鐘，準時出現在中庭。練習從五點開始。清一郎跟川又很熟，於是上前打招呼。

川又粗魯地應了一聲「嗨」。由於他總是一臉生氣的樣子，誰都無法斷定這個男人是否真的在生氣。他是二十年前的現役選手，如今除了拳擊以外，這世上沒有任何事情能引發他的關注。這位名教練門下，出了很多知名選手。

川又眼眉間的肉有些隆起，鼻子長得像馬鞍，耳朵像花椰菜，一看就知道是拳擊家的臉，儼然是一種紀念碑。這張像被船蛆蛀蝕的船頭莊嚴面容，是拳擊長年侵蝕所創出的一件作品。在這個人的臉上，大概只能純粹地看到「拳擊」二字吧。就如在老練漁夫的臉上，只能看到海的名稱。

他極度沉默寡言，有著拳擊家特有的沙啞含糊嗓音，話很少，少到宛如從口中溢出食鹽那麼難得。唯獨開始練習以後，他就變了個人似的饒舌起來，但每一句話都像在怒吼，大部分都很簡短，宛如砍成一截一截的薪材，毫無章法地亂扔在地。但這與其說是講話，不如說是對他依然敏捷的手部動作的注釋。

「讓我參觀一下吧。」清一郎說。

「好啊，請參觀。」

兩人的周圍，頓時聚集了不少半裸的沉默青年。每個人都靜默且鄭重地向川又致敬。他們手上纏著白亮的繃帶，不停地晃動身體，在那裡轉來轉去。經常活動的肩膀肌肉，使得肩胛骨看起來像隱藏的翅膀。

清一郎知道大家都在活動筋骨，以準備即將到來的激烈撞擊。有些人在炎夏斜陽照射的地面上匆忙踏步，就像站在嚴冬封凍路上的人常做的那樣。有些人交互揮舞纏著繃帶的手。即便裸著上半身，大家都穿著護腳的緊身褲，再穿上褪色的拳擊短褲。

峻吉出現在中庭，向教練說了一句：「要開始了。」然後行了一禮，便發號施令做暖身操。

清一郎靠在牆上，望著十四、五個年輕人赤腳開始跳躍。峻吉喊著「kick」帶大家一起做操，雙手扠腰、扭動身體、深屈膝、舒展腳後跟的阿基里斯腱等動作。那年輕尖銳的「kick」聲，喊得清脆響亮。

……室內練習終於開始了，社團經理敲響鐘聲。

霎時，剛才還在這裡的年輕人一起奔向另一個世界，只留下清一郎一人。

然而清一郎只是看著，就覺得遠離了那個充斥「關於這個問題嘛」、「能不能請您考慮一下」、「以敝公司的立場而言」這種陳腔濫調的世界。那些種種陳腔濫調，彷彿在看不見聽不到的遙遠地方，化成一片漆黑死絕了。而眼前躍動著截然不同的世界。身為陳腔濫調世界的一員，至少現在，自己處於離那個世界最遠，離另一個躍動世界最近的地方。那個躍動傳遍轟隆作響的老舊地板，也傳到自己身上，那個飛沫也直接噴濺在自己臉上，恍若置身行動的岸邊。

清一郎心想：

「這個世界一定會毀滅。而且在毀滅之前，光輝燦爛的行動，會在一個個瞬間誕生，也在一個個瞬間死去。」

這種想法很容易滑向這種觀點，認為唯有行動能保有人的永生，唯有在行動裡才有恆久不變的東西。但他不打算縱身於這個行動裡。他只是看著就滿足了，絕對不會自己動身。……如果永生或不朽的光輝，不相稱地照在自己上演的行動上，這是他不願意的。比起成為美麗的人，他寧願也更喜歡化身為自己討厭的人。

一群「行動」在他眼前跳躍。十五、六個人，包括穿梭在他們之間的教練，整個動作像激烈起伏搖擺的波浪。鐘聲響起，第一回合結束，全體停止動作。地面上到處灑落黑色汗珠。

在三十秒的休息時間裡，峻吉甚至不曾投給清一郎一個微笑，只是一臉正經對著窗戶調整呼吸。這使得清一郎對他很有好感，他確實應該如此。

銅鑼彷彿被打到反彈回來的尖銳鐘聲響起。全體再度躍動，各自進行該做的練習，例如空拳練習，跳繩，打沙袋，打吊球，或是亂打頭尾用粗橡皮筋綁在天花板與地面的輕量級沙袋。眼前再度湧現激烈的波浪擺動，連地板嘎吱作響都形成了節奏。在瀰漫著皮革與汗臭味、不到二十坪的空間裡，充斥著鞋底在地板滑動的機敏聲，粗壯手臂的風切聲，以及打出直拳時，牙縫間蹦出尖銳如蛇呼吸般的聲音。

而且這些呼吸聲與手臂風切聲，不斷地改變方向，一點點逐漸向左移，因此下一輪來自各種角度的聲音也追逐過來，和剛才的聲音重疊在一起。敏捷的腳經常彼此交叉，白色鞋帶也在各自的鞋面上閃動飛舞。

另一方面，繩子像鞭子鞭打著地面，圍繞著跳繩的人；沙袋發出笨重的肉體聲承受打擊。唯有吊球那機械又痛快的連續聲格外悅耳。

「還有一分鐘！」經理大吼。

峻吉正在打沙袋。這種笨重的東西，就像吊在肉店裡的巨大肉塊，擋在他前面。那只不過是個骯髒破舊的灰色皮袋，但看在灼熱的眼裡，成了沾滿鮮血的巨大肉塊。每一拳打下去都很有感，當他以全身之力擊出重重一拳，沙袋也以絕不被征服的量感來對抗。自己使出力量的同時，確實也承受了沙袋抵抗的力量。峻吉屈身，讓它吃了一記上勾拳。但沙袋也只是稍稍往後仰，隨即又毫不變形地垂吊在原處。

這傢伙確實存在著！無論怎麼被打被揍，他都確實存在。峻吉繞到左邊，猛烈地連續出拳。他的拳擊手套，好像扎入了沙袋，但結果還是沒進去。力量在沙袋表面炸裂，又傳回他手臂，回到他熾熱力量的源頭。唯獨汗水從他身體飛濺出去。

第二回合結束了。第三回合是一組實戰練習。川又從擂台外，以難以聽見的聲音對抗場內洶湧的聲浪，陸續發出片段的話語。

「再小一點。太大太大。」

「下巴不要伸出去！」

「進攻進攻。放輕鬆。」

「腳！腳！腳！」

「攻上去。」

「不要畏縮。」

「不要用指尖打。放輕鬆放輕鬆。身體過去了。」

「轉身！轉身！」

「右邊放鬆。右邊。」

「再往前一步。再打一拳。」

「對對對，這樣就對了！」

……………………。

「還有一分鐘！」經理大喊。

夕陽照遍全場。這時清一郎看見兩三個躍動的年輕人頭上頂著一輪光環。有些人下巴滴落的汗珠，閃耀出一顆顆聖潔光芒；有些人汗涔涔的短髮，被夕陽鑲出一圈金邊，駐留在髮根的汗珠也晶瑩透亮，閃閃發光。

——練習結束，也吃完晚飯之後，清一郎與峻吉離開集訓所，走在夏夜霓虹閃爍的街道上。星期六的晚上，賣冰品的商店擠滿穿浴衣、攜家帶眷的人群。

「你覺得今天打實戰的傢伙怎麼樣？」

「滿厲害的嘛。」

「對吧。」峻吉得意地說，「他是被挖掘的珍寶喔。出拳不怎麼樣，但時機掌握得很好。他一定很有前途。」

「而且膽識也不錯。」

「男人就要有膽識啊。」

清一郎從那個陳腔濫調的世界逃到這裡來，結果又碰到陳腔濫調。但峻吉和清一郎不同，他絲毫不怕自己的陳腔濫調。

峻吉說想吃冰。清一郎說到處都很擠。峻吉知道一家人少的店，帶著清一郎走進巷子裡一家小冰店。拳擊手點了草莓冰。

前來招呼的是個身材微胖、長相可愛的小姐。清一郎看她那副模樣便想到剛才峻吉說的「單純，滿不在乎，身材火辣的美女」，八成就是這個女孩。

「你對季節很敏感啊。」

「你說我嗎？」

「到了夏天就找冰店的小姐啊。」

拳擊手默默地微笑。那個女孩站在旋轉的刨冰機前，拿著玻璃碗伸進冰塊下方，朝著這邊炫耀她那渾圓的臀部。

草莓冰是美麗的冰品。人工的洋紅色，濃郁地沉在玻璃碗底，由下往上逐漸轉淡，將冰雪染成淺淺的桃紅色。宛如城裡穿和服女孩的華麗帶締[4]掉進了底部，脫落的顏色滲進了冰雪裡。再加上夏日的炎熱。以冰品來說過於色情，透露出中毒的危險訊息……總之是美麗撩人的冰品。

峻吉漫不經心吃著草莓冰，眼睛在冰與女人之間轉來轉去，還沒吃完便叫那位小姐來。

「再來一碗。」接著又低聲問：「現在可不可以出去？」

「現在不行，十點才打烊。你先去看個電影或什麼打發時間啦。等十點過後，老地方見。」

她似乎早已料到峻吉會這麼問，答得非常流利。峻吉露出旁人都看得出的失望表情。小姐走了以後，清一郎如此安慰他。

「有什麼關係嘛，我陪你去看電影。」

「不是現在，我就不要了。」峻吉噘嘴。

集訓結束時，每個選手都會遭到那個慾望洪流的突襲，峻吉打算一點一點地發洩掉。這是明智的做法，但他並非基於明智才這麼做。聯賽打贏了，他也自由了，理應可以好好把握眼前的事物。

所謂等待，是慢慢等候各種事物的成熟。然而清一郎也明白，這個拳擊手缺乏這種素質。他也和清一郎一樣，完全不相信時間與未來的利益。無論任何事情，他們都不相信時間所代表的利潤，這是兩人共鳴的源頭。

清一郎凝神望著，那雙嵌在拳擊手強硬臉上，生動清澄的年輕眼眸。現在驅使他的是慾望嗎？這種事對同樣身為男人的他也難以想像。抑或神經質的焦躁？可是峻吉與神經質的類型又相去甚遠。或許對峻吉而言，這也是一種不思考的體現，希望在當下的每一刻，都能擁有堅實的存在感，就像這張布滿水漬的桌上有著鮮明的草莓冰。現在，他就像草莓冰存在於此，眼前有著自己的女人。在這個單純的構圖裡，拳擊手吃了草莓冰，接下來理應當場和女人上床。可以的話，就是現在！就在這裡！在冰店的桌上！若不如此，他的存在可能會瞬間瓦解。

攜家帶眷的善良客人，一邊吃著紅豆冰，一邊怯怯地瞅著峻吉。峻吉眼角的ＯＫ繃，足以讓女人和小孩畏懼。

那是一對窮酸的薪水階級夫妻，和兩個不太快活的小女兒組成的家庭。女兒們生怕刨冰倒下來，吃的時候一隻手護著刨冰小山。峻吉張開雙腿大剌剌地坐在椅子上，身形削瘦的家長為了保護家人免遭暴力攻擊，頻頻偷看峻吉穿著木屐的腳。而兩個女兒，現在卻神妙地注意自己的手勢，生怕泛著討厭光芒的輕薄鐵皮製湯匙會割傷自己的嘴唇。

一位客人掀開布簾走了進來。那是個大塊頭男人，敞著粗俗的襯衫、露出胸部，黑裡帶紅的臉上閃著油汗，一頭短髮，年齡約四十五、六，一進門便不客氣地大聲問小姐：

「老闆在嗎？」

「不在。」

「少騙了！」

說著便直接往店的後面走去。小姐看他進去後，用腰部將椅子挪成Z字形走向峻吉，在他耳畔說：

「那是放高利貸的。老闆在自行車比賽輸掉後，落到這種下場。」

不一會兒，店的後面傳來驚人的吵架聲。「沒錢就沒錢！」「我砸了你的店喔！」一句來一句去吵得很兇，清一郎和峻吉不禁面面相覷。那一家人似乎也嚇到了，立刻結帳離去，店裡就只剩他們兩個客人。

這場架實在吵得太兇，店的後面又很窄，肚子裹著毛線腹帶的胖老闆，想把放高利貸的推出店外，結果到了店裡又吵了起來。老闆氣得滿臉通紅，大手一揮將桌上尚未收拾的玻璃碗掃到地上摔破了，接著又把氣出在小姐身上。高利貸撂下一句話：「不還錢的話，我會殺了你喔！」然後再度睥睨環視店內，扯下牆上的美人畫月曆，撕得粉碎，揚長而去。老闆氣呼呼地說：

「哎，今天心情不好，打烊吧。兩位先生，對不起哦，我們今天要打烊了。」

冰店小姐收拾完畢後，立刻把布簾收進來，然後以眼神向峻吉示意「我等你喔」，峻吉也以眼神回答，起身離開。清一郎與峻吉兩人走出冰店兩三步便互拍肩膀大笑起來。真的有所謂神助這種事啊。再過三十分鐘不到，峻吉就能和那個小姐上床吧。

清一郎在車站前，和依然大笑不已的峻吉道別。

＊＊＊

「夏雄呢？」父親下班回家問。

「今天也一整天都關在畫室裡。」母親答道。

這時，這對初老的夫妻，在彼此眼裡看到分不清是感動或困惑的神情。兩人之間為何會生下這樣的兒子，至今依然覺得不可思議。夏雄有兩個哥哥，一個是公司職員，一個技師。此外還有個姊姊，嫁給了銀行董事長的兒子。如此典型的布爾喬亞山形家，卻突然毫無由來地，出現了一個藝術家。

夏雄絕非天生身強體健，但成長過程中也沒有羸弱多病的血統表徵，雙親也沒有瘋子、梅毒或殘疾的遺傳，因此以世紀末維也納詩人的無情藝術家定義來說，夏雄完全被排除在外，不屬於那一群人。以世人的眼光來看，他是「幸福王子」的種族。真的是幸福快樂地長大，父母的養育方式也沒有任何能讓精神科醫師置喙的餘地。

然而很奇怪的，在兄弟裡只有他一個人不同。父母不懂這種微妙的差異性，總是帶著近似恐怖的心情守著他。即便如此，夏雄真的是個心地善良的孩子，再加上是老么，父母兄姊都很疼愛他，使得他在成長過程中也不覺得自己和別人有何不同。就這樣理所當然，誕生了一位沒有自覺的藝術家。這像是一種最該警覺，卻沒有自覺症狀的病。

山形家這種典型的布爾喬亞家庭，為何會忽然出現一個藝術家，委實是難解的謎。對周遭的物象毫不注意，只活在社會與人際關係裡，對這種生活不抱任何疑問的家庭，竟誕生了一個只會眺望、感受、畫畫的人！這件事成了親戚們喋喋不休的話題，最後只能用「才華」這個方便的詞來總結。

若是製造機器、蓋房子、煮菜，他們非常可以理解這是生活所需，但已經存在的蘋果、花卉、森林、夕陽、小鳥、少女，為什麼還要把它們畫下來稱之創作，這超乎了這個務實家族的理解之外。這不僅是存在的無謂重複，而且還主張新的存在權利，企圖篡奪原有的存在。如果夏雄是病人，可以視為病人的解悶而原諒他。但夏雄身體健康也無殘缺，既非瘋子也沒有罹患肺結核。

然而不能小看世俗之輩的鼻子，他們也能嗅出藝術才華的背面潛藏著一種難以擺脫的陰暗。才華是一種宿命，宿命或多或少是布爾喬亞市民生活的敵人。想靠這種與生俱來的才華來經營人生，這是女人或貴族的生存方式，不是一般男性市民的生存方式。

觀看，感受，描繪。只用顏色和圖形，將這個活動的世界，變成靜止的純粹物象。這是何等恐怖的事，但夏雄感受不到這種恐怖，而起初深感恐怖的雙親，後來也因世間的「才華」評價而放心了。但這依然是恐怖的事。他看著萬物，但實際上他確實能看到些什麼！

縱使看在旁人眼裡，夏雄有些與眾不同，但他從小，對環繞著自己的周遭世界不覺得有違和感，也沒想過世界映在別人眼裡的景象和自己不同。儘管如此，他可愛的舉止裡，確實有種會引發別人想呵護他的特質。十二、三歲的時候，有位精通面相的婦人看到他，說了這番話：

「這是幾百萬人才有一個的面相啊。這位小弟弟，要好好愛護他，像對待易碎玻璃般細心養育他。這雙眼睛多麼俊美秀麗啊。是這雙堅定的眼神，把他從易碎的玻璃裡救出來。若非如此，他可能早在四、五歲，就像露水般消失了。這是天使吧，感覺真的不像這世界的人。這個小弟弟是這世界的寶石，周遭的人要好好呵護他，你自己也要好好珍惜自己喔。」

這是特好的預言，同時也是不祥的預言。玻璃、露水、天使、寶石，這種東西可以拿來比喻人嗎？孩提時代，父親曾帶他和哥哥們去海邊，海浪洶湧地高捲又碎散，發出可怕聲響。哥哥們喜孜孜下海玩，唯獨夏雄在一旁莫名驚恐。從那之後，他就不下海了。他預感自己的人生絕不會發生事件，大概從這時開始。

……夏雄在父親為他裝設進口冷氣的畫室裡作畫，也在這裡生活。他已經完成一張小畫稿，接下來就是把它劃分成棋盤似的方格，用炭筆放大到五尺高六尺寬的模造紙上。

花了很久的時間煞費苦心，終於完成小畫稿的構圖與顏色，但要進入正式作畫時，仔細一看又覺得這張小畫稿不夠完美，於是又返回畫桌，凝視筆記本大小的縝密小畫稿。

這張畫已經離寫實很遠。四角形的夕陽，在陰暗的畫面中央，宛如一隻燃燒的怪眼。那時看到的風景凝結成這張小畫稿之前，有無數微妙的變形風景掠過他腦海。裁剪下來的部分大自然所展現的均衡，是虛假的均衡。因為這個均衡被委以看不到的整體。雖然是盜自整體大自然的均衡，並且模仿那個大均衡，但某個地方被整體侵犯了。

畫家的任務要從矚目的風景中，先找出遭整體侵蝕、侵犯的部分與整體的投影，然後切除它，再從看似瓦解的殘餘部分，重新組起新的小畫面的整體均衡。這才是繪畫的使命。照相永遠無法免於大自然整體的投影。

剛開始，那個詩箋橫放般的奇妙落日，與漆黑森林和田野的近景，一起在他心裡成為一幅寫實風景。不僅景色原封不動，還帶著遠去的機車聲與森林的夜蟬聲。但漸漸地，就如記憶為了蛻變成更強而有力的記憶，必須一度忘卻，這幅寫實風景也開始在夏雄心裡迅速產生分解作用。這是一種美麗的腐敗。一切形象失去了稜角。譬如被夕照鑲上金邊的森林邊緣，失去了自然的過度細微與明晰，畫出像海灘上模糊砂礫般的光暈模樣，森林與天空變成同樣的質感，猶如兩種濃密的液體融合在一起。逐漸腐敗的不只森林，還有道路、田野、泛黑的麥綠，都被分解成各具量感與色彩的群落，以致於小麥、原野、田畦都逐漸失去字彙上的意義。最嚴重的是黃昏的天空。所有雲彩的形狀、光芒、暈紅的濃淡、黑暗，面對逐漸沉落的落日都失去了收斂效果，各自在色彩與形態上趨於平等。

夏雄以雙眼捕捉剎那的落日風景時，便將理應隨時間消逝的景物，留在紙上保存了下來，但經過這種分解作用，每個細部的時間要素越來越弱。為此畫家也仿效時間的力量，以驚人的神速改變了將所有東西還原成不變資料所費的長久努力，並在轉眼間將一切逼入腐敗，把色彩與形態的元素解體並還原成這個純然空間的元素。

因此那個奇妙的落日風景，完全隔絕了帶有意義的語彙，也從音樂、幻想、象徵中隔絕出來，成為純粹空間的要素集合。到了這時，他才站上一張繪畫誕生的出發點。

當擁有整體時間與空間的大自然徹底崩壞的瞬間，夏雄總是感到深深的感動與喜悅。這時世界完全崩壞，只剩下一張必須描繪的白色畫面。

一個充滿溫馴善良的年輕人消失了。現在他是藝術家，為了創作招來虛無。當夏雄獨自在畫室完成這項可怕的作業時，那個躍動、充滿胡鬧心思的孩子靈魂便忽然現身。

這真是個嬉戲的靈魂！在這個允許無意義，絲毫不怕無意義的靈魂面前，夏雄創作的無限自由開始了，感覺與精神的放蕩也開始了。他反覆揉搓形象與色彩，將它們移來移去，或是倒放，或是橫放……面對一個自己也不清楚的秩序，長時間將無秩序當作玩具玩。

這樣的作業，會在苦澀中滲出歡喜，理性中摻雜陶醉，縝密的技巧考量與放肆的感覺耽溺會合而為一。

——他再度看了一次小畫稿。四角形落日的朱紅色，用炭筆畫下草圖後再修正也來得及，可是一旦覺得不對勁便無法放著不管。

夏雄打開放顏料的小抽屜，取出朱紅色顏料放在榻榻米上。他的顏料都裝在玻璃瓶中，一一標上顏色名稱。抽屜裡放了二十四瓶顏料。父親不吝惜顏料費，因此夏雄年紀輕輕，便成了可與大畫家匹敵的顏料蒐集家。

起初，夏雄畫黑色夕雲中那扇奇妙窗戶所顯現的落日顏色時，用的是古渡[5]純朱紅，但此時他又環視了各種朱紅色，古渡九華朱、古渡紅赤汞、古渡旭日光朱、古渡高麗朱、古渡鳳舌朱、古渡濃紅朱、古渡丹紅朱等，然後一一以手指沾起粉末抹在紙上比較後，想改用古渡鳳舌朱。他取了少許鳳舌朱，放在白色顏料碟上，然後用鹿膠融化試色。這個鮮紅，將碟子染成不吉祥的落日之色。

夏雄心想：「現在落日也沉在碟子裡。」然後拿這個顏色和小畫稿的顏色相比，沉浸在酥麻快感般的思緒中。顏色具有危險性。它是可以使感覺甦醒，也能麻痺感覺的神奇毒素。越是比較，各種顏色越是瞬間美得令人迷惑，也可能瞬間變醜了。「哪一個才是真正的落日呢？昨天隱沒在地平線的落日是贗品，這個白碟上的落日，才真正閃耀著落日精髓吧？」

＊＊＊

有一天，峻吉打電話向夏雄借車，說要帶母親去給哥哥掃墓。因為這是常有的事，夏雄幾乎沒想過這輛車子到底是誰的。

但他知道峻吉絕不會說謊，如果要開車去把妹，他也會老實言明。因此夏雄的車子也經常做出與車主無關的不當之事。

既然今天借車的目的如此光明正大，夏雄長久蟄居剛好想出去散散心，於是問峻吉能否讓他開車載他們去，峻吉非常贊成。因此下午，夏雄便開車到澀谷車站接峻吉母子。

峻吉的母親在一家三流百貨公司的食堂當主任，好不容易才請到假，說要去給戰死的長男掃墓。這位母親年輕時曾在大戶人家當女傭，身材肥胖，但舉止穩重有禮，和拳擊手兒子形成有趣的對比。

她穿著樸素的和服，手持鮮花與線香。長男的忌日是下個月的二十四日，但忌日前一個月的今天，剛好碰到盂蘭盆節，於是硬要峻吉和她一起去掃墓。

車子開了四十五分鐘，來到多磨靈園前的車站，繼續往河川的方向駛去。因為出發時太陽已西斜，氣溫也沒那麼熱了，抵達目的地之前，母親便多次向夏雄道謝，說能一路如此涼爽去掃墓真的很感謝。這時峻吉難得保持沉默，老實地表現出當兒子的靦腆反應。而夏雄則是享受自己開車的暢快感。

奇妙的雄偉山門，高高地出現在小路的開闊處。那山門聳立在寬石階的頂端，完全面對東方，背面沐浴在夕陽裡，因此粗碩的圓柱投影倒向了這邊。由下往上看，只能看到山門圓柱列間的夕照天空，使得這座古老山門看起來有如神殿廢墟，即便雄偉卻也悲愴。夏雄感到十分驚訝，在這個被人們遺忘的地方，竟有如此美麗的山門。

石階兩旁聳立著幾棵挺拔的松樹，四下不見人影。

三人下車後，緩緩拾級而上。山門裡的風景也慢慢顯露出來。然而出現的並非理所當然的

5 古渡指的是室町時代或之前傳入日本的東西。

正殿，而是平坦台地遠方的森林，被夕陽照得璀璨莊嚴，穩重地徐徐浮現。寺院在丘陵寬廣的頂部。走到石階盡頭，映入眼簾的是為數眾多的新墳墓，幾乎占了這片廣大面積的一半。墓碑的形狀全部相同，也全部都是新的。那剛裁切的新墓碑，在夕照下發出新鮮光芒，使得這片過於明亮的墓園有種特別的鬼氣。

境內樹木稀少，因此蟬聲聽起來也很遠。

「你大哥的墓，終於也立了了不起的碑石啊。」母親對峻吉說。

夏雄跟在他們後面，走在新立的墓碑間。這全是戰死者的墓，死者都是二十多歲的年輕人。夏雄從未看過這種墓園。這裡沒有病衰、老醜、腐敗，是青春活力在瞬間死亡形成的墓園，亦即青春的墓園。光是這一點，這裡就比世上的尋常墓園，更是死亡恣意揮灑力量的紀念場所。

峻吉母親在大小相同、形狀相同的墓碑裡，一下子就找出兒子的墓碑。墓碑側面雕著「昭和十七年八月二十四日，戰死於所羅門群島，得年二十二歲」。

母親蹲下身子，供上鮮花與線香，將小念珠掛在胖胖的手指上，開始祈禱。夏雄也雙手合十。峻吉站在母親身後，繃緊那張雄糾糾的臉，目光如箭凝視大哥的墓碑。若大哥還活著，現在也應三十四歲了，但比起變成貌似通情達理、沾染世俗汙垢的可憐大哥，擁有永遠年輕、永遠翱翔在戰爭世界的輝煌大哥，更能讓峻吉感到幸福。大哥是行動的榜樣。行動家必備之物，大哥全部都有，例如驅使他行動的所有動機、強制、命令、名譽意識，以及對所有男人難以區別的宿命與義務觀念，再加上有效的自我犧牲，戰鬥的喜悅，與簡潔的死亡歸結。這一切，大哥無一欠缺。而且大哥也擁有和現在峻吉很像的俊敏年輕肉體。……既然已具備一切，接下來怎麼可以是長命百歲、擁抱女人、領月薪呢？這算什麼！

絕不羨慕別人的峻吉，只羨慕大哥。

「大哥太狡猾了。不用害怕無聊，也不用害怕思考，勇往直前走完了人生。」峻吉在內心吶喊。峻吉的生活，已蒙上大哥從不知道的日常性陰影，與生存的煩瑣雜物陰影。他的行動欠缺名分與動機，以致於越是打倒敵人，越不得不意識到這種行動的抽象性質與過於純粹的性質。為了保護身體免遭雜物侵擾，他的行為越來越具純粹成分。只要行為一旦離開他的身體，迅速像乙醚般揮發得無影無蹤。

——母親站起身，俯眺連結多摩河岸的廣大綠田，覺得兒子能永眠在如此美麗景觀中是一種幸福，甚感欣慰。接著又向夏雄致謝，宛如這塊地是夏雄占卜為兒子興建的墳墓。

忽地，夏雄指向綠田大叫。他好像看見了什麼。

峻吉與母親朝他指的方向看過去，只見一隻白鷺鷥，低飛在夕陽已沉一半的綠田上。羽毛在夕陽裡閃著金色光芒。三人都感動不已，目送著低飛的白鷺鷥消失在多摩川的遠方。

回程時，夏雄找了一個傍晚乘涼的好地方，將車子停在多摩川園不遠的二子玉川邊。可能離車站有些距離，白色苜蓿花環繞的堤防也顯得清幽閒靜。

薄暮已逼近，但到了河邊依然能清楚看到對岸，連堤岸上有兩個女人推著嬰兒車也清晰可辨。不僅能聽見對岸的遠處鳥囀，時而還能聽到對岸棒球場的歡呼聲，穿過球場鐵絲網沖上天際，隨風傳了過來。

三個人排成一直線，走在長滿蘆葦和芒草的小路上。走在最後的母親，頻頻向夏雄低語。

「你有沒有辦法讓他放棄拳擊？我說什麼他都不肯聽。你有沒有什麼辦法，可以阻止他做那麼危險的事？」

夏雄被這對母子前後夾在中間，不知如何是好。母親在他後面，半似自言自語，不太奢望回應，反覆發著這句牢騷。聲音立刻傳到峻吉耳裡，但峻吉只默默地背對她，繼續往前走。走了一會兒，母親竟拉高嗓門，峻吉倏地回頭瞪向母親。這個視線掠過夏雄的臉頰，顯得相當銳利，母親立刻膽怯地沉默下來。

有人架設了兩塊木板取代淺灘上的橋，三個人走過木板橋，來到高大蘆葦與芒草圍繞的巨大沙洲。這裡更是杳無人煙。往河畔那邊走，有一片柔軟的草地，小小的灣口處漂浮著一隻紅色毛絨拖鞋。

河風涼爽，他們坐下來盡情納涼。夏雄與峻吉談到不在場的清一郎。

「他是由衷喜歡拳擊啊。」峻吉說，「真的是打從心裡喜歡。可是為什麼在鏡子家聊天時，他總是講那些虛無的話。」

夏雄不喜歡在背後批評別人，所以轉而為清一郎辯護。

「他是優秀又很有能力的上班族吧。可是他對『有能力』和『上班族』這種滑稽的連結，深感困窘。如果換成，『有能力的拳擊手』。對，這樣就自然多了，一點也不滑稽，真的很棒。所以他嚮往拳擊。」

拳擊手的自尊心受到鼓舞，覺得很幸福。他想拔起身旁的蘆葦葉玩弄，卻又怕尖銳的蘆葦割傷他寶貝的手指，因而打消念頭。

「他很照顧我，超乎一個普通前輩的地步。不過坦白說，我之所以喜歡他，是因為他比我更愛拳擊。」

「真討厭！說什麼喜歡拳擊真是討厭……不過，這個風真的很涼啊。今天託你的福，讓我享受到意想不到的涼爽。」

母親唸著唸著，又向夏雄道謝。

「可是他為什麼那麼愛說虛無的話呢？」

峻吉無視母親，又提同樣的疑問。夏雄可以想像峻吉在性愛裡總是接觸到虛無，但峻吉是個沒有必要研究自己的人。他也沒有必要留意在自己身邊蠢動的虛無，他甚至沒有必要問自己是誰。因為這早就已經決定了。他是個拳擊手。

但他也從一種直覺得知，清一郎熟悉的虛無，自己也並非疏遠。

「他可是個上班族喔。」夏雄慢慢地，以不明確的話語試圖說明，「他在我們四個人裡面，比誰都更住在庸俗世界。所以他必須取得平衡。庸俗的社會從未像現在如此劃一，過去在啤酒屋裡乾杯合唱的時代，只要以個人主義便足以和它取得平衡，與它對抗。啤酒屋的合唱與個人主義，就已形成適度的平衡與對照。但現在就行不通了。庸俗的社會變大了，而且變得機械化、劃一性，成了一座令人暈頭轉向的巨大無人工廠。想要對抗它，個人主義已經不敷應付。所以他才會搬出虛無主義。他那像巨大滾輪般的誇張、機械性，以及劃一性的虛無主義；

他那世界毀滅的空想，把人和物都平均碾平的黑暗滾輪空想……那可能是，他為了和社會取得平衡的必要需求，與最後的對抗手段。他自己一個人抱持著、並代表這種思想，所以光以這一點來說，杉本先生也有資格被稱為『有能力的上班族』。」

夏雄這番辯護裡，絲毫沒有挖苦的意味。但在一旁聽的峻吉母親，為了讓更多的風湧進來，敞開衣領說：

「啊，好涼的風啊。……不過居然喜歡虛無，真是惹人厭啊。」

峻吉的興趣早就離開夏雄的說明，像是為了甩開母親致命的一擊，猛地站起來，挺起胸膛迎向河風。豐沛的河水逐漸蒙上暮色，對岸的森林後方也隱約出現了燈火，周遭也響起稀落的蟲鳴。他想飛躍，但遭河流阻擋的對岸距離令人著急。他用力踏出左腳，鞋子卻一半沒入水邊柔軟的泥土裡。

面對看不見的敵人，擺出要打敵人腹部的架式，朝向腹部輕輕揮動左拳。但這只是裝模作樣的動作，也就是所謂的假動作。趁對方為了保護腹部而身體下沉時，立刻以右拳打他的臉。於是敵人身體上升，露出腹部，左拳便猛烈朝他的腹部打。這就是斯派克·韋勃（Spike Webb）出名的要害二連擊。

峻吉認為攻擊腹部便足以打倒敵人。他將全身重量集中在左拳，朝河面的上空打去。河面上空清晰地出現被他擊中的痛苦。這份痛苦在河風中停滯了一陣子。

峻吉自豪地轉身面對夏雄說：

「你明白這種瞬間嗎？左勾拳漂亮擊中！你能明白這種難以言喻，美妙的瞬間嗎？」

夏雄無法確切理解峻吉的歡喜。因為這離他的世界太遠。雖然遙遠，但那欣喜有如火焰，清晰地呈現出它的色彩與形態，這一點夏雄倒是看得清楚。但夏雄難以啟齒。他想說自己也知道類似的歡喜。

作畫的時候，他也會突然感到恩寵降臨。倏地從背後出現，抓住他的衣領，無從抵抗。這時他覺得世上最幸福的虛無環抱著他……

——然而夏雄不喜歡談自己，只是含糊地微笑點頭。

有個人影出現在他們上方。峻吉和夏雄抬頭望過去，看到一個女人，而且是年輕女了。這名女子站在河邊稍高處的茂密蘆葦中，任憑傍晚的河風吹拂她的秀髮。她高高挽起深藍色格紋襯衫的袖子，穿著藏青色緊身裙。那個倩影，以夕暮天空為背景，美得令人驚艷。腋下還夾著一本薄薄的白色封面的書。

女子臉色白皙，配上垂暮的黃昏天空，美得恍如黃昏的月亮。唯有嘴唇是紅的，鼻了和臉頰都染上了暮色。她可能獨自沉湎在詩境裡，對三個乘涼的人視若無睹，似乎徜徉在河風輕撫白皙頸項，半是精神半是感覺的快意裡。她是詩人嗎？但即便是詩人也不足為懼。因為女人的詩意大多是官能的。

莫約二十四、五歲吧？但峻吉本來就不介意女人的年齡。

他忽然低聲對夏雄說：

「不好意思，你可不可以開車送我媽回家？」

「那你呢？」

「我想獨自留在這裡。」

母親豎起耳朵聽著這一問一答，然後立刻向夏雄道謝，感謝他特地開車送她回家。於是夏雄留下峻吉，帶著他母親走過架設在淺灘上的木板，離開白石已染上暮色的河岸。

「這種事常常發生嗎？」

畫家坐進車子，以良家子弟的口吻問。

母親一邊囉唆地道謝，也坐進了車子。車子發動後，好心腸的母親說：

「是啊，一直給你添麻煩。不過他算是很體貼母親的心情了。所以我也得體貼他才行。」

＊＊＊

鏡子在輕井澤有一棟父親留給她的別墅。可是和丈夫離婚後就不去了。其中一個原因是，夏天去的話可能會碰到前夫。另一個原因是，夏天以高價把這裡租出去，可以收到超過維護費和稅金的租金，這已成為她的樂趣。而給她這個建議的是清一郎。

民子夏天經常向酒店請假，去熱海伊豆山的父親別墅玩。那是父親的避寒之處，到了夏天就開放給這個沒轍的女兒，自己絕不露面。因此到了夏天，民子經常邀朋友來這個比東京更熱的別墅玩。

夏天已進入尾聲。這天鏡子和阿收和峻吉來這裡玩。清一郎因公司很忙不能來，夏雄則埋首於創作。

民子父親的別墅原本是一間不太有特色的日式平房，後來利用臨海的崖上斜坡陸續增建，現在成了不像三層樓建築，也不像平房的有趣構造。這是小孩玩捉迷藏最適合的房子，因此就算大人也能玩得很開心。

去逗子朋友家避暑的阿收剛才到了。鏡子是坐峻吉開夏雄的車來，應該會晚點到。

民子知道獨自前來的阿收換上泳褲去院子了，所以她端冷飲來客廳後，便對著院子叫他。

這裡雖說是客廳，但也只是連結玄關和院子的寬敞木板房間，裡面隨便擺著帆布摺疊躺椅，再怎麼仔細擦拭，木板的空隙裡也會積著外面踩進來的沙。大家把在這裡跳的舞，取名為「沙沙舞」。因為跳舞時地板會發出沙沙聲。

阿收將手搭在院子一角的松樹上，眺望大海與夏日雲彩，聽到民子的喚聲才回頭。其實他剛才眺望的並非大海和夏日雲彩，而是映著大海和夏日雲彩，他那曬黑的胸部與上臂的新鮮肌肉。

這裡新生的肌肉閃閃發光。過去習慣無所事事的他，這三個半月來，一週三次從不缺席，持續去健身房練身體。雖然還沒分配到舞台角色，但這段期間，肌肉微妙而確實地增加了。肌肉一點一點地將氛圍擠到他身體輪廓外。他暫時停止愛自己的臉，而愛上了如盆栽般自己培養出的肌肉。

……阿收光腳走進木板房間，腳底沾的些許金色沙子，如布施般散落在地板上。

民子與阿收，面對大海，深深地躺進帆布摺疊躺椅，喝著冷飲，聊著還沒來的鏡子和峻吉的八卦。但阿收不感興趣，他希望民子能趕快對他「截然不同」的健壯身材發表感想。

可是民子遲遲沒提到這個，因此他又低頭欣賞自己隆起的胸膛。胸部曬成琥珀色，散發著馥郁的筋肉香，被強韌的纖維緊繃著，豐盈且柔軟地隆起。誰會認為這是阿收以前的胸部呢。……但是，民子依然什麼都沒說。或許是無意識，也可能是想引發民子的注意，他灑了一點葡萄色飲料在胸部上。霎時一道如神祕之血般的液體，從他的喉嚨流到胸部肌肉。可是民子沒有察覺。阿收終於在希望未果的焦慮下，用自己的手掌胡亂擦拭胸部。

「是不是肌肉還不夠啊。」阿收心想。

一定是不夠。畢竟才練了三個半月，雖然自己覺得變化很明顯，但看在別人眼裡一定沒什麼變吧。想到這裡，胸部的肌肉頓時萎縮了，剛才還映著大海與夏日雲彩的胸部肌肉，頓時消失無蹤。不能引起別人注意，使得新生肌肉的存在又變得模糊不清了。

就像慌忙握住指間滑落的沙，阿收帶著極度的羞恥，恍如將詛咒之力賭在這句話，他說：

「妳沒有發現嗎？從五月以來，我的體重增加了五、六公斤，胸圍也增加了十公分喔！」

這並非什麼奇特的問題，民子有義務更早發現。因為去年夏天，兩人在這棟別墅，第一次上床。而且從那之後，民子應該沒看過阿收的裸體。

聽到這種責備的語氣，民子驚愕地看向阿收。但要民子辨識出阿收的身體並不容易。因為從那之後，這一年裡，民子看過太多男人的裸體，那些裸體在她腦海裡混成一團。再加上她沒主見到完美的地步，對於跟不同男人應該有不同身體的思想也很不熟。男人的裸體，無論是肌肉發達，或瘦骨如柴，或癡肥臃腫，這究竟有何「個性」可言？

發愣了片刻後，民子以她天生的好脾氣嘆了口氣。

「經你這麼一說，真的耶。你變得很健壯，我差點都認不出來了。確實很有肉體美。」

但這種奉承話，深深傷了阿收。

——鏡子和峻吉一起到。鏡子駕到！鏡子駕到！每次鏡子到來，總給人一種熱鬧的貴族氣氛。鏡子戴了一頂很大的夏日草帽，非常符合這種歡迎場面。

鏡子是第一次來這裡，雖然頻頻喊熱，也立即去院子看海。

「離海這麼近，前陣子颱風來襲有沒有造成災害？」

「第五號颱風嗎？鹿兒島有造成水災。」

唯獨對電視新聞，民子的記憶力特別好。

「我沒有問鹿兒島啊。」

「啊，妳是問這裡？這裡也是強風暴雨，整天巨浪聲不斷。」

但颱風走了以後，第二天就飛來很多紅蜻蜓，天際還出現一片卷積雲。但這秋天的前兆也只維持了一天，接下來又回到像今天下午的炎熱天氣。

鏡子從松枝空隙間看到海上的初島。這座形同瓦砌屋頂的小島，無論從熱海的哪個角度看都像正面。無論形狀或名稱，以及一直賴在眼前的模樣，都給人離風雅很遠的感覺。但鏡子不在意這種事。因為這是她第一次來到這裡，第一次走到院子，所發現的小島。

在長途坐車勞累與暑氣逼人下，鏡子隨即對這座小島描繪幻影。小島讓杏色的積雲陪侍在旁，在毫無遮蔽物的大海上，有種難以言喻的豐饒之美。

「我想去那個島看看。」鏡子說。

「可以游過去吧，應該不到一里。」

拳擊手倚在一旁的圍牆也望著大海，若無其事地說。

……鏡子不顧毒辣的太陽，依舊眺望著小島。無意間想起，清一郎曾對她說：「妳根本無法活在現在。」

海風襲上鏡子的臉，將絲絲鬢髮吹到臉上，使得她難以整理此刻的情緒，這時卻忽然想起清一郎的話，似乎和眼前的小島有關。

小島在波光粼粼的海上，除了海風之外，和其他東西保持著無法填補的距離，卻又裝出近在咫尺、伸手可及般的誘惑。但此刻鏡子手裡，並沒有握住島上的一草一木。因為島並非存在於現在，而是屬於未來或過去。

難以看清的細部混雜在清一色的灰藍中，這座小島宛如記憶，也像希望。像是快樂的回憶，也像纏繞著未來的不安。連結這座小島與鏡子等人所在之處的力量，像是一種音樂的力量，如海風振翅填平距離，將距離變成閃耀流動的連鎖情緒。鏡子覺得乘著這種音樂的璀璨羽翼，便能立即抵達那個可能是過去或未來的小島。

但是那裡有什麼呢？

在東京的家時，自己是個凡事客觀的人，鏡子覺得另一個能毫無顧慮沉醉於愛情的自己，或許能住在那裡。和她保持的頑固無秩序不同，那裡可能有著如絲綢般柔軟的情念秩序。

——剛才，當峻吉說：

「可以游過去吧，應該不到一里。」

民子呆愣地將頭扭向一旁。當鏡子在太陽下沉湎於夢想時，民子猛地想起昨晚計畫好的，還沒跟大家說的事。於是她不顧當下的話題，逕自說：

「稍微休息一下，大家去初島吧。我家有船，也找好船夫了，正等著我們呢。」

大夥兒不勝感激望著一如往常好心的民子。但民子完全搞不懂大家為何要這樣看著她。

「歡迎妳來。」

阿收這才向鏡子打招呼。通常都是鏡子如此對他打招呼，今天立場相反，阿收便如此打趣地說。

「哎呀，是阿收嗎？我差點就認不出來了。瞧你的裸體，簡直像青銅雕刻啊。」

鏡子別無居心地說。這是因為鏡子對看得見的美和均衡很敏感，也是對聚集在自己家的年輕人們，一直抱著管理者的關心之故。

事實上，剛萌生的肌肉確實在阿收身體蒙上一層薄薄的盔甲，可是因為還很瘦，銳利之美看起來像夏日烈陽照出來的。其實明明是肌肉鼓脹了。

海風有讓感覺靈動復甦的作用，鏡子的耳畔不斷傳來音樂般的聲音。進到屋裡之後，她隨意和大家閒聊，但也一直豎耳傾聽著陽光下的聲音。戶外的陽光下確實充滿聲音，有波濤聲，蟬叫聲，蜜蜂的飛翔聲，樹木的沙沙聲，往來伊豆山與熱海的巴士喇叭聲，海的空氣與山的空氣不斷相剋所引起的密度分歧聲……這些聲音渾然一體，形成夏日午後內蘊的單調音樂。若不留意，什麼都聽不到。豎耳傾聽，它就在那裡。這是一種非常內在的音樂，鏡子覺得自己內心充滿了音樂。

「好，我們走吧。」民子催促大家。

峻吉瀟灑地將摺好的浴巾拋上肩膀，手裡拿著民子家準備的美國製潛水鏡，和一把槍狀的魚叉，然後符合他個性簡短地說：

「好，走吧！」

四人排成一列，走在山崖邊彎曲的私有道路，往海邊去。岩石間的小海灣，停了一艘可搭十人、裝有引擎的日式木船，兩位船夫正在抽菸。客人們看到受雇的船夫竟以朋友般的粗魯口吻，對主人的女兒民子說話，全都為之一驚。協助民子上船時，年輕船夫還順勢摸了民子的屁股，民子卻開心地發出尖叫聲。

看到民子這種態度，鏡子不禁目瞪口呆。船夫擺明知道老雇主的女兒生活放蕩，才表現出一種來自輕蔑的親暱，民子卻開心地接受這種非禮。看在這種船夫眼裡，鏡子八成也是酒吧女。但平常樂於被看作舞女或女服務生的鏡子，此時卻擺出些許高高在上的矜持。她可以熱愛沒有偏見的平等，但絕非生來為了遭人輕視。

巨浪拍打岩石而退去時，發出滾動水底石頭般的如雷聲響，女人們嚇得心驚膽跳，但兩名船夫穩穩握槳抵住岩石，讓船隻免遭波浪席捲，一邊估算著出航時機。一道更狂的巨浪襲來，當浪碎退去時，船隻乘著高漲的海水順勢出航了。船頭高高抬起，擺脫剛才如刺反抗的波浪之力，得到自由後一舉委身於更大的波浪，然後便愉快地滑向寬廣的水面。

峻吉雙手抵在船邊，想到自己在比賽時也多次體驗到這種滋味，擺脫折磨身體的力量，隨著船身前進的自在感。這是意識到自己的力量用盡時，體會到更大自由的瞬間。他不禁凝視緊握的雙拳，裡面藏有無敵的拳擊。但這拳擊並非像小孩抓在手裡，不讓牠逃脫的彈力很強的綠色蚱蜢，而是來自拳頭的外面，圍繞在拳頭外部空間的種種力量，遭到壓縮而出擊的瞬間，凝成的血紅霜花般結晶。越是準確地擊出一拳，他反而越覺得那不是自己的力量。

「最近，有沒有碰到有趣的女孩？」鏡子問。

峻吉想了又想，遲遲想不出來。他就像穿透牆壁的魔術師般穿透女人，任何牆土或灰泥都無法在他身上留下痕跡。

「啊，有個五天前剛掰掰的。那個女孩很纏人，而且是個詩人。我在多摩川的河岸認識她，後來交往了一陣子。她居然寫了奇怪的詩給我，說是獻給拳擊手。」

竟然有人寫詩給峻吉，民子和阿收都深表興趣。民子說：

「什麼樣的詩？背來聽聽。」

「誰會記得那種玩意呀！」

於是民子開始背誦以前初戀少年獻給她的詩。大夥兒對民子這難得的執著記憶力與這首詩的甜美，十分驚訝。

鏡子追根究柢逼問這樁奇妙的戀情，但峻吉一如往常答得很籠統，無法勾勒出具體畫面。可是從他不清不楚的回答可以知道，他厭倦那個女孩的原因，詩人的身分是其次，主要是她愛裝模作樣和神經質的性愛態度。

「詩人都是這樣啦。」

民子露骨地表示輕蔑。藉由這種輕蔑，她變得相當高尚。她覺得自己淡泊且沒主見的態度，以及跟自己很像峻吉的態度，更富有詩意。雖然這種詩意般的關係，在春天的箱根一夜後便煙消雲散。

……船徐徐地往小島駛去。海面上的積雲，從雲的內側皺褶發出淡淡的玫瑰色光芒。豔陽高照，但風讓人忘記炎熱。害怕曬黑的只有鏡子一人，在泳衣外穿上毛巾質料的浴袍，完全遮住肌膚。此外她還戴著太陽眼鏡和大草帽。寬大的帽沿陰影，使得她嘴唇益顯嬌豔。她那過瘦的雪白身軀，就這樣被陰影保護著，即使在烈日陽光下，彷彿對太陽抱著冰冷的惡意，一滴汗也不流，默默地愉快蜷縮著。此外鏡子也喜歡船身搖擺不定的感覺。

阿收倚在船邊，把手伸進水裡，任憑快速後退的冰涼海水，逐漸麻痺他的手，鈍化他的感覺，以致於手腕宛如手套般，像是從手臂砍落掉入海裡。

阿收是消磨時間的高手，因此完全不在意船速快慢。他看向太陽，只見一片薄雲罩在太陽前面，但太陽隨即照碎它，射出銳利光芒。此時阿收不禁心想：「這就是我的角色。總有一天，這個角色會這樣降臨在我身上。沒有比這種角色更適合我，從序幕到結束璀璨耀眼的隆重大角色。」

但是，眼前沒有任何角色降臨，於是他又開始想女人的事。被民子的話語刺傷後，他想起已經疏遠的光子。若是光子的愛撫，想必會發現他全身確實萌生的肌肉。她甚至能扮演一面鏡子的角色。……但是，阿收的耳際又突然響起光子不留情的聲音：「膽小鬼！瘦皮猴！」

「不行。以後我只跟初次見面的女人交往。」

那座小島上，有這樣的女人在等他嗎？他望向色彩顯得更加細緻的小島。到處都可能有這種女人在等著他。阿收具有最引人注目的魅力。

然而阿收有種真切的預感。他知道無論任何女人，都不會努力探索他真正的期望，只是想在他懷裡，沉溺於自己的陶醉而酥軟倒下。這時女人彷彿都說好似的，像一撮沙子從他的指尖滑落。

「島是有手的。」峻吉突然說。他獨自站在船頭，像船長般凝望前方。「持卡賓槍搶劫的大津，逃到一個小島不就結了。」[6]

對於這種小孩般的自言自語，大家都置之不理，但峻吉也不在意。他雙手交抱站在船頭，強風襲來直接打在他胸膛，加上船身搖晃，看似雙腳會失去平衡，但峻吉不可思議地泰然自

6 一九五四年六月發生的持槍劫案，主嫌大津健一夥同三人持卡賓槍搶劫保安廳技術研究所會計課長夫婦後逃逸，於七月二十一日以強盜罪嫌被捕。

若。他知道自己的雙腳絕不會失去平衡，所以不想錯過這個考驗自信的機會。

峻吉從「絕不思考」的信條開始，想把自己修煉成完全欠缺想像力的人。這是免於恐懼的唯一方法。但他還不具備這種能力。譬如前方那座小島，看起來逐漸出現各種自然景物與住家顏色的混合，這仍然屬於想像力的領域。所以小島還不是他的。在島上可能發生在他身上的冒險、打架或閃電戀情，也都還不是他的。此刻確實屬於他的，只有吹在他英挺的臉上，時時刻刻加深曬黑的程度，那飽含陽光的海風。

鏡子也透過太陽眼鏡，眺望徐徐接近的小島。眼鏡的深綠鏡片，使得小島平添了些許莊嚴。鏡子不禁揣想，有男人來這裡釣魚，也有男人駕著自用汽艇來悄悄享受孤獨，其中一個男人可能是跟著她後面來的，想說鏡子會不會成為他回程的船客。霎時，心頭浮現清一郎的身影。她覺醒並確信，自己絕不會愛這類男人的瀟灑談吐、進口釣具、英國製的格紋長褲、雪茄菸斗……這些所有影子的影子，都是虛假的「平靜生活」，虛假的安定。這一切都是她父母喜愛的滑稽劇情。

於是和剛才想的正好相反，此刻她認為島上應該有更活躍的毀滅與無秩序。那裡應該有虐殺或掠奪後的平靜，焦土上應該有些許倖存的愛的營生。若是如此，她絕對不會拒絕。然後如果是在滅亡漁村被撕裂的魚網上……或是在燒焦瓦礫間挺立而出的夏薊花旁……鏡子大概就會，安心地，做別人做的事吧。

——終於快到小島了。首先看到的是碼頭邊的茶店，和小木屋鮮明的紅屋頂。那紅色鮮明的四角形斑點，在覆蓋山崖的綠意裡脫穎而出，慢慢呈現出它的意義與形狀，最後確定是屋頂的瞬間，很像剛睡醒環顧昏暗室內，隨著充滿神祕色彩、光線、形狀的東西逐漸恢復輪廓，墜入平日熟悉的水壺、裝飾櫃的玻璃器皿、掛軸上的墜子等日常凡庸事物裡的瞬間。

接著看到一面畫著波浪形狀的旗子，上面用紅字寫著一個斗大的「冰」。也看到一座用油漆塗得花花綠綠，歡迎觀光客的高塔。還有通往小木屋村的告示牌。碼頭上有穿著花俏夏威夷衫的男人們，也有穿著黃色泳衣、踩著驚險步伐走在突堤上的女人。接下來連臉都能辨識了，甚至能看到這些人開懷大笑的口腔裡……

就這樣，小島終於清晰出現在眼前，船上人們想像中的各種快樂也一掃而空。

4

初秋，清一郎訂婚的消息，當然早在訂婚前就傳遍公司。結果不可否認的，他的風評在年輕人裡降低了幾分。因為清一郎向來被認為，最不可能做這種「中產階級的權宜結婚」。

若是世間一般的公司，做出這種進步性的譴責，大概是工會的激進分子。可是山川物產沒有工會，因為罷工一天就足以讓貿易公司癱瘓，成了沒有工會的最佳理由。山川物產視工會運動如氰化鉀，戒慎恐懼。然而任何世界都有另類分子，山川物產也曾出現想動用氰化鉀的員工。結果公司當天就下達人事命令，將他下放到北海道的偏僻地帶，積雪高達屋頂的辦事處。

佐伯以估算失誤的熱情站在清一郎這邊。但他是站在假設自己和副社長千金訂婚的立場來辯護，因此遭到眾人譏笑。

庫崎副社長是實力派人物，瞧不起暴發戶的實業家至今仍強迫子女接受政略性結婚，他想以實力本位與人才本位，為寶貝女兒挑選丈夫。活在這種末世，他卻抱著「事業就是人」這種資本主義興盛時期的信念。他「看人的眼光」絕對不會出錯。這樣的副社長，「看中」了清一郎。

財閥解體與韓戰動盪，彷彿只是為了讓庫崎致富而發生。少了其中一樣，他都不可能有今天的財富。靠著這種機運掌握幸福的男人，通常認為自己是風雲人物，副社長崇拜的只有精力與命運。

山川財閥解體時，連戰前事業版圖遍及全球的山川物產也被打成微粒子，分散成兩百幾十家公司。以前在山川物產當部長的庫崎，成為金屬部門一間貿易公司的社長，除了向鋼鐵廠收購的下腳料鐵渣，根本沒東西可賣，因此人們戲稱他「收破爛的老闆」，他也如此自稱。

在這種看不到希望的處境裡，忽然出現了韓戰，簡直像值得紀念的慶典，或意想不到的盛宴。庫崎的公司得以迅速壯大，原本以十九萬五千圓資本成立的中央金屬貿易股份公司，陸續增資擴大，員工也從原本的二、三十人擴增了幾十倍。從山川物產分出的兩百幾十間公司，大多落伍衰頹之後，庫崎的公司爬到旗下數一數二的地位。

但是行事謹慎的庫崎，絕不做瀆職或非法勾當，因此就算賺了大錢，也只是來自龐大的獎金，與無限升值的股票和股票市場。

然而庫崎在成功致富之際，依然沒有忘記昔日跨足全球的綜合性貿易公司夢想。那是一個帝國，確實擁有徽章，擁有王室一族，擁有宮廷禮法。庫崎年輕時在加爾各答的印度分店待過一陣子，適逢山川本家的夫妻來訪，陶醉在有幸帶他們上街購物的光榮裡。當時山川夫妻買了滿滿一枡盒[7]的紅寶石。

那時，縱使天皇與皇后陛下站在這對財閥夫妻旁，一定也顯得庸俗土氣。他們是富裕、威望與氣質的瀟灑化身。他們不怕看起來吝嗇，所以敢於徹底吝嗇；不擔心看起來粗俗，所以也能泰然自若使用粗俗言詞。當時年輕的庫崎，對這種洗鍊心儀不已，直到今日，他仍告誡自己不可成為裝腔作勢的假紳士。然而假紳士卻化為潛藏內心的夢想，成為經營公司最抽象的理想核心。他所崇拜的精力與命運，不斷鼓勵他朝這個方向前進。

無論時代如何變遷，日本經濟有個不變法則，甚至堪稱怪癖。那就是景氣好的時候，快樂地揮霍殆盡，景氣變差就歇斯底里高喊振興貿易。庫崎的公司不該是與一時的特需景氣[8]及命運共存的公司，遲早要面臨山川物產重建的吸收合併，為了到時候能爭取更好的合併條件，必須讓公司處於最佳狀態。此外也得趁公司在最佳條件的時機，努力促成合併。

集排法這條法律[9]早已形同虛設，禁止壟斷法也遲早會名存實亡吧。庫崎知道，這次的大蕭條，正是資本壟斷起錨出航的漲潮時機。即使在特需景氣賺到大把利潤，但他對這種暫時棲身的公司名稱不抱任何留戀，暗自期待不景氣的暗潮高漲。

7 日式飲酒的木盒容器。
8 特需指美軍在日本採購軍用物資。
9 一九四七年十二月十八日，日本政府公布《過度經濟力集中排除法》，命令具有壟斷性的公司分拆。

不景氣！不景氣！韓戰終於停火，當最後的槍聲回音，在砲彈轟得坑坑洞洞的韓國禿山停止時，不景氣的暗潮就會潰堤氾濫吧。政府依然沉浸在天真的預測裡，但「物產的人們」早已像預知洪水來臨的螞蟻，擺動著不會出差錯的觸角。不能錯過不景氣來襲的時機，必須趁機合併，重現資本壟斷。因為不景氣的時候，為了振興貿易，正是需要綜合性貿易公司重現之際，金融資本基於安全第一的原則，會將融資集中於大資本家，中小企業自然會被逼退……因為「我們的時代」來臨了。

第一次合併已經結束。結果中央金屬貿易合併了三家公司。剩下的幾家公司裡，除了大潮貿易與太平洋商事，都不是可怕的敵人。他去輕井澤探望因老人結核病在此長期療養的山川財閥老當家。

山川喜左衛門已相當衰弱。他的妻子卻完全相反，活力充沛，去美國漫遊旅行，投靠住在紐約近郊富豪區帕切斯的哥哥，還寄了在哥哥家花園拍的派對照片來給病榻上的丈夫。山川夫人的容姿，依然不失往昔的高傲威嚴，挺秀的鼻子與銳利的眼神，在照片的所有客人裡，顯得最具貴族氣質。

山川夫妻痛失獨生子後，隨著戰後財閥的消滅而隱居起來，抱著斷絕血脈的想法沒收養子。喜左衛門是家中次男，山川家代代纏繞著長男夭折的宿命。山川夫妻的獨生子也在戰爭末期，死於葉山別墅尚未挖掘完成的防空洞裡。據說是遭到不明人物推擠，頭部撞到基石死亡。報上沒有刊登出來。雖然努力搜尋，依然不知犯人是誰。

雖然山川夫妻頻繁出國旅行，卻完全不相信近代醫學，只相信詭異的指壓師。關於這一點，庫崎知道提出忠告也沒用，很知趣地什麼都沒說，可是老當家衰弱的情況，似乎不只是老人結核病的緩慢過程導致的。

喜左衛門靠著囤積的寶石，還有以前旗下各公司祕密獻上的私房錢，以及無數記名股票，一如往昔住在壯觀的別墅過著優渥生活。種著草坪的庭院有一條斜坡，從都鐸式建築的外面延伸到開滿菖蒲花的小溪旁。他還談起前些時候，吉田首相週末來輕井澤度假時有來探望他，和他聊起倫敦時代的往事。喜左衛門屢屢在交談中，親暱地直呼庫崎的名字。這種老派作風所展示的親切，讓庫崎深受感動。若在當年，他根本想不到能和大當家兩人單獨交談。

但庫崎一直謹守探病訪客的節度，不提工作上的事。喜左衛門也似乎想避談工作上的事，他氣質華貴的大臉膚色黯淡，緊閉的嘴角時而因咳嗽而苦笑般鬆開，穿著結城綢的居家和服躺在睡椅上，蓋著一條蘇格蘭製的花俏深綠色格紋毯子拉到胸口，使他看起來更了無生氣。那生命就像映在搖晃水池裡的老朽建築，在財富遙遠的折射下保持著一點光亮。

「天生的富豪還真可憐呀。」庫崎在回程的火車裡，沉湎於健全的思緒。「這傢伙無論如何都好不了了。從祖父繼承來的財富，就像遺傳性的病毒吧。」

庫崎如此想著，也萌生了一種安心。老當家在他心裡的分量，逐漸變得渺小可憐。但這種觀察大錯特錯。後來庫崎發覺時，後悔不及。

和山川喜左衛門的會面，使得庫崎對合併計畫有了信心。一九五六年六月，韓戰正式停戰，但因政府的積極預算，投資景氣依然得以維持。可是到了八月，禁止壟斷法進行第二次修法，不景氣企業聯盟與合理化企業聯盟獲得認可，因此禁止壟斷法也名存實亡了。這正是合併的大好時機。

大潮貿易依然是強敵，但太平洋商事業績惡化。庫崎認為太平洋商事不足掛齒。這時山川喜左衛門，把山川銀行董事長室町重藏叫去輕井澤，為了重建太平洋商事力邀長尾滿出任社長。

長尾滿是舊山川財閥出身的人物，也是公職追放令廢止後[10]，在實業家裡最偉大的一位。長尾熱愛重建，因此接下太平洋商事社長一職。庫崎得知這個消息，大失所望，鎮日不發一語。既然長尾這個大人物願意出面，無論現在太平洋商事業績如何，等合併之際，長尾必定成為山川物產的社長。這是可預知的。

種種明爭暗鬥的結果，於今年一九五二年合併成立，短暫被列為清算公司的「山川物產」復活了。長尾出任社長，庫崎與大潮貿易的南社長出任副社長。

但庫崎以棄名求實的心態面對這次合併。股票的合併比率，以中央金屬貿易最有利；對大潮貿易是一比一．五，對太平洋商事是一比二，對業績極差的二十世紀貿易是一比五。因此庫崎的持股實質上多了三、四倍。而且合併時，他把所有員工都帶過去，其中也包括清一郎。庫崎就在一塵不染的副社長辦公室裡，透過窗戶眺望丸之內的熙攘雜沓，靜靜等待社長任期屆滿，或社長腦溢血。

庫崎藤子是風姿綽約，個性瀟灑又愛冷嘲熱諷的女孩，雖然有很多男朋友，但一直冷淡地固守貞操，對於要把貞操獻給父親相中的夫婿，也沒有任何質疑。相親以後，她覺得清一郎的外表並不差，但同時「也喜歡這個人看起來假假的」。這種想法很符合庫崎弦三之女，比起被愛，反倒被利用能讓她感到莫大刺激。藤子喜歡清一郎絲毫不顯「純粹愛情」的模樣。然而這是最初的誤解。她誤以為清一郎是野心家。

這是一種非常現代的浪漫想法，把清一郎想成比一般人更老謀深算的男人，使得藤子陶醉在自以為是的「危險誘惑」裡。這種特質，在那些有錢的男朋友身上極其罕見，要不就以誇張不自然的形式顯現出來。此外，藤子還輕蔑戀愛。然而藤子具有的這些現代性特徵，無論哪一項都不妨礙她遵循父親的意思結婚。

清一郎則是動員了所有青年特質。平常他就戰戰兢兢磨練自己的外表形象，這時更進一步拋光打磨，不僅表現出年輕人的輕率莽撞，連絕不在辦公室顯露的要素也傾囊而出。必須表現出唯有他一個人，能免於那凍結現代青年的社會性早衰。第一次見到藤子時，他認為藤子是難以應付的女孩，但也隨即看出她隱藏在內心的刺，其實只是常見的處女之刺。

鏡子的各方面，都成了清一郎面對藤子的判斷基準。鏡子早已拋棄的偏見，藤子依然很重視；鏡子早已忘記的社交機智與世故，藤子也依然很注重。藤子儼然是鏡子的雛形。在這樣的藤子面前，清一郎刻意扮演熱愛公司，但缺乏社交機智的單純開朗青年。然而吸引藤子的卻是，這個看似沒有陰影的男人眼底，偶爾隱約閃現的陰暗。

---

10 二戰結束後，一九四六年一月四日，盟軍最高司令部下達「公職追放令」，規定日本所有軍國主義者從原本政、經、教育、傳媒崗位上消失，終生不得再任公職，影響層面廣大。一九五二年廢止。

在這一點上，他那能騙過男性社會的個性，女人一眼便識破了。但這種洞察稍微出了一點偏差，以致於藤子誤以為他是野心家，這一點前面也提過了。

野心家！這是清一郎認為最適合自己，卻也未曾想過要扮演的角色。

藤子看中的與父親不同，她是被清一郎若有似無的「故意」吸引。藤子浪漫地思索：「這個人似乎把我看成一台車子，上面裝著男人最期望的兩種東西，金錢與性慾滿足。我喜歡這個人現實的眼神。」她已厭倦那些平庸的偽惡者青年，因此很欣賞這個有點落伍的偽善者。

無論從各種角度來看，藤子都很美；圓圓的臉，大大的眼睛，可愛的鼻子，形狀姣好的大嘴巴，整齊漂亮的牙齒。這種五官之美是天賦的，大多女人都會讓自己的思想去仿效自己的臉蛋，因此藤子的想法也很像她鮮明的臉蛋。

機械部長坂田夫妻，接下媒人一職居中奔波。訂婚的黃道吉日適逢星期天，坂田夫妻來到清一郎家。雖然自己的家不算小，可是很老舊，因此部長夫妻的到來讓清一郎感到很不自在。

清一郎的母親與妹妹一起出來迎接部長夫妻。母親雖非大戶人家出身，但很重規矩，對部長夫妻說：「聘金準備好了。」隨即拿出父親唯一遺產的三間房屋出租所得收入，慢慢存起來的錢。清一郎曾對母親說，對庫崎那種有錢人沒必要裝面子，但還是沒用。

訂婚的禮儀順序是，坂田夫妻先來杉本家收取聘金和聘禮的目錄，然後蓋上紅白雙色的袱紗錦布，拿去庫崎家。再從庫崎家帶著回禮金品來到杉本家，

然後帶清一郎去庫崎家，列席犒勞與慶賀之宴。如此煩瑣的三次往返，部長夫妻做起來顯得一派輕鬆且駕輕就熟。

至於清一郎，他算是喜歡習俗的人。沒有比習俗滑稽的無意義，更能展現整體社會生活的無意義滑稽諷刺。這也暴露出我們努力在做的事有多麼荒謬可笑。不認為公司打卡制度荒謬可笑的人，怎麼會說訂婚的三次往返荒謬可笑呢？

最後清一郎在坂田夫妻的陪伴下來到庫崎邸，穿過大門時清一郎就覺得很奇怪，初秋傍晚，門燈、玄關燈和窗燈竟然全都亮著，這種眩目刺眼顯得很不尋常。幽靜的宅邸裡，這種亮晃晃的燈火通明實在很詭異，像是家中出了什麼事。

究竟出了什麼事？「我要訂婚了。」——這句空洞的話，感覺被窗戶明亮的燈光彈了回來。他最喜歡的「毀滅」在夜的遠方呼喊。但其實是叫錯時間的雞鳴。後來清一郎從藤子那裡得知，那是隔壁原伯爵家的長子，因為青光眼延誤治療失明之後養的雞。

藤子穿著振袖和服前來玄關迎接，帶著恬淡的笑容，說著得體的寒暄迎接客人，卻也一直在觀察未婚夫會有多慌張。而清一郎也有必要稍顯「緊張」，因此在脫鞋時稍微跌了一下。藤子連忙扶著他深藍色西裝的背。這些事情都進行得相當圓滑順利，所以對清一郎而言，只起了淡化此刻發生之事的現實感作用。

走在長長的迴廊上，他想起在公司聽到的流言蜚語。

「娶副社長的千金，聽起來很風光，但其實是入贅吧。只要稍微有自尊心的男人，都會斷然拒絕這門婚事吧。這樣在公司裡的名聲反而會提高，為什麼那傢伙就不懂呢？」

「那麼單純的男人怎麼會懂嘛。」

想到這裡，清一郎泛起微笑。被看作單純的男人，是對他自尊心最大的獻媚。因此這種流言蜚語，總讓他覺得自己的思惟住在又暗又高的鐵塔頂端。從那裡俯瞰下去，閃著無數燈火的城市，明顯朝向「毀滅」傾斜。明知不遠的未來一切都將毀滅，又為何要跟副社長千金結婚呢？「我完全沒有真實感的日常生活，我荒唐無稽的現實生活，就要從這裡開始了。」清一郎暗忖。

……此刻，他與未婚妻站在一起，舉起酒杯。盤子和雕花玻璃餐具閃閃發亮，藤子振袖和服的金絲銀線也發出耀眼光芒。大夥兒紛紛獻上祝詞。一切都顯得很奇怪。

「你有沒有想過自己是個無用之人？」

庫崎冷不防地問。大人物都喜歡問這種語出驚人的問題。庫崎夫人連忙溫和制止，說這種喜宴上怎麼可以說這種話，但庫崎毫不留情地繼續逼問。

「怎麼樣？你有沒有這麼想過？」

清一郎覺得身旁的藤子，興趣盎然等著他回答。清一郎十分清楚，她那華麗腰帶上鼓起的胸部裡，只剩知性的好奇心。託父親之福，她可以趁現在測試未來丈夫的機智。

清一郎沒有耍任何機智，只是「明朗率直」地回答。這是就業面試的要領。

「沒有，我沒有想過。」

「真的嗎？」

「真的。」

「那你是比我更強的人。」

時而故意裝出自尊心受傷的樣子，反過來以被動的方式欺負對方，這也是大人物常做的事。

「強弱就另當別論。不過杉本沒有想過這件事，」坂田插嘴說，「真的很像杉本的作風。我對你的印象也是這樣喔。可能現在的年輕人，尤其是優秀的人都這樣吧。這是和已往秀才的不同之處。」

這麼一來使得庫崎沒戲唱了。從他的眼神可以看出，他原本還動念想對女婿做一些精神性告白。

藤子沉默不語。這是好事。但她不知道清一郎是故意不耍機智，只覺得那是自大無聊的回答。

庫崎忽然一改先前的態度，以得意洋洋的爽朗語氣說：

「這樣是對的。無論任何時候都不認為自己是無用之人，這是人生的祕訣。像我陷人嚴重逆境時也差點這麼想，但絕不說出口。」

「杉本也絕對不會說出口吧。」坂田掛保證地說。大夥兒莫名地笑了。

藤子期待清一郎會在這大喜訂婚的席上，露出野心家的一鱗半爪。但清一郎辜負了她的期待。喜宴結束後，庫崎夫人機靈地說：

「清一郎還沒好好看過我們家的院子吧。雖然天色已晚，藤子，妳就帶他去看看吧。」

「這個好！」坂田誇張地贊成，使得庫崎夫人雲淡風輕的機靈，霎時變成別有用意的作為，害得夫人像女學生羞紅了臉，只好向女兒討救兵。

「我喝多了就會這樣，臉很紅吧。」

但藤子不喜歡老派人們對於性事提心吊膽又裝模作樣的粉飾態度，因此冷淡答道：

「沒有喔，母親，妳的臉一點也不紅喔。」

——儘管如此，未婚夫妻還是去庭院散步了。空氣清澄，繁星閃爍的清爽秋夜，兩人走過燈火斑斕灑落的草坪，前往假山的涼亭。抵達涼亭一看，清一郎大吃一驚，全然日式的內壁竟裝有收音機，還藏有可簡單加熱飲食的電熱器。藤子立即打開收音機，狄西蘭爵士樂忽然大聲暴衝而出，藤子連忙調小聲點。

眼下可見庫崎邸全景，雖然看不到訂婚喜宴的房間，但可清楚看到女傭端著盤子走在二樓走廊的有趣身影。草坪上處處映著室內的燈火斑斕，猶如凌亂的浮雲灑在草坪上。

「這是我父親託韓戰之福買的房子喔。這座涼亭的收音機和電熱器是我裝的，把地板改造成可以跳舞的也是我。」藤子故意暴露惡行般地說。

「要是這種戰爭也能剛好為我爆發就好了。」

清一郎如此說。他是在暗示世界末日、最後的毀滅即將到來。但藤子卻在這句話看到他野心家的靈魂，並開心暗忖：「這個人對未來充滿確信。」藤子未曾在自己的周遭看過，如此相信未來的年輕人。現在她能原諒清一郎在訂婚宴上的不佳態度，心情也溫柔了起來。

清一郎很清楚，這時該接吻，於是湊過去吻藤子。接吻的瞬間，兩人立刻知道彼此都不是初吻，當然也沒有因此心生沮喪。藤子覺得，這是個舒服成熟的吻。

未婚夫妻在接吻時，遠方再度傳來，猶如劃破深夜的紅色龜裂，不合時的雞鳴。其他的雞好像也被吵醒了，高亢悲戚的叫聲此起彼落，持續了一陣子。清一郎就是在此時，聽到藤子說那個可憐養雞人的事。

阿收所屬劇團，預定十一月下旬公演創作劇，因此從春天就委託劇作家水島守一寫劇本。劇本寫得很順，於九月中完成，按照日本獨特的奇妙慣例，在公演之前，十月上旬會先發表在文藝雜誌。這是一齣五幕的悲劇，水島是性情乖僻的古典主義者，仿效法國古典戲劇的三一律，單一事件在單一場所、二十四小時內發生，出場人物也只有八人。除了這八個人之外，誰都沒有上場餘地。

水島寫的劇本，出場人物都很少，因此阿收不喜歡。相反的，朝間太郎寫的劇本總有三十人，多的時候甚至高達五十人，自詡有本事能照顧到每一個角色，連不起眼的小配角都要親自指名。水島守一就不是這樣了，他寫的人物都是腦袋裡的產物，從未斟酌過實際演員。

劇團的年輕人立刻買雜誌回來讀劇本，對角色分配做種種揣測。劇名為《秋》。由於這個劇名不太吸引人，劇團的經營部抱怨連連，但水島執意不肯改名。水島現年四十二歲，這位像是在波爾托─里奇[11]裡加重德國作風的戀愛心理劇老手，未曾片刻忘記自己是天才，絲毫不開朗卻很愛打扮，光是領帶就有幾百條。

他寫的台詞都很長，所以光是八個人裡的一個角色，就相當於別齣戲的主角台詞分量。世

11 波爾托─里奇（Georges de Porto-Riche），一八四九─一九三〇，法國劇作家，作品多為中年夫妻不睦、三角關係，富於官能描寫的戀愛劇，代表作有《戀愛的婦人》等。

人將此識為「水島式台詞」。不成熟的演員一股勁地唸這種長台詞，會落得上氣不接下氣，呼吸緊促，導致在某個新人劇團排練時，發生了腦貧血事件。

《秋》描寫的是，以孤絕之姿蓋在海邊斷崖上的舊洋房裡，所發生的家族糾葛。這個極其複雜的家族，男主人和目前第三任妻子之間沒有子女，兩個小孩分別是第一任和第二任妻子所生。這兩個同父異母的兄妹感情出奇的好。此外，還有另一個家庭也住在這裡，人們懷疑這家的美麗女兒也是男主人的小孩。哥哥和這個美麗女孩醞釀著不安的戀情。妹妹的嫉妒與陰謀。最後在秋天的暴風雨中，哥哥和美麗女孩殉情了。

哥哥的角色實在是個好角色，二十二、三歲的俊美青年。然而整齣戲的核心人物，其實是到最後都沒捲入這個悲劇的漩渦，在背後操控悲劇的第三任妻子。毫無疑問，這是戶田織子的角色吧。男主人的角色，和同住的夫妻角色，也會由資深演員擔任吧。

剩下的三個年輕角色中，哥哥的角色會由誰擔任呢？對此大家意見分歧，難以預測。在劇團待了七年的型男小生「須堂」應該是首選，但須堂已連續兩次公演都扮演同樣的年輕戀人角色，所以這次大家都認為不會是須堂。一群劇團的年輕人，在新宿附近的廉價酒館不厭其煩地談論這件事，有個人說：「阿收最適合！」接著又有一個人附和：「阿收簡直生來就是為了演這個角色啊！」由於大家紛紛贊成，使得阿收這晚難以入眠。

阿收在本鄉真砂町的租屋處二樓，夜裡也點著床頭檯燈，翻開雜誌裡的劇本，唸著劇中哥哥的台詞。

「究一：這個世界真無聊。我伸出腳，結果腳碰到牆壁。伸出手，手就碰到窗戶。星空貼在窗戶，深夜成了壁土。一切的一切濃度大增，在『我』這個透明稀薄的身影周圍，毫不留情擠壓過來，想把我壓碎……啊，賴子，不久之後，這世界可能連人與人纏綿的地方都會消失吧。」

阿收心想，這段台詞，水島可能會要求說得很快。他拿起枕邊的小鏡子照著自己的嘴唇，一邊唸台詞，一邊欣賞美麗嘴唇的敏捷動作，與舌頭清晰滾出的話語。他認為戲劇的平靜效果，不允許表情的激烈演出，只要台詞說得像在感情深處沸滾般即可。

窗外時而傳來計程車行經大馬路的聲音，迂迴的下坡路有電車鐵軌通過，汽車經過鐵軌時會搖晃，老舊車子甚至會發出如搖晃工具箱的哐啷聲。這個震動時而會稍稍波及玻璃窗。月色應該很皎潔吧。醉漢一邊唱歌，一邊傳來的木屐聲，宛如在告訴人們，這條無人通行的老街有著皎潔月光。貨物電車行經水道橋車站時，傳來遙遠的轟隆聲與警笛聲。一切清澈澄靜。阿收對自己不確定的事物，燃燒如此恐怖熱情之際，深切感到時間如流水逝去。真的是，絕對的孤單一人。縱使夢想實現了，也只是舞台上虛妄的夢想，但如此孤單一人時，這個夢想成了熨斗燙在皮膚上的灼熱現實。在舞台上如流水般不斷流逝的時間，在這裡也以同樣的姿態流逝。老舊的瓦片屋頂上空，有著從這裡看不到的月亮，月亮確實存在。這裡有月亮，還有一個無法入眠的青年。什麼都不缺。阿收心想：「我是個演員。」

翌日，阿收去排練場，看到牆上貼出《秋》的演員表。沒有他的名字。起用的是和他同年進入劇團，長相比他遜色很多的新人。

自尊心過於刺痛，以致於出現了只有歡欣時才會有的不自然悸動。難以名狀的憤怒湧上心頭。把自己和那個男人放上天平兩端，為何天平會朝他傾斜而去？想到這裡，阿收萌生了無數揣摩臆測。他覺得角色遴選的背後，有著絕不允許發生在這塊土地的不正當與不合理在運作。可是就像戰爭的勝敗，定局就是定局，無法改變。

想飾演哥哥那個角色，必須是俊美、年輕、嗓音迷人，而且對劇本具有知性及感性的犀利理解，身體的動作必須是輕盈優雅。阿收當然並非具備所有條件，但獲選的新人連一個條件也不具備，這件事「客觀來看」是很明顯的。阿收從未像今天如此強烈感受到，戲劇世界的一切是對「客觀性真理」的侮辱。但可悲的是，只要他是客觀性代表的一天，他就不可能是舞台上的人物。

現在應該立即奮起抗議吧。必須訂正看在任何人眼裡都是明顯的錯誤，必須將事情拉回正確的軌道。……但定局就是定局，無法改變，結果他也只能忍受屈辱。無論是光榮、名譽、讚美、屈辱、侮蔑都得忍受，必須像吃奶的嬰孩毫不抵抗地吞下去。這才是演員。

——阿收的雙腳，宛如被潛藏於地板的黑暗之力抓著，動也不動站在貼著演員表的牆壁前。昨夜環繞在自己身旁的光輝，頓時像收扇般被收了回去，只剩一團陰影。

忽地，演員表上出現女人的長髮影子。阿收轉頭一看，是富山千鶴子。她是阿收很久以前的女人，現在沒有任何瓜葛。演員表裡也沒有千鶴子的名字。雖然也曾謠傳她會演妹妹的角色，但也止於謠傳。

千鶴子身穿黑色套頭毛衣，搭上鮮明檸檬色長褲，鼻眼都像刷上淡彩似的，整張臉顯現出貧血之色。她以可怕的眼神抬頭看向阿收，兩人四目相交。女人眼裡露出嬌媚與嘲笑之色。彼此在競爭誰能最快憐憫對方。這剎那的競爭，上演了奇妙嚴苛的眼神短兵相交。可是結果誰都沒露出憐憫的眼神。

「要不要去喝杯茶？」

千鶴子邀阿收。但阿收不喜歡因不滿結盟的情誼。

「我接下來有點事……」

「沒有角色也有事啊。」

千鶴子直接挖苦。

阿收連忙趕往健身房，搭上都電，又轉乘都電。這是個秋日久違的晴朗午後。租屋處的主婦還說，早上氣溫很凍還下了霜，但從曬衣處就能清楚看到富士山了。

被巨大的憤怒擄獲，而且全然無處發洩。這種徹底個人的憤怒，幾乎快壓垮阿收。自己竟沒被選上，這種明確但不合理的憤怒。阿收覺得電車裡的乘客，即便每個人都有心事，被憤怒或不滿折磨著，但他們的憤怒都比他更有道理，而且是可以向任何人傾訴的憤怒。他知道自己的憤怒終究不合理，而且欠缺理論基礎。然而知道這一點，才是最折磨他的。

秋高氣爽的遼闊天光，竟沒有選上自己。這究竟怎麼回事？從都電車窗看到雜貨店前面，立著一塊新上市軟管牙膏的廣告看板。那金屬製的軟管，還有映著那裡的秋光，從那裡擠出的純白牙膏，那薄荷香味，清晨，漱口水的閃光，生活，從曬衣處看到的富士山……這一切對阿收都變得很疏遠，使他對整體生活萌生敵意。只是為了將他排擠在一切之外，只因如此沒有選擇他，這個惡意究竟是什麼？

阿收咬著指甲，以免叫出聲來。這是焦慮常有的表現。但他立刻鬆口，被咬有點溼濡泛白的指尖，霎時又恢復了紅色。這種抒情的紅色是不會死的。它一點都不像血。

阿收避開電車裡的空位，靠窗而站，這樣就不用擔心別人看到他的臉。外頭很亮，只能隱約映出人臉的骯髒玻璃窗，陸續出現憤怒與怨恨的表情。即便擺滿秋天果實的水果店、銀行或糖果店的屋頂，滑過這張稀薄臉孔時產生了快樂，卻也都無濟於事，絲毫拯救不了他。唯有舞台上的人工感情有效，唯有這個才能救人。都電靠站時，以嚴重打嗝般的搖晃方式停車。一旁的中年男子重心不穩撞上了他，卻連一句道歉也沒有，重新站好便轉過身去。然而阿收對此不感憤怒，只是茫然地望著他的背影。那髒兮兮的西裝背影確實存在。……但阿收卻不存在。

午後的健身房還很空。阿收到了更衣室，一名經常在一起的學生向他打招呼，兩個年輕人站在置物櫃間的狹窄骯髒地板上，身體挨著身體脫衣服。

「舟木先生進步得真快啊。我也希望趕快有你這種二頭肌。」

學生說完，兩人比起了二頭肌。

「終於到三十五公分了。」阿收說。

「我才三十二公分，接下來的三公分很難啊。而且上次考試我又瘦了點。」

「沒這麼嚴重啦。稍微停止練習都會有這種感覺。」

話一出口，阿收感到很驚訝，沒想到自己這句話說得如此確信。在這個健身房，沒人知道他的失意。

阿收穿著一件泳褲走到練習場，往巨大的壁鏡前一站，喜悅湧上心頭。壁鏡裡映出的是他，卻又不是他的東西；與存在緊密相連，但不用自己的眼睛確認又好像不存在的東西，亦即漂亮閃耀的肌肉。

這半年來，他只要有空就往健身房跑，體格練得比上學或上班之餘來的人好很多，如今他已是健身房的名人。再加上阿收的身體有種天分，劇烈運動能在他身體產生有效的成果。因為天生骨骼粗壯，肌肉順著骨頭順利舒展，各部位肌肉已浮現出雕像般的明確輪廓，達到所謂肌肉的定義。阿收站在壁鏡前用力挺胸，胸部儼然成了一面盾牌。

這時他想起，這裡一名學生會員說過的話。當時在爭論男人的裸體與女人的裸體，哪個比較美，那名學生看似感受良深地說：

「我不知道你們是怎麼想的，但對我來說，女人的裸體只是猥褻。真正美麗的當然是男人的肉體。」

——在量感上，阿收的體格比健身房的前輩們差得遠，但論均整與肌肉之美無人可比。他的肌膚不是白皙，而是帶著官能性橘色光滑年輕的肌膚，沒有一絲斑點、黑痣，也沒有擦傷的痕跡，薄而緊密包覆著肌肉，幾乎不見體毛，簡直就像黃色蛋白石雕刻而成。漆黑豐厚的頭髮，和這身裸肌形成鮮明對比。髮油的光澤與運動出汗的肌膚光澤，形成漆黑與金色互相輝映的閃耀身軀。

此刻，阿收確實存在於鏡子裡！剛才那個被拋棄的失意青年不見了。眼前存在的只有美麗的強韌筋肉，這個存在的保證是明確的。因為這是他自己創造出來的，而且就是「他自己」。——阿收終於感受到，照不到陽光的水泥房間的十月寒冷。他離開壁鏡，走到窗邊，開始做暖身操。窗外高大的水泥圍牆近在眼前。

剛才他就在鏡裡發現，有個新會員一直在後面看著他。但此刻新會員在武井的陪同下，也來到了窗邊。

阿收在做體操時看到武井，向他點頭致意。武井說：

「展現你的體格給他看。」

這是這裡的慣例，介紹名字之前，要先介紹體格。

阿收站在新來的削瘦少年前，挺起胸膛，雙手放在腰部向前挺，不僅出現漂亮的胸大肌，腋下也出現翅膀般的闊背肌。

武井毫不客氣地把手插進他的腋下，捏起肌肉給少年看。

「你看，他是我的後輩，只練半年就有這種體格。剛來的時候真是慘不忍睹，體格爛得要命，現在變成這麼棒。不過舟木真的很努力喔，他的熱情和鬥志，是這個健身房第一名！如果只是隨便練練，半年練不出這種體格，總之努力最重要！」

少年的眼神顯得不好意思直視，卻又抵抗不了誘惑，目不轉睛凝視阿收的身體，眼裡充滿對力量與堅固存在的敬意。那一半是小孩凝視棒球選手的眼神，一半是小孩做壞事時的眼神。阿收心想：「我像是健身房的看板女郎被人盯著看。」於是他加碼演出，除了擠出峰巒般的敏感肌肉，又舉起右臂，現出恍如放了亮澤檸檬般的堅硬二頭肌。

＊＊＊

未婚夫妻的感情十分微妙。清一郎在過去眾多隨興的戀情裡，也曾對擁有的預感戰慄過，但那都潛藏著對未來不確定的不安，和這次享受確實擁有的預約心情不同。這個女人確實會歸他所有，只剩走進寢室的時間。而且時間依然綽綽有餘，多到可以讓他放在手中把玩，享受箇中的分量，時而甚至會忘記它的存在。他未曾有過這樣的時間。

然而這一切都和清一郎的性情相符。他討厭不安。因為戰爭剛結束的「不安」年代，在他年少時期留下醜陋的印象。當時年少的他認為「不安」是「希望」的兄弟，兩個都長得奇醜無比。因此下定決心摒棄不安的少年，非常羨慕死刑犯在行刑早晨的心情。囚室的窗外滿是朝霞，登上斷頭台的階梯，有確實的死亡等在那裡。

每當清一郎與藤子見面，對於自己能毫無不安，在那張開朗豐腴的臉上看到確實的未來，並不討厭。未來確實會毀滅，在那之前結婚是合理的。比起不安或誘惑，這更能讓人隱約看到現實的高牆，因此早在訂婚前就不時將他帶進幻想裡。這只是終結前的短暫停歇。走在這種虛構、已被決定的時間裡的快樂，如果清一郎是藝術家，想必是早就體會過的快樂。

山川物產的工作忙碌，未婚夫妻只能一週一次，在星期六約會。週末黃昏的銀座人聲雜沓。大家邊走邊聊別人的事，法國畫家馬諦斯之死、鳩山一郎組成新政黨[12]。這些「別人們」，有人死去，有人賄賂，有人通姦、有人殺人，有人吃十碗紅豆湯圓，有人組成新黨。「而我，帶著未婚妻在逛街。」……清一郎覺得自己確實住在別人的世界，猶如化身為西洋棋的棋子，感受著難以預測的樂趣。漫步在這種「幸福」的群眾裡，覺得自己像是混入其中的刺客。

刺客與其顛覆世界的幻想，膨脹的使命感，英雄主義。……這種事情理應夭折，刺客理應夭折，會夭折的理想都醜陋不堪。如今，他輕蔑各種革命。因為如果需要出手協助世界毀滅，那麼毀滅會變得不確定，這會釀成最糟糕的東西，亦即不安。

藤子將戀愛看成心理層次的東西。心理層次的東西就像霉菌，任何地方都長得出來，因此在未婚夫妻之間滋長也不足為奇。她時而偷瞄未婚夫的臉，想像這個青年野心家心裡長了很多霉菌。換言之，她想在清一郎眼裡看到不安。

兩人在逛街時，經常在布店和家具店前停下腳步。在布店討論哪種窗簾比較好，在家具店批評現成桌椅的設計粗糙。藤子的父親，要為這對新人蓋一棟房子。

藤子說：「聽說黃色會讓人感到幸福。」她打算用黃色窗簾、黃色壁紙，來營造自己的繭。

清一郎揶揄她：「妳想用窗簾和壁紙來營造幸福啊？原本就很幸福的人，躺在棺材裡也會幸福。我們一定會幸福，所以就算把葬禮的黑白布幔貼在牆上也會很幸福喔。」這番胡鬧的甜言蜜語，使得藤子心花怒放。

出色的時髦新家，應該不久就會落成。葬禮的黑白布幔，或許很適合這個家。想用新穎設計的衝動占據了藤子的心。她驚訝於竟沒人發明圓形的床。

兩人在喝茶時，或喝餐前酒時，和世上的未婚夫妻一樣，談的淨是未來的事。清一郎想起和鏡子聊天時，也常談起未來的事，當然內容截然不同。

清一郎問藤子一個很普通的問題。

「妳對父親為妳挑的夫婿，抱著什麼樣的感情呢？我實在很難想像。」

「別人買給我的彩券也有可能中大獎呀。喜歡一個人，越是沒有責任越好。」

藤子適當地回答。但這個回答並沒有說明她抱著什麼樣的感情，於是她又補了一句：

「嚴格來說，我誰都討厭。」

清一郎覺得談戀愛論很累人，於是緘默不語。

但有一點是顯而易見的，藤子對訂婚這種偽善形式，感到一種肉體上的刺激。這是清一郎和她相處時感受到的。藤子也曾坦言，她看不起那些耍浪漫的女生，從以前就抱持一個信條：「神聖的事物最猥褻。所以結婚比戀愛更猥褻。」

由於兩人的經濟狀況過於懸殊，所以花錢時，不免需要微妙的顧慮。關於這一點，藤子的父親早就想出權宜之計。兩人外出用餐時，去庫崎家可以賒帳的料亭，只要清一郎在帳單簽下「杉本」即可。這樣也不會傷到清一郎的自尊心。

未婚夫妻逛累了，就去這種料亭用餐，老闆娘通常了然於心，會派年紀較大的女侍服伺他們。就藤子而言，她向來把敲父親竹槓當作一種社會善行。

進餐之際，鏡子之家的幻影，忽地浮現在這種餐桌的杯盤上。

12 馬諦斯歿於一九五四年十一月三日，鳩山一郎聯合日本民主黨與自由黨組成自由民主黨是在一九五五年，正是小說的背景年代。

明明並非遠到成為回憶，但從這裡看去卻又遙遠渺小。有法式落地窗的燈光；五、六個小小人影或坐或站；鏡子穿著晚禮服坐在長椅上；聽得到圍繞在她周圍的人聲笑語。每個人的臉都看得見，有峻吉，有阿收，有夏雄。有人笑著說：

「那傢伙結婚了呀。」

「會被這種愚蠢想法纏住的，不盡然是女人啊。祝他幸福嘍。」

在這裡，結婚話題一定是笑話。沒有婚姻就沒有階級，沒有偏見就沒有秩序。光子在說雙胞胎妹妹在浴室比賽拔毛數量的猥褻事情。這裡的人，不知不覺中固守在社會的孤島上，卻又不知不覺在尋覓絕對不會崩壞的思想，想以這個思想活下去。清一郎也還不知道這個思想是什麼。

——忽然，藤子說：

「結婚前有很多事情要想啊。」

她是絕對不會問「你在想什麼」的女人。清一郎也敷衍地回答：

「就是啊，得把腦袋整理一下才行。」

藤子覺得這像倦怠期的夫妻對話，不禁得意了起來。

婚禮訂於十二月七日星期二。鏡子之家的朋友一個也沒受邀。這並非清一郎疏遠了老朋友，而是想把鏡子之家的種族，毫髮無傷放在另一個世界。清一郎這邊的客人，只邀請了現在很少見面、而且不懷念的昔日學校同學與老師。這毋寧顯示出，自己的結婚和自己無關的意思。但是母親不斷發牢騷，說庫崎家那種示威般的婚禮，看在任何人眼裡都會覺得是清一郎入贅，即使現在杉本家家道中落，以前可是有對藤子的祖父頤指氣使的人物喔，就這樣嘮叨個不停。然而清一郎認為應該滿足於這種「借來的婚禮」形式，因此也沒特別費心說服母親。甚至連婚禮當天的晨禮服，都是在庫崎家常去的西服店，由庫崎家付錢訂做的！他很爽快地接受一切，未來的岳父還很欣賞他「不拘泥且明朗」的態度呢。

婚禮在明治紀念館舉行。婚宴則設於帝國飯店的孔雀廳，依藤子的意見採雞尾酒會的形式，喜帖發了五百人。其中庫崎家的客人占四百五、六十人，但能縮減成這個人數也很不容易了。媒人是庫崎的前輩，亦即前總理大臣，這次籌組新黨的代表委員之一，大垣彌七夫婦。

直到昨天早上，還下著令人擔心的綿綿細雨，但今天七號卻是萬里無雲的大晴天，女人們不用擔心一襲盛裝會淋溼。清一郎的母親一臉冷靜堅毅，胸部挺得比平常挺，比往常更顯示出她是寡婦。

載著杉本一家人的轎車駛進明治紀念館時，清一郎心想，這個第一次來到的地方，就是他在鏡子家陽台眺望過無數次，那個被森林環繞之處。每到傍晚，烏鴉多得像撒芝麻般的森林；夜裡去鏡子家時，在月下漆黑寂靜的森林。他曾毫無感動眺望這片森林，然而森林裡卻一年到頭都有婚禮群眾的歡樂喧譁。隔開了低矮的谷地與信濃町車站，這個對照顯得非常恰當。他一個人從鏡子家的陽台，跳到森林裡來。

……這時鏡子也在採光良好的法式窗邊，獨自吃著午餐兼早餐。真砂子去上學了，女傭在遠處一聲不響，連電話也沒響。窗邊的地毯被太陽照得褪色了。

說到電話，大約一星期前，久未露面的清一郎打電話來說明，為什麼不邀請她參加婚禮。因為客人都是他不認識的大人物。鏡子問了婚禮與婚宴的地點和時間。當清一郎說明治紀念館，鏡子原本想說「好近哦，就在旁邊耶」，但清一郎似乎把頭轉離話筒，不曉得在忙什麼，鏡子就乾脆不說了。

其實鏡子也很明白，清一郎為什麼不邀她去。因為她早已遠離庸俗社會的交際應酬。不是對方拒絕自己，是自己拒絕了對方。

鏡子吃著塗了橘子醬的土司，從下午一點就望著那片森林。這裡有熱氣騰騰的咖啡，有孤獨；那裡有新郎的晨禮服和新娘梳的高島田髮髻，還有傳統婚禮的雅樂。從這裡看不到。雖然看不到，可是森林頃刻間變成滑稽猥褻的模樣。

清一郎接下來要做的事已然敲定。鏡子接下來要做的事半件都還沒決定。要不然上美容院吧。可是很冷，還是算了。前陣子訂做的洋裝，得去試穿才行。除了很討厭還得束腰，算了還是別去吧。不去就不去，反正會有人打電話來吧。說不定會有人來我邀去看電影或音樂會。說不定有人會突然衝進來，抱著我的大腿，哭訴被戀人拋棄的心酸。每星期企圖攻陷一個人妻，那個新面孔的年輕人說不定會來。他唯一的夢想是被嫉妒心很重的人夫射殺，留下色男的美譽。說不定給他介紹了五個新客人的那位婦產科醫生，又會打電話來鬧。「有沒有新客人要介紹給我啊。我隨時都會處理得很妥當。之前那些客人都沒有抱怨吧。沒有比我更安全又可靠的醫生了。」

……啊，在森林那邊，每個人只有一個人生。但在這邊，在鏡子的周遭，每個人的人生多到數不清，而且每一個都能洗滌。

鏡子獨處時，不看電視也不聽收音機或唱片。這份沉默，在午後的慵懶裡，在照進玻璃窗的溫暖陽光裡，猶如冬天的蒼蠅，動也不動沉浸在性幻想裡。

鏡子也有過當新娘的初夜，回想起來很滑稽，卻也是想像別人結婚細節的有趣憑藉。在想像裡，別人的結婚比較重要。

當她陷入想像時，冬陽也格外強烈，再加上屋裡一角開著煤油暖爐。只穿著紫藤色希臘風連身睡衣，外加一件深紫色的綢緞睡袍，胸口竟然微微冒汗。鏡子在香水與汗水混合、裊裊升起若有似無的香氣中，感到咖啡徐徐褪去了起床後的慵懶。

她又望向將景色隔成兩塊的常綠樹森林，高大的落葉樹在森林表面張開纖細的枯枝網目。「那裡在舉行婚禮，而我胸口冒汗……」鏡子心想，這汗水與香水的蒸發，若傳到正在婚禮上聽祝詞的清一郎鼻腔裡，似乎也不足為奇。就這樣暗自享受褻瀆神明的想像樂趣。

——轉頭一看，房間一隅的椅子上，放著真砂子上學前忘記收回房裡的洋娃娃。雖然很難得，但鏡子想親自把它放回真砂子的房裡。她已經很久沒去過小孩房。

這個布滿童趣裝飾的小房間裡，以桃色為底、繡著玩具熊模樣的床罩顯得格外醒目。鏡子心想，差不多該給她換更有女孩味的床罩了。

鏡子將洋娃娃擺在架上，忽然看到旁邊的玩具之家。那是德國製的玩具，精巧的房子模型，裡面還點著燈，窗戶都透著燈光，呈現出小小的闔家團圓之夜的氛圍。玄關門稍微開著。

鏡子順手以紅色的食指指尖打開玄關門，裡面竟塞滿了紙屑。

「原來她把這個當紙屑簍啊？那紙屑簍放到哪裡去了呢？」鏡子納悶地抽出一張揉成一團的小紙片，打開一看，裡面以童稚的鉛筆字寫滿了「爸爸，爸爸，爸爸」。

頓時，鏡子莫名地被激怒了。這個玩具之家裡，一定塞滿了像咒語般，寫著「爸爸，爸爸」的紙片。鏡子掏出所有的紙片想拿去燒掉，但轉念一想，又將紙屑原封不動塞進玩具之家，關上了門。

「哎呀，你沒邀請友永太太來啊？」

清一郎在母親與妹妹的陪同下，走在明治紀念館昏暗且嘎吱作響的走廊前往休息室，母親忽然問他。但清一郎也不是沒想過會被問到這個問題。

「妳是說鏡子嗎？畢竟我跟她很久沒聯絡了。」

清一郎和鏡子現在也有聯絡，但瞞著母親。

「可是我們以前受他們家那麼多照顧，而且友永家的名號，就算友永先生過世了，也相當響亮喔。」

「鏡子可是跟入贅的老公離婚，把人家趕出去的人喔。」

母親霎時面露沮喪之色。

「對哦，我都忘了。」

休息室的中央掛著一道布簾，讓兩家人在婚禮前不會見到面，很像牙科的候診室。緊閉的窗外是冷清的中庭，種著布滿塵埃的樹木，再過去是連結走廊的婚禮會場，上一組新人已在舉行婚禮。

杉本家的親戚都到齊了，可是媒人夫妻和庫崎家的人都還沒到。母親有些焦躁，索性拉開隔著兩家的布簾，想讓庫崎家的人到達時，一眼就能看到杉本家等得筋疲力盡。

不久，庫崎家的人靜靜地出現了。身穿白色婚紗、戴著頭紗的藤子美若天仙，看到清一郎，露出無畏的微笑。

這時庫崎弦三有點不尋常，像是推開新娘似的站到前面來，也沒打招呼便揮著手上的灰色手套，把清一郎叫去走廊。

「怎麼了嗎？」

清一郎來到走廊，不禁有些畏懼。因為弦三焦急的模樣，與其說是岳父，更完全露出副社長的態度。

「出了麻煩事了。剛才，吉田內閣總辭了。」

「啊？」

「你還真是不懂啊。大垣先生，今天沒辦法悠悠哉哉來這裡當媒人了。」

「這下傷腦筋了。」

「真的很慘啊。可是好像能趕來喝喜酒，在喜宴上致詞。不過我還是很擔心他能不能趕得上。萬一必須晚點來，喜宴就得配合大垣先生的時間進行。」

「那大垣夫人呢？」

「夫人應該快到了。看來今天只好請夫人扮演兩個人的角色了……這件事，我希望你去取得你母親和大家的諒解。」

清一郎回到一臉納悶的杉本一族前，將事情告訴他們。大夥兒聽了露出「怎麼會有這種事」的表情，母親則轉向窗戶，以清一郎聽得見又像聽不見的低聲啐唸：「太愛找大人物才會這樣。」她很不以為然，碰到這種問題，庫崎居然差遣女婿來尋求諒解。

看到大夥兒都理解事情的變化後，弦三又恢復趾高氣揚的態度，笑咪咪地走向杉本一族，以堂而皇之的語氣說：

「總之，雖然有些不方便，但喜事還是喜事沒變。而且碰上媒人的政敵倒台之日，更是好兆頭不是嗎？」

結婚典禮上，神官唸著長長的祝詞時，清一郎想像著，今晚的婚宴，客人的熱門話題大概是吉田首相長達七年的主政結束，以及後繼內閣的種種揣測吧。所有客人都在聊政客失勢話題的婚宴，光是想像就覺得很美好。真的適合舉杯慶祝的只有政治的憎惡。……在這樣熱鬧氣氛中，原本以為不會來的媒人，正處於當下政治漩渦裡的人物，忽然在亮晃晃的燈光中出現，那「百忙之中撥冗前來」的巨頭聲音，傳到大家耳裡的瞬間，是多麼新鮮的驚愕。

——此時，幽暗甜美的六絃琴聲悠揚響起，開始進行「三三九度」的交杯酒儀式[13]。清一郎看到捧著金色酒壺、穿著朱紅色褲裙的巫女走向前來。在白天的昏暗室內，臉上的白粉相當搶眼，嘴唇也濃豔吸睛。第一次看到婚禮上的巫女，這種濃妝豔抹的化妝，清一郎相當驚訝。

這是娼婦的化妝。

「新宿二丁目，那間轉進巷子裡第二間的店，店名和女人的名字都忘了，但這個巫女很像那裡的女人。」清一郎不禁暗忖。霎時，他覺得看到一個黑暗朦朧的環，在遠處將整個世界連結起來，包括從娼家到一般家庭。

母親情緒激動，在店門前大聲說話，紫色霓虹燈照在她臉上。

「放心啦，我終於借到錢了。」

「那就好。」

阿收沒多問。因為他抱著一種奇妙的愉快確信，知道母親在各種意義上都不可靠。

「今天也去運動回來啦？真是無奇不有啊。像你這麼懶的人也會……」

確實很神奇，他現在深愛那肉體上的苦行，已成為生活裡不可或缺的部分。就這樣一天一天，他花在健身房的時間越來越多，比起劇團、後台或酒店多更多。他整天掛念著肌肉，若連續兩天沒去健身房，便覺得肌肉鬆垮了。

尤其激烈運動的翌日，肌肉在訴說疼痛時，他更是暗自竊喜。因為這種疼痛不須透過「觀看」就能知道，肌肉確實存在於他的身體。

---

13 日本傳統婚禮的特有儀式之一，由巫女為新人斟酒，讓新人輪流飲用，交互連喝三杯。但到第二杯為止，酒杯拿到嘴邊都只是做個樣子，到第三杯才能分三口，一飲而盡。

不分寒暑，辛苦與汗水已成為阿收不可或缺的必要之物。到了今天，他終於明白第一次來健身房感到的奇異是什麼，終於了解那些年輕人口中流露出的，非本意的深沉痛苦吐息的意義為何。那是快樂。如今他覺得，若沒有那壓迫自己，逼自己服從，時而甚至害自己痙攣，不由得痛苦尖叫，冰冷生銹的黑色鐵塊重量，就失去了生存意義。

「才練了半年，以前的西裝居然穿不下去了。不過沒關係，不久一定會有有錢的女人，做很多套西裝給你吧。」

「我現在就快要有這種女人了。」

阿收邊說，邊想著《秋》上演時，在後台認識的出手闊氣的本間夫人。

「太好了，你就跟她結婚吧？順便也孝敬我這個母親。」

「妳算盤打得真精啊。不過很遺憾，她可是人家的太太喔。」

「我的天呀。」

「倒是妳如果借到錢了，快把這間店改成咖啡店吧。」

「再過四、五天就會動工了。訂金已經付了。可是工程要花一個月，趕不上即將到來的聖誕節。聽說這條商店街，明年會恢復景氣，所以這個聖誕節是改變景氣的聖誕節喔。」

確實，街上到處充斥廉價的聖誕節裝飾。社會期待鳩山新內閣，以他如貓般的柔媚聲音，中斷通貨緊縮政策，充分回應世人對病懨懨的老首相的感傷同情。到了聖誕節，首相也會像養老院的老人，在兒孫的圍繞下唱讚美歌吧。

這條商店街，唯有阿收母親的店，櫥窗沒有任何聖誕節氣氛的裝飾，一方面也是再過幾天就要歇店了，但更重要的是母親懶得動。飾品蒙上塵埃，也是因為解雇了店員，沒人清理之故。自從母親說要把這裡改成咖啡店之後的半年裡，設計圖形同虛設收起來，資金也沒有從天而降。

到處傳出的聖誕節音樂撞在一起。聖誕老人站在街角發著粗糙紙張印的傳單。有個櫥窗，像是拆開老舊坐墊取出舊舊髒髒的棉花鋪成雪地，上面放著塗上原色或金銀色顏料的玻璃珠，還有刺葉桂花圖案的包裝紙和緞帶，金銀色的流蘇，銀箔紙工藝品，以及積雪的時鐘等等……一切都不負責地閃閃發亮。

迎面吹來的風使母親縮起脖子，於是她說：

「哦，好冷。要不要進去裡面暖暖身子？」

店的後頭，有個一坪半的小房間，裡面放有電熱式的暖爐桌。母子倆茫然地窩在暖爐桌坐了片刻，然後從飯館叫飯菜來吃。這陣子母親已習慣兒子非比尋常的人食量。

兩人之間沒什麼像樣的交談。阿收躺在榻榻米上，笑也不笑地認真看著舊雜誌的連載漫畫。那大多是給小孩看的漫畫，虛有其表的豪傑大喊：「哎呀，三十六計走為上策！」扛著大刀就逃了。

房間裡瀰漫的氣氛不是祥和，但也不是無聊。已經吃完的丼飯碗公底，殘留些許湯汁和佐料殘渣，聖誕節音樂不斷從玻璃窗空隙傳進來。母親也看著週刊雜誌，時而會說「咦？四國的鄉下，有小狗養育人類的嬰兒耶」之類的話，但這也並非要特別喚起阿收的注意。……過沒多久，小房間便瀰漫著母子倆吐出的香菸煙霧繚繞，連牆上月曆的數字都看不太清楚了。

自甘墮落就是如此的悲劇！母子倆都深切感受到這一點，很快就睏了。但因阿收先睡著，所以母親反倒睡意全消。

短暫的小睡中，阿收夢到和外國女明星上床，這已經是第三個。他原本就輕蔑電影女明星，所以在夢中也出現這種輕蔑，認為這傢伙也是隨處可見的普通女人，跟另外兩個大明星沒啥兩樣。

醒來之後，臉頰有點發麻，他立刻起身去照壁鏡，結果臉頰清楚印著榻榻米痕跡。阿收看了看時鐘，離約定的時間只剩五分鐘，於是連忙梳頭，揉臉頰，但榻榻米的印痕怎麼都消不掉。

「妳真是太不機靈了，應該拿個枕頭給我睡嘛。」

「我看你睡得那麼香，想說為了這種事吵醒你，你一定會囉唆。而且我關店門的時候還小心翼翼不發出聲音喔。想不到你居然這樣講我，真是好心沒好報。」

關門後的店裡已經很暗了。母親原本以為他今晚會乾脆睡在這裡，但看他起身就開始梳頭打扮，心想今晚一定又跟那個「快要上鉤的女人」有約。母子倆雖然喜歡聊色情的事，但基於莫名頑固的羞恥心，完全不談自己具體詳細的性事。母親幾乎本能地厭惡執著與強制，因此也不曾阻止阿收外出。

阿收穿著白色套頭毛衣，儼然一副新劇實習演員的模樣。這種穿著更能顯出他變寬的肩膀，以及V字形的體格。這個青年怎麼看都像馬戲團的年輕團員。

「我要去夜總會了。」

沒人問他，他難得自己就說了。

「穿這樣去？」

「反正是新宿的店，不會因為這樣就不讓我進去。」

出門時，他又在意臉頰的榻榻米印痕，嘀咕了一會兒。這是個出門時，絕對不會擺出好臉色的兒子。

「老媽究竟是向誰借的錢？」阿收快步走著，這個疑問又掠過腦海。「從夏天到秋天，她明明一直抱怨借不到錢。」……聖誕節即將到來的夜晚十點，街上關門打烊的商店，咖啡店和酒店引人遐想的昏暗燈光，去夜總會赴約些許的遲到，白色套頭毛衣，裡面的結實肌肉……這些阿收都覺得還算不錯，除了臉頰的榻榻米印痕。「跳舞的時候，女人會立刻發現這個印痕吧。在痕跡消退之前還是別跳舞吧。」

街上充斥流氓和小混混。夜風很冷，還是有人敞著西裝裡的夏威夷衫領。一名路過的阻街女郎，對阿收的側臉發出讚嘆聲。阿收認為妓女是女人裡最正直的，但還沒跟妓女上過床。

新宿三光町附近的小型夜總會，並非為當地人開設，而是在銀座玩到深夜十二點的人，進一步尋歡作樂的地方。

本間夫人將銀色貂皮披肩掛在椅背上，穿著黑色晚禮服搭珍珠項鍊，坐在特別昏暗的靠牆位子。離那裡兩公尺左右，有棵巨大的聖誕樹，燈泡閃爍的微光勉強照到夫人那裡，將胸前的大顆珍珠染成五顏六色。有些富裕女人喜歡聚集在劇場世界的周圍，希望舞台劇落幕後，能和演員一起將戲劇帶進現實生活裡，而本間夫人就是其中一人。

劇場不碰政治運動，也助長了這種風氣，尤其這幾年，偏愛舞台劇並經常出入後台的觀眾裡，這種婦人增加了。她們通常裝出對文學有些興趣，一副戲劇業餘愛好者的模樣，熱中於知性的化妝，總之就是俗不可耐的人，但唯獨本間鞠子有些不同。鞠子遵從戲劇的光輝傳統，認為演員最重要的是姿色。除了必須陪同丈夫出席公開場合之外，其他時間丈夫都讓她自由行動，但她厭倦了這種平庸的自由，並詛咒這種瀟灑的寬容。因為她詛咒這種瀟灑的寬容，甚至覺得它會糟蹋她感受自我不幸的喜悅。

鞠子愛慕劇團裡的型男小生須堂，也曾和須堂去跳過兩、三次舞，可是須堂有老婆，更糟糕的是他深愛老婆，所以鞠子只好死心，改帶其他兩、三個年輕演員出去玩。也因此，劇團裡的年輕女演員很討厭鞠子，視她如蛇蠍。《秋》上演期間的某個夜晚，當鞠子又這樣來到後台時，看到一個罕見的青年走過走廊。她問旁邊的男人：

「那個人是誰？」

「他叫舟木收，是個愛自詡型男小生的懶惰鬼喔。」

「可是他真的很帥呀。」

「他是實習演員裡的懶惰鬼，連後台都很少來。」

——當晚，鞠子便透過別人邀請阿收，趁跳舞之際約了今晚的約會。

……鞠子是阿收交往過的女人裡最漂亮的，聊了兩三句後，阿收更驚訝於她不合時宜的說話方式。這次兩人首度單獨見面，鞠子一改常態，竟毫無顧忌地讚美男人。

「我最喜歡體格結實、臉蛋漂亮的年輕人。漂亮的臉蛋恥於結實的體格，結實的體格又恥於漂亮的臉蛋，多麼可愛啊。你正是這種人。」鞠子說。

她有個毛病，喜歡從正面凝視別人。眼眸漆黑，眼神強烈。阿收覺得第一次遇到真正渴望的女人。

鞠子幾乎忘記自己的美麗。阿收從沒遇過，如此藐視自己的美麗的女人。儘管如此，她依然美麗動人。阿收渴求的正是這種女人。

鞠子梳著略顯古典的髮型，緩和了臉部給人的印象。她那秀挺的鼻樑，性感的大嘴巴，深邃銳利的瞳眸，都帶著美與權力，漾著時下罕見的風韻。而那整齊排列的頗大皓齒，則帶著動物性的殘酷。珍珠項鍊不斷反映出小燈泡的變幻光芒，時而微紅，時而泛藍，時而轉紫，時而發黃。

跳舞的時候，她也不斷地說：

「好棒的肩膀。」

「好棒的胸部。」

「你的手臂線條真美啊。」

女人出言讚美自己的身體，一句一句都讓阿收陶醉不已。女人的話語變成鏡子，將他鍛鍊的肌肉幻影一一浮現在眼前的黑暗中。這對目前阿收的愛情，是不可或缺的手續，女人出言讚美時，他的心也產生共鳴。因為每一句話都很中肯。這種女人真的很罕見。那些話語不是矯情做作，也不是話術技巧，就只是說出心裡的話。阿收需要女人特意出言讚美他。那些讚美的話語會將一個個愛撫提升到觀念層次，對他的肌肉賦予獨自的價值。透過語言讓阿收能清楚看見自己鍛鍊出的身體，亦即保證了他的存在。

可惜的是，本間夫人的話語缺乏想像力的翅膀。因此阿收無法藉由她的話語，成為自己以外的人，例如羅密歐、鬥牛士或年輕水手。他只看到另一個阿收，一個充滿肌肉的年輕人。

若說阿收是知性男人，任誰都會失笑吧。他不該被稱為知性男人。他只是個在自我意識的本質上，能夠無限遠離知性世界的典型人物。

兩人跳了好幾次舞，又回到座位上，做出幸福的舉動。男人把手搭在女人的肩上，女人把頭偎在男人的胸膛，但他們做得比舞台上的動作更為慵懶，更具日常性，所以只能命名為幸福吧。黑色晚禮服的美女和白色套頭毛衣的男人，這對男女的穿著極其不搭，所以更顯得色情吧。……些許的美酒，代替了風流的對話。這回鞠子對阿收說：「你的腿好漂亮哦。」但這句話的口吻有言外之意，像是在說「你也可以摸我的腿喲」。可是阿收完全沒有知性或精神性男人的自尊心，因此也不會感到屈辱。

女人稍微冷靜下來後，開始說起十點前參加的無聊聚會。那裡都是老人，而且半數以上是外國人。初老的美國人，滿臉厚重的肥肉，漠無表情地喋喋不休，時而忽然露出純白假牙大笑，笑得下巴快掉下來似的，以此強調自己說的話很好笑。還有一個說英文的德國老人，把

「war」發音成「val」，完全聽不懂他在說什麼。從未在床上捏過鞠子屁股的丈夫，在這無聊的宴會上，竟為了解悶而悄悄走過來，往鞠子的屁股捏了一把。

鞠子形容丈夫是肥滋滋的怪物。

「不過，不管男人的身體是肥滋滋，還是瘦得皮包骨，女人都不太在意吧。」阿收說。

「或許也有這種人。可是我很討厭肩膀狹小，肚子突出的男人。」鞠子說。

她還說，如果讓她來組內閣，所有閣員都是三十歲以下，臉蛋俊美，身材結實的男人。此外一般女人會說「愛我吧」，她絕對不說。因此阿收只需茫然地坐在自己世界的中心，亦即只要懶在那裡就行。

後來兩人當然去了飯店。一張大床擺在紅色地毯的中央，床頭的壁紙是金黃色，地毯的盡頭有座室內小庭園，庭園的設計仿龍安寺的石庭，岩石突出在白沙上。在這個可怕的房間裡，本間夫人催阿收趕快脫衣服。於是他裸身站在俗惡的背景前。夫人愉悅地凝望他，說他美得像雕像，然後走上前來，宛如在毛皮店摸毛皮般，興致盎然撫摸他的胸部，接著輕咬略帶赤褐色的乳頭。這時鞠子依然穿戴整齊。

然而鞠子並非裝模作樣擺出女雕刻家的樣子。她只是認為凝望與撫摸純屬美的問題，與羞恥和罪惡無關。她之所以還穿戴整齊，只是因為房裡的燈光很亮，跟只敢在昏暗中脫衣的普通女人一樣，毫無例外。上床時，她果然把所有電燈都關了。她是羞恥心的化身，真的很正常，跟一般人沒兩樣，真摯誠實，不會玩性愛遊戲也沒有特殊癖好。鞠子的特色，可能是比一般人老實了些。

然而另一方面，阿收感到微妙地失望。之所以「微妙」，是因為他自己也無法掌握這個失望的性質。覺得遇見夢寐以求的女人了，可是又好像不是。若問夢寐以求是什麼，卻又說不出來。

做愛過程中，他的存在又變得模糊不清。被融解了，失去了保證，然後又孤獨了，覺得自己茫然地被丟在性愛的後面。剛才那麼盛讚他的肉體，讓他的存在清晰浮現眼前的女人，此刻只顧閉著眼睛，陷入女人自我陶醉的深淵底部，成為與阿收整體存在無關的人，往喚也不答的遠方沉沒而去。

阿收認為不該有這種事，但人生經常發生的就是「這種事」。這種事無法修正，即使加以注意、訓練、改良，對這個年輕演員而言，都沒有比在床上看別人的演技更深惡痛絕。與其看那種東西，不如死了算了。

就美麗有威嚴這點來說，鞠子的身體也和臉蛋一樣，豐腴的胸部挺著高聳乳房，上半身倏地在腰部緊縮變細，沒有脆弱之處，也沒有過於粗糙之處，顯得豐腴且風情萬千。每一寸肌膚也都柔軟光滑，充滿熱烈的彈性。一切都無可挑剔。

因此完事後，當阿收點亮床頭燈，鞠子像是送了討人喜歡的禮物，以自信滿滿的語氣問：「你愛我嗎？」這種聽起來理所當然且適時適所的問題，使得阿收很不高興，頓時對她的錯估不知如何是好，只在心中暗忖：「難道妳以為我會愛妳嗎？」儘管如此，阿收當然事先已備妥回覆。

這個沒有季節感俗惡房間的可怕死寂，瀰漫在床的四周。壁紙的金箔，地毯的朱紅，庭園的白砂，在深夜綻放過於鮮豔的色彩。驀地，隔壁房間傳來浴室轟隆的流水聲，熱水被浴缸排水口吸走，發出震耳欲聾的悲痛叫聲。但這不久也安靜下來了。……這和阿收以前度過的夜晚，毫無兩樣。

阿收有怠惰的才能，和消磨閒暇的才能。一人獨處和兩人在一起，對他都一樣，兩人在一起只是稍微好一點，他並不怎麼在乎。但對女人而言，這是最刺激，最動人心弦，最在乎的事，因此兩人的關係到過年以後也持續著。鞠子送了很多東西給阿收，使得阿收十分吃驚。就如母親所預言，阿收的西裝和大衣，一個冬天就多了五套，而且料子全是約翰．庫柏或多米．佛雷亞的高檔貨。

一月中旬的某日，阿收穿著訂做的西裝和大衣，走在極其寒冷的街上，巧遇鏡子。鏡子那凍成淡桃色的鼻子，讓她看起來像個女學生。

「好久不見啊。」鏡子打了招呼，盯著他的服裝看：「你看起來很成功耶。」

這是和鏡子不搭的低俗揶揄，阿收不滿意但可接受。兩人去一間小店喝茶，店裡人很多。

「我媽在新宿開了咖啡店喔。」

「生意如何？」

「剛開不久，客人居然絡繹不絕。我媽第一次押對寶了。」

阿收覺得好笑，一個人笑了起來。兩人也談到清一郎，他在時髦的新家，過著美式的新婚生活。那個很難搞的男人，現在八成被叫去洗碗盤吧。

鏡子提起上個週末，和打高爾夫的朋友去川奈飯店，但她沒有打高爾夫球，只是打橋牌消磨時間。飯店老闆O先生向來很關心鏡子，看到她一個人無聊來到大廳，便擺出打高爾夫球的手勢問：「今天要去玩這個嗎？」當鏡子要往皮沙發坐下，他就說：「這樣腰會冷到喔。」這位典型的戰前型紳士，說起話來像以前絲毫不覺怪異的典型女性腔調，每每讓鏡子笑到肚子痛。……可是阿收聽著這段話，無法聯想到時代錯誤的含意。因為他生長的時代，並沒有向女人獻殷勤這種事。

後來兩人去看了電影《埃及人》。這部片子難看得要命，因此兩人的眼睛游移在寬大銀幕上，心裡卻想著別的事。阿收想的是和身旁這位很閒的美女之間「什麼都沒有」的關係；鏡子也是想著和這位美男之間「什麼都沒有」的關係。

友情這句話帶著偽善成分。兩人反倒樂於享受彼此沒有性關係。但需要對不斷顯示出性「關心」這點，兩人又極其酷似。這兩人的關係，就像在享受停戰與安息的關係。更何況鏡子喜歡別人的情念，阿收則飢渴於自己的情念。

電影散場後，鏡子和阿收又挽著手，在寒冷的夜晚街頭散步了片刻。阿收心想：「不相愛是何等幸福，充滿了家庭的溫馨。在這個女人面前，我也沒必要惦記著有張西班牙風格的臉。」——實在太幸福了，阿收不禁說：

「到了八十歲，我們結婚吧。」

被寒氣稍微凍麻的臉，使鏡子也湧現恍如幸福的情愫。

「到了八十歲啊，好吧，到了八十歲，我一定和你結婚。」

這是個無雪的冬夜，走著走著以為天空要下雪了，卻遲遲沒下。鏡子邀阿收共進晚餐。因為阿收說要鉅細靡遺向她報告，目前正在交往的本間鞠子的事。

兩人走進暖氣開得很強的餐廳，鏡子的耳朵便熱了起來，微微發癢。這是凍傷的徵兆，也是她對別人的緋聞興致又活躍起來的徵兆。

前菜還沒上桌，鏡子便催阿收說故事。

「所以是怎樣？你們第一次在哪裡遇見的？」

「在劇場的後台。」

阿收開始娓娓道來。

阿收當然不討厭談自己的事。只是他很害怕隨著談論喚起的記憶，只會讓自己的存在變得更模糊不清，更不確定。那就像看到廉價染料染成的雜色布，放進水裡洗的時候忽然褪色，各種顏色交雜在一起變得混濁不堪。大多數人是藉由記憶的喚起來鞏固印象，藉著追憶體驗來深化意義，而阿收若正好相反的話，可能這種確立一切、帶有深化機能的部分記憶，在他沒有察覺到的情況下，悄悄地像堆肥累積起來了？有一天這噁心的堆肥會在他身上飄散臭味吧？

阿收也很怕看到鏡子聽完後的滿足表情。這個表情在所有女人的表情裡，是他最大的謎團。但其實這個謎團並非像阿收想的那麼難解。鏡子只是有奇妙的聆聽能力。

在追根究柢之中，鏡子很輕鬆就能和敘述者擁有共同記憶，最後甚至能奪取對方的記憶，變成自己的。鏡子總是能把別人的記憶加工得比體驗更為生動，並且完全不帶體驗所附隨的喪失感與糟糕餘味，更且擅長將這種架空的體驗，全數變成自己生活的養分。

鏡子在全心傾聽之際，甚至能帶著一種飾演的感情，覺得自己愛上這個平常毫不關心的年輕美男子。唯獨在此時，人造花也成了鮮花。鏡子的觀念，和阿收睡在一張床上。

結果鏡子領悟到，自己之所以過著和「活著」、人生、體驗等粗雜事物無緣的生活，絕非因為自己缺乏勇氣。也因此，鏡子擺脫了「活著」無法回頭的性質，只能品嘗一次的性質，無法同時在別處與人做愛的性質，亦即鏡子擺脫了人生只有一次的法則。在她的腦海裡，從別人那裡獲得的記憶，保有比自己親身體驗更美好的輪廓，比自己做的愛更為色情……成為當晚滿足入睡的果實。這也無可奈何，既然性事對阿收已成記憶，只不過是記憶，那麼和鏡子聽完之後栩栩如生留在心裡有何不同？就阿收的一個體驗而言，鏡子和阿收都具有同樣資格吧？既然如此，「阿收所體驗的」究竟有何意義！

……吃完甜點，鉅細靡遺聽完的鏡子，望著眼前阿收虛脫的表情心想：「這也是當然的。」

分享阿收新的羅曼史記憶，使得兩人的關係更加親密。因為不想分開，兩人飯後又挽著手，走在人影稀疏的夜晚街頭。因為年底和新年花光錢的人們，現在大概都乖乖窩在家裡，街上顯得格外冷清。還在營業的服飾店與舶來精品店也沒客人，唯獨耳環和領帶夾閃著空虛的光輝。到了黎明，這些櫥窗也會降霜吧。

「你現在又不是演員，就不能擺出更像情人的表情走路嗎？」鏡子以活潑的語氣說。

「我想把那種表情留在舞台上。」

阿收希望鏡子能調侃他怎麼等都等不到好角色，可是這個女人很有教養，絕不提傷人自尊心的事。

「那，等到八十歲以後，你也要給我看那種表情喔。」

鏡子小心翼翼地說。電車的光亮閃過對面大樓間的空隙。

「總有一天會老吧。」阿收以從未有過的心情思忖，「到時候我會變成只會誇耀年輕時的體力和英俊，成為一個惹人嫌的老頭吧。」

一個約莫小學生年紀的賣花小女孩，拿著溼冷玻璃紙包的花束，糾纏不休地一直推銷，阿收只好停下腳步買了。小女孩凍得像紅薑的拇指，從毛線手套的破洞突出來。

「要買送我啊？」鏡子問。

「不是。」阿收殘酷地回答。

他戴著鞠子送他的貂皮手套，一邊走著，一邊將菊花、水仙、冬薔薇等色彩黯淡即將枯萎的花瓣，一瓣一瓣摘下來撒在地上。鏡子也一起幫忙。

「我們是在裝醉啊。」鏡子說。

兩人都有預感，接下來會無法無天的盡情狂歡。但預感還沒成真，花瓣就摘完了。

5

依照大學不成文的規定，深井峻吉已在年底辭去隊長一職。隨著新年到來，畢業考也迫在眉睫，但他依然每天勤奮練習。書也多少念一點。現在他也把經濟學的書當護身符似的，帶到集訓所來。可是一百二十六個學分，他還有九十幾個學分沒拿到。

考期將近，因此杉並的集訓所也採自由練習。前來練習的人數也少了些。

在這裡，低年級的社員和新隊長土田，仍然視峻吉為隊長，向他行禮。練習時，峻吉也依然是實質上的隊長。唯獨做暖身操時，由土田代峻吉發號施令。

時值一月下旬，天氣卻晴朗溫暖。今天川又教練被請去橫濱的比賽當裁判，所以不在。拳擊社員一如往常面無表情，可是練習開始前，換穿拳擊鞋、手上纏繃帶時，動作顯得從容許多。

峻吉在老舊褪色的深藍色緊身褲外，穿上印有大學校名第一個英文字母的短褲，眺望這些年輕後輩。其中唯一看起來很冷的光頭，是遵從這個社團對新人的規定，被高年級集體剃光的。

這群人很少笑。年輕與力量與速度的能量，深深嵌在新鮮又痛快粗魯，猶如新樹椿的臉龐裡。一觸即發的運動神經，被觸摸前都暗暗地束縛著，默默無語沉眠在肉體裡。……峻吉也確實曾是其中一人。

然而如今，他是前輩，是即將離去的人。他當主將時期戰績輝煌，大學聯賽奪得冠軍，東西對抗的王座決戰也獲得勝利。那些嶄新的獎狀匾額，掛在練習場的燻黑門楣上。

峻吉相信年輕後輩會陸續繼承自己，克服新湧來的波濤。……這既非感慨也非感傷，像是帶著些許靦腆而粗暴的學生式寒暄；像是對獎牌、獎盃、獎狀的金邊，那些學生式金光閃閃的「光榮」，稍顯草率的寒暄。

峻吉滿意於這種感想，將兩條黃色長鞋帶如韁繩般拉到胸前，把拳擊鞋緊緊固定在腳上。這時，他看到窗外有兩個人影，穿過大門上的小門，走進中庭。

一個是八代拳擊俱樂部的松方選手，他是峻吉的大學學長，在去年全日本輕量級比賽痛失冠軍寶座。另一個是熱水瓶公司的花岡社長，他是瘋狂的拳擊迷。

這兩人的來訪，峻吉一眼便知道所為何來。因為社長本身是拳擊迷而想邀峻吉入社的公司有兩家，其中一家便是花岡的東洋製瓶公司，花岡和八代拳的會長八代貢很熟，因此頻頻透過松方學長遊說峻吉加入職業拳擊。也就是說，社長和會長的關係很好，峻吉若成為八代拳旗下的職業拳擊手，並同時在東洋製瓶上班，就能成為特殊待遇的員工，在訓練和比賽期間可以隨意缺勤。職業俱樂部為了吸收選手，一定會準備這種條件優渥的工作機會。

但社長居然親自來看練習，使得峻吉大吃一驚。這個身材矮小，神色匆匆，十足商人味的中年男人，怎麼看都該跟拳擊無緣，但到了這把年紀想抹去上半生的唯唯諾諾，增添男性威嚴，所以決定當有前途拳擊手的贊助者。若想當相撲的老闆，他的財力還差很多。在別人的推薦下，去年春天他首度看了拳擊比賽，滿心幻想當這種年輕野獸的老闆，而且拳擊不像相撲那麼花錢，也使他安心許多，之後甚至逢人必說：

「哎呀，迷戀男人比迷戀女人更花錢呀！」

這是這個圈子裡的陳腔濫調。

只要是八代拳主辦的比賽，花岡必定出現在擂台邊，但他的拳擊知識還很貧弱，時而會指著被打得站不起來、眼看就要落敗的選手說：「這場比賽他贏定了！」花岡希望能早日在拳擊館看自己贊助的選手練習，對選手說東說西下指令。但那並非已成名的選手，必須在職業界是全新臉孔，而且有可能是未來的冠軍。八代貢想要峻吉，於是速速將峻吉推薦給這個冤大頭。

「嗨。」

松方滿臉笑容，從窗戶探頭進來打招呼。他不拘小節的磊落笑容裡，流露出「運動社前輩」的威嚴與溫情。這是和峻吉見面的時間以外，他身為職業選手早在生活裡喪失的東西。峻吉看了也些許鬱悶，但沒進一步深思。他並不渴望蜜糖般的感情。

在松方的介紹下，花岡已見過峻吉兩三次，他盡量不顯出唯唯諾諾的樣子，對峻吉說：

「嗨，我來看你練習了。」

「社長是個大忙人，可是無論如何都要來看。」

松方補上一句。他的聲音帶著拳擊家特有的沙啞。

峻吉連忙綁好鞋帶，走出屋外，向花岡行了一禮。峻吉什麼都不必說，只要秀出身體的色澤、肩膀的柔軟度、敏捷的步伐、打沙袋的強勁拳頭即可。況且他不令人討厭的沉默，也足以給對方深刻的印象。

土田來到峻吉旁邊說：

「暖身操的時間到了。」

「好，開始吧。」

聚集在中庭的年輕社員們，開始做腿部動作、輕度空擊練習、脖子左右彎曲、轉動肩膀、軟柔肩關節等暖身操，但已瀰漫著激烈運動的預感。

花岡不斷往後退，差點跌入廚房流出冬季綠色菜渣的小溝裡，所幸松方連忙扶著他。

……練習結束後，松方和社長說要去車站前的咖啡廳等峻吉，兩人便先走了。峻吉去沖澡。當他回集訓所的房間換衣服，發現新進社員的房門半開，順勢瞧見房裡棉被隆起，有人在睡覺。峻吉猜想可能是新進社員在偷懶，語帶威嚴地喝道：

「喂！是誰？」

棉被懶洋洋地動了動，露出裸露的肩膀，睡眼惺忪的臉微微睜開眼睛。

「什麼嘛，原來是原口啊。」

原口和峻吉是同年級，也同是拳擊社員。峻吉依然站著問：

「胃潰瘍有沒有好一點？」

「胃潰瘍？早就好了。」

「嘖，哪有這麼快就好的，我從沒聽過。」

「坐下來吧。」

原口裹著骯髒的棉被起身盤腿而坐，隨即又從枕邊拉來厚棉的日式居家棉袍，然後褪去棉被，坐著穿上棉袍。下半身只有一條短褲。

峻吉在運動衫外套了一件毛衣，坐了下來。

新進社員回到房間時，不敢打擾兩位前輩談話，拿了掛在牆勾上的衣服便匆匆離去。

一年四季，峻吉只看過原口穿一件短褲，或短褲外加厚棉的棉袍。每當收到鄉下老家寄來的錢，原口總是當晚不花光就不甘願，也會用部分的錢贖回西裝和手錶，穿得一副讓人幾乎認不出的模樣出門，回來之後又變回一條短褲。

原口懷抱著夢幻般的英雄主義進入拳擊社，而這個英雄主義也經常讓他傷痕累累。

「八代拳又來找你加入了吧。」

原口的比賽經歷比峻吉少，但臉上的傷痕卻遠比峻吉多。這張臉笑也不笑注視著峻吉。

「對啊。你怎麼知道？你明明在睡覺。」

「我剛才從窗戶看到的。」

峻吉改變話題。

「你偶爾也來練習一下比較好啦。這樣胃會比較清爽吧。」

「反正又沒人會來看我練習。」

被他這麼一說，峻吉不禁閉嘴。他天生不會安慰人。

原口眼角的傷疤裂痕一直黑黑的，被打凹的鼻樑輪廓模糊。人的長相會變成自己相信的思想。他相信的思想是「英雄主義必定敗北」，因此他的臉也變成這副模樣。

原口算是寄宿在這個集訓所的食客，他只怕川又教練的眼光，因此總是躲著川又。這半年來，他幾乎沒有出場比賽。自從之前連續輸了三次就沒上場比了，不僅怠忽練習，又愛喝酒搞到胃潰瘍，回鄉休息過一陣子。曠課的情況比峻吉嚴重，還有一百零三個學分沒拿到。

無論哪個社會，無論看在誰眼裡，原口都是不適任的人，可是大夥兒都像接受命運般看他住在這裡。原口有一般人的體力與速度，但缺乏選手需要的努力與忍耐。起初，他可能是想治療自己難以治癒的無力感而開始打拳擊，後來逐漸明白，這種劇烈運動和絲毫不見好轉的病況所產生的裂縫越來越深，他已難置身於此。想把比賽的輸贏看得很淡，卻也辦不到。只要輸了，那道裂縫就看得更清楚。在想贏的意欲和身體動作的底部，可以看到根深蒂固的漆黑無力感。

過著錢總是瞬間消失，棉袍與一條短褲的生活……這簡直是拳擊的滑稽漫畫。無論怎麼追都會瞬間消失的擂台上激烈行動，宛如只穿一條短褲的裸體被扔進鮮血淋漓的魚網。……實際上，原口越來越不懂，為什麼一方有氣無力，另一方卻剛好相反。在行動的底部，看見有氣無力的投影；在所有有氣無力和敗北的底部，看見行動的力量。雙方都給了自我辯護的材料，若可以這麼說，也給了勇氣。

在所有有礙健康的事物中，拳擊手最忌諱的酒和女人，黎明時映在宿醉眼裡的街燈抒情色調……若他不是拳擊手，不會對這些事物產生悲哀與抵抗，能保有普通的快樂吧。為了給世間一般的自甘墮落增添戲劇性色彩與樂趣，即便只是名稱而已，原口也需要拳擊手這個頭銜。

原口欠債不還，遭大家嗤之以鼻，胃又搞壞了，如今面臨反正一定不會過關的畢業考，他反倒看清了不抱任何意志而開始的純粹英雄主義的美好歸結。

那是光輝又黯淡，顛倒的光榮。這時他最熟稔的有氣無力，應該也分享了這份光榮而閃閃發光吧。

原口嫉妒並誤解峻吉。這是很可笑的事，既然嫉妒，至少必須正確看到峻吉的缺點，但原口只能以世人的眼光，例如花岡或松方的眼光，來看這個開朗單純的行動家朋友。

每當峻吉在原口面前感到一種內疚的快感，他總認為這是原口孤獨的反映，然而其實恰恰是峻吉孤獨的證明。他在這個無可救藥的朋友面前，獲得展翅般的自由。他只要光輝耀眼就行了。

「這個拳擊館很棒吧。即使是專業的拳擊館，也沒有我們這裡舒服喔。這點我可以保證是真的。」

松方說道。峻吉也對八代拳最有親切感，不僅是松方前輩所在的拳擊館，峻吉本身也曾被借調來這裡陪練。八代會長就是從這時開始注意峻吉。

在窗外可見黃昏車站前人潮熙攘的新咖啡廳裡，花岡喝著啤酒，松方與峻吉喝柳橙汁。

「你應該可以立刻參加六回合賽。習慣了業餘的三回合賽，或許會擔心體力不繼，不過大家都這麼說呀，六回合賽反而是業餘出身的比較強喔。如果這樣你還擔心的話，可以在練習時特別練六回合就好了。……不過以你的能力，只要打個兩三次六回合賽，接下來就是八回合賽了。能這麼快變成明星的行業很少喔。」

松方一個人說著。花岡擺出威嚴樣，沉默不語。

「更何況，這話在社長面前講不太好。」松方故作詼諧，刻意將聲音壓低到花岡聽得到的程度：「公司每個月會付你薪水，比賽賺的錢也全歸你的，你算盤要打精一點才行啊。」

峻吉將喝完果汁的蠟紙吸管捲在手指上。透過白蠟可見稀薄橙色汁液滴出，流淌在他粗壯的手指上。受到注視，受到熱心勸說，讓他覺得自己年輕充滿力量，恍如桌上鮮紅成熟飽滿的番茄，這種感覺並不差。再加上練習後血液循環旺盛，使得所見所聞都很新鮮。店裡走動的人們，盤子的碰撞聲，唱片的音樂，一切彷彿在遠處凝結成黑暗中微微發光難以捕捉的一點，「運動的光榮」，在獲得的瞬間已成追憶無法留住的一點光榮。在遠處，看不見的地方，響起掌聲與歡呼聲。這一切都挺不錯的。峻吉心想：「不久我將會浸泡在光榮的浴缸裡吧。」

然後……然後他也終須走出浴缸吧。就如眼前的松方，光榮從自己的身體滴落、乾涸，最終只剩荒涼粗糙帶刺的裸體吧。

——倏地，峻吉醒了，他應該是片刻也不思考的男人。拳頭前面的空間，毫不客氣占據這個空間的敵人肉體。隨著瞬息萬變的角度與距離變化不斷伸縮，時而猶如薄紙，時而恍如厚重愚蠢肉屏風的敵人肉體，近身的手感與遠處的閃電。他的手套在眼前揮灑出的敵人鮮血，宛如鮮紅的花粉。外界不斷動搖的密度，以及時而可以窺見如新鮮白紙般的敵人空隙。重要的是這些種種，並非其他。其他沒有一項是重要的。

「好，我接受。」

峻吉忽然這麼說。花岡露出滿嘴金牙，浮現無聲的笑容，看向松方的眼睛。松方反倒慌了起來。

「你母親會答應嗎？你說過你母親很反對。」

「會的，沒問題。」

峻吉不假思索，說得斬釘截鐵。

「太好了太好了，可喜可賀。八代先生一定也會很高興。那麼從今天起，深井也是我的員工了，這要趕快來慶祝一下。松方，你立刻打電話給會長，說我們在新宿的『鳥源』見。」

花岡說著便起身，以圓圓的指尖，仔細撕下黏在合成樹脂板的溼濡帳單。

到了隔天，峻吉也沒機會跟川又教練說，只好暫時保持沉默。但是選手轉向打職業拳擊，事後才取得教練同意的例子並不少。川又一如往常笑也不笑，除了練習時邊走邊發出隻字片語，什麼都沒說，帶著心情好的表情，亦即生氣般的臉，很快就獨自回去了。

畢業考開始了。峻吉隨身攜帶的專業科目書籍，依然只有護身符的功用，完全沒有翻開來讀。不得不說，峻吉的個性缺乏獨創性。這是他不可能作惡的最大理由。

想一口氣拿到九十個學分，首先必須節省時間。他時而會使出驚險絕技，在一個小時內考三科，合計十二個學分，飛快寫完答案。比方說考試的第一節，他去考了經濟學史和簿記原理和統計學。

進入統計學考場後，峻吉立刻搜尋原口的身影。因為原口沒拿到的一百零三個學分裡，確實包含統計學這四個學分，理應會在考場看到他。但原口終究沒來。玻璃窗因暖氣形成的霧沉沉白色斑斕，以冬日晴空為背景，在每扇窗戶畫出不同姿態的鳥獸。在這樣的早晨教室裡，除了發考卷的紙聲，與兩三聲乾咳，其他什麼也聽不見。

峻吉將削尖的鉛筆抵在下顎，茫然望著黑板上寫的考題。下顎被筆尖抵得有點痛。難道不能有個沒感覺、強硬如石頭般的下顎嗎？忽然他想起有一次在拳擊訓練時，川又教練說唯獨強化下顎的方法尚待發明。黑板上寫的題目是：

「請比較說明『社會統計集團』與『被創造的集團』。」

啊，這種問題根本與他無關，徹底無關。那在另一個世界，由白皙知性的手，將嚴格計量的各種概念的砝碼，放在天秤上測試均衡，猶如在枯萎乾涸僧院般的地方，拼貼馬賽克瓷磚。那是一種用固定方法，扼要歸納現實，放進抽屜，然後整天坐在抽屜前，甩著鑰匙串威嚇別人的手法。

峻吉完全不覺得有義務作答。他和考試之間，沒有妥協點也沒有戰鬥。那既不是肉，也沒有彈跳的動作，更不是流血的臉。那裡有的只是些許茫然、裝模作樣的知性幻影，戴著奇怪的帽子，百般無聊地坐在冬天透明的晨光中。脖子上戴著「請解答我」的牌子。

峻吉在考卷上如此寫道：

「我是拳擊社員，深井峻吉。四年來我拼命練拳，為了學校盡心盡力，工作也找到了。畢業後，我發誓絕不會做出傷害學校名譽的事。請多關照。」

峻吉只寫了這些就交卷了，以眼角餘光看了看擺出臭臉的監考老師，便走出考場。到了走廊，壓低腳步聲小跑去下一個經濟學史的考場，裝出遲到趕來氣喘吁吁的樣子溜進去。

這時峻吉覺得上一份考卷寫得太短，因此在經濟學史的考卷上，除了如法炮製之前的內容，還寫了他默背的學生證背面文字。

「本校之辦學目的，在於發揮私立大學的功能，培養自主獨立的民主主義精神，探究真理並深化實踐的教養，為社會提供人格清廉見識廣博之士。」

還剩一科簿記原理，但已經沒什麼能寫，只好跟統計學一樣，寫下鄭重其事的致詞。

——他交出三張考卷後，走出戶外，來到映著冬木疏影、日照良好的牆邊，許多學生倚著這面牆抽菸。峻吉不抽菸，所以覺得休息時間格外漫長。在冬陽裡，香菸的煙霧鮮明地飄著。都心狹小的庭院地面，依然清楚留著早晨清掃過的掃帚痕跡。

雖然有做完事情的快感，但完全不須努力也讓他感到不妥。不過這種勞力的耗費，不久也會讓他感到滿足吧。要是九十個學分都能這樣拿到該有多好！

畢業考結束後，峻吉被系主任叫去。他不知如何是好，想依賴川又教練，可是到處都找不到川又。

推開系主任研究室的沉重門扉，峻吉大吃一驚，系主任和川又竟然並排坐在桌旁。系主任和川又曾是這所大學的同學，因此峻吉猜想川又可能以調解人的身分同席。可是先開口罵人的是川又，手裡還揮著峻吉寫了致詞的考卷。

「你找到工作了？既然找了為什麼不跟我說！去哪裡工作？」

「東洋製瓶。」

「混蛋！那你要進八代拳吧。我又沒說不能打職業拳擊，你為什麼沒跟我商量一句？最近的小鬼完全不懂人情義理，真的很糟糕。」

「我忘記了。」峻吉興起調皮之心撒謊。

「什麼？你忘記了？哦？阿峻，你已經這麼了不起了呀。忘記這句話，至少要當上十回合賽的選手才能說喔。只是打個業餘拳擊就得了健忘症，這種腦袋還是別想打職業吧！」

系主任繃著臉踱來踱去，川又氣勢驚人大發雷霆之後，他的責罵完全失去了權威。就這樣對峻吉不正經的作答，消極碎唸二十分鐘後，逼峻吉答應補考才結束。

——補考在二月中旬。峻吉在所有考卷上，又寫了同樣的致詞文。

補考結束後的隔天早上，峻吉家難得來了一通傳呼電話。他穿著日式居家棉袍便衝去蔬果店接電話，得知原口死了。

回家匆匆換了衣服立即出門，趕往杉並的集訓所。路上結了一層霜。他跑到車站，又從杉並車站衝向集訓所。平常做越野長跑訓練時，都迂迴地挑土面道路跑，這是他第一次從車站開始跑柏油路。

如此急速奔馳時，峻吉率直地感到一種爽快。只是奔跑，只是不斷奔跑的背後，都有著對感情的優勢地位。其實這和他輕蔑理智的作用是相同的。冬天早晨如樟腦丸般的空氣，傳入耳裡的大聲收音機，清淨的旭日……這一切，使得他在見到朋友的遺體前，將死亡這件事拋在汗水淋漓爽快運動的盡頭。跑著跑著，他忽然想起去給大哥掃墓的夏日。那時讓他感動的也是，死亡猶如勇往直前行動的必然歸結，環繞著大哥。就這樣，峻吉對原口的死，做了他毫無理解的準備。

進入集訓所老舊大門上的小門，走在結霜的前院時，霜在他鞋底碎裂成纖細的結晶。沒有人出來迎接他。他登上昏暗的樓梯，在中途碰到下樓的土田。

「對不起，都怪我到今天早上才發現。」

「別這麼說。通知川又老師了嗎？」

「因為沒有電話，所以打電報給他了。」

「老師來之前，我們還是不要貿然行事。報社記者來了嗎？」

「只有送報生來過。」

「傻瓜。」

峻吉覺得土田驚慌失措的樣子很可愛。一股巨大快樂的責任感推著峻吉。

上了二樓，拉開第一個紙門，看到原口蓋著棉被，臉上覆著一條手巾。五、六個學生低著頭，正襟危坐圍在遺體旁，有幾個人低聲啜泣。棉被露出肩部的棉袍，這是原口唯一的衣服。

有人為峻吉掀開臉部的手巾。遺容浮腫帶著紫藍色，舌頭從腫脹的上下唇間伸了出來，喉嚨有一道嵌得很深的蒼白繩印。死神一定是像黑人選手般，身手敏捷的拳擊手。死神以黑人特有如貓族的動作，發出眼鏡蛇般的叱吒鼻息，迅速伸出左手擊倒原口。他那浮腫的臉上，殘留著這許多死神手套亂打的痕跡。峻吉和一般人不同，他有理由不被這張變形的遺容嚇到。因為他知道，敗北者的臉一定會扭曲變形。

「現在集訓所只剩老家在外縣市的學生，所以原口昨天也獨占一個房間早早就睡了。今天早上社員起床，要去拿忘在那房間的襯衫，進門一看，發現壁櫥上綁著繩子，原口橫倒死在那裡。旁邊散落著燒酎酒瓶，沒有遺書。」

土田如此向峻吉報告，接著又說：

「為什麼要尋死呢？雖然他畢不了業，很痛苦的樣子，可是因為這樣就尋死也太奇怪了。」

「不管怎樣，這傢伙最想以拳擊手的身分而死吧。可是無法死在擂台上，所以至少要死在集訓所吧。」峻吉說。

峻吉不禁將自己過去的戰績，和原口充滿失敗的經歷相比，感到一種難以言喻的尷尬，不禁悲從中來，眼淚甚至要奪眶而出。但峻吉單純的心思也覺得，為敗北者哭泣太沒禮貌。面對敗北者，應該只是互碰手套表示握手，然後隨即離去，這才是禮貌。原口之死所蘊含的，對勝利者沉重永續的責難，制止了峻吉的淚水。

窗戶只掛著白色粗布窗簾，而且與窗戶的大小不合，冬陽毫不留情照在原口的遺容上。死者的嘴裡，有一顆銀色假牙閃了一下。那乍現的閃光有如嘲笑，因此峻吉輕輕出拳，朝死者下顎打出一記輕輕的直拳。

後輩們見狀為之一驚，一起抬頭看向峻吉。頃刻間，峻吉潸然淚下。

夏雄的「落日」在秋季展覽會獲得極佳好評。姊姊那身為大銀行董事長的公公，聽到這個佳評便買下這幅畫，掛在銀行會客室的牆上。這是夏雄賣出的第一幅畫。於是畫商為了因應各銀行公司行號年終贈禮用的繪畫，隨即問了預算來收購夏雄的舊畫。可是畫商把價錢砍到三萬圓。

新年過後，「落日」便榮獲N報社獎，夏雄成了社會上的名人，和許多人見面交談的機會也增加了。可是他立刻就厭倦了這種生活。

但他並非覺得難熬，也不是苦於和他人或社會處不來。他並非鄉巴佬，深知十個人比一個人更容易發出討厭的噪音。他那種溫順，不愛傷人的典雅個性，依然獲得眾人喜愛，當他覺得疲累想離席，只要露出天生帶著幾分憂鬱的孩子微笑即可。

過去他幾乎過著不和自己的名聲打交道的生活，雖然疏遠人類社會，但也不至於冷漠。換言之，向來面帶微笑保持距離的夏雄，沒必要面對新事物而採取新態度。他絲毫不覺得這一切是發生在自己身上的事件。他的人生不可能「發生什麼事」。

夏雄的眼睛，依然只看自己喜歡、覺得美的事物。其他進不了他的眼簾。

對於沒有自信和野心等特別的東西，只是像小鳥啼囀般畫畫的自己，夏雄時而回顧起來也覺得不可思議。創作的熱情在畫完後就忽然消失，心裡連餘燼微溫都不殘留。對於無傷漂泊的自己，沒能湧現年輕人的浪漫情懷，他也沒什麼不滿。雖然隱約逐漸感到自己出名了，但也不期待未來有什麼榮耀，反倒覺得一步一步在遠離榮耀。榮耀的泉源一定在幼兒時代，隨著逐漸成長，不曉得掉落在哪裡。夏雄喜歡這種想法。

看到那個四角形落日風景，被異樣的感動襲擊時，他也覺得那個落日會往自己的幼年時代沉落下去。幼年時代，落日從早到晚都像融礦爐在那裡燃燒。他的幼年期並非和別人格外不同，也沒有格外奢侈或壯麗，但有著綿延不斷的莫名幸福感，恍如絕不會終止的音樂，絕不會落幕的歌劇。甚至幸福到無法想像世界在別人眼裡和自己眼裡截然不同，如此確信的幸福！儘管現在他也知道了，看在別人的眼裡世界和自己截然不同，但幸福感時而也會從心靈角落滲出，如雲彩般擴散圍繞著他。這種幸福感根植於他的幼年期。換言之，這是他幼年時代確實緊抓在手的幸福感的遙遠反映，若有似無的遺物。

夏雄覺得在幼年期的絕對幸福感裡，早已將他生涯該看的所有美麗事物，美麗風景、花、鳥、人臉等，像型錄般看過了。之後的人生裡，無論再怎麼新鮮的發現，都比不上這份型錄想像出來的美。他年幼看過的風景，在絕對不會消失的落日裡璀璨閃耀，湖水波光瀲灩，湖畔的森林沉湎於冥想中，山巒映著一片紫藍，難以言喻的遼闊，甚至連路旁的花草石礫都細微可見……但到處都不見人影。「為什麼沒有人呢？」他幼小的心靈一定也納悶地想過，「明明沒有半個人，為什麼這個世界這麼完整呢？」

尚未萌生對人的關心之前，對於美的關心便侵蝕了這孩子。這在學習語言和習慣之前，便已牢牢抓住他的心，將他所看的世界變成一片靜謐，只有色彩的無人場所。

大概還沒上小學的時候，夏雄清楚記得伯父從歐洲旅行回來說的旅途見聞。其他的事都忘了，只記得這段旅途見聞。

那是年輕的伯父從西班牙的馬德里雇車前往托雷多，當天往返在歸程看到的景色。黃昏時分，車子已經駛過一半路途，再過一個多小時抵達馬德里，應該籠罩在夜色裡了。托雷多和馬德里之間四十三英里的汽車道路，穿梭在荒涼原野、岩山與稀疏的貧寒村落間，一路上幾乎不見車影。

暮色已籠罩周圍的曠野，天空已閃現星光，唯獨西邊地平線附近的雲層下，可見落日餘暉殘留的水藍色。但是視角一隅有著強烈色彩；那是曠野盡頭的低矮岩山外圍天空，只有一部分染成朦朧的紅色。

年輕的伯父以為是火災，從車窗仔細端詳。隨著車子前進才恍然大悟，那不是火災，是山麓某間工廠爐火發出的光亮。爐子的火焰成束，在曠野盡頭鮮明燃燒，連區隔橫排的低矮工廠屋頂煙囪所噴出的火星，也頗有理由似的擾亂那片天空。

看到這一幕，伯父直覺地認為，這就是到昨天在馬德里的普拉多美術館看到的，波希（Hieronymus Bosch）的「地獄」。這幅景象正確重現波希畫的，在地獄遠景地平線上燃燒的小鎮。

——這件事印象過於鮮明，夏雄不知不覺中產生錯覺，以為是自己親眼看到的風景。他靠著想像，在兒童用的素描簿畫了這幅畫。就這樣，這個小孩什麼都看過，甚至看見了地獄。

當身邊瑣事繁雜，夏雄便獨自開車旅行。倒不是去偏鄉僻壤或杳無人煙的地方，基於實用的理由，他討厭不適合開車的道路。

時值多雨的三月，這天原本也是陰天，但看到雲間露出了微光，他便開車出門，想去看看久違的箱根早春。去年春天和鏡子一行人去過就沒有再去了。若天色晚了，在箱根過夜也無妨，或是下榻熱海也好。因為是平日，應該不至於沒旅館住。

車子經過橫濱後，天空整個放晴了。平日的午後，車流也不擁擠，夏雄享受著悠哉開車的樂趣。

隨著逐漸遠離都會，汽車前窗的天空也越來越遼闊。他享受著一種透明的趣味。嚴格說來不是靈感，而是容易產生靈感或愜意的空白狀態，既不喜樂也不悲傷。硬要說的話，只能稱為幸福。

當年那個精通面相的婦人看到年少的他，說他像天使一樣，想必指的是這種感情空白的表情吧。如今夏雄已是青年，然而他臉上沒出現過愛的表情；他還不知道那種男人特有的渾濁，難以言喻的不透明，理智與情感笨拙地互撞，墜入情網時的表情。他心地溫柔，然而這種溫柔和愛也相去甚遠。

他穿著樸素的春季新大衣，開著新車，握著方向盤，心思飄盪在掠過窗外的自然景象表面。澄明的心境，這也和愛不同。倘若孤獨折磨他，或許會產生愛吧。然而孤獨是他的親密朋友。人類的一切和自然一樣，都只是他的「親密朋友」。

明明這麼年輕，夏雄卻時而有自在的心境。現在就是如此。宛如體內的有機部分全然消失，由無機質的透明結晶組合而成。

車子駛上前往十國嶺的公路。山裡春色尚淺，遠處山脊的土黃坡上，最近建的黑色方形微波天線，矗立在夕陽西沉的天空裡。

十國嶺眺望台附近想必相當擁塞，於是夏雄將車子停在稍遠處，拿著素描簿下車。這一帶除了行經的車輛，不見人影。

他驚訝於春天從這片廣大風景滲出的力量。路邊的蜂斗菜開著綠白色花朵。映入眼簾的顏色，沒有一種是確定的。早春的色彩，與其說是顏色，更像顏色的預兆，帶著沒有髒汙前的微髒。這種清澈山氣的抽象氣味，恍如縝密地蓋了一棟看不見的透明大建築，然而就像人走在這棟透明寺院裡呼吸的空氣，弄髒了早春的大氣氣味，各種不確定的色彩也弄髒了春色，這委實堪稱醜陋。色彩將高山的山氣變平了，變扭曲了，還添加了不自然的抒情味。春天龐大的浸蝕作用，給所有風景帶來焦躁不安的陰影。

在重巒疊峰的丘陵中，也有一座已經漾著豐盈嫩綠，但旁邊有一座紅豆色的丘陵。還有一座丘陵從山麓到山頂，都包覆著紅色紫蘇葉般的嫩芽色。

最美的反倒是近景的草地，乍看像枯草，但稍微偏個角度，就能看到底部已長滿等待出頭的新綠。

細竹的葉末雖黃，但根部已是綠色，所以竹林兼具了黃綠兩色。常綠的鉾杉林，依然是凝重燻黑的綠，但其中也摻雜著人工黃或黃綠色的杉樹。

夏雄的眼睛覺得不舒服，然而那並非初次登上山嶺的清澈眼睛變得朦朧黯淡，而是看到某種美麗事物即將出現前的粗雜元素。亦即不可以看的東西。硬要將它美化，是不禮貌的做法。

他收起素描簿，上了車。行駛在平坦且車影稀疏的公路上，他如此思索：

「我絕對不可能有低潮。如果畫不出來，那是大自然的錯。」

認為那是大自然的錯時，他的心裡沒有絲毫惡意或敵意。不會有低潮是理所當然，所以大自然有過錯也是理所當然。

這時，一輛載著兩個藝妓夾著削瘦型紳士的車迎面駛來，緩緩和夏雄的車交錯而過。紳士的神情極度哀傷，雙手插進左右藝妓的前襟裡。兩名藝妓都眼神空洞地看著半空中，挺直脖子端正坐著。

夏雄毫無感動地看著肉慾之車離去，也不因自己有這種超凡能力而自戀。

「我絕對不會有低潮，因為我是天使。」他又返回這個想法。這個想法從小就不斷在他耳畔喃喃低語。精通面相的婦人，只是把他從小的幻想變成確信而已。念小學時，在課堂上稍微惡作劇被老師罵，他心想：「為什麼老師可以罵我？我可是天使耶。如果老師打我的話，看到我背上忽然長出翅膀從窗戶飛向高空，會嚇到腿軟吧。」

夏雄邊開車邊想起往事，露出淡淡的微笑。覺得孩童的微笑依然貼在嘴邊。

這種想法並非他人煽動或自戀的結果，而是他懂事以來就已具備。任何事物都無法摧毀他的純潔。若世間存在著人們說的醜陋現實，那麼它應該打從一開始就無力。因為他的眼睛若硬要發現醜陋，一定會成為非現實的東西。

夏雄在山中早春的空氣裡思索著，自己這樣邊開車，邊對世界微笑，但這並非諂媚，因為不期待世界會回以微笑。就這一點而言，感受性也和意志很像。感受性對山巒或遠雲陰翳所露出的微笑，和對世界永遠對立的感情相同。

然而幸福的他，並沒有思考得這麼深。

三島沼津這個地方，鄰近莊嚴的岬角岩山，微弱的陽光下綴著麥田的綠與油菜花的黃，也逐漸可以瞭望大海，平野已然一片春色。夏雄駛過收費公路，在還沒完全鋪好柏油的道路開了一會兒，便看到遠處熱海魚見崎的櫻花。猶如殘雪斑斑掛在懸崖邊。

夏雄決定在熱海過夜。為了描繪遠櫻下車。

四、五個年輕男女爬上這條路，手裡拿著素描簿，或背在肩上。夏雄一看就知道他們是美術大學的學生。

他們邊走邊踢著腳邊的小石子，走過時還故意讓自己的身影掠過夏雄的素描簿頁面。這種年輕人就是渴望當藝術家，但藝術家生活尚未在他們臉上烙下印記，卻硬要誇張露骨地展現他們的年輕。在不自然的沉默中，一個年輕人吹起口哨。當所有的腳步聲在夏雄背後稍微遠離時，夏雄聽到一個女生的低語。可能是山氣透明的關係，即便不想聽也聽得很清楚。

「那是山形夏雄沒錯。紅了就跩成那樣。」

夏雄不禁懷疑自己的耳朵。因為他從沒聽過這種話。

在自己受傷之前，先讓他感到驚愕的是，他發現自己明明沒做壞事，只因自己些微的名聲，就在世間某個角落傷害了那些年輕人。

接著迴盪在他心裡的是，這些年輕人確實不愛他。誇張地說，就是一種失寵的感覺。

「有人不愛我！」……這是令人驚恐的事實。然而真正讓他驚恐的並非這個事實本身。這種事，應該早就了然於心，應該早就知道得很清楚，為何至今還會嚇到，這使他陷入雙重驚愕。只因那個女生以微暖的聲音，透過山氣迴盪出來的一句話，使得他與外界的構圖崩潰了，遠近法也變形了。

——月光下，熱海這間旅館的庭院，有一座屋頂高得出奇的溫室，然而從夏雄房間的窗戶望去，看起來像在圍起來的小庭院的籬笆那頭。夏雄深夜泡完湯依然穿著棉袍，從這扇圓窗眺望著溫室與月夜。

月色如煙，溫室的玻璃微微泛白，那高聳建築物似乎沒人住，宛如廢墟。看得出孔雀椰子和罕見的熱帶闊葉樹，擠在裡面熟睡。那些密集的植物沐浴在幽暗的月光下，依然保持著白天濃密的熱氣。從這間玻璃建築的外面看去，裡面宛如內藏了另一個次元的世界。

「小時候，我看過跟這個很像的奇妙建築物。」夏雄思忖，「一日進入那裡，就到了通往另一個世界的地下道的奇妙建築物。那是發電廠。」

霎時，高聳屋頂邊緣的一塊玻璃迸出反彈般的聲響，玻璃碎片四散紛飛後，形成一個黑色星形的洞。

接下來寂靜無聲。似乎沒有人起床。沒有人影。可能是有人惡作劇，從遠處扔石頭吧。夏雄面對著這個沉默。但過了好一陣子，除了夏雄以外，沒有出現察覺這個異變的人。不久寒冷的夜氣襲來，夏雄關窗準備就寢時，再度仰望那高處的玻璃裂口。那是一幅若無其事的景色。玻璃破碎前的現實秩序，不知不覺中已快速修正成玻璃破掉後的現實秩序。那比用指尖抹去炭筆畫的線更快，可能有個更快速且看不見的指尖，在哪裡運作吧。

……尋思至此，夏雄擺脫了憂愁，心情也稍微平靜了些。

回到東京後，看到一封他不在家的早晨來的信，是女人的字，但名字是他不認識的人。夏雄讀了信，信上寫說喜歡夏雄的畫。自從秋季展覽會以來，這種陌生人的來信屢見不鮮。

過了兩三天，又收到同一個人捎來同樣的信。名字叫中橋房江。夏雄禮貌地回信，但內容是了無深意的感謝函。對方沒有回信。

阿收現在常來母親開的咖啡店「洋槐」閒晃，會帶劇團的朋友來，也會帶運動的朋友「肌肉之友」來。在這裡，他們當然免費喝飲料，愛待多久就待多久。

現在社會上很流行開咖啡店，因為收現金，而且沒有比這個利潤更好的生意。景氣也確實上揚了。雖然社會上瀰漫著「上半期平平，下半期下滑」的悲觀預測，但看「洋槐」的客人就能感受到，大家的錢包比去年寬裕多了。昨天來店的同業客人，也談起最近在銀座新開張的大咖啡館「室內樂」的營業情況。

據說，「室內樂」每天平均收入超過十二萬圓，一個月業績有三百六十萬，人事費四十萬，一百圓咖啡成本二十三圓，八十圓紅茶成本二十圓，而且全部收現金，所以鉅額的建築費也馬上就能還清了。

「洋槐」與之相比，規模小很多，但客人絡繹不絕。母親的心情總是大好，像是在大方供養情人般，不斷給兒子零用錢。

阿收從健身房回來，也常帶武井前輩或年輕的夥伴們來。這個時節，人們依然離不開圍巾和大衣，但這票人只穿衣領敞開的Polo衫，外搭一件外套，或是只穿一件薄薄的緊身毛衣，襯出倒三角的姣好體格。這樣的人只要進來三、四個，就有女客人悄悄起身離去。阿收等人見狀總是笑得很開心。

武井依然對他的偶像雷歐．羅伯特（Leo Robert）傾心不已。雷歐是一九五四年的世界健美先生。武井拿出他隨身帶的雷歐全身照片給大家看，並如此說：

「總之雷歐是人類史上的最高傑作，無論再偉大的大政治家、皇帝、大哲學家、大富豪、大音樂家，到了這個青年的肉體前，一定顯得寒酸不堪，而且非得跪倒在他前面吧。」

武井的面前，一如往常放著一杯檸檬汁。在阿收的關照下，檸檬汁濃度是其他客人的三倍。

「能練到這種地步，努力歸努力，天分還是很重要啊。畢竟每個練出來的肌肉形狀，都受到天生骨形的制約。

雷歐．羅伯特的骨骼，每一個都很完美，又美又大，而且非常協調，所以肌肉也能自然形塑成無可比擬的美。你們看這裡。」

武井指著照片裡金光閃閃裸身隆起的胸部。

「你們仔細看左右胸大肌間拉開的空隙，有種難以形容的味道吧。胸大肌由上而下分為鎖骨部、胸肋部和腹部。這個腹部的部分，通常，很清楚的在下方。很遺憾的，我也是這樣。還有你也是……」

武井毫不客氣摸向穿Polo衫的青年的胸部下方。

「但是雷歐．羅伯特不一樣。他的腹部和上面連成一體，形成優美的形狀。大胸下面的段落處，真的斷得很清楚。雄勁，有氣質，浪漫，像敘事詩，該怎麼說呢，就像十字軍騎士那種理想類型吧。」

然後他們熱中於健身的專門性話題，例如窄距槓鈴臥推的效用，或是槓鈴臥推附加重量時，究竟是次數少但能深度牽動胸肌，還是拉得淺一點也要遵守次數，哪一種進步比較快，而且能增進自信。只要談起肌肉的事，無論幾個小時他們都談不膩。

和這種人在一起時，阿收無疑是幸福的，也沒必要去想絕不會降臨他身上的「角色」。肌肉可以取代任何野心。

忽地，阿收想起了鞠子，他和鞠子的關係依然持續著。嚴格來說，阿收不會對一個女人感到厭倦，直到女人受不了他精神性的怠惰，對他不耐煩以前，阿收都會帶著半不情願的表情跟著她。

「馬林科夫辭職了，據說是為了和平攻勢失敗。」

有個人突然像跑錯棚地說，而且這已是一個半月前的舊新聞。

「你怎麼忽然提起這個？」

理由馬上就知道了。因為說話者前方的鄰座學生隨意放了一本書，書套包的舊報紙剛好有這則新聞。

「那麼久以前的新聞了！所以你才會被人家說反應遲鈍。」

但說這話的人也只是在哪裡看過這條新聞，接著話題便轉到有沒有「蘇聯先生」。武井說，蘇聯的槓鈴說不定連接生產機器，一百人只要練一小時，就能自然做出一台曳引機。

「接下來要去哪裡？去M百貨公司吧。」

一個最年輕，有著結實身材娃娃臉的人說。他不是想去購物，而是喜歡去逛小鳥賣場。

「去M百貨公司看鳥吧？很可愛喔。」

「算了，我去的話，鳥會嚇得飛走。老闆還會說，我們這裡沒賣烤雞肉串。」

大夥兒聽到這訕笑娃娃臉的笑話，毫無顧忌地笑了。

窗外，晚霞已出現在布滿灰塵的街景裡。這些精力充沛的年輕人，依然牢牢地坐在椅子上，當談話中斷時，什麼都不想地望著街上的熙攘人群。

自己過剩的肌肉與窗外的社會無關，使他們很幸福。精力被關在亮澤隆起的肌肉裡，不求任何目的自給自足，無論去哪裡所耗費的精力，也都止於這個體內徐徐增加的肌肉中。恍如一首絕不吶喊出來的歌。

靠著肌肉嚇唬別人。嚇唬很有趣。但是肌肉的溫柔、無用，以及能像花卉和絹綢般欣賞的性質，也只有他們最清楚。

一個故意脫掉外套，將露出夏季Polo衫的手臂，靠在窗台邊的人，忽然發現他那臂圍三十六公分的粗壯二頭肌，看起來蒼白得像溺死者的手臂，不禁挪了挪身體。原來是對面店家一起點亮了青色霓虹燈。

「你的手臂剛才死了喔。」另一個人說。

阿收聽了像是在說自己似的，連忙隔著外套袖子摸自己的二頭肌。他的手臂沒死。溫暖、堅硬、肌肉愉快存在的密度傳到他的手指。既然如此……阿收確實存在著。

——這時，夏雄推門進來。他沒注意到阿收，正要逕自往裡走時，阿收拉了拉他春季大衣的後背。

「嗨。」

夏雄難為情地向他打招呼，然後有點膽怯地看著阿收周遭炫耀肌肉的年輕人。阿收說：

「你是收到邀請函來的吧。」

「是啊。」

阿收在「洋槐」附有地圖的邀請函上加了一句：「朋友免費招待，歡迎光臨。」

另一方面，夏雄也需要和繪畫無關的朋友見面，無論誰都好。只要是鏡子家的朋友，誰都可以。

阿收將夏雄介紹給大家認識。這群人只要看到別人膽怯畏縮的模樣，就認定是自己的肌肉發揮威力，立刻就變得輕鬆起來。因此夏雄也沒必要覺得跑錯地方，可是他還是先向阿收說了比較安全的寒暄。

「好久不見了啊。」

「是啊。」

阿收大模大樣環視母親的店。他沒有意識到自己一副主人的模樣，但夏雄清楚地看在眼裡。

「阿峻順利畢業了喔。」阿收說。「有點難以置信啊。」

「他去參加畢業考了？」

「對啊，而且還過關了呢。」

「聽說他快當職業選手了啊。」
「不久就要打轉入職業的第一戰了。他說要鏡子家的朋友買票，一定也會要你買吧。」
武井找上夏雄，完全出自對肌肉的興趣，從勞孔開始談到希臘雕像，又談到米開朗基羅的雕像，又是羅丹的「沉思者」等等，拉哩拉雜扯了一大堆。
「他是日本畫家……」縱使阿收這麼說，武井也沒聽進去，還開始賣弄奇怪的言論，說畫家所發現和表現的所有性質的美，都源自雕刻家，因為無論風景之美或靜物之美，到頭來都是出自人類肌肉之美的類推。然而這種說法根本沒有理論根據。
像這樣喜歡踐踏別人的專門領域，對專家班門弄斧地吹噓並加以訓誡的外行人，夏雄並非第一次看到。因為畫家接觸的贊助者，大多屬於這種人。而且很奇妙的，這些完全不具藝術感覺的人有一種傾向，硬要把自己所知的一點東西，和藝術原理扯上邊。有個銀行家，認為融資貸款的直覺，就是世人所說的藝術感覺，硬要把它比喻成畫家挑選顏色的直覺，最後還說出那種誰都會說的自我滿足的話：
「沒錯，到頭來哪一行都一樣。我們這種散文般的工作，終究也和藝術家的工作同出一轍。」
夏雄經常聽到，某一種畫家們，為了取悅可能會買自己的畫的實業家，總是準備了有效的甜言蜜語。只要主動說出這句話即可，而且要盡量裝得很客觀，以稍微妄自尊大的口吻說：
「聽您談您的工作，我覺得跟藝術家的方法，在根本上有共通之處。」
「哦？怎麼說？」
這時對方必定喜形於色，探出身來，只要隨便拼個共通性即可（實際上，工具機和火雞，月亮和汽車，船舶工業和牙籤，橘子和電話機之間，也有某些共通性！）光是這樣就能擄獲對方的心。譬如經常使用的「在製作東西上的喜悅是一樣的」，就是一種模糊的普遍化。

「我才沒有什麼藝術感覺呢。」

「不不不，你很有喔！」

若只是這樣會流於空虛的場面話，其實應該這麼說：

「這是當然的囉，並不是誰都有藝術感覺，若不是藝術家卻擁有這種感覺，也是暴殄天物。反倒是完全沒有這種感覺的人，在投入自己的工作時，那種投入的方式，熱中與努力的結果所掌握的某種東西，才是真正和藝術家共通的。就這一點而言，您比半吊子的業餘愛好者，更懂得藝術的核心。」

這麼說，若有一般社會人士不會眼睛發亮，倒是讓人很想見識見識。他們在本質上並不想成為藝術家，只是盡可能很像藝術家。這種說服方式，能夠滿足雙方的欲求。

絕不能忘記的是，健全的社會人士故意向藝術家表現的劣等感，或自己沒有藝術感覺也沒有藝術家才華的卑下心情，其實不是他們的真心話，甚至潛藏著滿足感。這種卑下通常是假的，絕不能信以為真。

沒有人會以公司內部俳句會或短歌會榮膺首席的喜悅，來換取獲得部長寶座的喜悅。另一方面，厭倦了金錢權力的老人所喜愛的藝術，則迴避所有專業藝術必須的權力意志。非常滿足於眼前的成功人士，對於自己實際的成功，與其以實際社會的現實法則受到肯定，更喜歡以藝術原理的虛無法則受到肯定。

——夏雄是不會阿諛奉承的人，但對這種事也了然於心。

只是武井介入的方式迥然不同。關於美，他認為人類肉體是可塑素材，同時也是藝術作品，無須藉由藝術家這種媒介，亦即「美，本來就不需要藝術家」。藝術家充其量只是仲介，假如人的存在意識本身就能化為藝術作品（雷歐．羅伯特即是最佳例子），那麼藝術家存在的理由就薄弱了。

但夏雄也不得不承認，武井所認為的美，顯然是受到某個時代的美感意識影響所致。他的「靈感」並非單純來自肌肉解剖學的實態，一定也有出自希臘化時代的雕刻，那種略帶巴洛克風的「誇張」，這點無庸置疑。他缺乏對古典時期的關注。阿波羅雕像的肌肉，總讓人覺得鍛鍊不足，帶著過於自然的「人味」。而武井深信的是，肌肉與知性一樣，皆能靠意志力鍛鍊成「超人」。

對於這種看法，夏雄感到一種孩子氣的危險。首先，所謂藝術作品和眼睛看得到的美不同，雖然它將眼睛看得到的美展現於表面，但其實本身是眼睛看不到的、單純時間耐久性的保證。藝術作品的本質，不外乎超越時間。若將人的肉體假設為藝術作品，無法阻止遭時間侵蝕衰退的傾向吧。因此，倘若這種假設成立，唯有處於巔峰狀態之際自殺，才能挽救這種衰退吧。然而藝術作品也有遭燒毀或破壞的命運，因此擁有健美肌肉的青年，即使無須藝術家仲介就能將自己變成藝術品，但為了保障肉體能超越時間，心中一定要出現藝術家，企圖自我破壞。肌肉的鍛鍊與養成，可以讓肉體得以發展，但肉體也同時牢固地被關在時間法則與衰退法則裡，然而這並非藝術行為，所以只要不自殺，這美麗肉體也欠缺作為藝術作品的條件。

夏雄終於忍不住這麼說：

「這麼重視肌肉的話，趁還沒老之前，在最美的時候自殺吧。」

夏雄的語氣顯然帶著強硬與怒氣。阿收第一次看到這樣的夏雄，因此在眾人面面相覷之前，便驚愕地看向夏雄。

「你們都會老，活生生的肌肉只是一種幻影。」

夏雄趁勢越說越激昂。武井也不甘示弱回嗆：

「其中也有像你這種打從一開始就老了的可憐男人哪。沒用的軟弱藝術家，因為腕力比不過我們，就想說世上的肌肉通通毀滅算了。」

——夏雄鬱悶地走出店外，因為沒開車來，必須步行到車站。阿收也跟來道歉：「你特地來捧場，卻惹得你不高興，真的很抱歉。」這種善良讓夏雄感到窩心。這時阿收看起來像巨大、魁梧、美麗的動物，因此夏雄暗自反省，是不是自己在嫉妒美麗的動物。阿收忽然說：

「別往心裡放。武井雖然隱藏身分，不過聽說他是韓國人。」

這是個奇妙的啟示。夏雄想起以前有個朝鮮半島出身的馬拉松選手，在國際競賽為日本贏得榮譽。那種被壓迫民族對肉體的瘋狂執著，及崇拜精力。

「哦？原來是這樣啊。」

夏雄恢復以往的微笑，這種發現讓他感到安心。也因此，武井的思想便與他無關了。武井是韓國人，夏雄是天使。

但阿收是在截然不同的範疇裡，來理解武井是韓國人這個事實。他認為武井的話說得太少，導致溝通不良。但其實，武井的話根本太多了！

「你要直接回家嗎？」阿收問。

「是啊，我還有工作要做。」

「我完全無事可做。」

阿收毫不誇張，昂然地說。

「你有女人等著你吧。」

「這就很難說了。其實我並不是那麼喜歡女人。」——阿收差點如此回答。因為受到這種斷定驅使，他以稍顯熱情的口氣說：「真的喜歡上女人的時候，自己一定會變得空蕩蕩。可是我很怕自己變得空蕩蕩。」

「我倒是很喜歡自己變得空蕩蕩。」

夏雄想起作畫時的心情，接著問阿收：

「你到底想當什麼呢？」

「想當什麼？」阿收杏眼圓睜。「我原本想當演員。可是該怎麼說呢？我想從『人』裡溜出來。巧妙地，一溜煙地，從『人』裡溜出來。可以辦到的話，我不當演員也無所謂。我已經成為什麼了喲。我成功了喔。你看我長出了這麼多肌肉。」

阿收舉起穿毛衣的手臂，隔著毛線展現他隆起的肌肉。夏雄忘不了看到這一幕的驚訝。

兩人來到車站賣晚報的報攤前。今天又有人被殺了，也發生了盜領事件。阿收買兩、三份晚報，和夏雄道別，折返「洋槐」。

幾天後，夏雄又收到中橋房江的來信，信裡只非常簡潔寫著：「我知道你忽然很想見我。四月五日，星期二下午三點，我在赤坂離宮門前等你。我會穿和服，戴春天的黑色蕾絲手套，應該很容易認出來。」

夏雄想立即撕掉這封信，卻也等了一天，直到睡前才撕破扔掉。到了四月五日，他早就忘了有這回事。

結果四月七日來了一封限時信。內容大致相同，只是多了責備夏雄五日沒有前來赴約，並告知八日下午三點，她會在英國大使館前的千鳥淵等他。夏雄沒去，但這次是故意不去，所以一整天都惦記這件事。

第三封信是隔了一段時日後，於二十日寄到。這次指定的地點是，濱松町車站旁的芝離宮恩賜公園，日期是二十四日。這天傍晚，夏雄正好要去看峻吉的拳擊比賽。他原本就打算先去這座公園尋找畫材，然後去看峻吉的比賽。

他目前的心境，絕非處於需要別人的情況。由於父母與兄姊的溫暖呵護，家庭成為溫馨愜意的場所，生活上與行動也完全自由，沒有受到家庭束縛。

夏雄懷著想把不愉快的事拋諸腦後的心情，帶著素描簿上車。盛開的八重櫻枝條，從他家的圍牆彎了出來。由於區議員的選舉日將至，載著擴音器的三輪電動宣傳車，經常停在這面圍牆前放送噪音。夏雄從車庫開車出來，又碰到插著寫有候選人名字旗幟的三輪車大肆嚷嚷。

「後退！後退！再退一點！退到那棵櫻花樹下！」

夏雄向來羞於讓別人看到自己拼命工作時的表情，因此不懂如此拼命工作的人，毫無顧忌地露出拼命的表情，究竟是什麼心情。縱使社會龐大的無意義，沉重地壓在這個年輕人心上，這個無意義也和他的心一樣透明。那並非混濁的謎團。

他避開電動三輪車，轉了一個大彎，將車子駛向寬廣道路。

無論宇宙的事或人類的事，都像這部汽車的機械，可以掌握在手裡，完全了解，然而箱根那些不成熟的繪畫學生，和韓國人肌肉主義的謾罵，卻頻頻刺傷他的心，使他無所適從。每次以為痊癒忘記了，過不久又痛了起來。雖然圍繞自己的外界透明度仍然沒變，卻也無法打消難以信任的念頭。不久前，他還認為自己的敏銳度強到足以向任何人誇耀呢。

——車子抵達芝離宮公園。骯髒老舊大門前，立著「禁止各種車輛進入」的牌子，一看就是閒散幽靜的公園。

入口處，一個穿制服的初老守衛茫然地抽著菸。夏雄已與他四目相交，又因自己來此的理由並非光明正大，基於這種自卑感，只好問些無關痛癢的事。

「請問，這座公園可以通往海邊嗎？」

「不行。」

守衛沒好氣地回答，但看到夏雄拿著素描本，又問：

「你是畫家？」

「是的。」

「就算是畫家也一樣，很遺憾，這裡無法通到海邊。因為有圍牆。」

守衛自以為幽默地說。夏雄道謝後，走進公園。這時他忽然明白，剛才為何會順口問出這個問題。因為走進那扇老舊骯髒的大門後，便聞到空氣裡有海的味道。而且是春意闌珊的晚春，帶著些許黏稠，糾纏不休的大海氣息。

中橋房江還在信裡寫道，她會坐在水池旁紫藤棚下的長椅等候。原來如此，這裡還有個水池。水池在公園的中心。這裡也有紫藤棚。盛開的紫藤花串，看起來沉甸甸的。

放眼望去，大多是小孩和無業遊民，偶爾也會有情侶，但不是講究穿著的男女。

夏雄往長椅坐下，將素描簿攤開在大腿上。旁邊只有另一張長椅坐著老人，攤著筆記本，望著半空中，似乎在思索俳句。

大海在假山的那一頭。右邊看得到黑色起重機的頂端和船隻的黑煙，左邊看得見竹芝碼頭的冷藏倉庫屋頂。

夏雄靜靜地等候。孩子們四處奔跑嬉戲，迴響於起伏不平地形的笑鬧聲忽然中斷了，於是圍繞在紫藤花串的蜜蜂振翅聲變得很刺耳。

閃亮水池裡的中之島松樹，忽地黯淡失色。原來是雲層遮住了太陽。

遠處的大海氣息籠罩了整座公園，呼天搶地的近距離汽笛聲，撕裂了明媚的風景。汽笛聲消失後，更為明朗的空虛占領了一切，包括靜謐的中之島、池岸的泊船處、巨大的石燈籠……等等。

這時夏雄才明白，原來靠近大海的庭園如此不安寧，甚至每個角落都瀰漫著不安或期待。

光與影的慌忙更迭，加上風吹雲動，紫藤花串也發出人造花般的粗糙聲響。

夏雄不覺得自己沒入風景裡，反倒覺得一直遭風景排斥。這種心境絕對無法產生繪畫。不僅沒有沉溺於身心陶醉的歡愉裡，反倒覺得五體被不動的時間牢牢綁住，甚至精神與感官也凍結了。過了片刻，他終於明白，原來這就是等人的感覺。

被別人左右的這種時間裡，沒有色彩也沒有構圖。世界恍如詭異的水母飄游不定。這使夏雄憶起箱根早春那難以言喻的無秩序色彩。

美麗外界賜予他的那種節慶般幻影消失了。從不傷害他，只要他一呼喚便以無垢之姿出現的晴朗外界崩潰了。取而代之的是，如今世界猶如夾在他牙縫間的異物。

中橋房江沒有出現。約定的時間已過三十多分鐘。新出現在公園的人影裡，也沒有像她的人。微熱而潮溼的海潮香，隨風凝滯在這一帶。

小小的太陽在黑雲裡燃燒。夏雄心中湧現從未有過的感想：「那是惡意。」然而並非自己拋棄世界而孤立，而是遭到世界疏離。這種新鮮的情緒猶如疼痛的藥膏，帶著痛切的快感滲入心裡。「可能是我長得很醜吧。」夏雄驀然尋思：「像牧師或神職者光澤的臉上所呈現那種溫和噁心的醜，打從一開始就老了的可憐男人。」

夏雄站起身，走回公園大門。突然颳起的強風推著他的背，也揚起了滿地紙屑。天色霎時暗了下來，似乎快下雨了。他彎起疲憊的雙膝，跑回停車處。

因為十點前要量體重，這天峻吉出門的時間，恰巧碰上母親去百貨公司上班的時間。可是峻吉不喜歡這樣，因此母親只好抱著稍微遲到的覺悟待在家裡，在峻吉背後用火鐮和打火石打火花，以祈消災解厄，送峻吉出門。

一早起床，峻吉便匆匆去附近一間有交情的澡堂，請店家讓他用那裡的磅秤量體重。量出的結果是五十五・八公斤，大約一百二十三磅，合乎一百二十六磅以下的輕量級。峻吉之前就覺得沒必要減重，這下更大可放心了。

這是個明亮晴朗的早晨，峻吉偏愛的澡堂老爹特地為他燒了熱水，舒服地泡了晨澡之後，他踩著響亮的木屐聲回家，只見肥胖的母親正在神龕前祭拜。

母親依然討厭拳擊。峻吉非常清楚，她祈求的並非兒子獲勝，而是平安無事。她那挽起頭髮露出的後頸，赤褐色的餘髮捲曲得像漩渦，有種說不出的骯髒、強悍、動物性的氛圍。母親這種膜拜的姿態，光是這個部分就讓兒子有討厭的理由。

儘管如此，母親是很樂天的人，卻也會一派樂天地率直誇大自己的煩憂。縱使峻吉試著向她解釋說明，她也照樣對自己的不明理充滿自信。然而從另一個角度來看，這也是個明顯的長處，使得知識階級的母親，不至於陷入不被兒子理解的悲歎裡。

峻吉終於要正式出門時，母親在他背後用火鐮和打火石打火花。看著瞬間擦出的微弱火花飛逝在肩頭時，峻吉心想：「我不要回頭，就這樣出門吧。把這個背留在身後，直接出門吧。」將母親所代表的事物拋在背後，朝向晴朗的晨光，出發到無限遙遠之處，這種喜悅是無可取代的。然而這並不意味著，他對母子倆的家庭感到難以忍受的煩雜。

街上的朝陽射在臉上，峻吉感受到一種清爽的力道。商店街正開店的人們，腳踏車的維修師傅，送信的郵差，認識的人們互道早安，從魚市場和蔬果市場剛運抵的鮮魚光澤與新鮮蔬菜的水嫩……在遠離這些日常生活瑣碎的無限遠方，有著更為非日常的事物在等著他。在錯身而過匆忙趕往車站的上班族裡，峻吉覺得自己高人一等，不禁暗忖：「政治的暗殺者，早上可能就是以這種颯爽的心情出門吧。」

為期三週的禁慾，到了這幾天反而讓他重拾平靜。第二週最難熬，所有的焦躁不安都源自於此。進入禁慾期的前一晚，陪練的松方以毛巾輕敲峻吉的肩說：

「喂，去打一炮吧！從明天起三星期不能碰喔。」

於是峻吉也照做了。

——在車站等電車時，峻吉感到些微驚愕，竟然沒人認出他。他這張臉早就在體育報紙出現過大特寫。簽約時的記者會，還有之後在擂台上做賽前預告時，也盛大向觀眾介紹過……

「我的持久力沒問題吧？」

這兩、三週裡，峻吉總計練了四十回合練習賽，其中包括為了讓習慣三回合賽的業餘選手對六回合賽有信心，松方還特別陪他練了六回合賽。可是六回合賽的陪練只有一次，因此峻吉對自己的持久力感到些許忐忑。

「改打職業時，誰都會不安。誰都會忐忑不安，但有一天會忘記。我有不思考不重要的事的能力。」

電車人多擁擠，一個中年上班族，好不容易從行李架拿下公事包，公事包的一角卻險些戳到峻吉的眼睛。峻吉連忙以手肘保護眼睛，一抬手卻撞到那個上班族。於是這名中年男子便以踉蹌的姿勢，被下車人群擠出車外。

峻吉對那個老舊公事包很不滿，覺得它對這個賽前的寶貴身體沒有絲毫敬意。公事包放在行李架時，邊角的皮革已然磨損，裡面可能裝了一堆愚蠢至極的調查文件，鼓得很不自然，看起來像是被丟棄的，社會的疲憊漂流物……

「我是孑然一身。」當他順利量完體重，望著窗外布滿灰塵的八角金盤葉，忽然如此心想，勇氣油然而生。

傍晚進入賽場時，峻吉最先看到在入口處等待的川又，一臉開心的樣子，亦即生氣的表情，這更堅定了峻吉的心。這是個好兆頭。川又默默地輕拍峻吉的背，帶他去休息室。

鏡子一票人六點半出現。他們約好六點碰頭就過來了。男人們和光子、民子，都看過峻吉業餘選手時代的比賽，但鏡子今天是第一次看拳擊賽。鏡子很擔心會不會看到血而昏倒，但清一郎說，從第一場四回合賽，按照順序看下來一定會習慣。後來清一郎也坐在鏡子的旁邊，擔任解說的角色。

雖然鏡子很久沒見到清一郎了，但見面聊天後，便如兩、三天前才見過面的朋友。

「你結婚典禮的時候，我可是從我家一直望著那片森林喔。你知道嗎？」

「知道啊。」

清一郎如此一說，諒解便成立了。

阿收來了，夏雄來了，光子與民子稍微晚了點也來了。因為清一郎說，為了鏡子，大家從四回合賽慢慢看下來，邊看邊學習，然後再看峻吉的比賽比較好，所以一票人到齊後便匆匆趕往賽場，沒能好好聊天。反正等比賽結束後，加上峻吉，再慢慢聊就好了。

鏡子一如往常優雅打扮，戴著下雨也不怕的大帽子。清一郎因此嚇唬她，說戴著這麼一頂大帽子，不僅會妨礙觀賽，還會被粗暴的觀眾打掉。鏡子聽了心頭一驚，一時不曉得要把帽子放在哪裡，怨它不像摺疊傘可以收起來。

大夥兒在車子裡的時候，問清一郎，今晚峻吉的對手是誰。那是曾經相當知名的選手，但對這票人而言，無論知名或默默無名，都是不熟悉的名字。

對手南猛男曾是自由拳俱樂部的台柱，也曾拿過全日本輕量級冠軍，但現在排行降到第九名，引退的傳聞甚囂塵上。為了讓新人出名，搭配這種過氣選手上場，是職業拳擊的常規。

「這麼說，阿峻贏定了嘍？」鏡子問。

「預測是這樣啦。不過南猛男不算已經衰敗的選手，速度是慢了點，可是持久力不錯，拳擊力道也很強，只是技巧上單調了些，所以對業餘出身的選手來說，只要不挨打，算是容易應付的對手。更何況他的身體狀況也不是那麼強，畢竟比峻吉大了八歲。」

——賽場在S區的公會堂，一棟古老陰森的建築物。鏡子一行人下車後，幾個惡劣的年輕人，從躲避風雨的昏暗入口人群裡衝出來，對著鏡子說「我有門票喔！」「我有多的票，要不要買？」甚至有人說：「我有好座位喔，王妃殿下。」

鏡子通過入口時，雖然有清一郎護著她，但看到眾多驗票員形成的人牆還是很害怕。他們是今晚拳賽主辦人的年輕手下，各個全副盛裝，擺出以防萬一的架式，嚴防厚顏無恥的無票入場者。

鏡子半是害怕，半是開心。她沒看過無賴裝模作樣的樣子，因此認為他們眼神銳利的兇狠表情，是沒有裝模作樣所致。

「淨是一些壞人啊。」

鏡子在清一郎耳畔低語。

「噓！不可以講這種話。」

鏡子覺得這些年輕「壞人」的熾熱吐息，正是那個無秩序的燒跡時代[14]承傳下來的。在那個時代，代表著那個時代特有的精力與前途一片黑暗的生命力黯淡光輝，正是這種人。鏡子覺得這種地方與一般劇場的氣氛迥然不同，當她踏進這個早已充滿吆喝聲，香菸的雲煙繚繞與燈光交織成美麗斜紋色彩的賽場時，明明是第一次來卻有似曾相識的親切感。

峻吉沿著通道逆向走來，張開雙手歡迎大家。他還整齊穿著衣服。然後帶領這六個人去坐在擂台邊的第二排座位。

「等一下要不要來休息室？在我出賽前兩場的四回合賽之際，可以來一下……」

他想讓俱樂部的夥伴們，看看這些漂亮的女粉絲。

「比賽結束後，你要把時間空出來喔。」鏡子說。

之後峻吉說了兩三句玩笑話便走了。這種從容的應對，顯示出他的心境很平靜。

「我很平靜。」在場內的喧囂空檔裡，峻吉心想。然而這種平靜需要注釋。

在他出場比賽前，前面有四場四回合賽，因此他還有一小時。回到休息室後，時時刻刻聽著比賽進行的通知聲，讓他覺得時間漫長得難以忍受。從早上量體重至今，等待的時間無限漫長。然而隨著比賽逼近，時間的濃度與密度增加，猶如難以下嚥的黑色苦澀萃取物。

想要熬過這種時間，最好是想些事情。可是他的信條是不思考，而且陶冶的結果已接近天分，等同他的特質。

所謂忠於自己，並非形塑性格。「如果我開始思考，我就不是我了，支撐我的線都會斷裂。」唯有處於這種自我崩壞險境的緊張感，才真的能稱為性格。因此峻吉是有性格的。

這個休息室平常是給演講者用的，有個角落較高鋪了榻榻米。對手的休息室在另外一間。地上散放著摺疊椅，剛才打輸回來的四回合賽選手，坐在其中一張摺疊椅上，讓人治療他眼皮的傷。

峻吉一直沒去想對手南猛男的事。當然有想過他的弱點和戰法，但根據多場業餘賽的經驗，峻吉知道一開始就注意對方的弱點很危險。

峻吉走上榻榻米，一件件脫掉身上的衣服掛在牆上。

擔任首席助手的松方，穿著背上印有「8DAI・BOXIING・CLUB」字樣[15]的運動衫前來

14 此處的燒跡意指戰火燒過的痕跡。燒跡時代指二戰期間的時代。

15 八代拳擊俱樂部。

對峻吉說：

「喂，纏繃帶之前，我先幫你貼ＯＫ繃。」

這是業餘比賽沒有的習慣。

接著花岡、川又和八代會長，邊聊天邊走進休息室。峻吉立刻起身，聆聽他們的激勵話語。花岡說的最令人噴飯也最為冗長；川又則是瞬間在空中畫了一道左勾拳，只說了一句：

「用這個打！」

但看到峻吉把手撐在門框的柱子，又補了一句：

「那樣不行喔。你懂吧？」

雖然是一如往常語意不清的忠告，但峻吉已習慣這種以心傳心的方式，立即將手收了回來。因為川又禁止選手在賽前，擺出任何對手臂造成壓力的姿勢。

在一旁聆聽的花岡顯得很開心，既幸福又不安，雙眼片刻不離地凝視峻吉。看到電燈照射下的峻吉肩膀肌肉，喃喃自語地說：

「嗯，很棒的光澤。」

接著又不斷向八代會長說：

「這下深井贏定了呀。勝負已定。」

使得八代會長頗感厭煩。八代會長的長相極其秀麗，給人一種不祥的陰沉感，他帶著一如往常似笑非笑的淺笑，不斷回以同樣的話：

「這是當然的嘍，畢竟這傢伙很離譜。不過絕不能大意，對方也不是省油的燈。」

——峻吉以即將上擂台之姿，從榻榻米走下地板後，穿著西裝的男人們隨即圍了過來，像是要從這名青年的裸姿身上嗅出各種預想。松方張開手掌，讓峻吉打左直拳。厚實的手掌接住峻吉一擊，發出明亮有彈力的聲音在空中搖晃。

「會不會太偏向左下？」

「不會，就照這樣，再來一拳。」

花岡忽然大聲加了一句多餘的注解：

「你出拳之後會稍微下偏的毛病不見了呀。」

川又感到自尊心受傷，但默默不語。峻吉原本沒有這種毛病，是八代拳養成他這種毛病，又叫他改掉這種毛病。

此時，鏡子一行人來到休息室。休息室裡的人頓時看傻了眼，年輕助手還吹起口哨，被會長瞪了一眼。

即便格格不入，鏡子也毫不在意地走過殘留鼻血痕跡的椅子中間，走到峻吉前面，以戴著蕾絲手套的手，和峻吉纏著繃帶的手握手。然後像是對即將接受外科手術的人，如此寒暄打氣：

「加油喔，千萬要挺住喔。」

勇敢流露出的率直母性，為鏡子的雙眸添上哀傷之色。因為周遭的男人看起來都兇狠殘酷，因此她忘記該以開朗的方式給峻吉打氣。但峻吉明白她的心意，因此聞聞纏著繃帶的手，說：

「我今天的拳頭會被說有香水味吧。」

「天啊，你已經受傷了嗎？」

鏡子這時才發現那個繃帶，高聲驚呼，惹得休息室人們哄堂大笑。

不僅穿著打扮，即使感情，鏡子也不怕和周遭格格不入。在這煞風景且一味開朗的房間裡，她盡情呼吸抒情的空氣。這裡有著突然從睡夢中被叫醒的人們準備出發時的破曉前黑暗氛圍，匆忙的赤裸旅裝。出發去行動的人們，猶如前往遙遠國度的旅人，必須確實向留下來的人好好訣別。無論如何，峻吉就快前往那燈光刺眼的擂台，猶如啟程去赤道沐浴太陽。這段時間，他不是我們這個國度的居民。

清一郎低聲問他專門性的問題。

「你一開始會猛攻，然後使出你的殺手鐧左勾拳吧？對不對？」

峻吉一派輕鬆，微笑不語。

光子和民子的寒暄粗野明快，阿收和夏雄的激勵簡單扼要。這群熱熱鬧鬧的人離去後，只剩休息室的電泡鬱悶地亮著。

「你還真是不容小覷啊。」

會長調侃峻吉。他不是會花心思詼諧調侃他人的人。

松方猜鏡子是電影明星或酒吧女，峻吉說她是堅貞的太太，但松方不相信。

「少騙了，我也是見識過女人的喔。」

唯獨花岡一臉鬱悶。他覺得這種愚蠢浮誇的探視是一種凶兆。卻沒察覺到這種悶悶不樂的莫名心情，其實是一種嫉妒。

「第五場比賽是六回合賽。」

場內在廣播時，峻吉穿著新做的純白長袍，以鞋底在擂台下的白色松脂粉箱裡摩擦。那個方形的擂台就在眼前，與雙眼齊高，籠罩在莊嚴的光霧中。

松脂粉在鞋底沙沙作響。場內的觀眾和業餘賽的觀眾截然不同。這是一群真正的觀眾，他們是為了忘我來到這裡，他們渴望慘劇。然而峻吉無論是打人或挨打，無論是自己流血或使對方流血，都沒想到慘劇這個字眼。

對於看火災的人們而言，他本身就是火災，經過冷靜計算的精密火災，這個角色總是超越他本身的存在。自己成為火災的瞬間，他的存在成了一個事件。觀眾所期待的也是這個瞬間。

「紅方……」聽到主持人的聲音，峻吉拍拍首席助手松方的肩，奔上擂台。

「紅方是，一百二十三點五磅，八代拳俱樂部，深井峻吉。」

主持人介紹出場後，峻吉走到擂台中央，向四方行禮致意。第一次做這種討人喜歡的行為，他覺得很不習慣。台下的掌聲與加油聲如雷貫耳。回到紅方的角落後，他覺得身體被擂台上的光芒環繞著。彷彿會融化身體的光芒。

緊接著，穿藍色長袍的南猛男，從對面藍方角落的陰暗處走到擂台的光輝中。南猛男的眼睛小得像細縫，從眼底發出天真無邪的光芒，但額頭、臉頰、鼻子和下顎，都被打得失去稜角，給人一種力量鬱積的印象。此外他的膚色淺黑，毛髮濃密。

「藍方，一百二十四磅，自由拳俱樂部，南猛男。……裁判，山口順三郎。」

打著蝴蝶領結的裁判叫兩位選手過來。於是兩人都脫掉長袍，峻吉穿著紅色短褲，南猛男穿著黑色短褲，兩人的短褲閃著人造絲光澤出現在觀眾面前。

「剛才主持人介紹南猛男，南猛男向四方行禮時，我看到了觀眾的臉。我很冷靜。」……這個感想猶如流星，劃過他頭上的高處。裁判分開兩人，鐘聲響起。霎時，峻吉過去建立的井然有序世界崩壞了，變得鮮紅混濁。

此刻峻吉被包圍在震耳欲聾的空曠世界裡。在這裡真的是孑然一身。但是看得見對方，看得見幾乎同樣身高的臉。但對方卻又像遠在天邊，唯有肉和閃動的拳頭近在眼前。因為非常接近，甚至能看到對方口中時而閃現的舌頭。

對方零碎地使出刺拳，峻吉也零碎地使出刺拳。「為什麼對方出拳後，我才出拳呢？必須採取主動才行。」峻吉心想。

他的腳滑順地移動。左腳一步步往左移，右腳也輕鬆跟上。

周遭靜得可怕，恍如一切就將停止。南猛男開始左右開攻，連續猛擊，發出像衣服摩擦的呼吸聲。

峻吉通過直逼眼前的對手肉體，朝著看起來遠若星辰的對手前進，奮勇逼近那恍若無限的距離，猛然擊出左直拳，正中對手的眉心。正心想這是一記強而有力的重拳時，自己右邊太陽穴卻挨了一拳。被打到的瞬間，峻吉直覺地向左閃，腰一扭便順勢擊出殺手鐧左勾拳。左勾拳漂亮地打中對手的心窩。

被打的南猛男反射性擊出左勾拳，卻撲了個空。這時峻吉恍如發現別人的重大祕密般，看到撲空的南猛男浮在半空中的踉蹌模樣。

那恰似貼在黑色硬紙板上的傾斜人偶。力量撲空導致重心不穩的四肢，霎時猶如被射中的鳥雙翼無力，張著天真無邪的眼睛，臉上表情一片空白。

然而這是極為短暫剎那間的事，南猛男很快便重新站穩了。但直擊了這個瞬間的峻吉，也重新取回了自己的眼睛和耳朵。那宛如崩壞的混濁世界，看到這個瞬間後，再度凝聚成明快的結晶。這時峻吉才知道，自己並非處於無人世界。

擂台被觀眾包圍著，它的周圍更延伸著龐大社會。一直到隨著階梯層層變深變濃的夜的盡頭，無數的面孔吵吵嚷嚷，而在這光霧中心的是峻吉。這裡無疑是中心。此刻在這裡進行的事，堪稱是能滲透到黑夜深處的力量與精神之源頭。正因如此，這裡赤裸的肉體，挨打而發紅的皮膚與淋漓的汗水，才會被照得光輝璀璨。

觀眾大喊。

「南！刺拳！刺拳！」

「深井！連續出拳！連續出拳！放輕鬆，放輕鬆！」

「深井！這拳很有效喔！」

「對對對！進攻！快啊！打呀！」

「喂！要先發制人！」

「不要閃躲啦！先發制人，先發！」

「多打幾拳！盡量打！」

「這樣就對了！刺拳！刺拳！」

峻吉知道自己的位置，睜大眼睛。這是個喧譁到令人驚愕，嘈雜，動盪，且構造簡單的世界。

他出拳，進攻，打了又被打。當兩人以刺拳互打臉部時，鐘聲響起。

三名助手拿著小椅子、水桶和裝著漱口水的酒瓶，從角落奔來迎接峻吉。

首席助手松方為他鬆開短褲的褲帶，叫他深呼吸，湊在他耳畔說：

「照這個樣打，剛才腹部打得很有效喔。總之盡量深入，瞄準軀體。不要想耍花招。」

這番建言讓峻吉勇氣倍增。他看向在黑暗空間清楚劃出擂台的白色繩索。繩索上殘留第一回合的激動餘韻，依然微微搖晃著。那是不斷無心晃動的白色敏感國界。峻吉從業餘賽近百戰的經驗得知，在比賽進行中，若繩索看起來斜斜的，擂台地板看起來也斜斜的，就是自己處於劣勢的時候。今天一次都還沒斜過。

場內廣播忽然宣告追加激勵獎：

「深井選手獲贈激勵獎。贈獎為淺草的木津商會，中野的林健治郎先生，信濃町的友永鏡子小姐。」

峻吉豎耳傾聽鏡子的名字時，第二回合的開賽聲與鐘聲一起響起。

「第二回合！第二回合開始！」

——第二回合。

「盡量深入」，松方這句話在峻吉腦海裡鮮活甦醒。他看著眼前長著稀疏胸毛的南猛男淺黑胸膛，心想必須直達那個胸部深處。南猛男以雙拳護著胸膛，左右跳動。

極其遙遠的敵對拳擊手，在這近在咫尺的胸部肌肉，這轉瞬便飆汗的溼熱胸肌那一頭，如星辰般閃爍著。星星是目標，必須抵達那裡才行。為此，必須打垮眼前的肉，必須打垮這以厚重聲音回應打擊，卻不斷阻擋去路的肉。在微妙神經質的守護下，擊出如閃電般的拳擊，敵人的肉體也逐漸沾滿汗水與鮮血。那汗水淋漓的肌肉所展現銳利光輝，那周遭恍如來世的眩目刺眼。圍繞著擂台的喧囂之夜。那種吆喝吵嚷。還有在深夜的遙遠彼方，獨自璀璨發光的敵人之星。……這是拳擊的宇宙。

峻吉使出左勾拳、右直拳、左勾拳，連續擊打對方的臉。想趁對方失去平衡之際，趁機打他的軀體。果然，宛如紅色粉末般的東西在峻吉眼前灑落。南猛男的臉受傷了。

血以靜靜滴落的速度，難以阻止地緩慢流出，和拳擊手激烈的速度形成極具悲劇性的對照。不停滴淌的鮮血，趁著貌似神速的對打空隙，傳達出人類肉體衰退的正確節奏。

南猛男眼瞼的血，默默地從眼角流向臉頰。在峻吉下一個打擊時，血忽然四散紛飛，濺滿了整張臉，然後又像樹汁流淌般，順著原本的路徑流下來。

這時峻吉來不及躲開南猛男的直拳，鼻樑挨了一拳。震撼大到感覺被打了一個又黑又大的凹洞，鼻子的軟骨宛如陷入臉裡。但峻吉隨即順勢反撲，扭抱南猛男，聽著他激烈的喘息聲。

剎那的休息，使得峻吉迅速清醒。裁判拍拍手，示意要拉開扭抱的兩人。他那灰色長褲閃光掠過峻吉視野的角落。

扭抱起了神奇作用。之後峻吉不再充滿敵意與憎惡，覺得天生的魯莽快活在體內復甦，身體熱了起來。他的快活像被鎖鏈綁了很久終於放出來的小狗，飛快地扭著身體躍出。

南猛男算錯射程，打了一拳稍微偏遠的勾拳過來，張開的手肘角度，霎時出現了些許空隙。

峻吉沒看這個空隙。這種空隙像突然扔向空中的一張撲克牌。狙擊者不會看它。

峻吉直接打出左直拳，貫穿這個空隙，直達南猛男的下顎，接著一記左勾拳也直擊腹部。南猛男踉蹌搖晃。峻吉順勢又祭出左右勾拳連打緊逼南猛男。但敵人的腹部在他的拳頭前，卻如沉重的大門頓時敞開了。敵人後退了，但沒有崩倒。敵人的背後有兩條戰慄的白繩靠過來。然後峻吉聽到激昂亢奮的聲音，猶如放鴿般衝了過來。

被逼到繩索上的南猛男扭抱峻吉。峻吉在心裡「嘖」了一聲。這停頓的時間裡，充斥了觀眾的叫聲。裁判猶如摘果實般，硬抓住兩人閃著汗水與鮮血光輝的肩頭，將兩人分開。

被強制分開後，南猛男的眼角流著血，但為了賺時間，堅固地護著身體，也打出相當不錯的刺拳。他很明顯在等鐘聲響起。

峻吉再度撲向他的胸部，但只感到兩三次輕微抵擋。這時敵人的身體，忽然在峻吉的拳頭前，無聲無息倒下了。

「倒地了。」峻吉靠著繩索，激烈喘息，凝視著倒在眼下穿著黑短褲的赤裸身體。

「一，二，三，四……」

裁判誇張地揮動手臂計時。

「希望他站不起來了。」峻吉祈禱。他非常了解看到倒地對手站起來的時候，那種掃興失望與疲憊的感覺。峻吉舔了舔嘴唇，覺得鹹鹹的。這時才發現自己流鼻血了。

「……六，七，八……」

南猛男張開那小小的，天真無邪的眼睛。宛如掉在地板上發光的黑色小石子。峻吉心想：「應該沒問題了。」南猛男撐起上半身，垂著頭。「我贏了。」……這種感覺永遠新鮮，永遠是最棒的。

「十！」

裁判大喊後，走向峻吉舉起他的手。他的蝴蝶領結有點歪了。

＊＊＊

峻吉若贏了要舉行慶功宴，若輸了要舉行慰勞宴，因此鏡子家已準備了各種美味佳肴，也讓真砂子早早上床睡覺了。天氣預報說風速將達十五公尺，因此留守的女傭很擔心。客廳面向陽台的一扇法式落地窗，被強風吹得嘎吱作響，時而夾著大雨正面吹來時，黑色雨滴會從鉸鏈空隙流進室內的柱子邊。

鏡子有交代女傭打理旁邊的日本館，好讓客人過夜。這堪稱罕見的款待，但也是考慮到強風暴雨不停所做的準備。

九點多，七個人分乘夏雄的車子與鏡子包租的車子，抵達東信濃町的鏡子之家。勝利的興奮加上劇烈的風雨，每個人都臉頰發燙，眼睛溼潤，心神不寧。大家圍著峻吉湧進客廳，想早點舉杯慶祝。可是峻吉堅守習慣，頑固地只喝橘子汁。

比賽獲勝時，峻吉通常絲毫不感疲憊。被打的頭當然充血，熱得發燙且感到陣陣刺痛，但這是爽快的頭痛。

峻吉受到眾人舉杯祝賀時，也向鏡子答謝她致贈的激勵獎。大家對峻吉竟沒聽漏這個廣播感到十分驚訝，也佩服他的沉著。清一郎不客氣地問，今天比賽的報酬，峻吉拿到多少錢？峻吉回答一萬圓，清一郎說這個價碼還算合理，但奢侈的女人們難以接受。因為她們暗自將這個價碼，和自己若要賣身一夜的價格相比。

清一郎立刻看穿她們的心思，壞心眼地說：

「這是妳們經濟上的偏見喔。一萬圓不算少。男人流的血，以前只要一張一錢五厘就能買到[16]，而且在傳統上本來就比女人賣身一夜便宜很多。女人不管是怎樣的貴婦人，只要聽到男人被賦予的價碼，便立刻拿來和自己賣身的價碼相比，然後說出誰比較貴誰比較便宜的噁心意見。因為除此之外，女人本來就沒有固有價碼可言。」

「你這個人怎麼總是想些有的沒的！」被看穿的光子，有些惱怒地說。「我說那話可沒有這個意思喔。」

「可是因為沒有別的價值基準，這也沒辦法呀。男人流血賺錢，女人賣身賺生活費。兩者都是了不起的工作，值得尊敬的工作。阿峻對這種比較，會生氣嗎？」

峻吉微笑搖頭。他在拳擊裡看到的，只有直接行動的原理，而非什麼價值基準，所以別人怎麼比喻，他都無所謂。

風雨襲擊窗幔掩蓋的法式落地窗玻璃，其中一扇窗子神經質地尖叫。然而這種聲響混在民子播放的原版進口艾迪·康登（Eddie Condon）的狄西蘭爵士樂裡。

「我們來跳舞吧。與其談這種事，不如來跳舞吧。」

討厭爭論的民子說。但沒人搭腔。夏雄見她可憐，起身陪她跳舞。可是跳了一兩首後沒人跟著跳，便回座了。

大家盡情地又吃又喝。唯獨向來食慾旺盛的峻吉，因為無須再為減重而忍受空腹的苦頭，加上首場職業賽獲勝的興奮，吃了很多法式開胃小點心，橘子汁更是一杯又一杯。

清一郎重提剛才的爭論：

「……話說，拳擊手的報酬從哪裡來的，不外乎是拳擊老闆搜刮那些渴望力量卻每天過著卑屈生活的觀眾的錢放進口袋，然後再分一點給拳擊手。娼婦也類似這樣。拳擊手與娼婦，明明是以純粹的心情，靠身體過活，卻必須隔著貪婪的老闆架起的網才能見面。純粹的男人與純粹的女人，以男人最原始的本錢生活的男人，和以女人最原始的本錢生活的女人，竟然得隔著

---

16 一錢五厘指的是二戰時期明信片價格，也暗指當時的徵兵令也是以一張一錢五厘的明信片發來，表示士兵的命不值錢。

網目才能見面，未免太不合理了。

但是，在這裡，至少在這個鏡子之家，沒有這種網子也沒有網目。而且現在有個年輕純粹的拳擊手在，所以有個純粹的娼婦也無妨吧。」

這番話使得女人面面相覷，但清一郎不以為意。他穿著樸素的西裝，規規矩矩打著領帶，早上在丸之內一帶裝成隨處可見的青年模樣，而此刻在他體內擴散的醉意，和上班族夜晚交際應酬那種可憐的爛醉相去甚遠。

桌上擺著一只漂亮的七寶燒黑紫色花瓶，插著幾枝盛開的八重櫻。唱片早已停了，大家守住的沉默，使得洶湧而來撼動窗戶的風雨聲更顯清晰。夏雄心想，唯有這室內的櫻花能保住花瓣，信濃町附近的晚櫻，還有自家越過圍牆的櫻花樹，今晚一夜便會完全喪失花朵吧。於是桌上這毫不動搖保有花瓣的櫻花，鄭重地摺疊著燈影，誇示她的綻放，令人覺得帶著一種妖氣。

「這一萬塊，你要怎麼花？」清一郎趁著醉意，問了讓峻吉為難的問題，但他強硬的語氣包含了對後輩的愛。「說啊，你要花在哪裡？你又不喝酒，八成是花在女人身上吧。你也不是會拿去給你媽的人。」

峻吉想起今晨在他背後用火鐮和打火石打火花的母親，但那依然屬於被他拋在背後遠去的小小世界。

「就算要花在女人身上，我也沒有可以花錢的女人呀。」

峻吉答得滿不在乎。

夏雄在一旁聽著，絲毫不認為這是不愉快的對話。與其說這是酒過三巡引發的對話，不如說是戶外的暴風雨、沿著深夜樹幹往下流的雨水、被狂風吹碎的葉子、小樹枝新鮮的傷口等等，使得室內人們心情激動，情緒活潑，在這種作用下所產生的對話。被摘下的嫣紅八重櫻與之不同，隱藏著植物的陰森之魂。

「沒錯。既然如此，這裡應該有個純粹的娼婦。她們三個人，你要買哪一個？」

清一郎大聲說。民子立即回以低級的遁詞：

「我已經被你用過了，沒資格了吧。」

峻吉頓時感到賽後那種激烈的飢渴充斥全身。被打後的炙熱頭顱，因為疲勞越燒越旺成了火爐。這個火爐燃起的慾望，因民子的遁詞，反而成為鮮明的夢幻呈現在眼前。峻吉覺得需要立刻發洩。這個通常保持自然，不被慾望拘束的青年，在長久的禁慾與比賽勝利後，也嚴重地成了觀念性慾望的俘虜。

他比較鏡子與光子。「我買得了鏡子嗎？」……這個想法不僅疑惑叢生，也成了一種恐懼。清一郎的言外之意顯而易見，只要對方是女人，無論誰都無妨，峻吉應該可以買一個他想要的。但鏡子讓他感到一種抵抗。鏡子美得無可挑剔，但她的美飄散著一種使男人心為之凍結的不情願。

那麼光子如何？他遲至此刻才定定地打量光子。光子穿著灰色套裝，胸前覆蓋著從南美帶回來的火焰樹圖樣圍巾，別著很大的蛋白石胸針，化著流行的彩妝，搽著稍微偏暗的口紅。峻吉沒和光子上過床，單純只是沒機會。

鏡子也瞄了光子一眼。她不認為清一郎的玩笑開過頭。這個家沒有不允許開的玩笑，凡是人類腦袋能浮現的觀念，沒有什麼不允許的。但是，鏡子不願成為別人觀念的對象或犧牲品。無論多麼醜陋的觀念，她都能抱以無限的寬容，並希望做到公正無私。避免所有偏見的結果，只是增強了她「沒有偏見」的驕傲。鏡子如此暗忖：

「各位，阿清說得對。要斷絕任何偏見，男人中的男人，應該和女人中的女人上床。我也贊成拳擊手代表男人，娼婦代表女人。可是，阿峻剛才瞅著我看，卻又忍耐了下來。這我可是看在眼裡，清楚得很。因為我選擇了絕對買不到的娼婦這條路。這是我的生存價值。所有的事物，所有的男人，所有的眼神，都豐富了我心中這個觀念，以看不見的寶石打扮我，就這樣把我變成無秩序的化身！」

光子在鏡子這種沉著冷靜中敗下陣來，說了這句話更徹底輸了。

「我很喜歡阿峻，覺得他很有魅力，而且我原本就打算，如果他今天比賽贏了，我要好好嘉獎他。可是我討厭被買。要是免費，我什麼都願意做。」

清一郎加碼壞心眼地說：

「阿峻，付錢！她不會說不要。」

峻吉起初有點愣到，臉色些許蒼白，但隨後便從上衣內袋掏出信封，數了十張千圓大鈔，默默放在桌上。

其實光子醉了。此刻她才赫然發現，沒人出手阻止這個遊戲，她被置於孤獨狀態，也發現事情往某個角度急遽傾斜而去。光子笑了，然後出自母性的考量，只拿了一張千圓大鈔放進手提包裡，剩下的硬塞到峻吉手中。

「我值一千塊喔！我值一千塊喔！」

光子起身，摟住峻吉的脖子。然後又再度起身鬼叫：

「我值一千塊喔！我值一千塊喔！」

這回喝醉的光子吻了阿收的臉，使得阿收很不舒服。夏雄差點也被她吻了，好不容易逃開了。

這句反覆高喊的「我值一千塊喔」起了咒語般的作用，使得在座的人萌生徹底背離社會的心緒。這裡進行的事，帶著一種誘惑，讓人覺得這是特立獨行的事。光子橫坐在長椅上，當眾脫掉襪子。清一郎裝作魔術師般走過去，以食指和中指勾起襪子展示給大家看，然後將襪子揉成一團放進雕花大玻璃杯，再從上方倒進威士忌和蘇打水，逐一向男人們勸酒。

民子瞬間爆笑。

「天啊，噁心死了！噁心死了！」

民子尖叫的這句「噁心」帶著女人的真實感受，反而使遊戲增添色情趣味。

鏡子盯著夏雄、阿收與峻吉，看著誰會喝這杯酒。這是野蠻的成年式。

不喝酒的峻吉，從清一郎手中奪下玻璃杯。他臉上漾著笑容，但眼神流露的純潔憤怒讓清一郎感到幸福。清一郎不禁暗忖：「這傢伙比賽的時候從不生氣，這是他第一次生氣。這種憤怒才能戰勝一切吧。」

大夥兒看到峻吉一口氣喝光威士忌蘇打，大吃一驚。他手中的大玻璃杯，只剩漆黑海藻般的溼襪子盤捲著。

鏡子展示女主人的沉著走向他。

「去吧，你得好好照顧光子了。房間在那裡。」

鏡子開門，指向昏暗走廊盡頭，露出燈光的日式紙門房間。峻吉露出率直的微笑，然後扶著赤腳的光子。眾人見狀擺出年輕水兵般的舉手禮，目送他們步向昏暗的走廊深處。

……剩下的人，頓時感到些許尷尬。唯獨清一郎顯得泰然自若。他主導這種瘋狂的遊戲，自己卻沉潛在不會被冒犯也不會受傷之處，單手拿著酒杯，帶著堅實的下巴與銳利的眼神，依然保持平日略顯鬱悶的外觀。

「你這是在為你的婚後生活排憂解悶吧？」鏡子說。

「開什麼玩笑，我可是很滿意我的婚後生活。我是個了不起的模範丈夫呢。」

清一郎的語氣絲毫不帶嘲諷。阿收說：

「那你為什麼要對阿峻的勝利，做這種悲慘的結尾？」

「基於對他的好心。」

聽到這句話，之前一直默默不語的夏雄，忽然睜開他過於清澄的雙眼，表示同感。

「沒錯，這是基於好心。」

想要填補一個空虛，必須以另一個空虛。這事應該有人做，如果有人做了，這個人絕對基於好心。夏雄第一次親眼看到，別人的幫助有多可貴，若沒有別人，光一個空虛，我們應該就飽了。

「喂，我們來跳舞吧。跳舞比較好啦。」

民子說。但因沒人響應，民子打了個哈欠，過了片刻又說：

「我想到一個好主意。我們五個人去夜總會吧。」

大家對這個毫無獨創性的建議更感錯愕。

接著話匣子打開了，男人們聊著沒見面期間的各種事情。話題中出現陌生女人，鏡子就會細細追問，這一點也一如往常。最後鏡子做出結論說：

「總之大家都很成功。大家都過得一帆風順。阿峻拳賽贏了，阿清結了有利可圖的婚，夏雄也成名了，阿收擁有了肌肉。你們都從空氣獲得了養分，真是可怕的人。你們從一無所有之處，闖了一點名堂。在我們女人什麼都沒做的時候！要好好珍惜喔。」

男人們對這種解說或訓誡深感不滿。清一郎歪著嘴說：

「可是不久，世界會一起毀滅。」

「而且發出很棒的聲音。」鏡子附和，接著又說：「原來你們不只成功了，還抱持著希望啊。」

結果民子還是把男人們帶去她想去的地方。但也只有阿收和夏雄陪她去夜總會，鏡子和清一郎不肯去。清一郎說去了夜總會，他回家會太晚，更重要的是他還有很多話想跟鏡子聊。這個理由很得體，因此民子便帶著畫家和魁梧青年出去了。就這樣，宴後杯盤狼藉的客廳裡，只剩鏡子與清一郎。

兩人相視微笑。一種比情慾更穩重的情愫，在這微笑中漾開，兩人暫時享受著這片刻沉默。沒有任何危險，但也沒有羞恥。

「要不要來生個火？」鏡子問。

「我討厭氣氛這種東西。」

清一郎冷淡答道，然後自己起身去添酒，接著又說：

「我說不定快出國了。」

鏡子如忠實的狗抬頭問：

「去哪裡？」

「紐約。」

「調職嗎？」

「嗯。」

然後清一郎反問：

「妳一向愛追根究柢，卻不問我的婚後生活。難道妳認為那是該唾棄的東西嗎？」

鏡子沒有回答，倒是朝通往日式房間的那扇門瞥了一眼。

「那傢伙的性事絕不會弄髒自己。但也只有他辦得到。」

清一郎如此注解，語氣裡帶著些許嫉妒。

世界總有一天會翻轉，唯有這種預測是清一郎純潔的根據。

「我昨天去理髮店。」清一郎忽然改變話題：「理髮師傅忘記戴賽璐珞口罩[17]。我請他幫我修臉時，他的口臭不斷撲鼻而來。……然而昨天一整天，我竟沉浸在一種莫名的幸福裡，幸福到不愉快的地步。為什麼呢？因為我確實聞到了別人的口臭。公司裡的人都對我保持警戒，不讓我聞到他們的臭味。而我有一個重大的社會性祕密，就是唯有我是無味無臭的。」

他在說這種他特有的寓言時，在酒醉中即將醒來而感到疲累的肌膚，再度展現生氣勃勃的快活。戶外的暴風雨聲依然沒有減弱。小樹枝被吹斷掉落在陽台的地上，發出明快聲響。

「妳什麼也別做，就保持支離破碎。我想到妳的時候，就彷彿看到曾經是美女的零碎遺骸。今天只看到腳。明天只看到手，戴著手套，落入黑暗中。」

「你也是支離破碎。」鏡子說。

「我知道得很清楚喔。」

「我們兩人見面時，即便都是東拼西湊的東西，看起來也會稍微完整一點。」

「只是稍微喔。你別搞錯了，只是稍微。然後到了明天早上，彼此又支離破碎了。」

鏡子擺出從未有過的姿態。清一郎乍看難以置信，然後恍如詳閱精細地圖，終於找到目的地的人，搖搖半醉半醒的頭，終於懂了。

清一郎摟著鏡子的肩，兩人推開通往玄關的古老橡木門，慢條斯理地走向走廊深處的鏡子

17 本體是賽璐珞，中間呼吸口是布的口罩。

寢室。兩人一點也不急，踩著咀嚼玩味般的腳步緩緩前進。

鏡子先從外面打開寢室的燈，然後開門進去。亮晃晃的燈光下，浮現鏡子床上鋪的白床單，這時屏息躲在床鋪陰暗處的身影猛地起身，狠狠推開兩人。

鏡子驚聲尖叫。真砂子穿著童稚的睡衣，故意歪著頭，來回端詳兩人的臉。

「妳怎麼會在這裡？」

鏡子難掩驚愕地問。聽著鏡子以囉唆冗長的斥責語氣向小孩辯解，清一郎索性轉身離開寢室，從玄關的衣帽架取下他樸素的風衣。

第二部

6

「洋槐」咖啡店生意興隆。阿收依然會帶朋友來吃免費的，母親依然給阿收過多的零用錢。

「不用給這麼多啦。」有一次兒子這麼說，「我自己也有生財之道。」

「既然如此，偶爾請媽媽吃頓豐盛的晚餐吧。」

阿收只好閉嘴，帶母親去銀座的西餐廳。

母親的衣著變好了，可是妝卻越化越濃。但在這五月的夜晚，帶這樣母親上銀座吃豪華大餐，對阿收並非不愉快的事。雖然他沒去過外國，但也能想像法國的妓院老鴇，大概是自己的老媽這種類型吧。母親看到自己鮮紅的指甲映在光亮的餐刀上，感到很滿意，想更深入端詳餐刀，還撥了一下瀏海。

母子倆一如往常聊著色情話題。兒子說一個，母親也說一個。但母親說的都是差一點就能逃離男人魔掌的事。或許基於母親的羞恥心，不想在兒子面前繼續說下去。

當阿收如此揣想著，母親從桌子的對面探過身來，湊到他耳畔說：

「看在別人眼裡，我們不是一對母子喔。坐在那一桌的太太們，用一種輕蔑又羨慕的眼神看著我們呢。」

「隨便她們怎麼想啦。」

母親陶醉地望著兒子的美貌。自己那徒有頭銜的老公，以前也是個帥哥，但沒有兒子這般水靈與健壯。清秀的眉毛，漆黑的瞳眸，形狀姣好的鼻子，男娃娃般的嘴唇，撐著這件春裝的肩膀到胸膛的厚實肌肉……然而這一切又和敏捷持久的精力無緣，像是窩在一扇不打開的窗戶裡，這一點倒是和他父親很像。母親將鼻子壓在窗外，想更仔細窺探陰暗的內部，但只能隱約看到裡面有家具，不見人影，一片寂靜。

「你最近完全不抱怨分不到角色了。你還有去劇團吧？」

「有。」

等前菜之際，母親也心神不寧地抽菸，還以鮮紅的指甲摘下桌上被香煙繚繞的麝香豌豆花，打趣地說：

「一流的餐廳，也用這麼廉價的花打馬虎眼啊。」

即使如此，母子倆都感到很幸福。母親幻想著自己出身富貴家庭，穿著上好的衣服和兒子享用西餐；兒子也不遑多讓，想像自己是吃軟飯的無賴，靠著女人給的錢，請經營不正經生意的母親吃大餐盡孝道。阿收更開心地想像，母子倆在犯罪邊緣享受今日的一日奢華。

「話說回來，最近的債主還真大方啊。」

「怎麼說？」

「都沒有來催利息呀，比國稅局更大方。」

「利息不是要我們自己拿去繳嗎？」

「誰會這麼笨啊，還主動拿利息去繳咧。我們可是客人喔，等他們來收就行了。而且下個月就到期了，我會請他們延個兩、三個月。」

「利息一個月多少？」

「九分利，所以是九萬圓吧。而且最初兩個月的利息已經先扣掉了，所以借一百萬的話，要先扣掉利息十八萬，還有調查費五萬，只能拿到七十七萬，真是欺負人。」

「九萬圓啊，這點錢應該付得起吧？」

「當然付得起。只要他們來收，我隨時可以付給他們。不過上個月和上上個月都沒來，我就零零碎碎花掉了。」

「就是給我的零用錢吧？」

「倒也不是啦。」

母親有些害臊，說得模稜兩可。阿收覺得好像看到黑暗的未來。母親從以前就懶得洗衣服，總是把髒衣服捆成一包塞進壁櫥裡。這樣的母親和自己之間，沒有真正堪稱生活的東西。連極度貧窮之際，也不喪失幻想的要素，離道地的貧窮很遠。黑暗的未來埋在泛白的髒衣服堆裡，無垠的黑暗中布滿溼潤感傷的大顆星辰。

阿收忽然放下餐後甜點的冰果湯匙，說：

「不要緊嗎？」

「什麼事？」

「就是借款呀。」

「不要緊啦，包在我身上。……倒是忘了這件事吧，我們一起去看電影。店裡一直很忙，我很久沒看電影了。」

因此阿收陪母親去看她喜歡的日本電影，一個非常年輕、嘴唇微微外翹的武打演員演的古裝武打片。因為母親過於頻繁讚美這個年輕時代劇演員「好美哦，好美哦」，阿收覺得很不是滋味。

——翌日傍晚，阿收又出現在「洋槐」。一如往常，和鞠子約會的時間通常很晚，因此阿收還有很多閒暇。肌肉朋友們離開健身房便匆匆各忙各的，所以只剩阿收一個人。

一名熱愛新劇的女觀眾，送了一本外國的舊雜誌給阿收，裡面寫的是斯堪地那維亞的語言，阿收一個字也看不懂，可是刊載了很多舞台照片。阿收看到一名金髮年輕演員的照片，穿著牛仔褲和格紋短袖襯衫，在舞台上踮起腳尖，弓著身體向後仰。可能是被射中了吧。一隻手抓向燈光打下來的光束。

這姿勢太美了，阿收頓時看得出神。他已遠離舞台上的悲劇瞬間很久了。無論死亡或殺人，在舞台的神祕光線照射下都顯得無比莊嚴，儼然像一個祭儀。被射殺的年輕人的金髮，徐徐融入同樣金色的光線裡。那奇妙的瀕死姿態，絲毫不會讓人聯想到痛苦，反倒像是和某種東西有關的人類精神形態，採取了最適當的姿勢，在這定著的一瞬間，悠緩地逐漸放鬆，讓身體休息。

那個「某個東西」是什麼呢？是死亡呢？還是虛無？抑或危機？然而無論如何，阿收並沒有精神是在自己內部養成的想法。他認為精神像是大氣般飄盪在身體外部，有些時候會像附體般襲上舞台上的演員，短暫借以人類的姿態出現。

這個被射殺的金髮年輕人，沐浴在璀璨的光芒裡，仰身倒下那瞬間的姿態，不知究竟意味著什麼。那是令人目眩神迷的明確存在，可是當精神在存在中悠哉地讓身體休息的瞬間，人類光是存在就耗盡所能。舞台上就有這種奇蹟。然而很悲傷的，阿收從未體驗過這種奇蹟。

——此時，一個凶神惡煞般的年輕人走了進來，頭髮以髮蠟固定成頭盔模樣，雙手的拇指掛在藍色尼龍運動褲的口袋上，不曉得在問收銀台的女店員什麼。女店員聽完後，看向阿收。

看來通往後面房間的門鈴被按了，阿收的母親走出來招呼這名年輕人，打算帶他去後面的房間。年輕人戴著粗大的金戒指，捏下嘴角叼的快抽完的香菸，一邊迅速地環顧店內，將香菸踩熄在地板上。

「有事的話，我也一起進去吧？」

阿收不由得對著母親的背呼喊。

「不用啦，不用。你待在這裡。」

母親幾乎不回頭地說。那個黑色四角形的套裝背影，看起來有如小小的火柴盒。

……阿收等了很久，幾度猶豫要不要去後面看看。

這段等待的時間裡，他也清楚看到今天這種平穩生活逐漸崩壞的樣子，忽然覺得撐著自己無為生活的支柱搖搖欲墜。以前他總認為，只要熟識的人、熟識的事物都會聚集過來，猶如支撐尊貴寶座般支撐著他無為的生活，如今那莫名的確信也成了虛幻。

年輕人從後面的門出來，回頭看向母親，以洪亮的嗓門說：

「明天下午五點，別忘了！」

那種氣勢凌人的聲音，使客人頓時都看向他。母親送他到店門口說：

「請你講話別那麼大聲。」

他沒有回應便揚長而去。

阿收還來不及起身，母親便過來湊在他耳邊說：

「他是來催討利息的，要我立刻付三個月利息給他。我說明天盡量付，把他打發走了。」

「沒必要對他百依百順吧。」阿收思索了半晌又說：「更何況他真的是債主派來的嗎？先確定一下比較保險吧。」

「對哦，你注意到重點了。不愧是男人有智慧。」

母親說得雲淡風輕，可是明顯很害怕，以致於忘記應該用後面房間的電話打，竟在客人眾目睽睽之下，抓起收銀台的電話。

阿收連忙制止後，向母親問了金融公司的社長名稱，以及剛才來收錢的男子名稱，便去後面房間打電話。

「請問是甲州商事嗎？社長在嗎？」

可是來接電話的是女人聲音。

「我想找你們的社長。」

「我就是社長。」

「妳是秋田社長？」

「是的，我是秋田清美。請問您是哪位？」

「我姓舟木。剛才有位小倉先生來催收利息，確實是貴公司派來的嗎？」

「小倉？是啊，他是我們公司的年輕人。剛才確實派他去你們店裡。請問，您是誰？舟木太太的兒子嗎？聽說您是舞台劇演員是吧？」

阿收一時啞口無言。

「我們公司的年輕人若做了什麼失禮的事，還請代我向您母親道歉。那麼向您母親問好，就這樣囉。」

然後電話就掛斷了。女人黏膩厚沉的嗓音，依然沉澱在阿收耳裡。

「社長是個女的吧？」

「對啊，大概三十七、八歲吧。雖然長得不好看，不過心地滿好的。可能是介紹人也不錯的關係，沒有透過掮客就直接借給我了，而且是半年長期的。」

阿收心裡泛起「醜女」這個詞的各種想像。這是阿收對某類型人的總稱，例如被世界遺棄，將「醜」奉為金科玉律，輕蔑「醜」以外的任何不幸，最後奉「醜」為自己的上帝的修女們……

「我希望有一天能有一棟漂亮的別墅。」母親忽然說，「四周圍繞著白樺樹林，有個用白樺樹枝打造的陽台，我和朋友們在客廳喝酒，你帶女人回來在自己的房間睡覺。」

阿收不禁想到鏡子之家，母親若出現在那種場面，別墅會立刻變成妓女院吧。想著想著覺得很可笑。

「那種別墅租一個夏天就行了，幹嘛買呢。」

「不，我要有自己的房子。……然後我還要養鸚鵡和猴子。猴子可以餵牠吃花生，可是鸚鵡要吃什麼呢？」

——翌日，阿收為了保護母親，下午五點前就來到店裡。昨天的男人五點出現時，意外地溫和有禮，母親絮絮叨叨說了一堆藉口後，只給他一個月份九萬圓利息，他竟也默默地走了。

接下來兩三天，阿收沒有去「洋槐」，在租屋處懶散度日，或是一如往常和鞠子幽會過夜。現實在非常遙遠之處，只要看不見就等同不存在。五月的某一天，夏日陽光灑遍大地。阿收站在健身房的鏡子前，凝望自己閃著金色光芒的裸體，感到既滿足又幸福。

四天後的下午，前一天外宿的阿收回到租屋處，看到母親的語音留言，要他立即回電。於是阿收打了電話，母親在哭。

母親不想在店裡談，於是阿收請母親到租屋處來聽她說。結果母親來了說，昨天秋田清美社長親自來店裡，母親熱情地接待她，並和她談到前天付了利息一事。不料秋田社長竟立即說：

「利息？我沒收到利息喔。小倉回來只說拿到一些車馬費，可是沒有收到利息，所以我今天才又來催收。」

母親激動地抗議說她繳了，於是秋田說：

「既然您這麼說，請把收據拿出來給我看。」

母親根本沒拿到收據。

秋田請母親拿來一張紙，當面撥算盤給她看，告訴她應付的金額。這筆錢大到驚人。

從第三個月到第五個月的延滯利息不斷累增。過了第三個月沒付的利息就加到本金裡，因此下一個月要付本金一百零九萬的利息，也就是九萬八千一百圓。再到下一月，本金變成一百一十八萬八千一百圓，利息要付十萬六千九百二十九圓。於是到下個月期滿時，母親必須支付的金額超過一百五十萬圓，高達當初拿到的七十七萬圓的兩倍。

「因為你們之前沒來催繳呀。」

母親提出理所當然的理由，可是秋田說這是契約裡明載的，就算沒來催繳，母親也應確實繳付。因此母親徹底陷入困境。

「我們需要散散心。」

說完來龍去脈後，母親忽然這麼說。阿收大驚一吃，她甚至不打算談因應之道，宛如母子倆只要知道被逼到走投無路就夠了，這樣一切就講完了。

阿收聽的時候也想不出什麼好辦法，因此聽到母這麼一說，心情也稍微輕了點。

初夏的夜晚天空，部分忽然亮了起來。原來是後樂園夜間球賽的燈光。不久歡呼聲便如海濤般，隨風傳到了窗邊。

「那些人不用操勞，真好啊。」

「別傻了。那麼一大批觀眾，怎麼可能每個人都不用操勞。」

阿收不禁幻想那是初夏黑暗天空下的壯觀劇場。那些歡呼聲，是對那裡進行的悲劇發出喝采。演員任憑清爽夜風飄動戲服，在數萬名觀眾眼前，演出夢魔般的戲碼，在光芒衝破黑暗之處，執行真正的殺人，流真正的鮮血。若從舞台的頂端往下看，或許連倒下的人周圍流淌的血，看起來都只像墨水滴在地毯上的汙點吧……

「這裡每晚都有刀光劍影，有悲劇發生，是真正的愛情戰場，有著真正的熱情——對啊，無論多麼庸俗的熱情，都比你們一副博學多聞的樣子高級多了——這種真正的熱情，有著真正的怨恨，真正的眼淚，必須流真正的血。」

去年戶田織子演出的這段台詞在耳畔響起，阿收想像著另一個自己，在隨風忽遠忽近的歡呼聲中，在猶如異樣大月亮照亮夜空一角的照明中，在數萬人的見證下，正要做出某種決然的行為。一種終極的行為；因為數萬觀眾否定他的存在，才找到的通往存在緒端的行為；譬如像突然衝進鬥牛場被牛撞死的小孩般，沒有意義的行為。——阿收何時才能做到這種行為呢？若能做到這種行為，就不需要像之前那麼希冀的「角色」了。因為阿收已跳脫「角色」。

——這才是阿收的「散心」，毫無意義，宛如閒暇本身在思考的散心。也因此，阿收得以暫時忘卻母親的不幸。

「你說這個房間，是為了一個人背台詞才租下來的。可是到目前為止，你沒有需要背的台詞呀。」

母親伸手想整理亂七八糟的劇本，卻又無力整理罷手說。

「妳是想說，以後也沒錢付這裡的房租吧？」

「這點錢，應該還有辦法吧。」

「鞠子會出啦！鞠子會出！」

「哦？既然這樣，改天找個能連你老媽一起養的女人吧。」母親說。

隔天起，「洋槐」常有流氓找上門。討債討得很兇時，儘管母親只有一點錢也會拿出來，但也拼命向他們要收據。隨著柏青哥店衰微，這些男人無法再靠收購獎品獲取利潤，便以討債維生，一副凶神惡煞的樣子卻錙銖必較，總是將收到的錢的一成當車馬費，勉強在收據上寫下九成金額。母親每次都拿收據去跟女社長確認，因此想說反正要來，不如以後乾脆直接來繳利息，請女社長別再派人來催收。但女社長只是笑笑不予理會。

因為這批人常來店裡大吵大鬧，因此「洋槐」的客人日益減少。愛面子的阿收也不帶健身房的朋友來了。母親也日益憔悴。

有天深夜，鞠子突然提分手，阿收驚得目瞪口呆。他努力想維持自戀狂的冷靜到最後，但這種有意識地保住自我，對他是很棘手的事。鞠子繃著一張臉，不做任何說明，也不想陳述任何理由，因此阿收被迫讓步，落入逼問的窘境。結果鞠子倒是答得很流利，說她的夙願實現了，和劇團的型男小生在一起了，現在的心情，沒有餘裕同時和兩個情人交往。

鞠子說完竟哭了起來，而阿收除了自尊心以外，沒有受到任何傷害。而且那自尊心也早已疲累不堪，至於被愛的矜持與陶醉，更是早就不見了。因為他的矜持與陶醉，只是緊貼在臉部和肌肉外側，原本就很容易揮發掉，但阿收的特殊性更在於，即便厭倦之後也不會做出決斷，總是能一邊看著女人的陶醉模樣，一邊享受如日光浴的空白閒暇。

阿收不僅沒有失去任何東西，即使發現失去也不會遽然感到可惜，因此看著哭泣的鞠子，就像看著自己隨手掉在路上的花俏紙屑。這個現實可以自由解釋。這裡有兩種假設。一種是，在這常有的情事裡，若阿收真的不存在，那麼鞠子想分手的對象只不過是影子的影子。另一種是，若阿收確實存在，即使形式上是鞠子拋棄了男人，但實際上只是被男人拋棄，只是從他堅固的存在滑落了。但對阿收而言，這兩種假設都曖昧模糊。

為了徹底自我放棄，為了完全占有對方，肉體的結合都是過於輕易、過於柔和的結合，那只是對一種更嚴密更正確的恐怖占有的幼稚模仿。女人的肉體本身就過於輕率柔和，簡直像詐欺一樣。鞠子頻頻以話語讚嘆阿收的漂亮肌肉鎧甲，但她的肉體對這個讚嘆卻是徹底失敗。

庸俗的女人！庸俗的女人！阿收認為，就如女人絕對無法理解男人精神上的天才，同樣也無法理解男人肉體上的天才。

——阿收萌生了一個計畫。他以極度輕蔑的眼神睥睨女人，帶著非比尋常的勇氣說：

「我可以答應分手，不過妳要付分手費。」

鞠子起初以為阿收在開玩笑，淚流滿面地抬頭一看，難以置信地望著阿收。即使這是脅迫，卻也不可怕，因為這個青年肩膀和胸膛隆起的肌肉，並非來自拒絕而聳立的孤獨力量，而是類似蝴蝶、刺繡或小貓，只想被愛的肉體。

「你說話還真嚇人啊，居然說出如此大膽的話。你不適合說這種話唷。」

鞠子面帶苦笑說。隨後想起阿收是個跑龍套演員，又補了一句：

「而且這是什麼爛台詞啊。」

阿收自己也相當驚愕，居然能忍受如此巨大的屈辱。但這跟無法得到角色的屈辱，以及無法在演員表看到自己的名字的屈辱相比，真的不算什麼。那已經使他對所有屈辱免疫了。

天際尚未泛白的窗外，城市遠方已出現清晨氣息，聽得見首班電車駛出車庫的聲音。阿收在床上抽太多菸，滿嘴發苦。籠罩在房裡的煙霧，不久就會被晨光照耀，使這裡像火焰燃盡的火葬場吧。

結果鞠子終於問阿收要多少錢，阿收沒有任何說明，只說要「一百五十萬圓」。對於這個空想般的金額爭論，使得剛才還淚眼婆娑的鞠子破涕為笑。

「你的意思是，為了生活無論如何都需要一百五十萬圓？你值這個價錢嗎？還是說，為了繼續增加那無用的肌肉，你打算花一百五十萬去買雞蛋、牛奶和起司嗎？」

然後她開始列舉至今花了多少錢買衣服給阿收，還說這筆金額已大到足以補償一切，阿收沒資格再說三道四。她本來就是想到什麼一定要說出來，否則不甘願的女人。

「我只是被你厚實的胸膛和粗壯得驚人的手臂抱在懷裡，我自認付出足夠的代價了。事到如今我也不想說你是個沒內涵，無聊的男人。沒錯，你正如你所認為的，是一尊活的雕像，就這一點而言無可挑剔，你大可放心，沒問題喔。不過，以前我是和雕像睡在一起，今後我要把雕像留在台座上，打算心血來潮時，從遠處眺望它就好。只是離開一尊青銅像，為什麼要付一百五十萬圓？我從來不知道你在想什麼，可是我很清楚你打從骨子裡是無聊的人，但你自己一點也不覺得無聊。為什麼會這樣呢？每當我想到這個問題就毛骨悚然。」

這種洞察，使阿收畏縮，但不構成威脅。因為他沒有怕人知道的祕密。

「總之回到現實吧。扔掉你那孩子氣的想法。」鞠子將香菸捻熄在菸灰缸，語帶訓誡地說。由於菸灰缸有點遠，黎明魚肚白的窗光照在她伸出的手臂上，連上臂根部都顯得白皙豐腴。這份白皙是沉靜的，充滿冷冷的脂肪。

「過些日子，或許你能稍微去愛人吧。」

——這天早上，因為睡眠不足，阿收沒力氣去健身房，在街角若無其事地和鞠子道別後，便去母親的店。

「洋槐」冷冷清清，徒勞地飄著剛磨好的咖啡豆香。母親坐在客人用的椅子上，獨自吃著稍晚的早餐，咖啡與土司。

「早安。」

阿收一如往常打完招呼便在母親對面坐下。母親也含糊地道了早安。阿收仔細一看，母親像嚼蠟似啃著土司，並將留下的土司邊撕成一小塊一小塊，像在玩玩具似地揉成一小團小一團。雙眼望著戶外的陰霾天空，充血的眼睛布滿了微血管，像是卡了香菸煙油般的骯髒褐色。眼袋皺紋層疊，皮膚也失去了彈性，宛若石綿。

「我昨晚睡不著，哪吃得下什麼早餐啊。」

母親說著，索性咖啡也不喝了。

——這時，客人推開阿收背後的門，進來朗聲說道：

「早啊，大嬸，妳好嗎？」

阿收想回頭看，但在那之前先注意到母親使的眼色。原來是經常來討債的流氓，今天帶了女人來。兩人坐在阿收背後的椅子上。雖然阿收看不到他們，但光聽聲音就知道是怎樣的一對男女。

「大嬸，端個什麼出來當早餐吧。」男人說。

「沒有那種好東西。」

「妳現在不是正在吃？有什麼就端什麼來吧。」

母親不情願地起身離去後，阿收迫於無奈拿起報紙看，但他不看文字報導的新聞，總是直接看連載漫畫，偏偏這個單純漫畫的意思也看不懂，手卻微微地顫抖起來，讓他覺得很不舒服。

男人在背後故意大聲向女人說明。說他是受託於某間高利貸公司前來討債，但這裡的倔強老太婆遲遲不肯付錢，這間店也遲早會落入別人手裡，在那之前至少有權在這裡白吃白喝，可是說白吃白喝，這種咖啡店根本沒什麼像樣的東西，所以儘管點菜單裡比較貴的就行了。……女人邊聽邊笑，一一隨聲附和：

「說得也是啊。」

這似乎是她的口頭禪，以千變萬化的語氣說。

不久，母親和女店員端來咖啡和土司，以及昨天賣剩的點心和水果。但女店員隨即躲了起來。男人把母親叫來旁邊，當著當事者女人的面，大談昨晚床事的經過。

「那還真是愉快啊。」

阿收聽到母親在後面心不在焉地說。

「這女人還摟著我的脖子說，阿榮，你千萬別拋棄我喔。」

「笑死人了，我才沒說這種話。」女人說。

「妳閉嘴啦！裝什麼千金小姐！」

剛才還在笑的女人忽然哭了起來。母親不該於心不忍打圓場，這回男人將矛頭轉向她，髒話盡出破口大罵。母親想回嘴時，他竟猛地將咖啡潑在母親臉上。阿收聽到母親的尖叫聲回頭一看，只見母親一臉慘狀，濃濃的咖啡順著鼻子嘴角流下。

阿收起身，撲向那個男人。男人抓起杯子想砸阿收的頭，但阿收瞬間便撥開他的手，以致杯子撞到旁邊的牆壁四散粉碎了。男人的個頭比阿收矮小且削瘦，但反應相當機敏，身手靈活如豹。當阿收抓住男人的肩頭，男人一拳便打向他的下顎，猛踢他的小腿。阿收不禁低下頭後，他更左右開弓猛甩阿收巴掌。

即便肌肉強壯，但動作緩慢，根本派不上用場。阿收就這樣蹲坐在地。他感受到對方的髒鞋踩在自己的背上，被人用力往前踹。但回過神時，男人和女人都不見了。

店裡只剩被潑了滿臉咖啡，跪坐在地的母親，抱著倒地兒子的腳放聲大哭。

但兒子最先向母親拜託的是：「拿鏡子給我。」

阿收捂著腫脹的臉去看醫生。醫院的候診室，掛著像從美術書剪下來的原色版西洋名畫「維納斯和阿多尼斯」，奇怪的是畫裡找不到維納斯，雖然野豬確實襲擊阿多尼斯，卻也不想殺他的樣子。在充滿嗆鼻消毒藥水的空間裡，這幅以廉價畫框裱起來的原色版，徒勞地綻放金色與綠色光芒，看起來像荷爾蒙藥的廣告，宛如在說：「請當作被騙試試這個藥。妳會立刻變成維納斯，他會立刻變成阿多尼斯。」

阿收苦悶難捱，想起那個揍他的男人的敏捷身手，又想起峻吉的拳擊賽。看完醫生後，他打電話去八代拳擊俱樂部。

——峻吉聽阿收說完始末，怒從中來。

「那個男的每天來嗎？」

「對啊，每天都大剌剌地來。打架的隔天，他看到我包著繃帶，還假惺惺地說『對不起哦，少爺』，根本不把我放在眼裡。」

「他都什麼時候來？」

「那天早上來是例外，通常是晚上八點左右。」

「好。今晚前輩比賽，我得去當助手，明晚練習結束後，我一定去。包在我身上。」

峻吉也忽然想到，下一場比賽就在十天後，萬一手受傷了怎麼辦？朋友蒙受的恥辱就是自己的恥辱，這種傳統的觀念鼓舞了他。想到明晚的事，身體就愉快地緊繃起來，情緒也高漲起來。他在心裡說：「我絕饒不了那傢伙。」不知不覺中竟低吟出口：「我絕饒不了那傢伙。」

他想像著自己推開尚未見面的男人的肩膀，以自己的力量明快地擺平事情。「不能放過那傢伙，絕對饒不了那傢伙。」所謂力量，就是整理統括的力量。為了清晰地看見外界，輪廓鮮明，事物各得其所，力量是必須的。所有曖昧不清的東西，渾沌的東西，無法理解的東西，對這個拳擊手而言，都是對自己力量的侮辱。

「我絕饒不了那傢伙。」

每當峻吉如此低吟，便覺心中有種偉大的東西萌芽了。

翌日練習結束後，峻吉來到「洋槐」，吃著阿收為他準備的鰻魚飯。店裡有四、五個生客。自從討債越逼越緊後，母親都把唱機的音量開得很大聲，所以隔著一張桌子講話也得很大聲。

峻吉想緩和阿收的心情，以沙啞的大嗓門說著無關要緊的事。阿收不禁暗忖，峻吉的聲音何時變得如此沙啞。只要一大聲，聲音就分岔，所以越來越難懂他在說什麼。

「你有沒有看前天的日蝕？」

阿收重複問了好幾次，才如此回答：

「我哪有那個心情看。」

「就這麼一丁點。」峻吉笨拙地彎起木槌般的手示意，「就這麼一丁點，像缺了一角的煎餅。」

接著兩人聊起今天報上刊載的，三鷹事件的被告竹內被判死刑一事。然而兩人都像少年般，只是喜歡死刑這件事，除此之外並不關心。但峻吉卻裝出一副大人樣，果斷地說：

「事件發生很久了，但會發生謎樣事件的時代已經過去了喔。」

他那雙如刺破皮革臉孔的水潤俊美大眼，望向戶外吵雜的夜，斷然拒絕謎樣世界。阿收覺得朋友這雙眼睛美麗動人。

電風扇轉個不停，店裡依舊酷熱難耐。六月進入梅雨季前，常有這種火焰攀壁而升忽然爆熱的日子，即使入夜後也不見涼風。

阿收的心情變得愉悅輕鬆。不僅因為峻吉前來助陣，讓他吃了一顆定心丸。峻吉的到來甚至讓他忘了日前的受傷，覺得兩人猶如少年時代的朋友，為了襲擊路過的敵人，躲在森林暗處，一邊消磨時間，一邊悄悄吃著帶來的零食。這是一種對冒險所產生的親密情感。少年時代的夜晚……阿收深切地感受到，近來少有如此愉快地在等待著什麼。

「超過八點了。」峻吉說。

「八點半以前一定會來。」阿收說。

到了八點二十分左右，一名女子開門進來，戴著眼鏡，穿著像女教員的白襯衫，搭配印有花俏圖案的裙子，拎著一只尼龍公事包。最有特色的是她的頭髮。那頭髮一定燙過，但捲曲的頭髮沒有好好整理，奔放不羈地朝四方擴散。由於是濃密的黑髮，宛如黑夜罩著她，使得略顯方形的蒼白臉孔更為突出。

嘴形還算差強人意，但憤怒微張的蒜頭鼻毀了一切。中等身材，頗為勻稱，卻彷彿想凸顯又粗又大的腳，穿了一雙平底鞋。舉止相當僵硬。

阿收瞥了一眼便想，真是個醜女，宛如不祥之鳥的女人。阿收無法想像，這種女人活著有什麼樂趣。

由於收銀台的女店員去後面通知母親，因此阿收知道這個女人就是秋田清美社長。母親出來了，向阿收使個眼色後，帶清美去後面的座位。不久，清美似乎嫌音樂太吵，母親起身去調低音量。接著阿收斷斷續續聽著母親與清美的談話，之前那通電話黏膩厚沉的嗓音，此刻清晰傳入阿收耳裡。

聽完阿收的說明後，峻吉說：

「搞什麼嘛，對方是女的就不能打架了。」

而阿收時而聽到她們的對話，似乎也不是那麼激烈。

不久母親拿著白色信封，來到阿收旁邊說：

「我還以為是怎麼回事，結果她今天不是來討債，是來道歉的喔。她說她今天才知道那個男人打傷了你，急急忙忙就來道歉了。她也立刻開除那個男人了，這些錢說是給你的醫藥費，拿去吧。」

阿收說，我不能收這種錢。但母親要他考慮立場收下來，然後拜託他去向清美打招呼。

一旁的峻吉打了個哈欠。看到這種日常生活的糾葛，他的眉宇浮現一種痛切的表情。對他而言，這簡直像糾纏不休的溼疹。一旦染上便不得安寧。

「今晚不需要我了吧。那我走了喔。」

「啊，對不起哦。今晚風向好像變了。……你接下來要去找光子嗎？」

「不，我跟她就那次而已。」

聽到別人提起自己早已忘記的女人的名字，峻吉嚇了一跳，隨即起身又輕輕打了個哈欠。

全身得到解放，柔軟，力量猶如羽毛般輕盈地充滿了全身肌肉。峻吉忽然想起教練的忠告，走出店後便踮起腳尖走路。因為白天的酷熱而稍微膨脹的柏油路面，讓峻吉覺得走在活生生的肉上。

峻吉忽然明白這種解放感所為何來。這是他半生未曾有過的心境，亦即不用打架就能鬆一口氣。

阿收來到母親和清美這一桌，和醜女談話讓他感到很快活，身上這件水藍色T恤故意彰顯出琥珀色的胸部肌形。

「你的體格很棒耶。」清美突然說，「阿榮那傢伙一定用了相當卑鄙的手段。」

這種貼心的場面話，足以讓阿收期待下文。

「謝謝你接受我的一點心意。我真的感到很抱歉。……但話說回來，你母親的倔強也令我困擾不已喔。我也不是硬要逼你們，不過這間店在兩三天之內必須拿來抵押債務。」

「這麼快？」母親著實嚇到了。

「妳有個這麼好的兒子，應該有什麼辦法吧。你叫阿收是吧？你就去賭自行車比賽或什麼的，暴個大冷門賺一筆錢回來幫你母親嘛。……不過一百五十萬，這個數目確實太大了。」

阿收發現清美不時透過眼鏡在偷瞄自己。為了享受這種視線，他將目光拋向別處。結果女人的視線如飛蛾般，悄悄收起翅膀棲息在他臉頰上，他知道得很清楚。阿收不禁思忖：「這是非常謙遜、窮酸、完全沒有矜持的視線。美女不會這樣看人。我像是玻璃窗裡的甜點麵包，被賣火柴的小女孩盯著看。」

當自己置身於怠惰中，現實卻迎面而來產生變化時，阿收會有一種預感。這時，對方能很清楚地看到自己，自己卻看不見對方。因為現實在隱身蓑衣裡變身了。能賜予他恩寵的，只有這種看不見的現實。

啊，可是應該為他帶來極致恩寵的劇場，依舊沉默不語，冷淡地排斥他。這是看不見的劇場。在夜的遠方閃耀，被隔絕在群眾之外，猶如高掛天際的星座，看不見的劇場。這才是真正深不可測的現實。

除此之外，對阿收而言，沒有什麼是深不可測的現實。無論是三鷹事件的被告判決死刑，或是華爾街的股市重新看漲……一切都停止，冰凍，成為化石。人們口中的「活著的現實」，對他而言是木乃伊。

在夏夜的雜沓裡，人們汗涔涔的臉上，眾多失業者臉上，借了高利貸、即將一文不名的母親額頭上，都可以清楚看到解說完畢的現實。法定的現實，契約上的現實，不可動搖的公認現實。

唯有從祕密黑暗深處撒過網來的不透明現實，勉強能安慰他對存在的不安，保證轉瞬間的變身。他從未想要奮戰，與其奮戰，他寧可厭惡。因為比起奮戰，厭惡不會破壞他身邊靜止的堅固現實，就能將它變成不祥、泥濘、不定形的東西。然而阿收不像同齡的青年，他完全不知自我厭惡為何物。

——不久，清美不再偷瞄，篤定地拋來微笑的眼神，對阿收說：

「不好意思，因為和你母親談不出結果，我想花一個晚上跟你好好談一談。這樣或許彼此都不會吃虧，能找到好的解決辦法。明天晚上，我們吃頓飯如何？」

清美邀阿收明天晚上六點，在離此不遠的小餐館吃飯，說完便走了。

母親露出近來少見的好心情，以生意人的口吻說：

「已經看見曙光了呀！今晚我可以睡個好覺了。明天晚上就拜託你嘍！」

然後輕輕掐了一下兒子那隆起的琥珀色上臂。

「哇，好硬哦。想捏都捏不起來哩。」

——翌日也是個炎熱的大晴天。阿收穿了胸口敞開的黃色polo衫，搭上臂部緊繃的蛋黃色長褲。「女人看到我的屁股，一定覺得很猥褻，簡直跟外國的水兵屁股一樣。曾經有兩個女學生看到我的屁股，不僅出聲讚嘆『太性感了』，還一直跟在我後面走。」

阿收向來不用勾引女人的古龍水或男性香水。他不需要這種有損男性甜美體臭的東西，認為聞起來像年輕俊敏的野獸氣味比較好。

傍晚六點前的天空還很亮，忽然換穿夏衣的人們，帶著性慾的神情走在路上。這是個被焦躁的感受性壓垮的世界。不久夏日的晚霞，會在大廈的玻璃窗染上抒情色彩吧。遙遠的苦惱將在彼方燃盡，但殘留淤塞在這裡的炎熱，說來奇怪，竟絲毫不像苦惱。往來於街上的人們，無論沾了灰塵的頭髮，還是送秋波的眼神，伸出的手，抑或穿著木屐的赤腳，甚至有鮮明種牛痘痕跡的手，沒有一項能讓人聯想到苦惱。

阿收劃燃一根火柴點菸，看著自己圍著在夕陽中逐漸消失的火焰的手。這隻手和來往行人的手確實相同，他覺得已經完全脫離苦惱。在這有點黏的夕陽餘暉裡，世界沒有鬱悶的理由；除了這感覺末梢才能勉強支撐性慾的夏天日落空氣，我們沒有人生實難的理由。只是，我們早已被壓得粉碎。唯有這一點是確定的，但情況也不是那麼糟。

秋田社長指定的小餐館，出現在巷子的轉角處，四周圍著虛應其表的黑木板牆，狹小的玄關前有灑過水的痕跡。阿收說出秋田的名字後，便被帶到二樓的小包廂。清美和昨天一樣，一身無趣的打扮，坐在可俯瞰挑空中庭的欄杆旁等候，隔著眼鏡看到阿收來了，便從塑膠皮包掏出厚厚的外國香菸往桌上扔：

「你抽菸吧？這菸拿去抽。」

阿收見狀暗忖，這是個完全不懂得和男人相處的女人。

隨著啤酒的醉意漸濃，秋田清美也完全不提阿收母親借款之事，只是淡定地，以黏熱的口吻獨自喋喋不休，而且不談她的身世，淨說些抽象的事。

清美身上籠罩著一種阿收不懂的異樣絕望。但那並非她的職業特殊所致，她反倒對自己的職業感到自豪，認為自己的工作恰好和助產士相反。因為清美已導致一起全家自殺，與七起個人自殺，沒有一起是未遂，尤其協助那起全家自殺，她感到莫大的驕傲。

「那家人自殺的時候，父親是抱著兩歲的寶寶一起死。」清美說：「那個寶寶可能不想死吧，雙腳奮力踢削瘦父親的胸。就像常見的嬰兒鬧著玩，使勁踢腳的動作。」

清美認為雖然不是親自下手，但對這種全家自殺做出貢獻是一種社會善行。這原本是「自然」該做的事，清美只是代行而已。然而她的想法更為謙讓，她認為自己談不上代行，只是協助而已。

「人們常說，在這種緊要關頭，如果我能心軟落淚，不催討欠債，可以的話甚至把借款一筆勾消，那家人就不會自殺了吧。這種說法真是愚蠢之至！」

清美無法接受「人去救濟人」這種思想。說什麼感情的慰藉，稍微妥協一下，用眼淚解決問題，違反法則等等，這些都違反自然。

「活在這樣的世上，幫助他們活下去，拯救他們免於自殺是善事，這是誰規定的？我所做的只不過是稍微粗暴的安樂死。就算能拯救自殺的那家人度過眼前的緊急狀況，未來也沒有任何希望，被父母殺死的小孩反而比較幸福。

過著貧困交迫的生活，還說只要活著就是幸福，這是奴隸的想法。另一方面，過著普通的安樂生活，認為活著就是幸福，這是動物的感受。這個社會，就是不讓人有人的感受，不讓人有人的思考方式，所以把大家都弄成瞎子。

在漆黑的高牆前徬徨徘徊，頂多只是做個買洗衣機或電視的夢。明天顯然一無所有，卻期待著明天。我只是去到那個地方，讓他們看清赤裸的現實，結果大夥兒就嚇到搞出自殺的騷動。我只是像分期付款或保險一樣，讓他們看到時間的正確樣貌。而且我算是比較好心的喔。滾落的時間，斜面的時間，加速的時間……這才是真正的時間，但分期付款業者讓大家看到的是假裝的時間，平坦的時間，裹著糖衣的時間。」

清美希望讓人們看到這世界的真相。這就是清美所謂的「自然」。

接著，她開始談起自己的絕望。清美深諳這個世界的真相。因為是真相的保持者，所以絕望是常態。然而就阿收粗淺的認識看來，清美所相信的秩序和鏡子相信的無秩序不同，清美相信的是透明無比的秩序，彷彿任何人都無法居住的冰凍公館。

「不過清美的絕望，有點像甜美、不諳世事的少女夢。」阿收思忖。這可能是從醜陋少女時代便甩不開的夢想。然而阿收也驚訝於，她竟能如此純潔地保持這種「不被愛」的想法。少女時期，清美看到附近有錢的醜寡婦，被為錢而來的男人欺騙，因此她幼小的心靈便明白一個法則，有錢的醜女人絕對不會得到男人的真愛。為了確定不會被愛的事實，她下定決心成為有錢人。

然而不被愛的人，若自行變得更不被愛，通常其來有自。理由通常是想逃離自己不被愛的根本原因，盡可能逃得遠遠的。

清美的情況截然不同。她完全不想逃離根本原因，亦即一步也不想逃離她這張醜臉。這張醜臉是「自然」創作的，但清美卻信仰「自然」，甚至將醜臉當作自然的真相的象徵性表現。那是呈露在山谷間的粗糙黑青色岩臉；是微生物在春天的海面繁殖繪出的，色彩令人作嘔的巨大臉龐；是軟木質與菇類堆積在古老樹洞形成的漆黑臉孔……根本和這種臉一樣。終於，醜陋成為清美的角色，也成為她的假面。就如祭典的舞者戴著奇怪的假面到處張揚，清美也只需將她那張醜臉面向眾多債務人，有些人確實因此死了。

「我要讓大家知道，這個世界不值得活。」清美繼續說：「而且我最懂這個道理，為什麼又能熱中賺這種沒有意義的錢呢？看在你眼裡，可能覺得不可思議吧。我之所以還能這樣活下去，也許是強烈的使命感所致，不過我能做的都做了，什麼時候死都無所謂了。況且又不是被逼死的，是隨心所欲的死，沒什麼好顧忌。我已經不打算活太久了喔。」

「可是，錢可以買到各種快樂吧？認為錢買不到快樂的，只有傷感的有錢人。」

「沒錯。錢可以買到快樂喔。」清美說，嘴角浮現寒酸的苦笑，「甚至世上最棒的快樂也買得到。」

但清美又將話題轉回死亡。一直以來，她總是將那真實的時間，那傾斜、加速滾落的時間納入掌中，如韁繩般緊握在手，去駕馭另外的平坦時間，然而她已對此感到無聊，這回她想自己滑下那個急斜坡。光是保持真相已不夠，她要成為真相本身，化為事件本身！

「從世上最大、最長、通到地底的溜滑梯滑下去，會是什麼心情呢？想必很棒吧。」

「應該是吧。」阿收想起母親憔悴的臉。

已經過了很久，陸續有喝醉的客人離開小包廂，走廊傳來醉漢的喧鬧聲。阿收終於受不了這毫無結果的談話，開口說：

「妳今天找我來到底有什麼事？」

「我只想和你好好聊一聊。」

「跟我這種人聊，只會覺得無聊吧。」

「我第一次見到你，就想跟你好好聊一聊了。」

但其實根本是清美獨自喋喋不休。阿收想進入正題，於是搬弄技巧說：

「有個女人，似乎起了某種念頭……」

清美犀利地打斷他。

「不行喔。不可以假裝愛我的樣子。這種男人我看多了。」

阿收不為所動，穿著黃色polo衫的雙手交叉抱胸，靠在牆上說：

「那妳為什麼找我？」

「因為你是美男子，體格很棒，又年輕，意志看起來很薄弱，對人唯命是從，或許也有過野心，但那個野心與自己不符，遭到希望背叛卻又不知道自己希望什麼，是個無聊的自戀狂……還有，我再說一次，因為我喜歡你那張臉。」

看著阿收一臉不平地默不吭聲，清美從包包取出阿收母親的借據擺在桌上。

「我來是為了想買你，所以你寫張字據吧。寫了字據，在上面按下拇指印，我就撕掉你母親的借據。然後要我給你廢除抵押權的委任狀也行，要不然明天一起去地政事務所撤銷也行。你的字據就寫在這裡吧。」清美遞出一張簡陋的信紙。「……這樣吧，扣掉你母親已付的十二萬多，你就寫『我以一百四十二萬圓為代價，將我的身體一切交給秋田清美女士。對於本人的生命、身體、一切歸秋田清美女士所有，毫無異議。』然後寫上名字，蓋上拇指印，這樣就好了。如果你不願意，不寫也無所謂喔。我給你五分鐘考慮。你就邊喝啤酒，好好想清楚再寫吧。……別擺出這種表情嘛。我本來就喜歡這種孩子氣。」

＊＊＊

夏雄打從以前就很想畫富士山麓的樹海，但遲遲沒機會。這天七月十日，氣溫飆破三十二度，梅雨季顯然過去了，於是夏雄立刻向飯店訂房，所幸還有一間空房，便開始準備開車出門。

為了今年秋季展覽會，夏雄尚未看到這片樹海便決定畫它，並非對這片景色有深厚的知識，也不是聽到很多人提起。只是一旦決定了，就覺得畫這裡像宿命一樣。然而第一次看到風景時，越是喜歡便越覺得以前好像確實來過。

從觀景台瞭望樹海時，一定會出現他喜歡的水平構圖。許多接近水平的線條疊在一起，原本不該相交的線條，彷彿使出祕密眼神到處交結，或雜亂地相交。夏雄喜歡這種構圖，但不知為何喜歡。譬如他也很喜歡平頂屋、船隻的吃水線、拖曳的黃昏雲彩、平坦的丘陵群等等。這種奇妙的嗜好，或許是來自他對遼闊的外界不懂得害怕的親密感。然而無論如何，這些水平線不外乎是地平線和水平線的模仿，是以人的視野區隔出的世界的率直明確表象。可喜的是，那裡沒有屹立的山峰、樹木或尖塔之類的意志表象。

——抵達河口湖畔的飯店已是夜晚，因此夏雄在避暑客吵嚷的大餐廳用餐。他已習慣獨自旅行，在飯店吃套餐的無聊彆扭時間。只要和想以彩色鉛筆在白色桌布上胡亂塗鴉的想望戰鬥，便能消磨時間。無論是攜家帶眷的家族笑聲，抑或美國鄉巴佬的大聲交談，夏雄向來都能面帶微笑地聽，可是今晚不同。今晚聽到別人的笑聲或談話聲都很不愉快。

「大家都變成啞巴就好了。」夏雄暗忖，「又有人在說廢話了。要是能突然塞住大家的嘴巴該有多好。」

他與外界如蜜般的親密感情，不曉得在哪裡斷裂了。他是天使，獨自一人，愁眉苦臉吃著烤雞。這是可怕的喜劇性事態？抑或悲劇性事態？夏雄吃著豐富的佳肴，尋思人生實難的理由。他的牙齒確實咀嚼著。

夏雄有一種預感。就如過去的上半生，他沒有難以生存的感覺，也找不到像樣的理由說明為何如此，即使往後覺得難以生存，大概也找不到理由吧。

這晚，夏雄獨自躺在床上，茫然地思索從未想過的主題「藝術家的苦惱」。這句話讓人感到受職業上的祕密偽裝，但其實陰慘的喜悅與明朗的苦惱是同一件事吧。對象一旦還原成虛無，只能屈服於色彩與形態，這是多麼不可思議的事。至今他只在這裡看見喜悅，然而這喜悅並非世間尋常之物，若一般人嘗受這種滋味，確實會感到苦惱吧。

夏雄認為，天才是將美的感受性據為己有，再以此類推形塑出美的人。這種過程本身正是喜悅所在。對美而言，喪失世界並非苦惱，而是一種誕生的讚歌。美以溫柔的手推開既定的存在，坐在這張空位上，沒有任何遲疑。換言之，所謂天才的感受性，無論看在別人眼裡多麼易感，也擁有絕對不會抵達悲劇的特質。

那些關於天才的悲劇的世俗之說，真是俗不可耐！人們絕對不知道，天才那可怕的無限享樂能力，以及那陰慘的歡愉的無限連鎖。無論是禁慾者鮮少波瀾的生涯，或是不幸的瘋狂生涯，只要他是天才，必定隱藏著任何放蕩者都望塵莫及的多樣快樂。

……想著想著，夏雄逐漸獲得勇氣，覺得脫掉了與自己不搭的不安外衣。「孤獨」也是一種世俗之說。剛才獨自用晚餐時，他也只是不經意受到這種世俗之說影響罷了。

入眠後，他夢見許多色彩蜂擁而至。然而以夢的特性來看，紺紫、岩群綠、白群色、銹胭脂、菊綠青、雲母、金泥、胡粉、水晶末、洋紅等礦物顏料的各種色彩，並未在夏雄眼中停留，而是以色彩本身的姿態襲擊而來。雖然夏雄在夢中努力識別顏色，但也只能勉強浮現顏色的名稱，這些顏色在他的識別與色名無關之處，以自己的力量不斷擴展，塗滿整個世界。顏色在夢裡，一定像動物活著、動著，以翅膀飛翔，以肢體奔跑。

清晨，夏雄打開盈滿高原清爽日照的窗戶，富士山從容地坐落在房間的正對面。夏雄在窗邊吃早餐，望著這座極負盛名的高山，竟以理想的姿態出現在窗外，不禁覺得是贗品。富士山之所以看起來像贗品，不消說的，是因為眾多關於富士山的藝術力量所致，而浮現在東京上空又小又遠的富士山之所以看起來像真品，則是留有想像餘地之故。夏雄雖沒爬過富士山，但也知道踩在腳下爬上去的富士山，想必是另一座富士山。以適當的距離和視角眺望的山容，全被藝術奪走了，而登山者腳下的富士山與都會遠景的富士山，則永久喪失了連結兩者——亦即存在與想像力——之間的距離。因此人們毫不厭倦地，想以既存的藝術來填平這個距離。因為他們與存在本身無緣，也與想像力無緣。

總之，夏雄對這座山沒興趣。飯店所框示出的窗景，甚至包含了庭院裡恰到好處的松樹，將富士山放在最通俗的構圖中。

加了冰塊的番茄汁，充分療癒了他發熱的咽喉，然後他剃掉稀疏的短髭，穿上運動衫，確認鑰匙圈上的車鑰匙。

由於是平日的上午，路上幾乎不見車影。高原的夏日陽光輕輕炒熱了風；少年騎的黑色小牛揚起些許沙塵；放暑假的鳴澤小學，小狗在無人的校園嬉戲。這些景致增添了夏日赭紅山群的風情。夏季繁茂的樹木飽含了氣泡般瑣碎的風，環繞在車窗外。富士山就這樣隨處可見。

過去，夏雄從未被風景誘發出抒情的感動，卻在今天的風景裡處處聽到抒情的音色，嗅到抒情的氣息。所有的抒情詩都是醜惡的。它們弄髒了色彩，扭曲了線條，猶如燻黑形態的煤，稍微一點悲傷就把青空變成灰色。誰都沒有權力把藍天變成陰天。和悲傷相比，喜悅確實不偏不倚，但今晨的夏雄無法像香油浸漬的魚，充分徜徉在喜悅裡。

露出的熔岩長滿了低矮的松樹，從松樹間的道路前進片刻，便看到「紅葉台入口」的巴士站。這裡的標高已超過海拔一千公尺。從這裡進去後，夏雄將車子停在紅葉台的下方。這一帶名叫「雲雀丘」，四周縈繞著小鳥的啼囀聲。

夏雄遵照指示牌的導引，走上稀疏松樹與灌木林間的紅土陡坡，但這實在不像一條路，夏雄走得大汗淋漓，氣喘吁吁。忽地，他汗涔涔的臉上宛如被抽了一鞭，響起巨大的振翅聲，眼前頓時一片黑暗。原來是躲在灌木林裡的山鳥起飛了。

此時富士山的南風吹來，盈滿了他的背。若他是風帆，想必能充分鼓起，享受這充沛的風。他原本彎腰看著乾燥的紅土斜坡，即使山鳥高飛後，他的雙眼也並未緊追山鳥而去，但山鳥急猛展翅的巨翼，以及強韌肢體踏踢灌木的緊張影像，栩栩如生殘留在他心裡。那羽翼的尖端幾乎擦過他的臉頰。

「好像有什麼從我心裡飛走了。」夏雄喘氣爬著斜坡，不禁尋思：「那隻鳥究竟是什麼？那簡直像從我心裡，毫不客氣振翅高飛了。飛走的，該不會是我的靈魂吧？」

夏雄坐在紅葉台茶店的摺凳上歇口氣，拭去汗水。此處位於北側的稍微下方，因此富士山吹來的南風被擋住了。四周充滿沉痛的蟬叫聲，不見其他客人。

他卸下肩上的素描簿，憑倚在觀景台的欄杆上。此處海拔高達一千一百六十二公尺。

這是古代綿延在富士山北側的廣大石花海[18]，幾經熔岩流分割而成的風景。北方可俯瞰到的西湖，在古代是和西邊稍遠璀璨的本栖湖，以及隱藏山峽的精進湖連在一起，後來熔岩流將它們分開了，並在其間形成遼闊的熔岩曠野，後來熔岩上長出許多樹木，形成廣達十幾平方公里的原生林，亦即青木原樹海。

北邊有格外突出的十二嶽，連結節刀嶽與王嶽，南阿爾卑斯山脈的山頂閃爍在西邊遙遠的天空下。

不見船影的西湖西端形成一個深灣，樹海的邊緣看似浸泡在藍綠色的湖灣裡，像是無論水到哪裡，都要拖著長長的裙襬。緊臨灣口盡頭的岸邊，有三、四十人家形成的小村落，櫛比鱗次的紅屋頂顯得相當鮮明，看得出那裡的人們過著像草叢密集般的生活。這個小村落叫根場村。

除了湖光山色的景致之外，只有單調遼闊的樹海。樹海裡揚起無數蟬叫聲。東南方的陽光灑遍整片樹海，卻也被樹海吸收了，一群群葉叢輪廓浸潤在光靄裡，使得影像重疊，輪廓看起來像錯位了。錯位的輪廓波及整體，因此與其說是樹林，看起來更像不定型起毛的濃密之綠，以及其陰影的龐大積聚。

當然其中也有各種濃淡不同的綠，色差也不盡相同。有光澤鮮豔的綠，也有纖弱的嫩綠。有潤澤的綠，也有近似日本樹鶯、像是去年殘留的乾枯之綠。有頑強的綠，也有纖細的綠。樹幹的顏色也千奇百怪，尤其眼下西湖畔的白樺樹叢，樹幹如白骨般極其醒目。據說這裡有常綠的日本鐵杉和檜木，針葉的冷杉和落葉松等，種類多達數百種，但從這裡一眼望下去，只見它們混為一體。遠處的山邊，看起來只像平滑微微起伏的青苔。

樹海，與其說是海，更像濃綠的化學藥品殘渣密集擠成的沼澤。這龐大的植物性毒物，侵犯了連接北方的各個山麓，侵蝕了每一寸土地。永久的停滯，沉澱。雖然受到陽光照射會顯出濃淡不同的綠，但這些綠也吸收了陽光，將它變成灰撲撲的模糊微光而消融了。隨著新陳代謝不斷循環，衰敗的樹葉被新芽取代，枯朽的樹木被新樹取代，在這裡鋪展出沒有時間的單調色彩與形態，只是凹凸不平起著毛，無邊無際蔓延在大地上。

只是順應光線的戲謔，演出虛假的搖擺、虛假的潮聲、虛假的波浪、虛假的流動，其實動也不動，流也不流。即便色彩確實是色彩，但那個綠是被一半現實一半虛無所侵蝕的綠，不僅

18「石花海」為湖名。九世紀半以前，位於富士山北麓的湖。

線條不正確，根本沒有構圖可言。

……夏雄目不轉睛俯瞰著。

看著看著，忽然想起京都的苔寺，若將那苔庭的規模放大幾百萬倍，或許就是這樣吧。相反地將樹海縮小的話，或許能收入他的掌中吧。然後又擴大，又縮小。總覺得微風一吹，風景就龐大地擴展，或異常地縮小。

眼前有物象，整體的自然，自然各部分的精密關聯；而這裡有尚未描繪的純白畫布，純粹的空間，以及虛無的誘惑……然而這種畫家獨特的世界構造，在夏雄心裡消失了。他從未如此無意義地眺望色彩、線條、形象，而且這個無意義使他害怕。

夏雄戰慄了。

恍如以麵包屑從邊邊抹去炭筆畫的草圖，廣大的樹海也從周圍逐漸消失。每一棵樹都失去了輪廓，成了一片平坦的綠。然而這個綠也岌岌可危，從周邊開始失去了顏色。……夏雄眺望著，心想不可能有這種事，但樹海確實逐漸不見了。不可能有的事，確實在進行中。

並非起霧了，也非雲層低迷。然而這一切也非夏雄的主觀引起的。他的理智十分清澄，意識也清晰無比，分明是眼前發生了異變。之前看到的清楚物象，猶如退潮般，消退到看不見的領域。在最後一團朦朧的綠消失時，樹海也完全消失了。之後也沒有應該出現的大地，什麼都沒有……

夏雄滿心恐懼，飛快奔下紅土急斜坡。終於要在一簇草叢前停下來時，卻又跳過草叢，衝下斜坡。

雲雀丘平緩的起伏和來時一樣，沒有絲毫變化。夏草圍繞著熔岩而生，長得又高又挺，四周充滿鳥啼聲。他的車子穩穩地停在一個角落，綻放著光芒。

「我的眼睛已經看不見了，為什麼看得見車子？」

夏雄坐進駕駛座，以顫抖的手按下引擎啟動鈕。為了轉動車子，探出窗外時，看到了富士山。

「富士山在那裡！為什麼富士山好端端的在那裡？」

一切的存在已失去保證。雖然清楚看到富士山，但富士山的存在根據卻消失了。那不曉得是什麼的化身，只是假借富士之姿出現。

夏雄全速急駛，開在通往飯店的道路上。來程和回程，明明沒有任何變化，卻一定都變了。路旁以仰身之姿站立的松樹，受到近午炙熱陽光的照射，展現出松樹之魂的樣貌。

在這高原的乾燥橙黃的暑熱裡，美已完全死亡。

夏雄沒吃午餐，關在沒有冷氣的房裡，也必須關上看得見秀麗鈍感富士山的窗戶，因此他放下了百葉窗，也沒開電風扇，宛如浸在自己的血裡似地浸在汗水裡，就這樣在床上躺了很久。

清一郎說的是真的。世界開始崩壞了。自己剛才確實看見了。

但夏雄並非以已往看小鳥、花卉、美麗晚霞或船隻的眼睛看到它，而是以另外一雙眼睛看見的，而這雙眼睛看不見其他的東西。他非常驚訝，想不到自己不知不覺中已具備這種眼睛。從小便只挑選美麗事物欣賞的眼睛，說不定其實背後是另一雙眼睛在支撐且操控著。在樹海消失後張開大嘴的空蕩世界，或許正是他另一雙眼睛幼時最熟悉的景象。

夏雄突然想起繪畫，想起秋季展覽會，想起是為了找畫材來到這裡。也想起了自己原本想畫的畫……然而這些恐怕都沒有意義了。構築在畫布上的小世界，只不過像囚犯用火柴棒做的工藝品城堡。倘若美只是他的感受性畫出的幻影，那麼他的感受性便越權了。因為美總是聽命於感受性、被強迫出現在他眼前，使得感受性忘了原本該有的謙遜被動作用。

此刻他處於十字路口。自從看到那片樹海後，是要相信自己的眼睛瞎了？還是要相信世界開始崩壞了？然而實際上，他毫不猶豫選擇了後者。因為這樣多少能安慰自己的心。因此他相信，從樹海消失後，全世界已開始崩壞。意志會變得沒有意義；知性的探究或感覺的嬉戲已無可選擇；行為等同無為；崇高與汙濁握手；所有人類的價值等同瓦解；美已死絕……而那些往昔的美，也只不過和人類的各種事物一樣，變成無意義的回憶。……現在美只不過是，孩提時期浮現在眼淚中的瞬間彩虹。在他的記憶裡，小孩哭泣的臉是醜陋的、難看的、卑俗的，一點也不像天使。

——到了傍晚，夏雄倏地起身，穿好衣服，通知櫃台他要退房了。結帳的時候，他感到飯店的事務員覺得他是可疑人物。因為他已習慣被看成很有教養的人，所以覺得蒙上了一層不祥的陰影。

驅車回東京的路上，夏雄也無法回答自己，為何如此急著回家。只是一而再感受到，有什麼在等著自己。在這黑暗的夏夜深處，在螢火蟲到處閃爍，旁邊是山溝的道路深處，有什麼強烈地吸引自己過去。

回到家後，夏雄立刻窩進自己的房間，檢視今晨不在時送達的郵件。果然，其中有中橋房江的來信。信中如此寫著：

「……我一直在暗中想幫助你，可惜時機不成熟，一直沒能幫到你。當你收到這封信時，我想你大概處於生死關頭。啊，想到如此純真潔淨的你，竟然會處於這種境遇，我不禁潸然淚下。這封信送達的時候，想必你一定在某個結緣之地，看見了地獄。

請盡速到我這裡來。這次我一定能幫你。地址如下。慎重起見附上簡圖。」

＊＊＊

悶熱的夏夜，鏡子喜歡站在有黑紋的大理石壁爐邊，將裸露的手臂靠在上面。峻吉也學她，站在壁爐的另一邊，擺出同樣的姿勢。

「這樣站著說話，簡直像神社前的一對石獅子在聊天。」鏡子說。

「不過手臂冰冰涼涼的很舒服。」

一位推銷員裝束的年輕客人，一口喝光檸檬水接著說。

今夜鏡子之家很清靜。

「除了我們，其他人不來了嗎？」峻吉問。

「來呀，有電影演員，作曲家，還有一個前些時候撞死人賠了一百萬的骨科醫院的浪蕩兒子呢，還有古巴人，在當時裝模特兒的男生，手相研究家等等……女人則是各種閒得無聊的女人，這些人經常聚集在這裡喔。不過『鏡子之家』真正的朋友是你們一票人。因為我對其他人，無法有真正的親密感。」

「為什麼？」

鏡子無法回答這個「為什麼」。鏡子愛的是戰後那個時代的反映，是將粉碎如鏡子碎片般的東西，各自藏在心裡的青年們，但最近常來的都只是厭倦地過著現在的每一天的人。然後這些人聊的淨是「時髦俏皮的會話」！鏡子即便加入談話，也無法不板著一張臉。這種時髦俏皮的會話，只是她戰前熟悉的生活的可憐複製品。機智，詭辯，性的幽默，這些東西散發著日常生活的屍臭味。以前鏡子認識的人種，就是逐漸染上這種屍臭味而毀滅。

「為什麼呢？總之我和你們在一起的時候最自在也最舒服。你們並不需要我，我也不需要你們。」

這種邏輯不屬於峻吉。因此拳擊手只是輕輕點頭，努力想逃離會話。

「哎呀，你居然不想聽我說話。不過，我倒是很討厭那種連忙側耳傾聽我說話的禮貌做法。」

「妳還真奢侈啊。」峻吉隨即調侃。

鏡子問阿收的近況，峻吉據實以報。雖然不清楚詳情，但阿收現在是那個醜八怪高利貸女人的情人。鏡子聽了縱聲大笑。

「看來他終於找到適合自己的對象了。對他來說，漂亮的女人算不上十足的異性吧。他終於找到真正的異性了。」
峻吉說，若在一般的心境下，他實在不會想跟那種女人上床，但若迫於必要就很難說了。鏡子被峻吉說「必要」時的堅定語氣嚇到。那是一句充滿力量的話，帶著王者風範。
夜裡很熱，敞開的法式落地窗也沒有吹進一絲風來。兩人索性將藤椅和落地燈搬到陽台上。陽台上的鋪石地板冰冰涼涼，鏡子光著腳走在上面。
「你要不要也脫掉襪子？」
「沒有玻璃碎片吧？」
峻吉小心謹慎，終究沒有脫掉拖鞋。
「畢竟拳擊手就像出嫁前的千金小姐，要愛惜自己的身體啊。我就和你相反，要是我的腳被玻璃碎片刺到了也不在乎。」
「妳還有時間去看醫生，還有時間住院呢。」
這話相當諷刺，但鏡子毫不在意。她依然堅持讓白皙的赤腳浮現在夜裡，享受清涼的感受，還叫峻吉拿蚊香來。
上行電車駛入信濃町車站冷清微暗的月台邊，電車的窗燈與擴音器嘈雜聲，為車站帶來祭典般的短暫熱鬧。車窗的燈光下，擠著滿滿的白襯衫。電車離去後，又變成一條又長又暗的月台。那個車站與這個陽台之間的谷地燈光，在庭院的樹葉間閃爍，看起來像不合時節的聖誕樹。
峻吉拿點燃的蚊香回來後，突然問：
「信在哪裡？」

鏡子坐在藤椅上，轉身指向房裡一角的裝飾櫃。峻吉拿著厚厚的航空信，回來坐在陽台落地燈下的椅子。鏡子說：

「說阿清寫信來，你馬上就跑來了。叫你來玩的話，怎麼樣都不肯來。」

「我很忙呀。」峻吉說。

「白天在熱水瓶公司上班，晚上要練拳擊，你到底什麼時候玩啊？」

峻吉揮趕聚集在燈下的飛蟲，早就埋首在信裡，沒回答這個問題，倒是問鏡子：

「這些全部都可以看嗎？」

「可以，寫給我的也可以看喔。」

鏡子估計這個拳擊手讀信的速度一定很慢，因此她自由夢想的時間又開始了。身旁有個一字一句慢慢讀信的安全青年陪侍，鏡子得以免於孤單，任由心緒到處晃蕩，即使待在家裡也能享受感覺耗盡的滋味。

鏡子在夏天有個癖好，喜歡在耳後頻頻擦上科隆古龍水，等著遲遲不來的夜風之際，貨物列車的汽笛聲一定會劃破附近的夜氣。沒有任何悲傷的心，也被汽笛聲撕裂了。

鏡子動也不動，彷彿是暑氣沿著她過瘦身體的流暢線條，將她的身形凝結了。

「獨自生活的女人，竟然能不沉溺於任何感情地活著，真是了不起啊。」

鏡子自我讚嘆。這是因為她野放所有的情念與感覺，不套上任何項圈。不被任何人束縛，也不愛任何人……在這種炎熱的情況下，她甚至幻想愛著全人類。真是何等猥褻的幻想！

峻吉從寫給自己的那封信開始看。這是一封極其簡潔的鼓勵信。清一郎離開日本之前，看過峻吉轉打職業賽的第一場比賽，寫了兩、三項技術上的建言給峻吉。譬如要更大膽地用膝蓋進攻，或是勾拳的距離誤算打得太遠，還有就比賽的技巧而言，別忘了扭抱時要採取對自己有利的姿勢。

對峻吉而言，這不是什麼新鮮的忠告，但清一郎從紐約天空傳來的掛念之情，使峻吉非常高興。光是這一點，峻吉覺得今晚來這裡有價值了。如今已與學生時代不同，能夠全部率直說出真心話的朋友只有清一郎，而清一郎也離開日本了。

給鏡子的信是鉅細靡遺的日常報告，薄薄的航空信紙塞滿了端正的細字。

「為什麼我會調職去紐約呢？出發前我沒空跟妳詳說。總之只是我過於順從且優秀，我並沒有耍什麼骯髒手段。

妳也知道，我是個非常樸實木訥的青年，而且會說一點英文。具有外語能力，通常被視為輕薄的能力，但我是例外。記得在一本《格言集》裡，讀到一句踩到我痛處的話：『裝作樸實木訥，是一種微妙的詐欺。』

所謂的大人物可以分為兩種，喜歡青年和討厭青年。我岳父是喜歡青年的，所以選我為婿。有一次和美國買家談生意，常務董事帶我一起去帝國飯店也是如此。他在董事裡誇大讚揚我的英語會話能力，其中一位董事更說，其實有個客戶的旁系機械公司也極力推薦我，說『如果要派人去海外，非此人莫屬』。這時副社長岳父刻意保持沉默。就這樣，我調職紐約的事，很快在高層敲定了。

從那之後，我的周遭忽然出現妨礙我成行的事。同一課的人去隔壁部門說：『那傢伙在譁眾取寵。』甚至還去推薦我的旁系公司造謠中傷我，說什麼『要提防那個男人。其實他是個冷酷的人，要是你們公司的報價單有差錯，他會徹底裝作不知道，就連五萬十萬的失誤也不會幫忙說話，完全把責任推給你們』。後來甚至有人投書給人事部長，說我是拿回扣的慣犯。當然是匿名投書。人事部長和常董是同期的，但遭到冷落沒能在第一線工作，這時平日的積怨忽然爆發出來，為了對抗擁有調派我去海外最終決定權的常董，他搬出投書和眾多謠言加以反對。……這種時候，當然出現了很多想站在我這邊的人，對我展現出不自然的親切。這種人更危險，在哪個公司都一樣。於是我洞悉了周遭不管是明是暗都是我的敵人，但我也並不感到特別驚訝就是。

妳應該也能想像吧，後來我就擺出更樸直木訥的樣子，悠然地到處走動。社會像是拿掉了除臭劑，盡情放出原本的臭氣。這種氣味，這種憎惡、嫉妒、敵意的氣味，是我最喜歡的氣味，就像妳喜歡香水一樣。此外我深知，他們憎惡嫉妒的對象，也就是我，根本不值得他們這麼做。因為我只扮演『發跡的男人』這個別人的角色，我只是扮演他們嫉妒對象的角色。

我常跟妳談的破滅思想，在社會裡把我變成一種透明人已經很久了。這是一種不會強迫思想者負任何責任的思想，正因如此，我和這個思想一起變透明了。我為了提升社會地位所做的愉悅努力裡，總有著極度與眾不同的自尊心。那種自尊心是，在這浩瀚的世界裡，沒有一個人會以我這種心境立志出人頭地。我摘下別人的希望之芽，而且比誰都知道這個希望沒有價值，這種自尊心從未離開我。

這種事跟妳說無所謂，如果向我公司的同事如此告白，一定會被認為是自我欺瞞，為了蒙蔽野心和卑鄙功利的發跡欲念的自我欺瞞。但對我而言，自我分析毫無意義。我經常到手的『別人的希望』是沒價值的，這和這個世界確實在眼前一樣，是無須說明的道理。而這種客觀的真理，和我的內在、我的潛意識截然無關。我不是心理性的人。到目前為止，至少從五歲開始，我從未有過自己沒發現的戀心，也從未有過自己心裡看不清的野心。

妳喜歡『別人的情念』，我喜歡『別人的希望』。兩者都是我們的犧牲品。為什麼關注別人，對我們如此重要？就如野蠻人相信吃掉勇敢敵手的肉，就能將對方的勇氣化為己有，我也深信吃掉別人的希望，能將別人的屬性化為己有。啊，別人正是犧牲品，無法取代的實際存在。當我拿到別人拼命想要的調往海外的人事派令時，我也嘗到拼命想成為別人的喜悅。我所有的行為動機都在這裡。確實是微妙的詐欺……更且，我行住坐臥所關心的事，就是裝成希求別人所希求之物的人，這一點妳也知道。明明沒價值的東西，卻裝作有價值，結果我得到的並非珍奇之物，也非貴重之物，正是一直以來我裝成已經『擁有』的那個東西本身，但連這個我都懷疑是否得到了。因此，我變得更加渴求別人的希望，就如妳所知的，我是『樸直木訥且優秀』的人，所以會越來越出人頭地。

我需要不斷的填充作用。妳也是。因為我們的心，總在目睹破滅之後被掃除一空，所以那時候不得不臨時湊合，以流氓的野心或夢想進行填充。為了臨時湊合，普通與平庸是何等取之不盡的靈感泉源啊！『以借用物將就了事』是我們的簡潔主義，但借來的東西必須盡可能具有整齊劃一的匠氣。若是精緻的『借用物』或藝術性的『借用物』，我們則不屑一顧。因為它們是有害的。我之所以在社會上是優秀的，是因為我親自實踐了這種衛生學，連幾分之一毫克的有害毒素都不讓它留在體內。實際上，這種無害的衛生之人應該不可能存在，其存在的祕密正是那個破滅思想。

妳被誤以為是夢想家，我被誤以為是野心家。然而這或許可稱為正確的誤解吧。因為我們的思想是決定論，心靈是完全的空虛，但精神卻像阿米巴原蟲無法停止無目的的運動。因此，我們只是精神的單純運動性化身。我們的心頑強地不動，但我們的精神卻如吞噬細胞[19]移動著。

就在這紛紛擾擾之際，派調紐約分店的人事命令終於下來了。

藤子很高興能去外國。原本照公司的內部規定，應該我一個人先去，半年後才能把妻子接來，但萬能的岳父祭出權宜之計，讓藤子以研究室內設計的名義前往美國，因此她便以個人旅行者的資格隨我來美國了。過了半年之後，就能獲得公司補助。關於我和藤子的生活細節，改天再慢慢寫信告訴妳。

我們夫妻抵達盛夏的舊金山，在這裡住兩晚便要直奔紐約。舊金山是白色美麗的城市，如妳所知，街道陡峭起伏，至今陡坡上還有纜車通過。每當纜車快要急轉彎時，鄉下來的乘客會一起發出誇張的尖叫聲。

薄暮時分，稍作散步，到處都沒有以前上班路上看到的郵筒或寫著姓氏的門牌，彷彿永久消失了，真是大快人心。舊金山的街景特色是，來到黃昏的街角，在那裡一轉彎，就能看遙遠的下方，一盞盞默默凝集的霓虹燈海，宛如無數蝴蝶停翅聚集在那裡。

搭長途飛機真的很累，但翌日清晨卻一早就醒了。打開飯店的窗戶便傳來大都會清晨的轟然噪音，以及比這更喧鬧的聯合廣場的鳥叫聲。不久有人來接我們去附近莎亞士餐廳吃丹麥鬆餅早餐。

……現在我在飛往紐約的機上寫這封長信。有點睏了。不久我會再寫信給妳。」

「你終於看完了呀。」鏡子說。

「妳剛才在打瞌睡，對吧？」

「我跟你這種閉上眼睛就會睡著的人不一樣。」

峻吉伸懶腰，打了很大的呵欠。信太長了，他很久沒讀過這麼多字了。

「那個人到哪裡都能活得很好吧。」

「就算跌入地獄也會巧妙地應對喔。」

峻吉曖昧地笑了。

「希望他到了紐約，看了什麼好比賽，會寫這麼長的信給我……」

鏡子忽然睜大眼睛，朝二樓的角落，一扇敞開的窗戶注視了片刻。

「怎麼啦？」

「沒什麼。……我只是覺得真砂子房間的窗簾好像有動靜。說不定她還醒著，在聽我們講話。……明明是個孩子，卻很容易醒，經常半夜醒來呢。」

---

19 吞噬細胞（phagocytes）可在動物體內的組織間自由遊走。

鏡子極力壓低聲音說。

「妳在說自己的小孩，幹嘛戰戰兢兢地壓低聲音？」

「那孩子很可怕喔。她最近放學後，常假借去朋友家玩，其實是去我前夫那裡。我前夫一定是埋伏在學校外面等候，帶走那個孩子討她歡心。最近我還發現一件事，她房裡不知何時多了新的洋娃娃。那是德國製的高級洋娃娃，一定是她父親買給她的，她偷偷放在書包裡帶回來。而且還不讓我看呢。」

峻吉不喜歡這種煩瑣的感情，立即轉身找好聽的唱片，走向留聲機。

「不要開太大聲喔。把真砂子吵起來就麻煩了。」

鏡子鄭重地說。峻吉聽了很掃興，重重地關上留聲機的蓋子，然後轉身背靠在那裡，低垂的臉半邊籠罩在陰影裡，忽地抬起眼來目光炯炯地問：

「妳到底在怕什麼？」

被這麼認真一問，鏡子也搞不清楚了。怕的好像是真砂子，又好像是真砂子以外的人。也或許是儘管害怕，卻也在等待吧。然而鏡子挑了簡單易懂的說明。

「我怕的是，真砂子才九歲而已，最近卻有種奇怪的女人味。」

「今晚妳又特別像媽媽了。」

「無聊的一晚，對不起哦。……我忽然有種錯覺，總覺得有男人睡在真砂子房裡。」

峻吉眉頭緊蹙。

「妳是在勸我，去妳九歲的女兒房間？」

鏡子忽然爆笑，笑得東倒西歪，連平常看起來很有威嚴的乳房那一帶白肉也笑鬆了。

「人家說『笑死』是最痛苦的死法，我現在終於明白了。」

鏡子終於止住了笑，一本正經地說。為了躲避蚊香的陰鬱氣味，又連忙拿科隆古龍水的瓶口抵著鼻子。

「比起這個，妳居然不會無聊而死啊。」峻吉說得感慨萬千。

「如果是你的話，這可能是最痛苦的死法吧。無聊而死。……原來如此，最痛苦的死法也應該因人而異啊。」鏡子說。

自從看了比賽後，她對這個拳擊手忍受痛苦，對於痛苦鈍感的特質，大感興趣。若有個肉體，即便被打得流血了也不覺得痛，那麼一定也有這種心。

「晚安。你明天也得早起吧，差不多該回去了。」

鏡子忽然從陽台的椅子起身，伸出手去，笑咪咪地說。在短暫的忍耐中，她深深了解，無論做什麼事，想讓這個青年痛苦，讓他嘗受痛苦的滋味，都是徒勞之舉。

「再見。」拳擊手天真無邪道了晚安，「我走了之後，妳一個人要做什麼？」

「我打算再乘涼一下。待會兒明治紀念館的森林上空，會有兩、三顆流星劃過。真可憐啊，接下來我就想睡了。」

鏡子以冷淡的語氣說。

7

炎炎夏日，清美也會忽然把阿收叫去。但阿收去了一看，卻也沒什麼事。清美說，她只是突然想見阿收。

這種時候，清美會特別交代店裡的人，無論有訪客或電話找她，都說她外出了，也不理店裡的人在背後中傷或輕蔑，逕自帶阿收上二樓。

二樓有兩間四坪和三坪的日式房間，也有洗手間與廚房，並擺設了小型冰箱。清美從冰箱取出冰涼的溼毛巾，想為阿收仔細擦拭身體。夏日陽光從窗戶的圍屏上方照進來，在榻榻米上形成清晰的長方形落影。清美討厭附庸風雅的東西，因此窗戶沒掛窗簾也沒風鈴。

「只是走一小段路就滿身大汗啊。你去那邊躺著，我幫你擦汗。」

宛如委身於按摩，阿收裸著身體乖乖仰躺在榻榻米上。唯獨左手外側，接觸到窗戶照進的陽光，有如一隻被切下來的炙熱金色手臂躺在旁邊，被陽光撫摸著。

阿收瞥見清美那鼻翼微張的醜臉，趕忙閉上眼睛。清美眼神沉靜地望著他的身體，恍如在看年輕男子的新鮮屍體。一般女人絕對不會如此看活著的男人身體。那沉靜的眼神，同時帶著一種激烈。

冰毛巾的粗糙觸感，喚醒了阿收積沉在暑熱裡的感覺，使得皮膚更加易感。比起光子那如浸漬於沼澤的愛撫，阿收更喜歡醜女這種清潔的愛撫。忽然間，他感到銀箔在側腹輕輕顫動的感覺。當下只覺得冰得像摸到冰片，沒能即使反應過來是疼痛。阿收倏然起身看向側腹。閃著年輕光澤滑順起伏的側腹上，竟流了一道血，血絲反射著陽光閃閃發亮。

「只是一點擦傷啦。」清美搶先沉靜地說。

「妳幹嘛割我？」

阿收的眼睛無須四處巡視，便看見閃著光芒的安全刮鬍刀落在身旁的榻榻米上。但他看著這靜止、渺小、微不足道的東西，只像在看夏天掉在路邊的玻璃瓶碎片光芒。這是與他們的人際關係截然無關，在別處發光的孤獨物體。

「因為你的肌膚太美了……我看著看著忍不住想割下去。」

清美笑也不笑的臉，像是忘了做表情，直接露出感情的剖面。但阿收還是看見她微張的蒜頭鼻在鼓動，也清楚看見她掉妝後的刺眼光澤。

清美忽然斜抱阿收的身體，吸吮那小傷口的血。這種愉快的恐怖令阿收目眩神迷，忘了時間的流逝。

……日暮時分，阿收與清美小睡醒來。雖有涼風習習吹來，但汗乾後的黏重感緊包著皮膚很不舒服。遠處的霓虹閃爍稍微閃進房裡，阿收尚未完全清醒的腦袋縈繞著一個念頭：「這一定是我長年渴望的女人。我終於見到這個女人了。」

世間一般的關注無法滿足阿收，他追求的是刺痛般的激烈關注。光是愛撫不夠，必需是強烈到想腐蝕他的關注。過去的一切只是滑過他皮膚表面，為了確認自己的存在，沒有比那瞬間的疼痛更為確實。他需要的正是痛苦。

看到自己側腹流血時，阿收終於醒悟了，這是過去未曾有的確實存在。這裡有他年輕的肉體，有不得不傷害他肉體的別人強烈關注，絕望的愛的情緒朝他而來，於是有了那瞬間的爽快疼痛，然後他確確實實在流血……這樣「存在劇」就成立了，疼痛與流血全面保證了他的存在，圍繞他的存在的展望徹底敞開了。「這才是存在於世界的真切感受。」阿收思忖，「我終於抵達渴望的地點，連結上所有的存在之環了。」溫柔嬌豔的血流了出來。流到肉體外側的血，是內部與外部無上親和的證明。為了證明他美麗的肉體確實存在，光以厚厚的肌肉城堡圍起來是不夠的。亦即缺少了血。……然而讓阿收得以確信存在的痛苦與鮮血，遲早只會毀滅阿收的存在吧。

——阿收看到清美早已穿上浴衣，在廚房的燈下切著從冰箱取出的哈蜜瓜。單身女人那種趾高氣揚的孤獨，盤據在浴衣聳起的肩上。

清美將兩片哈蜜瓜放在盤裡，並打開這間四坪榻榻米房間的電燈。阿收為了躲開刺眼的燈光站起身來，霎時房裡的奢華擺飾盡入眼簾。當清美捧著托盤，穿過昏暗的三坪榻榻米房間走過來時，阿收看到她眼鏡的反光和鍍銀長湯匙的閃光。這是很平常的生活景象，阿收卻一臉掃興地抱怨：

「怎麼連台電風扇也沒有。」

「我不喜歡電風扇的風。更何況冰冷高利貸住的房子，還需要冷氣嗎？」

阿收吃哈蜜瓜時，清美開玩笑地說，我死的時候，你要跟我一起死。還說她會看阿收的臉和身體浸在血裡動也不動之後，服毒自殺。

從那天以後，阿收就被這種殉情的觀念纏住了。無論白天夜晚，腦海裡不斷縈繞著這個念頭。可是說到疼痛，他能想起的也只有刮鬍刀的刀刃輕輕一觸，即便明白自己真正追求的是痛苦，但這觀念上的疼痛也立即伴隨快樂而來。於是死亡，等同了舞台上之死。

死亡絕不重複的「一次性」性質，讓阿收的空想變得很容易。然而空想多麼容易都可以，空想裡的感覺多麼與現實隔閡也無妨。因為無論再怎麼反覆空想，到了實際執行死亡時，行為會毫不留情地進行，死亡會呈現在眼前，無法再度重來。

阿收思索的血，只要演戲的血便能滿足。阿收夢想的死亡痛苦，也只要演戲的痛苦便已足夠。可是空想很快就麻痹了。回顧一直不肯給他角色的舞台之夢，他又覺得自己的存在模糊了，因此又被逼進必須流真血的念頭裡。就這樣，阿收的殉情觀念猶如鐘擺規則且正確，往返於現實與舞台之間。

可是舞台上之死與現實之死，他都未曾體驗過，就這一點而言，位置幾乎都在同樣的場所。時而，當他發現自己空想的血淋淋死亡，沒有絲毫痛苦，只有快樂蔓延，他也搞不懂自己現在夢想的是舞台之死？抑或現實之死？

基於天生的虛榮，他原本想和美女一起死。但現實裡的美女，不足以讓他想死。因此，他決定不去想清美的臉，只想她的靈魂。她那陰鬱的靈魂，被別人的不幸與自己的絕望鍛鍊出來的靈魂，強力滲入阿收的內部，渴望他年輕血淋淋的身體。那雙眼睛從世界的外側監視著他，想以灰泥將他搖擺不定的存在牢牢固定在這世界，成為他的證人……然後想要他的血與肉。

這些思緒，逐漸使阿收周遭的社會成了虛構之物。大廈變成紙糊的東西，電車和汽車變成僅供觀賞的小道具，政治與經濟只是打發閒暇的填字遊戲。他原本就對這些事物沒興趣，覺得這是別人的現實。

日本共產黨為了重新出發，將方針定為「被愛的共產黨」。與此同時，公布了德田球一[20]的死訊。美蘇英法四國首腦會議在日內瓦舉行。各自衛隊的新編制與配置確立，陸上自衛隊總計十五萬人。一對年幼的兄弟，在常磐線跳軌自殺……

這種事件層出不窮。但對阿收而言，全都是虛構的事件。整個世界變成圍在紙糊的大道具裡，唯有表面被照得異常明亮，不分晝夜的劇場。

「我是被渴求的，我分配到角色了。」

宛如一個比喻般，阿收喜歡這樣想事情。然後覺得虛構的世界，在自己的周圍，像陀螺般轉個不停。他熱烈地被渴求。就像檸檬在榨汁盤上被榨出果汁那樣被渴求。被榨到粉碎為止那樣被渴求。

舞台上的血泊成了阿收的心象，浮上心頭。他遲早會躺在那裡吧。溫熱的血泊會浸漬他美麗的側臉吧。……現實的空想，一直被舞台上的死亡感覺支撐著。「到時候我會動彈不得吧。會死吧。不可以張開眼睛，也盡可能不要呼吸，因為只要稍微呼吸，觀眾也看得一清二楚。一直想著無聊的事就好了，直到帷幕落下。不久帷幕會落下，我就可以站起來了吧。」

但帷幕絕不會落下，喝采也永遠聽不到，這個想法立刻回到阿收心裡。這個想法，使他狂喜幸福。

「因為帷幕永遠不會落下，這齣戲就永遠不會結束。」

這對所有演員而言，可能是最理想的戲劇吧。

但是，阿收已完全沒去劇場了，也很少去健身房。因為每次和清美見面，做完恐怖遊戲後，繩子緊勒阿收手臂與胸部留下的瘀血，兩三天都褪不掉，身上也到處都有遊戲後的輕度傷痕。

母親做夢也沒想到，俊美的兒子竟會耽溺於這種地獄遊戲。從清美撕掉借據，撤銷抵押權那天起，母親就以精明偷藏的錢買了一台冷氣裝在店裡，店門口還掛上「冷氣開放」的牌子。過沒幾天就來了很多新客人，恢復從前的盛況。

殘暑逼人的某一天，兒子難得買了舞台劇的門票，邀母親去看戲。戲碼是泉鏡花的《海神別墅》與中野實的《繼承人是誰》，以及貝拉斯可（David Belasco）的《蝴蝶夫人》，由水谷八重子飾演蝴蝶夫人。八月的歌舞伎座已近尾聲。

一切都穩定下來了，為了慶祝所有辛勞終於結束，兒子特地邀母親去看戲，母親也欣然接受。但兒子穿著大紅底白花的夏威夷衫出門，母親有些驚訝地說：

「你穿得好花哦。這顏色很像血吶。」

阿收沒有回話，他的表情藏在深綠色墨鏡裡看不到。

20 德田球一，一八九四—一九五三，日本的政治家、革命家，為日本共產黨的創立者之一。

從計程車車窗射進的陽光，照燙了失去彈性又扎刺的座位一角。母親怕髮型走樣，特地搖起車窗，用很華麗的京扇搧涼。

最近阿收沉默寡言，母親試著找話題跟他聊，搬出了清美的名字。

「我當然很感謝你，可我也很感謝她喔。現在這個時代，通常是愛情歸愛情，錢的問題又另當別論，所以她那番心意很令人感動吧。」

阿收穿著夏威夷衫的雙臂依然交叉抱胸，默默無語。母親見狀不禁擔憂，阿收會不會已厭倦清美，不喜歡談這種話題。她內心的忐忑一直往壞處想，擔心遭到厭倦的清美會心生怨恨，採取經濟上的報復，變本加厲的追究與嚴苛的拷問……甚至擔心撕破的借據與撤銷的抵押權，會不會其實都還在？種種不安如烏雲湧至。但母親沒勇氣說出這種不祥的預感，只好勉強以教訓的語氣試探。

「你可不要太囂張喔，要好好珍惜她。雖然她長得不好看，畢竟跟別的女人不一樣。」

阿收終於擦擦鼻下冒出的汗水，說：

「我知道啦。我會和她走到底。」

聽到這句話，母親幸福得差點落淚。經過那種恐嚇逼債後，生活的平安是她的寶石。

「你幾時要摘下墨鏡啊？該不會在歌舞伎座也打算一直戴著吧？」

母親突然開朗地說。她對自己這種母親般的無聊多管閒事，感到很滿意。

《海神別墅》不知所云無聊透頂，但大量道具轉啊轉的《繼承人是誰》卻莫名有趣，最後

《蝴蝶夫人》的八重子苦等無情丈夫的煎熬時，母親哭了。但這種貞節，實在平庸愚蠢。

六點多，看完戲後，在母親的提議下，母子倆去以前享受過幸福時光的高級餐廳共進晚餐。這真是一間吉利的好餐廳，因為現在的他們比當時更幸福。

然而這頓奢華的晚餐，為母親帶來的幸福感並不如預期。母親望著坐在白色桌巾對面，無精打采用著刀叉的阿收，不禁暗忖：「這孩子最近確實怪怪的。」忽然覺得兒子透露出一種不祥的感覺。「這孩子一直給我一種感覺，讓我覺得我們的未來是黑暗的。」

但阿收這邊，早已將母親和其他的現實一樣，都看成虛構的存在。母親只是扮演母親角色的土偶，她說的話，她每個僵硬的動作，都只像機器人。那些心機、習慣、世間的看法、陳腔濫調、平庸的母愛，都只是借用母親的身體散漫地呈現出來。現在阿收禁止自己對母親的愛，認為自己處於她絕對無法理解的領域裡。倘若這個凡庸的母親，企圖理解兒子與清美棲身的世界，那個世界會頓時化為醜陋之物。

「我們只是要做有點另類的殉情罷了。我所感受到的快樂，絲毫沒必要被理解。不久夏天就會結束吧。」阿收俯瞰夏日傍晚的街燈，如此尋思。「死後的我，也看不到這種夏日傍晚的霓虹燈了吧。」

總之，重要的是夏日還沒過去。纏繞在脖子上宛如熱靄的暑氣，吹拂肌膚的清爽夜風，最符合他思考的死亡。他覺得這個季節過去之後，最後占據他的心的可怕觀念也會消失吧。穿著花俏的夏威夷衫，走在熾熱的豔陽下時，汗水刺痛每一道新傷口。這種疼痛的感覺新鮮無比！這是連結世界和他內側的紐帶，而且是將連結的世界變成虛構戲劇的紐帶。

擦身而過的女孩們，絕對看不到這隱密的傷口。這些不為人知累積的傷口，宛如流星將他彈出社會之外。「但我已經不是影子。絕對不是影子。我有會受傷、會疼痛、會毀滅的肉體。」不久，他的身體會被傷痕淹沒吧。和清美殉情之前，帶個路上的女孩回家，在她面前展現裸體吧。女孩一定會嚇得摀住眼睛吧。

阿收憶起在某間廉價酒館，看到一群留長髮的青年，滔滔不絕在談他們精神上的傷害。阿收鄙視這些人。若將自己的肉體之傷，展現給這些炫耀精神之傷的傢伙看，他們一定會啞然失語。那群傢伙從未發現自己其實不存在，精神只是影子的影子。

一切必須在夏日期間結束。血與太陽的光輝、腐敗、蒼蠅的嗡叫聲，形成死亡周圍的一連串裝飾音符。那是夏日中午寂靜的大馬路上，縈繞在像花束被丟棄的屍體周圍的音樂，到了秋天，誰都不會側耳傾聽這種音樂吧。

世界已為他準備就緒。雪白的桌巾……阿收抓著桌上，那漿得很硬的白色桌巾一角，覺得自己迸發的血沒染上這塊桌巾很不合理。

「你在想什麼呀？最近你總是沉默不語，而且不像以前那麼會吃。」

母親終於把擔憂說出口。

「不用擔心啦。」善良的兒子說：「夏天誰都會這樣。」

但是阿收無法抵擋將自己快樂的祕密向人訴說的誘惑。於是這晚，他叫母親先回家，自己去鏡子之家。

鏡子之家燈火通明，擠滿了陌生客人。阿收雖受到熱烈歡迎，但也費神地穿梭在陌生臉孔中，一直想找機會和鏡子單獨說話。但這個機會卻遲遲不來。

然而在這期間，阿收也快樂地思考死亡。後來他離開喧鬧的談話，倚在房間一角的寫字檯邊，稍稍抬起左肩，捲起鮮紅的夏威夷衫袖子。這裡有一道舊傷，呈現出鮮明的葡萄色。他將美酒溼潤的唇湊過去，吻了這道葡萄色傷痕。

陽台也充斥著客人。鏡子穿著紫藤色禮服，在室內與陽台走來走去，和阿收對上眼時，只是微微一笑便匆匆離去。那微笑的眼神顯然透著無聊，阿收看了十分驚訝，她竟主動追求無聊。以前的鏡子絕不會如此。

在鏡子的介紹下，幾個上了年紀打扮奢華的女人，前來和這位在席間大放異彩、穿著鮮紅夏威夷衫的美男子說話。但阿收答得曖昧模糊，因此她們認定阿收是蠢蛋便走了。

鏡子似乎已經開始屈服於什麼。峻吉、夏雄、光子，還有民子都不在這裡。取而代之的是鏡子以前輕蔑的故作風雅的知性會話，若無其事蔓延在席間。這裡甚至有四、五個外國人。阿收的附近有兩、三個裝模作樣的傢伙，高談闊論地說著喜歡匈牙利作曲家巴爾托克，或法國作曲家法朗克之類的。有個最近從巴黎回來的女人，大談戰後的法國重新發現東洋神祕思想。有個皮膚已顯老態的花花公子，得意洋洋地說他發明了古今奇書上都沒有的新體位。大夥聽了放棄其他話題，紛紛要求他傳授祕笈。他先是裝模作樣吊大家的胃口，後來發表的體位要很勉強才能執行，一點也不實用，像是為了體位而擺出的體位。

香煙裊裊的漩渦，女人的羽毛髮飾，以及男人泛著油光的鼻子上方，吊著阿收熟悉的老舊枝狀燭台燈。用玻璃做的粗大假蠟燭，已被塵埃煙油染成深灰色，燻黑的燈光投向天花板。阿收覺得清美的眼睛，在比天花板更高的地方，從世界的外側目不轉睛俯瞰這裡，監視著他。那雙熾熱溼潤，總是稍微充血的瘋狂眼睛，發出貫穿黑暗的視線，像是野蠻人從高大茂盛的樹葉中射出的箭，將看到的東西全數變成屍體。無論浮誇的交談，或因汗水脫妝的女人肩膀，以及喧囂的笑聲，全都帶著屍臭味，也尖銳地使阿收的心，想起差點遺忘的義務。

阿收沉浸在自己的思緒裡，也不去陽台吹風，站在悶熱的燈光下，一邊顫慄於汗水刺痛新傷的快感，再度耽溺於死亡的思索。剛才談過話但連名字也忘記的奢華中年女人，用夾子夾來冰塊，放進阿收手中的杯裡。阿收連道謝也忘了說，一直在發呆。原本溫掉的液體霎時變冷，玻璃杯冰得有如刀刃。他思索著死亡。死亡不會長出古老的翅膀飛走，而是像纖細溫柔的手指，從他夏威夷衫的衣襬鑽進來，鉅細靡遺愛撫渾身是傷的年輕肌膚。

「昨天，我送重光先生去羽田，那個人真是陰鬱的旅行者，例如這次要去美國，他卻一副又要進巢鴨監獄[21]的樣子。R君也隨行喔。就是你很熟的那個R君。快要出發的時候，他已經累壞了，一臉快神經衰弱的表情。畢竟是陪重光先生去啊。」

——我會死吧。血會噴得多高呢？我能親眼清楚看到，自己的鮮血噴泉嗎？

「砂川的基地，不久會發生大騷動[22]喔。已經可以看出許久未見的小規模內戰雛形吧。測量真是悲哀的技術性工作，就如每個人的一生都有光輝燦爛的時期，測量技師的捲尺，好一陣子也會成為政治明星吧。但過不久又會被遺忘吧。我毫不懷疑，我每天早上用的刮鬍刀，總有一天會變成華麗的政治行為喔。我刮鬍子的時候，總是這麼想。我不喜歡電動刮鬍刀。因為它缺乏仔細、縝密、樸質的工作性質。那種機器缺乏政治素質。」

——鮮血從我口中淌出，當我快要斷氣時，清美會瘋狂地抱我吻我吧。但是只要我還有一點氣息在，我不想讓她吻。當我完全斷氣了，她要怎麼吻我微張的嘴唇都可以。我知道清美會覺得我的遺容美得神聖莊嚴。那女人想吻我變冷的嘴唇，想到心頭發癢呢。

「居然在奶粉裡加砷[23]，真是了不起的發明。喝這種奶粉順利長大的嬰孩，幾十年後，一定會成為我喜歡的男性類型。身體裡沒有砷這種東西的男人，有什麼魅力可言。」

——若死亡能從快樂的盡頭，順利將我接過去就好。就像把睡著的嬰孩，從搖籃移到床上。可是在臨死前的痛苦裡，會有什麼把我叫醒，讓我看到一個煞風景的事件全貌吧。

鏡子站在他旁邊，悄悄摸他的手說：

「你在想什麼啊？把你晾在一邊，對不起哦。」

阿收覺得自己的傷痕被看穿似的，慌忙縮回了手。

「去陽台吧，別待在這麼熱的地方。」

鏡子將穿著鮮紅夏威夷衫的青年，帶到離燈光最遠的陽台角落，兩人並肩倚著欄杆，背對談笑的人們，望向樹林間透出的信濃町車站燈光。阿收立刻聞到鏡子紫藤色禮服飄出的陰鬱香水味，交雜著白天殘留的青草熱氣撲鼻而來。

「都是一些沒看過的客人啊。」

---

21 巢鴨監獄於盟軍占領日本時代，是羈押二次大戰甲級戰犯的知名監獄，於一九七一年拆除。
22 砂川事件，發生於一九五五年至一九六〇年代，當地居民反對美軍機場擴建而抗爭。
23 指一九五五年，森永奶粉砷中毒事件，導致一萬三千多名的嬰幼兒中毒，一百三十名嬰幼兒死亡。

「就是啊。我有跟他們收會費喔。」

這個無關緊要的回答，使阿收心頭一驚。

「那我也得付錢才行。」

「不用啦。你不一樣。我希望他來的客人另當別論。像今天那種客人，要是不收他們會費，我會受不了。」

鏡子壓低嗓門說。在自己家裡，無論何事她都不會壓低嗓門說話，因此也表示她正面臨一種窘境。然而阿收看在眼裡也了然於心，鏡子已不像以前那麼有錢了。

「我竟跑來了，對不起。」

「你在說什麼呀。剛才跟你介紹的那些大嬸們，她們對你很有興趣喔，還懷疑我跟你的關係呢。我們來假裝一下吧？」

鏡子逕自挽起阿收的手，被阿收冰冷的手嚇到，像是死亡動物的皮膚感覺。

「這種冰冰涼涼的手臂拿來當枕頭一定很舒服。」

「哦？那就照妳說的做吧。」

鏡子挽著阿收的手，低頭埋在欄杆外的茂綠黑暗裡。若不做出這種動作讓大家有所顧忌，兩人無法盡情單獨談話。

「你要跟我說什麼？」

鏡子難耐天生的好奇心，主動開口問。阿收美麗的側臉映著遠處燈光，在黑暗裡浮現一面白，低垂的長睫毛畫出影子，看似心事重重地沉浸在鏡子尚不知道的快樂記憶裡。看到這副神情，鏡子深深感受到，那些苦惱並徒勞地愛著這種青年的女人是什麼心情。

「什麼事？有什麼急事要找我談嗎？」

「沒什麼。」阿收模糊其詞，說得結結巴巴，「最近，我說不定會殉情喔。」

鏡子想問對象是不是那個沒見過的放高利貸醜女，但又作罷，改以平常的應對先探虛實。

「哦？你很愛那個女人嘛。」

「我怎麼可能愛上她。」

阿收不以為然歪著嘴，接著又說：

「不管怎麼說明，妳都不會懂的。真要說的話，既不是自殺，也不是殺人，也不是殉情，但也算三種都是的死法。」

鏡子露出堅毅的表情。年輕人自殺的事她聽太多了，但一個也不信，因為事實上沒有一個真的死了。

「妳不相信吧。」阿收完全不想努力讓她相信，只是微笑地說：「因為妳認為一般的殉情需要覺悟啦，決心啦，後悔啦，猶豫啦，被逼到走投無路的困境，或是感傷的愛情之類的。而妳也知道，這沒有一項是我的作風，我天生就不會做覺悟或下決心這種事。

……我的死，應該這麼說，就像從溜滑梯上，毫不困難往下滑。……不，不是這樣。想從溜滑梯上滑下來，必須先爬上溜滑梯。不需要這麼費事。就在半夢半醒之間，稍微動動手，遊戲或戲劇就這樣流出真正的血。……妳懂嗎？比方說我在舞台上演戲，戲劇和現實之間的界限消失了，演著演著，不知不覺跳進現實的死亡裡。兩者之間的裂縫消失了。等我回過神來，已經死了。」

「誰來做這件事？」

鏡子被阿收未曾有過的善辯嚇到，問了一個試探性的問題。

「誰？……就我和女人啊。不是我做，就是女人做。總之只要稍微拍拍我的肩膀，我就縱身跳進死亡裡。那個界線變得越來越薄，薄得像一張糯米紙。戲劇與現實，活著與死亡，對我已經沒什麼差別了。但我也因此終於知道了，擁有人們稱讚的體格、年輕、健康、什麼不想、什麼都不做的我，確實存在於此。」

他說的話，成為別人無法理解的內心呢喃。在這夏夜的陽台邊，在離燈光很遠的黑暗裡，以車站的縷縷燈光和芳香的葉叢為背景，他清楚看見夢寐以求的自己。擁有詩人的臉與鬥牛士的肉體，傷痕累累的年輕人確實存在於此！明天，絲毫不用戰鬥，滿身是血的英雄式死亡就會降臨他身上吧。就如以醜陋肥料培育出美麗花朵，他混雜了許多現代各種怪誕的肥料，會創造出自己透明璀璨的神話吧。而所有的怪誕都無法碰觸他的存在本身。

——鏡子離阿收的狂熱很遠。她覺得阿收說的話，很不認真。但她沒資格指責他的不認真。

雖然她無法和阿收一起狂熱，依然站在自己的無為岸邊，但她也覺得離那些故作知性風雅的客人很遠，反倒和阿收接近得多。她在阿收的臉上，瞬間看到了那個燒跡時代的重現，那個夏日太陽照得瓦礫閃閃發光，「不知道有明天」的時代片鱗。

她覺得自己周圍的青年們，朝向一個歸結，以不祥的速度前進著。腦海中浮現身在紐約的清一郎，還有峻吉、夏雄的臉。

「對了，這種事應該說給那個溫順、善良、老實又善於傾聽的夏雄聽。你最近有和他見面嗎？」

「沒有。」阿收在欄杆邊挺直身子說，「很久沒見到他了。……我們一起去看過峻吉比賽吧，在那之前，他曾來我媽的店。那時大夥兒都在談肌肉的事，他聽得很不爽，突然說出這種話。我記得很清楚，他皺起眉頭，流露出難受的眼神，過於緊張，語氣變得有點撒嬌。……那傢伙說出這種話喔，他說：

『這麼重視肌肉的話，趁還沒老之前，在最美的時候自殺吧。』」

鏡子失笑之際，貨車剛好響起尖銳汽笛聲通過信濃町車站。那疾駛的黑影遮蔽了月台燈光，撼動聽者內心深處的漫長汽笛詠嘆，在夜空拖曳著瘋狂的尾聲好一陣子。之後貨車摩擦鐵軌的懶洋洋聲響，單調且反覆地奪走了兩人的話語。

這時，阿收說出一句肺腑之言。這是他此生只說過一次的話。

「流血是非常舒服的事喔。」

為了讓鏡子安心，隨後又補上：

「……妳不知道就是。」

鏡子沒有發現，這句話屬於她非常喜歡的「別人的快樂」，而認為這是阿收的哲學。

＊＊＊

鏡子寫信給紐約的清一郎。

「我可以想像你看了隨信附上的簡報時，露出的驚愕表情。報紙下了『奇特的殉情』這個標題，說阿收是個失敗且怠惰的舞台劇演員，這名沒沒無聞的可憐青年，成了高利貸業者的情人，被迫殉情而死。新聞報導本身沒有任何錯誤，但有一家八卦取向的報紙，甚至描寫很多淒慘場面，所以我故意不把這家報紙剪給你。

這起事件發生的前幾天，他來過我家。他確實渴求死亡。不過，沒有一家報社來問我，我對事件的真相也不是那麼有興趣。不管是被殺，抑或殉情，總之他已經死了。

我這個人向來喜歡別人的情事，這回竟說對事件的真相沒興趣，你看了一定會擺出揶揄的笑臉，說我在說謊吧。不過在那個當下，我心中產生奇妙的變化，以往我確實能夠活在別人的情事與人生裡，但那個當下我失去了自信。我害怕了起來。不知道我的家和我的生活，是否哪天也會失去安穩。我們的無秩序根據地，我們的想像力港口，是否哪天也會遭波濤吞噬而去。即便想要求救，你又在那麼遙遠的紐約……

首先以金錢來說，我能否維持以往的生活都是個大問題。我很後悔沒在今年初夏賣掉輕井澤的別墅。今年已錯失時機，必須等到明年夏天。因此我想到的是開放這個家，當作宴會廳，女主人當然還是我，可是現在我收會費，收場地費，也把以前認識的人變成會員。你也知道，來的淨是一些無聊的人，但這裡離都心有點遠，環境又別具風情，所以來的人滿多的。換言之，我家已從道地的無秩序，變成虛假的無秩序、觀光客用的無秩序、櫻桃小口式的無秩序的總店了。而且口碑不錯，生意興隆。畢竟最近景氣也稍微復甦了。我居然用了『景氣』這個字眼，你看了想必會失笑吧。

……話說回來，看到我熟識的阿收之死，被塞進報紙雜亂新聞的一角，我霎時覺得我對他熟識的自信也崩潰了。我們就像那些沒有責任的報紙讀者，其實也無法了解彼此吧？說不定就連我和你都是如此。我們背著社會擁有的些許聯繫，或許也只是瞎子和瞎子對看，啞巴和啞巴相對而已。你說的對，我們絕對無法拯救別人。

你說我喜歡『別人的情念』，你喜歡『別人的希望』，還說我無法活在現在，因為我是過去，別人是未來。聽別人說他的情事和經驗，自己也覺得好像活過了，卻打算把一切的未知未來，移到我自己過去安全的倉庫裡。

然而這很危險，真的很危險！無論是別人的情念或希望，對別人太有興趣是很危險的事。這會把我們拉到想都沒想過的地方，最終落得背負『別人的命運』的下場，而非只是『別人的希望』。我們還是只用想像力和空想力來忍耐就好，因為再往前是宿命的領地了。……這一點，容我以摯交好友警告你。

姑且不管別人，家裡的真砂子就讓我夠頭痛了。她好像在進行什麼陰謀，打算慢慢把她父親接回來。也許是我心理作用，我外出購物時，會忽然回頭盯著後面看，總覺得有個男的私家偵探在監視我。」

清一郎的回信。

「哎呀！妳怎麼軟弱成這個樣子。妳竟然說出『宿命』這種話！宿命是絕對不存在的，這是我們最初的共感基石吧。要是有宿命這回事，我們早就該睡在一起了。

從這不完整的新聞報導也可看出，阿收的死絕非宿命性事件。這是那個幾乎完全沒有意志的男人，唯一的意志。就像從跳板跳入泳池的人，他筆直地走在自己的意志上，然後縱身跳入死亡。——究竟有沒有自己都沒察覺的意志？是否這才叫宿命？關於這種爭論，最後會淪於抬槓，我們就別說了。只是他一開始渴求的便是死亡，我們是後來才知道的。死亡戴著各種面具，擋在他前面。他一個個摘下面具，往自己臉上戴。戴到最後一個面具時，出現了死亡的恐怖素顏，但他是否感到害怕，我們也不得而知。只是他死意堅決，瘋狂地戴上面具。他藉由面具讓自己變得越來越美。妳也必須知道，男人想變美的意志，和女人想變美的意志不同，男人的這種意志一定是『通向死亡的意志』。這是很符合青年的事，但青年通常恥於公開這個祕密。能將這個祕密公諸於世的，唯有戰爭。

——關於妳的財產管理，我無法從這裡仔細給妳意見，真的很遺憾。但是當妳想做重大決定時，請立刻寫信和我商量。宴會廳和妳不搭，這是非常俗惡的商業策略。我現在很忙，先寫到這裡。下一封信再跟妳詳談。」

＊＊＊

從這個夏天以來，家人對夏雄憂心忡忡，不知拿他如何是好。夏雄不作畫，不睡覺，也很少吃東西。這個布爾喬亞家族，將此看成難以想像的「藝術苦惱」。

在布爾喬亞的迷信裡，認定藝術家必定伴隨苦惱。這種想法真是不可思議，一定是把遙遠的苦惱信仰與藝術家傳說混為一談了。即使是布爾喬亞，當他們喪失妻兒，理應也會嘗到身為人的真正苦惱，但他們卻有個傾向，不願認為自己正在嘗受的是苦惱，總想把真正的苦惱托付他人，自己不願當這種不祥事物的永久管理人，希望世上有苦惱銀行、苦惱總管、苦惱專家。在古代，這種角色是由看了就令人厭煩的聖者擔任，不知從何時起，藝術家取代了聖者登場。

於是藝術家以其對最無用之物的強烈苦惱能力，深深撫慰了人心。這種苦惱的毫無社會價值與抽象性，療癒了人們在現實生活對苦惱的恐懼。藝術家扮演一種苦惱的命運，看在布爾喬亞眼裡，他們是苦於罹患了絕無傳染之虞的怪病之人，使得布爾喬亞得以免於苦惱最恐怖的特質，亦即「帶有普遍性的不祥」。

不是一般性的苦惱，和一般人無關的苦惱，這正是布爾喬亞喜愛藝術家之處。對於藝術家的這種苦惱，布爾喬亞給予「天才」的稱號，像是把大家的眼光從一般原理挪開，讓大家得以暫時休息的社會性功勞獎。在這種結構下產生了「藝術能暫時安撫人心」。

夏雄詭異且陰森森的生活開始之際，全家都認為「該來的終於來了」。終於來了喔！那是一種雖然害怕卻也暗自等待的事，一種神祕事蹟的顯現，尤其對母親而言，更是她向世間誇耀兒子的苦惱的機會來了。她下意識期望自己成為哀痛的聖母像。

「世人動不動就吹捧才華，不過我認為才華不是世人說的那種簡單的東西。我非常了解夏雄現在碰壁的心情。現在只能全家同心協力，保護夏雄不受社會的善變風氣侵擾，多鼓勵夏雄，希望他能靠自己的力量超越這道壁障。大家一起安慰夏雄，哪怕是開玩笑，也不能說那孩子江郎才盡。大家要以更溫暖的態度，讓那孩子感受到大家耐心守護著他，這才是最重要的。」

無論是夏雄的哥哥們，或是回娘家玩的姊姊，她都如此叮囑垂訓。這是宛如在照料生病小孩的態度，但這種態度卻意外正中核心。若夏雄真的是為了藝術上的苦惱在煩心，這種布爾喬亞式的家庭庇護會是最離譜的鬧劇吧。

然而這種庇護的象徵物品，一直都在夏雄的畫室一角耀武揚威。那就是一台進口的冷氣。為了保持緊閉窗戶的密室氛圍，這台機器在夏天幫了很大的忙。夏雄就這樣坐在無人的畫室裡，靜候神祕的超人力量降臨。

在這樣默想中，夏雄幾度憶起從河口湖回來翌日發生的事。在那之前的記憶消逝了，唯有這段記憶一直栩栩如生。

那是令人目眩的夏日午後，基於市民的教養，他挑選了午後適合造訪的時段，帶著點心伴手禮，穿著白色簡素的夏季襯衫，特地不開車，照著中橋房江畫的地圖前去拜訪。他對世田谷若林町很不熟，道路曲折，行人很少。他一邊想像著素未謀面的房江容貌，一邊走在老舊傾頹的木板牆與骯髒發黑的水泥牆之間。

他所想像的女人容貌，總是和鏡子重疊。因為至今熟識的女人只有鏡子一人，而且他不討厭鏡子的容貌。

有張中國風美麗而冷淡的臉蛋，嘴唇雖薄但有肉感，整張臉沒有一條模糊的線條，明晰中隱藏著一種神祕。喜歡開朗的事，自己也笑口常開，但有某種威嚴，絕不讓自己顯得可笑，像是一張忘了真心歡笑與哭泣的臉。……不知不覺中，夏雄將中橋房江想像成這樣的女人，這無疑是鏡子的肖像畫。

走在豔陽下，夏雄屢屢想起房江那些暗示性的信，以及芝離宮公園的爽約。於是房江這名女人恍如背後靈一直站在他後面，只是他看不到而已。從昨天看到樹海橫亙在白晝裡的黑暗，他覺得失去了以前的視力，但得到一種嶄新的視力，能看見以前看不到的東西。

忽地，巷子一角傳來尖銳的鈴鐺聲，被綠色大樹樹梢覆蓋的老舊圍牆盡頭，出現一面紅色的鮮明旗幟。此時前方的青空聳立著蘊光的夏日積雲，四下不見人影。

這幅景象，他瞬間收入眼裡。若是以前，出現在他眼前的會是美麗的構圖，但如今完全不同，旗幟的鮮明紅色與庭木的綠色與藍天與白雲，呈現出極其刺眼不舒服的調和，拒絕了他身為畫家的手和心，以一幅儼然已完成的畫出現。「這是什麼？」他畏縮地尋思。

這絕非色彩。以前，美只以色彩映在他眼中，因此他的世界缺乏意義，如此自然發展的結果，再怎麼無意義都無法威脅夏雄富於感受性的心。但此刻看到的紅綠藍白，並非色彩。不是他以前看到的色彩。雖然無法解釋，卻又明顯帶著各自的意義。如此出現的畫，成了一幅帶著絢麗象徵構圖的奇妙寓意畫。

「這是什麼？」

神祕的恐怖襲上心頭。紅色是激怒，綠色是前世某處的遼闊森林的喧囂，藍色是不知為何的嚴峻誓言，蘊含光芒的白色則讓人想起圖書館的石階。

這像是闡明的意義，卻也像是再走一步就能接近真正意義的線索。他認真思索箇中的意義。鈴鐺聲尖銳地響過他的身旁。

激怒、前世的森林、誓言、圖書館的石階，顯得七零八落無法連結。已習慣於無意義的畫家的心，想到可能是外界忽然恢復意義吧，卻又懷疑怎麼會混在這種如象徵詩的東西裡。夏雄原本就缺乏文學心性。因此他想到，這可能是和記憶有關的東西吧。打從孩提時代，他的記憶就只氾濫著無人世界的無意義色彩而已。

即便如此，作畫時，瀰漫在他四周的廣大虛無會消失，世界會逐漸呈現意義，一切充滿了意義。但奇怪的是，無意義世界那整個單純簡素的秩序卻消失了，一度萌生意義的世界陷入難以收拾的混亂裡。

「說不定，這是我第一次看到現實。」夏雄追著執拗浮現於眼前的象徵性構圖，一邊尋思。就算這是現實，也是送報生不會來、電車不會動、絕對不會開會的現實，只是一群奇怪的意義，宛如夏日傍晚的飛蟲籠罩著天空。

……熾烈的午後陽光，孩子們的叫聲，被踢的石頭撞上圍牆的聲音，再度雜然出現在他眼前。他想在街角轉彎時，回頭看了一下來時路。一個賣冰棒的攤販在那裡擺攤，孩子們七嘴八舌吵著要買冰棒。攤子上飄著紅色旗幟，反白的「冰棒」二字，隨著旗幟歪歪扭扭地晃動。

原來剛才看到的紅旗就是這個……

夏雄轉過街角，隨即看到前方的普通拉門門柱上，掛著一塊木製門牌，上面以黑墨寫著「中橋房江」。

「然後我拉開了拉門，不到兩公尺的前方有一扇玻璃門玄關，我按下門鈴。」

夏雄追憶至今依然歷歷在目的每個場面。

「我去河口湖旅行之前，根本不怕世界的無意義。因為無意義是不言自明的前提。可是去了河口湖之後，我突然很怕無意義，它成了我恐懼的根源。因此無論多麼奇怪的意義，我都希望世界像塞滿石礫的石籠，充滿意義。……然後我見到了那個人。

一個身穿輕便夏服的老婆婆出來應門，我向老婆婆告知來意，問她中橋房江小姐在嗎？老婆婆微笑答道，在，在等你喔，請進。便立刻帶我去玄關旁一間簡陋的西式房間。房裡沒有半個人，飄盪著焚香的香煙。……」

夏雄邊擦汗，邊環顧室內，房間一隅有個簡素的祭壇。這是以原木小神社為中心的祭壇，沒什麼特別稀奇之處。房間的另一面牆掛著海景油畫，品味相當低俗，筆觸也非常拙劣，夏雄看了皺起眉頭。這幅畫的下方擺著廉價茶几，青銅的香爐不斷飄出香煙，可是都特意焚香了，窗戶卻左右大開。

窗戶面對空蕩蕩的庭院，只見貧瘠的樹木與色彩繽紛的松葉牡丹花壇，以及被豔陽曬到乾糙龜裂的土色。這種寂靜與沉滯的景象更加強了酷暑。

有人輕輕轉動門把。進來的是個四十開外的削瘦男人，穿著碎白點花紋的浴衣，鄭重地向夏雄打招呼，從袖子裡取出準備好的名片遞給夏雄。名片上寫著中橋房江。夏雄大吃一驚，盯著他的臉問：

「你就是房江？」

「是的。這個名字常被誤以為女人。但也不是全然沒有男人用這個名字。」

他的長相平凡，沒什麼特徵。鼻樑算高挺；嘴唇稍顯厚腫；眼尾細長，有如佛像的眼睛。沉重的眼皮下綻著沉鬱不動的光芒。剛才微笑打招呼之際，這雙眼睛也沒笑，宛如水平儀的氣泡，唯獨眼睛在別的地方看著別的東西，冷淡澄靜。

中橋房江往椅子一坐，便以同樣的速度滔滔不絕地說，不讓夏雄有插嘴機會。

「首先我必須向你道歉，我利用我這女性化的名字，還寫了像女人寫的信給你。但是，因為你很年輕，若不這麼做，我想你可能不會來。我沒有別的用意，還請你多多見諒。……話說，第一次寫信給你是什麼時候呢？對了，是去年秋季展覽會，我看了你的畫作《落日》之後。我很喜歡那幅畫。哦，我沒有什麼專門知識，只是有人送我票，我就去看秋季展覽會了。看到那幅《落日》時，我忽然駐足不動，彷彿被釘在那裡。我也不知道為什麼，整個人被迷住了，覺得這不是人類畫的畫。你的畫和展覽會其他的畫截然不同，完全沒有人的臭味。……於是我記下你的名字，回家後想了很久。結果我明明從未見過你，你的臉卻浮現在我眼前。很熱吧，請用圓扇。」

夏雄猶豫要不要搧老舊的圓扇之際，門開了，剛才的老婆婆站在門外，只伸手進來，將兩個裝滿濃豔草莓濃縮果汁的杯子放在門邊的茶几上。看來老婆婆似乎被禁止進入這個房間。剛才帶夏雄來，她也沒進入室內。

中橋房江起身，親自去拿那兩杯草莓冰，放在夏雄前面。碎冰相互碰撞時，剛攪拌的紅色濃縮果汁，宛如潑墨在水中擴散。

「請喝。……為什麼你不喝呢？啊，因為看起來像血很噁心吧。」

夏雄驚愕地抬起雙眼。因為他確實覺得玻璃杯的水中，騰起血的靄霧。

「你看到了血。」房江繼續說，「你看到的，可能是最近你朋友流的血。……可是你不用擔心喔，因為那是跟你無關的事。」

夏雄為了消除此時感受到的不祥沉重心情，強迫自己認為那是峻吉的血，畢竟拳擊手流點血沒什麼，以此說服自己。……可是直到最後，他都不想去碰那個杯子。

夏雄忽然很想發問，請教他剛才來此路上看到的色彩暗示為何。中橋房江也立刻回答，說那就像白日夢一樣，沒有任何意義。因為尚未形成意義。還說夏雄不久會看到確實有意義的事物。更說他自己曾在湖底看到龍。

房江看到龍的地方，嚴格來說並非湖裡。那是難以忘懷的五年前初春，他忽然想外出旅行，走在茨城縣鄉間發生的事。茨城縣真壁的下妻町附近，有一處名為「大寶沼」的沼澤。他站在沼澤邊，濁水忽然一陣動盪，當水清澈到能見沼底時，他看到蟠踞在底部的龍的臉。

一般民間傳說龍有著又長又大的尾巴，身形有如巨蛇，房江說這是訛傳。其實牠的形態像巨大的牛，軀體相當笨重，小的有四、五尺，大的有數十丈，甚至也有數百丈的。唯有頭部和畫裡常見的龍一樣，犄角長著青苔，眼睛發出燦爛的青光，獠牙的上方拖著長長的鬍鬚。一言以蔽之，就是瞋恚之相。……我看到還算小型的龍，希望有一天能看到首領級的巨龍。房江以淡定的口氣，如此娓娓道來。

接著，夏雄說起昨天的樹海，詳細陳述那片樹海如何不見了。這次輪到房江完全不插嘴，專心傾聽。

夏雄說著說著，昨日種種恐懼又浮上心頭，根本無暇在意暑氣逼人，甚至對在兩人之間飛來飛去的大頭金蠅也不以為苦。蒼蠅停在紅色果汁的杯緣，遭到驅趕便發出陰沉的振翅聲飛走。最後房江終於用圓扇，在椅子的扶手上打死牠，便立刻安靜下來了。然後房江將沾了紅褐色汙點的圓扇，隨便放在桌上。沒有一絲微風的庭院，一片寂靜。

「那是龍。一定是龍。」房江聽完後，立即說，「你真是幸運兒，第一次就看到龍中之王。我曾聽人說過，西湖有龍棲息，據說西湖的原意是棲湖[24]。那裡的龍有時會從湖裡出來，蟠踞在森林上休息。你看到的一定是那個時候。

不過遺憾的是，你還不是通靈者，看不到龍蟠踞的形狀，也不知道龍的意義，所以看不到龍，只能看到樹海被隱沒了。但是能看到這個就很了不起了，一般人絕對連這個都看不到。原來如此。我知道你八成碰到了什麼大事，所以才寫了這次的信給你……原來是這樣啊，看來我沒有看錯你啊。來，張開你的雙手給我看。」

夏雄乖乖將手掌向上，伸了出去。滲出的汗水，如霜般在掌紋中發亮。房江以削瘦的手扳起夏雄每一根手指，對著窗戶的光細細察看。

「結緣者，雙手的紋理必有徵兆。此話果然屬實。」房江說。

這是一間敞開的房間，但房江的聲音宛如在洞窟中，引起四方的回音。

這天，房江招待夏雄吃晚餐，夏雄一直聽他說話到九點多。從那之後，夏雄成了神祕學的俘虜。雖然他過去對此一無所知，但這是個意想不到的廣大世界，而且徹底包含了現實世界。他開始讀平田篤胤的著作，對他以筆記考案寫成的《仙童寅吉物語》深感興趣。寅吉幼時在東叡山前的五条天神附近玩耍時，看到一個賣藥的老翁到了傍晚收攤時，就會把賣剩的藥、小藤箱、草蓆通通放進直徑三、四寸的壺裡，最後連老翁自己也進入壺裡，然後那個壺就高高地往天空飛去。第二天，在老翁邀請下，寅吉也進入壺裡，立刻飛上天空，來到常陸國南台丈的山巔仙境，此後寅吉便往返於仙境與世間。後來為了回答篤胤的質疑，寅吉將親眼看到仙境祕密告訴他，篤胤便以此寫成了這本書。

夏雄一口氣讀完房江借他的幾本書，其中《川面凡兒先生傳》和宮地嚴夫的《本朝神仙傳記》都充滿了神祕。宮地翁甚至談到明治以後出現的仙人河野至道。河野結束了仙道修煉的瀑布修行後，於明治八年八月，在大和國葛城山的山頂，遇見一位帶鹿的神仙，這位神仙帶他去吉野深山的靈窟，傳授他奧義。回到大阪後，河野依然勤加修煉，後來歿於明治二十年的夏天。成仙離世有三種方法。一是飛升、升天、上升，或稱為登天，亦即整個身體升天。二是進入名山。三是尸解，尸解是像世間常人一樣死去，但其實是仙去。河野之死似乎是尸解，明治

24 在日文漢字的變換裡「栖」同「棲」，停留休息之意。

三十四年五月有人去拜訪宮地翁，證實了這件事。據說備前國和氣郡熊山有一處仙境，前去拜訪宮地翁的人與通靈的盲人一起上山，在鋅杉森林深處聽到神仙奏樂。理應絕妙的音樂裡，卻摻雜著笨拙的聲音，因此探訪者請盲人去問神仙，神仙如此答道：

「音樂裡之所以摻雜了笨拙的聲音，是因為最近有個從人間來的新仙，對音樂還不熟便加入演奏。這位新仙名叫河野至道，是十四、五年前進入幽界的。」

此外《川面凡兒先生傳》描述大正十四年，川面先生與澳洲大預言家法蘭克・海耶特翁會面情形非常生動。川面先生說：「我誕生於昴宿星團裡的紅星，你誕生於綠星，淘氣的少年時代經常來往，雖然今天在地上首度見面，但星座的宿緣依然在我們心中交流。」這番話讓海耶特翁感動落淚。

夏雄的心性原本就有不被理論性東西吸引的傾向，反倒輕易接受了這些書的內容，毫不質疑。即使沒有證據，但「事實」還是可能存在。若這種事實占了大半，那麼再無法理解的事也可能存在。關於心靈方面的事，最不可思議的並非事情本身，而是這種事情無論過了多久，都不具備顛覆現實界常識的強力證明。但夏雄毫不質疑在富士山麓樹海看到的詭異景象，並深信實際存在，但同時也知道自己無法說服別人相信，因此這種「不足以說服別人實際存在」的想法，猶如囚徒間萌生的友情，真切直接觸動了他的心。

可是在自然本能的驅使下，夏雄時而也會覺得自己前進的道路很危險。藝術上的實際存在，即使最初許多人無法了解，但終究能獲得說服萬人的力量，但心靈世界缺乏這種力量。可是藝術家一旦放棄表現就會和這個一樣，永遠只留下黑暗的神祕。因此藝術上的實際存在，其實是表現的別名吧。真實的存在，或許存在於藝術中？

——幾天後，夏雄拿書去還房江，並陳述了諸多感想，也聽了很多新鮮的事。只要來到這個人面前，夏雄就覺得被世界疏離的鬱悶痊癒了，恢復了天生的誠懇善良，受人鍾愛的性情。他也明白房江相當厚遇他，最好的證明就是房江傳授了他一套祕法。為了找這種祕法所需的石頭，夏雄離開房江家，便驅車前往多摩川的河畔。

他想起去年此時，也曾帶峻吉和他母親來到多摩川邊。

離傍晚還有一段時間，河畔人影稀少，腳邊是被夕陽烤得熱騰騰的，發燙的石頭。然後隨著夕陽西斜，每一顆石頭都拖起影子，但石頭反射的陽光依然刺眼，所以連影子看起來都顯得平板，整個河畔像是不規則塗滿了白與黑的木板，而這塊木板將一切反射得璀璨耀眼。

河川與蘆葦都沒進入夏雄的眼簾，他眼中的世界充滿擁擠的石頭。夏雄彎腰摸一塊石頭，石頭以燒燙的熱度灼傷他的手指。這時旁邊大石頭的陰影處，一隻看似出生不久的幼小蜥蜴，恍如石頭的黑色龜裂身軀，瞬間閃現又消失了。

「這是什麼意義呢？」

但夏雄沒有繼續追尋箇中意義。斜陽照得額頭沉重發暈，河風早已死寂。他尋找的只是一顆合適的石頭。

「去找鎮魂玉吧。」房江之前這麼說，「直徑五公分左右的自然石，正圓形的最好，若遲遲找不到，接近正圓形也可以。盡可能找年代久遠的活石，以沉重、堅硬、質地好的為佳。本來要用神界奇蹟賜予的石頭，但若只是修行用，在清澈的山河或神社境內找即可。都會裡很難找到，不過多摩川也名為玉川[25]，似乎和這種石頭有淵源吧。」

根據伴信友的《美多萬乃布由、又美多萬布利事考》所言，「鎮魂」意指「靈魂乃坐鎮於身體中府之物，因神明之故，時而會遊離其位，這時若身心產生煩惱，或魂之德用衰弱，必須招回遊離之魂，使其安鎮於府中。」房江傳授了夏雄「鎮魂之法」。

找了一個多小時，夏雄終於找到有點歪但接近正圓的半透明白石，直徑稍稍超過五公分。他以河水洗淨，包在乾淨的手帕裡，便回到車裡。

由於汗流浹背加上口乾舌燥，夏雄沿著河濱道路行駛了一會兒，便前往為遊客設置的休息處。這個休息處位於可俯瞰河面的庭院斜坡上，張著許多海灘大陽傘。夏雄在入口處買了汽水券，為了找大陽傘乘涼，下到庭院的斜坡。此時夕陽已從大陽傘下方拉出長長的影子。許多裸露肌膚的年輕人，在大陽傘下喝著冷飲。但這裡也沒有河風吹拂。

等汽水之際，夏雄從外面觸摸放在襯衫胸前口袋裡，以手帕包著的石頭。胸部明顯能感受到石頭的重量。他想像自己是這樣把心臟帶著到處走的奇特之人。

一對年輕男女在旁邊的大陽傘下聊天，從穿著打扮來看，像是騎單車來的。男女下半身都穿短褲，女的上半身穿襯衫捲起袖子，男的穿美國製的時髦T恤。他們在談新進的唱片和電影，也聊到下星期的同一天大家要去避暑勝地……年輕人宛如愜意地在淺灘涉水，讓淺流冰涼腳踝，只需適度的性歡愉便對世界感到十分滿足，然後彼此感到充滿性魅力，呈現出趾高氣揚的快樂。

夏雄感到自己能再度溫柔率直地接受這一切了。年輕人心中原本彼此讓步的兩種東西，心的善良與寬大，又如以往在夏雄心中互相讓步了。他感到自己是透明的，一如快樂時的常態，從適當高度平等愛人時的常態，絲毫不覺刻意地感到「我是天使」。

然而夏雄霎時也明白了，他並非療癒復原了，而是多虧了胸前口袋裡的神祕小石頭，幫他找回了這種正常。

他偷偷帶著鎮魂玉，猶如帶著自己的心臟到處走，因此才能取回與世界的親和感，前陣子旅行所襲來的疏離恐怖才得以消除。所以他絕非恢復原狀。為了維持平常的健康，他需要神祕這帖常備藥。

旁邊的大陽傘下，傳來氣泡般的輕快笑聲。夕陽的影子拉得更長了。夏雄的汽水遲遲不來。緋色的雲彩下，郊外電車行經大鐵橋發出轟隆聲傳到身邊。坐在夏日黃昏的平庸畫裡的喜悅，使夏雄擺脫了長久束縛他的「作畫義務」。夏雄心想：「那邊有嬌豔的晚霞，我胸前的口袋裡有神祕。這樣就夠了。何須在兩者之間架橋呢？」

回到家後，夏雄在畫室的盥洗室仔細清洗鎮魂玉，並且用鹽潔淨，將它放在多摩川回程買的小型原木三寶[26]上。

25「多摩川」和「玉川」的日文發音皆為tamagawa。

26 三寶為供奉神佛的一種佛具，用來放置獻給神佛之物的方木盤，下有基座，基座的三方有孔。

家人來敲門，通知晚餐已準備好了。但他沒開門，吩咐他們把晚餐端到畫室來。女傭端晚餐進來時，夏雄將三寶藏在桌下。

獨自一人後，他再度於兩百燭光的電燈下，凝視小型原木三寶上的半透明小白石。這和他過去熟悉的任何繪畫素材迥然不同，連原木嬌媚的潔淨木紋都不屬於一般的外界。

夏雄照房江教的，端坐在三寶前。基本上是一般的跪坐，雙腳淺淺交叉，將右拇趾輕壓在下即可。重點在於身體不要使力，自然放鬆，別在意身體的任何地方。

然後雙手在胸前結印。結印的方法是，先將中指、無名指和小指收於掌心，食指輕輕豎起會合，左拇指輕壓右拇指的指尖，然後小指、無名指、中指全都左於下，右於上，互相交持。房江說，這種手指交叉法是很普通的結印法，也可用於神靈附體時，很像密教的天水印。

一切就緒後，將所有意念集中於自己靈魂的那塊玉，如此持續二十分鐘，一天反覆數次。鎮魂稍有效果後，將鎮魂後的玉拿去秤，原本兩錢重的石頭，可能增為兩錢五分、三錢或三錢五分，也可能減為一錢五分。房江說，若做到這種程度便是出現效應了。

——夏雄跪坐結印，定睛凝視鎮魂玉。

房裡除了些微冷氣聲，沒有任何聲音。許多記憶湧現腦海。譬如在春日午後的中學教室裡，聽課聽煩了望向窗外，看見一棵山茶樹在風中搖曳，樹葉上閃爍著許多光芒，彷彿所有的光芒都集中在此，準備表演什麼精湛魔術。還有少年時期，每晚都聽到臥室天花板有振翅聲，令他難以入眠，有天晚上實在太害怕了放聲尖叫，結果響起幾百隻鳥同時振翅的驚駭巨響，從那晚後就沒聲音了。同樣是少年時期，幾度連續夢到白皙少女，從鞦韆上敞開裙子落下。有陣子迷上星座研究，對於過去陳腐的星座感到厭煩，便擅自在星辰間畫線亂連，連出了汽車座、拳擊手座、菸斗座、薔薇座、地鐵座和滑雪座。自己儼然是天界的革命之子……

這些記憶逐漸浮現又消失後，鎮魂玉在眼前的燈光下，終於看起來只是一塊石頭，其他什麼都不是。這種過程和他作畫時的專注很像，卻又迥然不同。石頭打從一開始就與整體自然無關，絕對孤獨，以一個完結的物象放在那裡。這塊被磨成近乎正圓形的石頭，打從一開始就被世界彈出來了。那種招來虛無，從整體自然抽出物象的畫家做法，在這裡是無用的贅物。這個直徑五公分的小圓石，是絕對無法成畫的物象，和這世界的生活、美與情念全然無關，亦即是個嚴厲拒絕表現的純粹物質。

正因如此，它是通往他界唯一門扉的把手。這塊石頭剛好位於這個世界與他界的交界處，越是被這個世界的整體自然彈出，應該就越能將他界的全體投影細微地收納其中。

夏雄定定地凝視石頭，時而它會朦朧起來。有時像小小的白色火焰，有時變成煙霧飄盪。有時甚至看似呼吸急促突然膨脹了起來。這時，石頭彷彿活著。

夏雄不習慣這種與表現無關的凝視。這種凝視時而會覺得物象是活的，令他十分吃驚。這顆從河邊撿回來的小石頭，有時會變成兩個、三個甚至五個，忽大忽小，還會不斷旋轉，宛如一心讓夏雄頭暈目眩。但在稍縱即逝的瞬間，當他完全靜止的心與靜止的石頭合而為一，會出現清透澄明的景況。這時石頭看起來真的很像……一隻看不見的手從黑暗中遞到他面前的高貴寶石。

「之後過了將近兩個月，已經秋天了。」夏雄從回憶中醒來，繼續思忖：「因為凝視了好幾天也沒什麼效應，我去請教中橋先生，他建議我節食與不眠，但也只要盡量少吃少睡即可，不用進行真正斷食的苦行。於是我照他的話做。身體越來越削瘦衰弱，唯有眼睛異樣清明。後來心一橫連續不眠之後，覺得牆壁好像快倒了，房間突然變暗之際，卻又忽然一片光明燦亮，宛如來到了來世。但儘管如此，效應依然沒有出現。我不禁深深自責。

這陣子總是對我提心吊膽的母親，在夏末的某日，忽然默默拿來一張摺疊的報紙，便轉身離去。摺起的那一頁，報導著阿收之死。那個俊美青年的臉，和放高利貸的醜女之臉，並排在報紙上。我驀然想起第一次和中橋先生見面時，他對我說的一句不可思議的話。

『你看到的，可能是最近你朋友流的血。』

霎時我感到一種靈妙的喜悅，忘記了悲傷。我的心竟如此遠離了現世的喜怒哀樂，忘了失去朋友的哀傷，陶醉在無法斷定的通靈澄明快樂裡。我對此感到十分驚愕。預言應驗的快感，和賭博賭贏的感覺很像。我甚至覺得阿收所屬的世界也擺脫了他個人的生之羈絆，和我現在所住的世界連結在一連串的環上了。

但過了片刻，我覺得不管多久都不會萌生悲傷，對自己冷漠的心束手無策。關於阿收的回憶裡，有幾個令人感動的溫馨場面，例如我去他母親的咖啡店，發生了一場只是彼此互相傷害的爭論，後來他送我去新宿車站，那時他穿著毛衣，有如雄壯、美麗、年輕動物的英姿，是這個自戀到令人作嘔的朋友無數身影裡，我最喜歡想起的身影。我想起那時的他，隔著毛衣展現肌肉，若無其事地說：

『……該怎麼說呢？我想從「人」裡溜出去。巧妙地，一溜煙地，從「人」裡溜出去。可以辦到的話，我不當演員也無所謂。』

這是阿收在此世說的話語裡，最強烈最認真的一句，深深烙印在我心裡。

……無論如何，我的心都無法萌生悲傷。於是我漸漸覺得，我這顆冷漠的心，並非通靈喜悅的代價，而是長久受人喜愛而誤以為自己是個心地善良的人，其實並不是。聚集在鏡子之家的青年裡，或許我是最冷漠的人。在此世也是，不，即使現在我已經有一半看向他界，也應該不會湧起人性的關懷。我的心，無論以前或現在，都像個空蕩蕩的水泥墓穴吧？

我希望阿收的靈魂能夠現身，若不能現身，至少以聲音或氣味，在我鎮魂時來看我。無論幾天幾夜，我都持續等待。進入九月後，氣候陰晴不定，有高達三十度的炎熱大晴天，也有陰天和雨天，瞬息萬變交替著。

阿收的靈魂遲遲沒出現。幽冥這條通路也打不開。或許關於阿收之血的預言應驗，也是屬於中橋先生的通靈能力，跟我的通靈毫無關係。」

……某天傍晚時分，夏雄關掉冷氣，打開畫室的窗戶，任憑颱風將至夾帶雨水的強風肆虐整個房間。麻紙和高級和紙被風吹得亂飛；繪畫用的高級絹布也被捲飛滾落牆角；插在筒裡擦炭筆的鵝毛刷，綿毛部分神經質地顫動。夏雄茫然看著強風過境的一片狼藉，斷斷續續聽到蟋蟀的叫聲。

看到身旁如此熟悉的東西，遭到大自然力量強壓騷動的景象，撫慰了他長久面對不動小石做無用凝思的疲憊。夏雄忽然起身關窗，拿出風衣，一邊穿上一邊看著柱鏡中的自己。

這張臉簡直不像年輕人的臉。「打從一開始就老了的可憐男人。」削瘦衰頹，光澤盡失，唯有布滿血絲的雙眼帶著血腥的活力，鼻樑也失去年輕的光彩，以前豐腴的臉頰也凹陷了，有如粉筆般慘白的耳朵格外醒目。夏雄想起以前在學校上課時，有個手巧的同學用小刀在粉筆上雕刻，雕出小小的耳朵，小小的嘴巴。現在自己的耳朵顏色，就像那個陰森森的粉筆雕刻色。

女傭看到夏雄要外出，大吃一驚。因為他已經很久連散步都沒去了，以前很喜歡洗車，近來也不洗了。夏雄趁母親尚未發現時，跑進夾帶小雨的風中，風衣下襬隨風飄動。

毫無理由，他只是想去看看熱鬧的人類世界中心地帶。

走下昏暗的住宅區坡道，前方是車站前明亮的商店街。遠遠就能看到車站前有許多公共電話，在雨中閃現鮮明的紅。那種混雜的情況，讓人到人間界的通訊總是頻繁旺盛。然而夏雄的心失去了電話，沒有打給此世的電話，也沒有打給彼世的電話。

尖峰時段，人群從剪票口蜂擁而出，也有很多人等在那裡。最近流行的女用白色橡膠半統靴。一個戴鴨舌帽的男人，以雙手將摺疊傘捲得更緊，一邊在跟女人講話，那個女人說話時一直扭動身體。女人們形形色色的雨具。……夏雄去買車票，在窗口結巴了起來，應該說「有樂町」卻差點說成「靈界」。他摸著紙張堅硬的車票剛裁的小小橫斷面，不知不覺通過剪票口後，車票剪過形成的銳利切口深深嵌入他的指腹，不斷給他帶來覺醒的疼痛。

坐在前往都心的電車裡，夏雄思忖，這指尖上持續的微痛，正是現世的感覺。電車不怎麼擁擠，乘客的面孔形形色色，有擺著難以接受的表情的中年男子，也有戴著紅框眼鏡、鼻如融蠟的女人。看著這些久違的人類面孔，夏雄感到難以言喻的怪異。疲憊初老的男人面孔，妝化得乾淨漂亮不討人厭、漾著家庭氛圍的處女臉孔……這些臉乾淨歸乾淨，卻有一種人類的腐臭味，每個人都會把靈魂遺忘在空蕩蕩的行李架上直接下車吧。沒錯，夏雄覺得如實看到空蕩蕩的行李架上，有著堆積如山被遺忘的靈魂行李。這是絕對不會被送到失物招領處的失物。此刻，窗外掠過美麗的東西。但其實不是美麗的東西，而是汽車的紅色尾燈，在溼濡路面映出的色彩。

他被推到有樂町月台的雜沓中。溫風吹過月台。月台上有步伐輕飄飄的少年，抱著巨大包袱巾包的男人，戴貝雷帽的青年挽著拎紅色提包的女人，穿著皮夾克的青年，當他們互相擁擠時，手提包的皮革、牛皮紙袋、風衣的絹絲等相互摩擦，發出人類之間不可思議的接觸聲。這些細微的聲音，縱使在風雨裡也悄悄地重疊、加倍、累增、形成人類世界不斷激起如漣漪的聲音。這種聲音比擴音器過濾後的叫聲，更讓夏雄感到喧囂刺耳。

大大寫著「酒藏」二字的紅色霓虹燈，占領了劇場後牆的維他命廣告霓虹燈，紫藤色的霓虹燈，擋住街景的眾多電影廣告邊閃爍霓虹燈，還有點綴其間如縫紉機針的紅色廣告霓虹燈……下雨的天空充斥著滿滿的霓虹燈。在天空擁擠飛翔的靈魂，閃爍的靈魂，璀璨顫動的各種靈魂……然而，靈魂也都只是廣告。

夏雄步下階梯，走出剪票口，一時心血來潮，向一個在溼濡雜沓的角落擺攤的老婆婆買了彩券。滿臉皺紋的老婆婆，以恐懼的眼神直勾勾看著夏雄。夏雄不禁暗忖：「唯有這個女人看穿了我。」一路以來，沒人注意到自己削瘦衰頹，分不清老人或年輕人的不祥臉孔，這種不滿到了這裡終於得到撫慰。「頭獎一個，兩百萬圓。頭獎的安慰獎兩個，五萬圓。二獎一個，五十萬圓。……八獎，九獎，十獎，共有十三萬三千六百七十七個。」夏雄的彩券，一定會得頭獎吧。

他抬頭看著報社的電子看板新聞。奔跑的靈魂。橫行的政治性靈魂。「駐日美軍在宮城縣基地內對國軍將校進行軍事訓練，已經證實，問題浮上台面。……（AP訊）蘇聯與西德總理艾德諾，展開莫斯科會談。……」就這樣，整個世界以絕對無法溝通的人類語言高聲交談。靈魂在空中邊跑邊笑。

8

「我很強。」峻吉心想。時至今日，這是無須多想的事實。

當然精益求精是無止境的。想成為世界冠軍，在拳擊界還有很高很高的天梯要爬，但至少現階段，峻吉比那些遊手好閒的年輕人強得多，更遑論在只會耍嘴皮子卻無縛雞之力的都會大多數男人裡，峻吉更是強得出類拔萃，這是不言自明的事。他的強已廣為人知，並獲得肯定。即使花花公子也對進入排行榜的拳擊手表示敬意。然而到了這種地位，峻吉也體認到一件事，打架的單純痛快會立即消失，只留下煩人的和解與麻煩的面子問題。

現在他已是真正的拳擊手，也成為「強」的專家。但他的強並非一般實用性的強，而是成了一種抽象能力。那已不是扛米袋或搬木材的力量，而是一種看不見的能力，就像數學家解答問題，或理論物理學家解明原子構造。在使用方法上，可說與知性沒有太大差別。

峻吉並非有意走到這種地方，因此當他發現曾經那麼喜歡的打架，如今絲毫提不起勁，自己也相當吃驚。

地痞流氓學拳擊，通常只學到皮毛，沒有人能撐過一個月的嚴苛訓練。若要忍受這種痛苦，乾脆洗手不幹流氓。他們需要的只是離快樂與怠惰不遠，從這裡延伸出去的力量。絕非與無用的抽象能力性質相似的力量。然而他們主宰拳賽，看了比賽之所以會興奮狂熱，並非只基於經濟上的利益，還有唯一的「知性快樂」。這種比賽的純粹打鬥形態，即使他們根本不想打，但至少是他們的理念，而拳賽也是基於這種理念的祭儀。此外這也是他們炫耀新衣服的機會。

峻吉在報上看到阿收之死的報導時，完全無法理解。殉情這種抒情浪漫的事，離他的理解很遠。這個在愛情裡從不需要任何甜美詩意的青年，只能在賽後想起「敵手臉上的血，在擊出下一拳濺到自己臉上的瞬間」或「敵手血流滿面拼命睜開眼睛，露出羔羊般溫馴的眼神」時，感到一種與悲喜全然無關，截然不同的抒情感動。然而阿收就是耽溺於這種幾乎相同的感動而赴死，但峻吉卻無法理解。年輕人有個傾向，總認為別人的感動都是平庸的。

峻吉對阿收的平庸無法產生共鳴，可是兩人之間又有深厚友誼，在這種左右為難的情況下，他無法像以往那樣迅速果斷做出結論。

「那傢伙可是和女人上床，然後一起死掉喔。」

就算是被迫殉情，峻吉也無法接受和女人一起死這種死法。這個拳擊手一直奉為目標的死法，是他大哥那種倒頭栽落入熱帶海底的孤獨死法。唯有這才是真正男人的死法。居然跟女人一起死！呿！他認為應該把快樂和女人一起棄之不顧，這種想法基於他自以為「上過很多女人」的性無知。

「殉情」這種充滿黑暗、甜蜜與潮溼的語感裡，有著比死先到的腐敗感。將所有情緒性的東西和死亡連結，是對死的暢快抽象性的汙辱。男人臨死之手抓的東西，竟不是滿天星斗的空曠夜空，也不是充滿莊嚴沉重鹽水的大海，而是女人的腰帶、長汗衫、糾纏的頭髮，甚或柔軟的內褲，這只是在作踐男人一生孤獨漫長的奮戰記憶。峻吉極其痛恨阿收裹著糖衣的死法。他向來不懷疑新聞記者的報導。

十月的冠軍賽迫在眉睫。轉打職業賽僅僅半年，峻吉已經要挑戰全日本輕量級冠軍了。八代拳的旗下選手很少，所以急著讓峻吉成名。到今夏為止，峻吉已打贏兩次八回合賽，具有挑戰資格。從轉打職業賽第一場比賽起，他每個月都打兩場六回合賽，每次都拿到一萬圓的報酬，到了打八回合賽之後就每場拿一萬五千圓了。再加上東洋製瓶的月薪一萬五千圓，現在峻吉的月收不少於四萬圓，因此當上班族的大學同學嫉妒地說：

「大學畢業才半年，他的收入已經是我們的兩倍喔。不過這樣被打得鼻青臉腫又流鼻血的，到頭來一定會變成廢人吧。」

如此豐厚的收入，不僅為峻吉帶來「很強」的自覺，甚至給了他社會優越感，這是很自然的事。峻吉凡事不疑有他的個性，也讓他覺得從社會獲得的是正當報酬。這種感受最能讓人萌生社會優越者的心態。如今他已公然藐視都會群眾的有氣無力，及其互吐不滿牢騷所形成的黑暗濤聲。而拳擊的觀眾正是如此。

世間景氣上揚，由於夏日的充足日照，據說是空前大豐收。有些人說，這次的好景會持續下去吧。但也有一度飽嘗沉重無力感的人認為，這種好景只讓一部分人獲利，自己不會有任何改變。

沒有任何變化！被煤煙燻汙的太陽每天照樣升起，每天照樣搭乘充滿人擠人的悶熱與體臭的電車。人們太愛這種事情，於是產生淡淡的不平不滿，以及像女人抱怨般的美好生活夢想，持續認為這個社會一定出了問題……非得這樣每天像誦經般發著固定的牢騷不可。

曾幾何時，峻吉也習慣了觀眾氣勢驚人的叫喊聲，並在心裡把它翻譯成這種誦經般的固定牢騷。在這些黑壓壓的群眾裡，只有他和敵手在高出一節的明亮擂台上動著。他是被挑選出來的。唯有這是確實無疑。

有些體育報紙的年輕記者特別看重峻吉，對他格外關照。這種年輕記者和贊助者花岡一樣，總是隨便喊他「喂，阿峻」，到了人前更是刻意直呼「喂，深井」。

這種人有時會帶峻吉去酒吧，峻吉也只能喝汽水作陪，看著體育記者喝得醉醺醺的糗態。他們壓根兒不運動，卻被運動附體，擺出英雄架式，隨便將峻吉介紹給別人認識。但酒過三巡後也會出現感嘆的語調，傾訴自己可憐的低薪。

儘管如此，他們還算是有朝氣的青年，只是和其他公司的上班族不同，被困在可見或不可見的英雄原型裡，這是他們特殊的不幸。英雄與低薪，這種悲哀的組合，有時會使低薪也染上一種浪漫色彩。所以大家常把薪水喝光花光，手頭總是很緊。每次和他們見面，峻吉常想「原口若沒自殺」可能也在這裡吧。

花岡和這票人截然不同。花岡現在的氣勢可謂如日中天。東洋製瓶一直在增資中，好景氣是屬於他的。而且他現在熱中於輸出東南亞，經常前往山川物產。山川物產願意經手他的商品，是花岡生涯堪稱紀念碑的大事。

「因為我們公司的商品還沒被客訴過。比起賺錢，信用更重要。就如比起顯而易見的技巧，更重要的是精準的拳頭。」

花岡在公司訓示員工時，一定會夾雜很多拳擊用語。其中也有半生不熟的怪異用語，因此同事問起峻吉時，峻吉也深感困惑。

每次看到花岡，峻吉都覺得難為情，因為花岡把峻吉擁有的一切漫畫化。明明連縛雞之力都沒有，現在花岡居然成為力量的漫畫，而且還擺出一副自己是峻吉力量泉源的跩樣。照這麼說的話，牛肉雞蛋維他命，應該也有權利這樣向峻吉耍威風嘍。

花岡一方面擺出贊助者的跩樣，但另一方面進出政府機關、銀行、山川物產時，身段卻非常柔軟，很懂得運用他天生的低姿態，並對此感到十分滿意。當他彎腰、匆忙低頭，行那種庶民風格之禮時，基於某種微妙的視角變化，能看到世界真實的樣貌。如此彎腰鞠躬看到的世界，顯得美味可口，且營養豐富，猶如結成恰好的果實，看似就要巧妙落入自己的掌心。

然而花岡是個吝嗇的贊助者，不太給峻吉零用錢。他認為為了練習可以不上班這種特權，已是十足的零用錢。就算峻吉去公司上班，也不會給他像樣的工作，因此峻吉覺得去公司像個傻瓜，偏偏他的直屬上司把他當服務生使喚，所以他在公司也相當忙碌。

如今峻吉真的變強了，也沒理由嫌棄母親了。發薪日為了讓母親高興，他下班一定直接回家，趕上這個百貨公司的食堂主任，合法將食堂佳肴拿回家擺上餐桌的晚餐時間。母親收下薪水袋，總是先供在父親與大哥的牌位前。

坐在這個牌位前，母親在上香時，峻吉一如往常看著她後頸赤褐色的捲曲餘髮。在神佛前，他的目光總不由自主看向這裡，使他無法實際感受到，在這令人氣餒的生活近景前方，有著神聖存在。

即使母親強迫他，他也不肯合掌祭拜，只是凝望著金光閃閃的牌位。一種惱怒取代了虔敬的感情，峻吉在內心說：「我長壽地活著，有時會和女人上床，賺了錢也拿回家了。」他現在依然會拿自己和在天上飛翔的大哥相比，無法相信自己竟然是這副模樣，覺得自己在不知不覺中變形了，變成最討厭的又臭又醜的小動物。簡直像個惡夢。

「……但是我很強。」想到這裡他稍微安心了點。可是，這個強和世界的結構精妙地結合在一起，並非大哥那種能直奔天際的力量。只是能長壽、抱女人上床、領月薪的強……他想擺脫日常性的黏糊陰影與生的煩瑣夾雜物，因此逃進強大與力量中，然而越是逃進強大與力量中，這股力量反而深深將他編入平俗生活的編織物裡。

當然在峻吉的心底，這種洞察沒什麼重大意義。平日不思考的訓練，不知不覺已剝奪了他抵抗這種訓練的思考能力。如今即便思考，也不會對行動造成任何障礙了。因此峻吉發展出一種新習慣，就像下圍棋或將棋是一種消遣，他有時也會消遣性地思考起來。但是思考的勝負打從一開始便注定了，有益行動的思考必勝，有害行動或無益行動的思考必敗。亦即「我很強」這種思考必勝。

「主廚知道今天是你的發薪日，也知道這一天是我們母子和樂融融吃晚餐的日子，所以在我的便當盒塞了這麼棒的炸豬排和生菜沙拉給我喔。這個主廚是個好人，在同事間很有聲望，而且是個拳擊迷喔，經常向我問你的事呢。每當你出現在電視的第二天，更是關心得不得了。」

母親邊說，邊推薦兒子吃重新炸過的豬排。兒子越來越出名，頻頻出現在電視和體育報紙上，尤其花岡社長親自來說服後，母親不帶任何功利動機，接受了兒子是拳擊手。峻吉對這種簡單變化頗感驚訝，但其實他自己和母親很像，超乎自己想像的像。母親很重視社會的判斷，所以沒有不服；兒子也是一樣，對於社會對待自己的方式與待遇，向來也沒有不服。

母親認為，就像一口氣喝下苦藥般，對於兒子被打得鼻青臉腫也必須心一橫地接受。兒子坐在餐桌對面低頭吃飯，那張臉的輪廓已出現很深的凹凸，離自己熟悉的兒子容貌越來越遠。

「你要多吃點。我吃飽了，我的份也給你吃。」

母親說著平凡且永遠的老媽的話。這上等的炸豬排與沙拉，宛如是從她的體內流出，流進兒子體內的養分。

——晚餐進入尾聲時，母親像餐館那樣，熱了滑菇味噌湯，打算和最後的茶泡飯一起端上桌。當她把滑菇味噌湯舀進碗裡，端上桌後，忽然驚聲尖叫。

「啊！我忘了！我想放些山椒葉說！我們家院子有種哩。」

「我去摘。」

峻吉倏地起身。面對這番難得的厚意，母親打消了制止的念頭，想好好品嘗兒子親手摘回來的山椒葉。

「你知道在哪裡嗎？帶手電筒去吧。種在繡球花下面。」

這天凌晨，縱斷九州的二十二號颱風穿越玄海灘而去，午後吹起溼暖的風，時而還有陣雨。到了夜裡再度發布了強風警報。但峻吉拿著手電筒，走到五坪多的小院子時，風雨已全部暫歇，院子裡充滿蟲鳴。

不只是雨後的關係，這個院子平常就日照很差，溼氣很重，因此梅雨季節經常成為大批蝸牛的棲息地。樹木發育不良，還飄散著一旁的廁所味，以致連長出新綠時也瀰漫著陰森森的氣味。

峻吉將手電筒稍微拿高，照到了隔壁家窗戶的百葉窗。淡淡的光圈像心神不寧的巨大飛蛾飛來飛去，甚至飛到沒必要照出的東西上。溼淋淋滴著水的繡球花葉，宛如活著的東西出現眼前。峻吉小心翼翼踩著木屐，將手電筒往腳邊照，然後蹲了下去。霎時潮溼的草木味撲鼻而來，在蟲鳴聲突然安靜之處，找到了沉靜綻放香味的紫蘇與山椒葉。

峻吉從未留心看過這種微小東西，這種稀奇稍稍感動了他。他那粗暴的心，總像飛機概觀地飛在事物的上方，因此從不知雨後夜晚的小院子裡，竟有暗自散發香氣，等著被摘的紫蘇和山椒葉。他宛如發現小祕密似的看著這一幕。

「我現在怎麼會在這裡？」忽地，他夢醒般地尋思，「我現在是來採要放進味噌湯的山椒葉。」想到這裡，他羞得連耳根都紅了。峻吉不是會以貧窮為恥的男人，只是覺得自己好像犯了什麼重大錯誤，完全忘了自己現在該做的事，而且故意遠離它，使他羞得面紅耳赤。

郊區的街燈在鄰家屋簷的那頭微微燃燒，但街上一片死寂。似乎到處都沒有期待他無比的力量，等待他飛奔而去的「大事」。

但是，大事或危急，現在非得在某個地方燃起不可。那令人眩目的四方形擂台，只不過是這種大事的象徵構圖。打到敵手的肉的手感，微微的鮮血飛沫，確實是無庸置疑的真實感受，但對這個職業選手而言，不足以讓他聯想到衝撞世界的具體感受。

他想無限遠離這個充滿蟲鳴的潮溼小院子，筆直向前跑。在這平靜秋夜的遠方，應該有個能以驚人的血肉之軀，和世界產生衝突的地方。唯有在那裡，他的力量才能有所成就，才能拯救危急，才能在這世上實現大事。

「我真正的敵人，應該在那裡。現在跑去的話，會遇見敵人吧。我能夠擊倒敵人吧。現在必須立刻出發！」

這種思考，絲毫沒有空想的要素，他的身體也不會受到任何觀念侵擾，只會感到暢快地充電了。絕不會退回單調生活的行為，應該猶如深夜的熔爐，永不熄滅地燃燒著。它一定存在於某處。必須奔向這種行為可以照亮世界的地方。峻吉心想，跑出去吧！像獵犬般奔跑吧！

他穿著木屐，打開柴門，走到小路上。母親在防雨木門緊閉的房裡，聽到這個聲音。她心想，兒子摘了幾片山椒葉，就快從玄關回來了吧。味噌湯會飄起清香的氣味吧。母親就這樣側耳傾聽，等候兒子回來。但峻吉沒有回去。

峻吉往車站的方向跑，木屐聲空虛地迴響在人影稀疏的柏油路上。有幾個人呼喚峻吉的名字。在商店街的年輕店員裡，能像朋友般叫他是一種驕傲。但峻吉不予理會，只顧往前跑。跑著跑著，開始看到國營電車站的明亮燈光與人群了。如今在他背後的是，母親和兒子的小小生活之夜，宛如摺起小扇子般關閉了。但是此處，人們還醒著，忙碌活動著，遠方巨大的夜張著嘴巴。

峻吉買了賣剩的體育報紙，在剪票口的燈光下翻閱。然而就如他所知的，沒什麼值得一讀的拳擊界新聞。敷衍塞責的政治版，刊載著鳩山首相睡眼惺忪的老臉。

這張像半個病人、可憐的愛哭鬼、下唇鬆弛突出的臉上，只浮著滯銷而布滿灰塵的善意。那張像涼掉豆子湯的臉，完全掩蓋了政治這種陰險機制，將感傷的煙霧擴散到社會上。

「如果這個男人是我真正的敵人，」峻吉想像，「我只要輕輕一拳，這傢伙就會翻倒在地，邊哭邊在地毯上爬行，不到五分鐘就死了吧。」

權力的孱弱形象，完全勾不起他的興趣。該被打倒的權力，應該是更具肉感，更充滿人類噁心的體臭，同時必須是不死之身。以往革命家打倒的權力，都只是纖細精巧，像蕾絲工藝品般的權力。

峻吉搭上電車，想在沒下過車的車站下車。他環視車廂裡的乘客，發現大家的身高都一樣，帶著同樣溫和的眼神，大家都很弱。他們的臉看似等著被揍，所有的眼鏡等著被揍飛。

「臭知識分子！」峻吉在心中大罵。這些傢伙，沒有一個懷抱黑暗思想。唯獨清一郎有這種思想。對峻吉而言，「強」是他的「黑暗思想」吧？

可笑的是，喜歡拳擊的知識分子，總是將自己的軟弱無力束之高閣，卻向女人誇耀自己是拳擊迷。看似這樣的一個男人，正抬頭看向吊環旁的峻吉，低聲在女人的耳畔說著峻吉的名字。

峻吉在幾乎無意識的情況下，在一個車站下車。下了車發現是信濃町站，自己也嚇了一跳。這是習慣使然？還是今晚他其實想去鏡子家？他自己也摸不著頭緒。但出了車站後，他走向鏡子家的反方向，朝著神宮外苑走去。

強風吹得森林沙沙作響。散步道相當靜謐，與車道上的急速車流形成強烈對比。這種對比給這個廣大的公園，帶來一種機械性的不安。放眼望去幾乎沒有人影，但樹陰下躲著許多男女，也有很多人坐在關了車內燈的車裡急駛而過。

人類與植物，在白天與夜晚互換角色。白天吵鬧的人類，到了夜晚如河水靜悄悄地流動或停滯沉澱。白天靜悄悄的樹，到了夜晚生氣蓬勃喧囂不已。

這座森林的喧囂中，有著夏日炎熱的餘韻，微溫的狂風像罹患熱病般猛搖巨大的樹枝。這是過去的熱病，像是記憶喚起的熱病。因為現在已沒有這種東西。夏天早已消逝得無影無蹤。樹木誇張地搖動枝幹，搖得樹葉沙沙作響，像是遭幻覺侵襲的人。

車流突然斷了。寬廣車道的灰色空間，霎時從黑暗中浮現出來，像是原本不存在的東西忽然抬起肩膀。

峻吉橫越車道，這時一輛大型車從他旁邊飛快擦身而過，嚇得他慌忙閃身。這帶給他不愉快的反省。

「我竟如此想保護自身的安全。」

情急之下的反應，竟出自自己最不熟悉的觀念，這使拳擊手的心情壞到極點。

「我和汽車對戰一定會輸吧。」

峻吉踩著響亮的木屐聲走在步道上，和一對男女擦身而過，這時他又心想：「我祈禱自身的安全。」星星在高高的夜空，嗤笑他。那顆星星大概是死掉的偉大拳擊手之星，引退後腦筋變得不太正常，在深夜的鐵橋上，對著急駛而來的火車頭衝過去，被火車碾死了。

他鑽過低垂的樹枝，走進情侶們的小徑。進到騷動森林的內側後，竟出奇地靜謐，只有樹下溼透的雜草微弱地回應偶爾吹來的風，蟲聲忽然變得十分響亮。

峻吉想像自己是一把凶器，鑲嵌在大都會廣漠飄渺的深夜裡，一把小而銳利，在黑暗中失去光芒的凶器。這把利刃的完全優越性與完全無益性，屬於一個穿木屐走路的青年。但是無論追到天涯海角，他的正當敵人都會隱身，不會清晰地在他面前現身吧。不久天會亮起，敵人會若無其事再度混入平庸的群眾裡。

草叢裡常有男女抬起頭來，看到穿木屐的峻吉，便放心地咋舌又縮回草叢。到處都有香菸頭忽明忽暗的火光。在這期間，森林的遠景也不斷有汽車前燈閃現又消失，喇叭聲撞上聖德紀念繪畫館的高大石牆，化為回聲反彈回來。

峻吉看到森林盡頭鋪著白砂礫附近，有一對奇妙的男女躺在灌木叢下。男的穿白襯衫，遠處的汽車前燈時而照到他的胸部，他不閃不躲任由燈光照射。女的穿著淡藍色衣服，偎在男人身旁，臉埋在男人臂彎裡。兩人可能討厭潮溼的雜草，躺在攤開的風衣上。唯獨這對男女，當峻吉的木屐踩響白砂礫走過時，他們動也不動。

當然峻吉沒有回頭看，但記得經過時，男人穿著白襯衫的胸膛反射著遠方的車燈，當燈光照上他的臉，他眼睛也睜得大大地被照。

「那傢伙有眨眼吧？」——峻吉確實沒看到他眨眼。驀地，他覺得這對情侶並非活著，彷彿看到了阿收與女人的殉情現場。他故意將白砂礫踩得沙沙作響繼續走，而且剛才「看到」的殉情場面，他也不覺得排斥，像是這雨後帶著溼氣的風中，一團愉快美好的東西。這使峻吉很不高興。

拳擊手走向森林外側的步道，逆風開始奔跑。

震天價響的木屐聲，迴盪在森林每個角落。

離開外苑後，峻吉來到鏡子家的門外，宅內一片寂靜，陌生的女傭出來應門。鏡子不在家。

這晚，鏡子在民子上班的酒店作客。

一個小時前，一名陌生客人來到酒店，問起很多鏡子的事。民子答得支支吾吾，對方終於遞出祕密偵探社的名片。這名男子走了以後，民子立即打電話給鏡子，憂心忡忡的鏡子便來到民子上班的酒店。

店裡客人很多。民子上班向來任性，想休息就休息，很少到店裡來，因此成了店裡最紅的人。她的個性單純直白，倘若每天來上班，客人一定一下子就膩了。因為她很少出現，客人反倒覺得她很神祕，許多不明就裡的羅曼史都連結到民子頭上。一些愚蠢的客人，甚至對民子的毫不勢利深感佩服。她和那些夏天一定會說「我去了輕井澤」的女人截然不同，她不會為了諂媚而說下流話，因此被認為是貴族風的女人。

鏡子喜歡在擁擠的店裡，看著不是為了欺騙而欺騙客人的民子。尤其喜歡在流瀉的音樂與香菸的煙霧中看著她。民子嬌媚的聲音，尤其格外突出。但那絕非為了取悅別人，只是以伴隨著聲音的深呼吸，前言不搭後語地回應別人，心思總不在這裡，所以看起來像不知無聊為何物。

鏡子一定坐在吧台，喜歡扮演來酒店的女客這種諷刺性角色。來這種地方的男人，少有鏡子喜歡的類型，但他們一定會注意到鏡子。甚至有男人透過女服務生，前來向她敬酒。她總是毫不留情地斷然拒絕，這不是為了自己的矜持，而是她以傷害對方的自尊心為樂。然而去酒店時，為了不讓別人誤以為她是陪酒的女人，她總是一身優雅裝束，冬天一定會披上毛皮外衣。

今晚酒店人多嘈雜，一定是因為剛過發薪日的關係。民子終於有空來看她，但說了兩三句又走了。然後又來了，又立刻走了。搞得鏡子失去從容，煩躁了起來。

鏡子喝的是冰鎮薄荷甜酒，而且續了兩杯。年輕的酒保好心跟她說話，她也不太搭理。這種態度的女客，看在酒保眼裡一定是典型的失戀女人吧，想到這裡使她怒火中燒。

「那個男人，長什麼樣子？」

「我想想看哦。」民子開始尋思。她的記憶總是紊亂不清，又沒有歸納能力，因此連剛剛看過的男人，要粗略描述長相，都得花很多時間。「這個嘛……長得瘦瘦的，說話客氣得要命……」

說到這裡，民子又被指名走掉了。鏡子一點也沒醉。

她百般無奈打量酒架上的酒瓶，有瓶身像艾菲爾鐵塔、裝著淡紫色液體的利口酒，也有標籤上畫著在熱帶樹下跳舞的黝黑男女的蘭姆酒。鏡子想找紐約的酒，她覺得這時清一郎應該在她身邊。

她知道誰去雇私家偵探，顯然是離婚的丈夫。她完全不想叫丈夫回來，但也覺得這種生活無法維持下去。有時鏡子會很誇張地認為，一個時代結束了。一個不該結束的時代。學生時期，每當假期結束就是這種心情。任何假期的結束，都不可能是充分足夠的，一定是結束在挫折與無盡的不滿裡。——認真的時代會再度降臨。正經八百、優等生、計較分數的陰慘時代。再度對世界全盤同意。什麼人性啦、愛啦、希望啦、理想啦，這些無聊的種種價值會再度復活。徹底地改變信仰。然而最痛苦的是，必須完全否認深愛的廢墟。不僅看得見的廢墟，連看不見的廢墟也得否認！

……鏡子看著綠色的酒順著堆高的碎冰，宛如牽絲般溢出杯外。然後她將插在酒裡一半的蠟紙吸管當作注射筒，把綠色的酒吸出來，滴在溢出的酒上。可是溢出的綠酒早已混入吧台木板的漆黑裡。

「我真像個無聊的男人在惡作劇。」鏡子心想，「也就是抽象的惡作劇。這不是女人該做的事。可是我覺得我和丈夫分開後，一直在做這種惡作劇。但是我從未感到不滿喔。」

有兩、三批客人一起走了。民子終於有空回來了。

「趕快借我，快把鏡子借我一下！」民子說。

鏡子從手提包拿出粉餅盒，打開盒蓋遞給她。民子將眼睛湊向粉餅鏡，以紅色指尖輕捏眼皮。

「幸好沒事。我老覺得眼皮下垂，像是被糨糊黏住了那樣。突然變成這樣的，不過好像不要緊。一定是睡眠不足的關係。」

然後民子興奮地談起，剛剛從客人那裡聽到的銀座秋夜怪談。說是銀座在深夜三點左右，有一段完全無人的時刻。這是一種魔鬼的時刻。大馬路上寂靜無聲，連個貓影也沒有。這時會有一輛燈火通明的都營電車通過，乘客只有一人，永遠都是一個白髮老太婆。

鏡子想把話題拉回私家偵探，但先對民子說：「粉餅盒還我。」因為她知道民子對所有物的概念很模糊。

「所以他到底問了妳什麼？」

「在妳家出入的男人。」

「妳沒有亂說吧？」

「我只是實話實說喔！我說鏡子小姐雖然有很多男性友人，但她打從心底討厭男人，所以不可能發生什麼緋聞。」

「這倒是真的，我也無法反駁。」鏡子歪起嘴角笑了笑。淡淡的口紅沿著薄唇閃現光亮。

「然後呢，他還問了什麼？」

「就一直問妳生活上的事。我跟他說我也不太清楚，只知道妳常開要收會費的派對。」

鏡子沉默不語。

「對不起啦。這個不可以說，是吧？萬一被國稅局知道就不好了，我忘了妳以前說過這件事。」

「沒關係啦，私家偵探不至於去通知國稅局吧。這倒是無所謂啦……」

鏡子一邊深思，一邊回答。聽說前夫抹去了往日的軟弱無力，趁著韓戰景氣發了大財。鏡子的窮困，對他應該不是壞消息。他可以用自己經濟上的優勢，對一個家境變窮的招贅女人，展現寬大的態度。然而鏡子也驀地想起瀰漫在家裡的狗味，頓時毛骨悚然。

「妳知不知道峻吉要打冠軍賽了？」

民子問，鏡子答說不知道。票遲早會送來，於是兩人約好一起去看。但若票沒送來，鏡子大概不會去吧。那個灼熱的力量世界，離她現在的心境很遠。更何況她愛的是，刻劃在峻吉臉上的戰鬥痕跡，並非戰鬥本身。峻吉臉上總洋溢著，篝火燃燒後、地面出現的新鮮黑土的感覺，或是豪雨洗刷後、新鮮廢墟的感覺。……仔細想想，鏡子比較喜歡沒有戰鬥時的他。亦即廢墟的他。

「我要回去了。」鏡子忽然說。

「再等一下啦。不用等到打烊，等我應酬完一個約好的客人，我就想辦法溜出去。今晚我們好好喝一杯吧？要不然找兩、三個男生出來，一起去夜總會玩吧。從昨天起，瑪努薇拉有印度人的魔術師表演，很精彩喔。」

這個提案，鏡子沒聽完就斷然拒絕。

民子送鏡子去店門口，忽然聽到一陣淒厲聲響。原來是旁邊酒吧的立式招牌被風吹倒了，腳邊也不斷飛舞著白色紙屑與點心空盒。民子想再送她一程，鏡子冷淡拒絕了。

「可是又不曉得能不能立刻招到計程車。」

鏡子沒回答，只是遠遠地報以微笑。能夠獨自走在這強勁的夜風裡，讓鏡子感到幸福。

＊＊＊

……峻吉繫著冠軍腰帶走回休息室。當大會宣布峻吉獲得全日本冠軍時，觀眾便已紛紛轉身散去。他們並非對峻吉沒有好感，只是既然勝負已定，冠軍也誕生了，他們想早點回去安寧的家庭。這就像在力量的妓院裡，辦完事頭也不回就走人的嫖客。

峻吉還沒仔細看過冠軍腰帶。這是相當璀璨的物質，但他目前只能感受到腰際的笨重感。攝影記者的閃光燈閃個不停，猛拍他繫著腰帶的英姿，這時峻吉也一直想著這個腰帶。然而這依然只是最靠近他肉體的觀念罷了。

走向休息室的路上，他感受著留下來的忠實粉絲的視線，穿過眾人竊竊私語「喂，你看，是冠軍腰帶喔」的讚嘆聲，但他沒勇氣以披在肩上的長袍遮住腰帶，也沒勇氣將它拿下來邊走邊看，只是讓自己朦朧地保持在輝煌灼熱的疼痛與恍惚中。腰帶扣環的上緣碰到腹部肌肉，感覺冰冰涼涼，像是「光榮」這個詞的金屬觸感。……因此他也覺得，冠軍腰帶只是個笨重緊貼肉體，但絲毫不想融入肉體的堅硬異質觀念。

「回到休息室後，我要把它拿下來放在手上，仔細端詳。」峻吉心想。

然而一進到休息室，等在那裡的花岡便把手伸向他的腰際，硬是把腰帶拿了下來。此時花岡興奮到了極點，難以抑制地大叫：

「拿到了！拿到了！終於拿到了！」

還逢人便說：「我的眼光沒錯吧！」並且當著眾人的面說，他想把腰帶繫在自己的腰上和峻吉擁肩合照。可是他那軟弱矮小的身體，唯獨腹部特別突出，峻吉的腰帶根本戴不上，於是松方幫忙調寬了腰帶。峻吉就這樣眼睜睜看著「光榮」在這些人手中揉得亂七八糟，腰帶上那巨大的金色扣環，宛如惡作劇般躍動著璀璨光芒。

花岡的狂躁終於平息後，從肥肚上摘下腰帶，交到松方手上。松方凝視腰帶說：

「我已經一年沒看到這條腰帶了。阿峻，隔了一年，這傢伙又回到我們手裡了。」

「我們手裡」這種男子氣概的措詞，使峻吉相當感動。松方去年失去了同樣的腰帶，今年峻吉將它奪回來，因此松方對峻吉已有難捨難分的同胞感情。

冠軍腰帶是一隻沒節操的金鳥，總是飛到勝利者的臂膀上，輕易就忘記原先的主人。就如有些女人會因忘恩負義而越來越美，這隻金鳥的美也完全來自忘恩負義的性質。

休息室的人潮沒有退去的跡象。體育記者、俱樂部的支持者、熱情的粉絲，還有穿著流行西裝的八代會長的年輕手下們，擠爆了休息室。有個和峻吉特別熟的年輕記者，三番兩次要求和峻吉握手，完全沒注意到其他冷靜的體育記者眉頭緊蹙。他理應大方、客觀、保持威嚴，從高處體恤選手才對。

川又以偵探般的眼神，穿梭在這祭典喧鬧般的人群裡，嗅出他討厭的無秩序氣味。唯有他是運動的冷峻法則代表，在這項尤其容易興奮的運動裡，他總是收斂熱情四處走動，深知自己職責所在。因此他也走到峻吉身旁，為了不讓俱樂部那幫人說他多管閒事，悄悄在峻吉耳畔說：

「你在幹什麼？還不快去換衣服，著涼了怎麼辦？」

峻吉暗自竊喜，終於能逃離向記者、支持者、粉絲的祝賀一一行禮致意的辛勞，立刻想衝向更衣室。

不料八代會長卻阻止了他。這個面貌秀麗，卻帶著難以言喻陰暗表情的男人，穿著上等質料手工精緻的雙排釦西裝，戴著祖母綠戒指的手指夾著長長的菸斗。

「喂，你回家以前，我幫你保管腰帶。接下來，今晚你就陪我和花岡吃飯。明天要去各處致謝，晚上要開慶功宴。沒問題吧。」

然後八代會長就緊緊拿著腰帶，環著峻吉穿長袍的肩，對來賓宣布：

「各位，慶功宴在明天晚上。今晚阿峻我就借走了。」

——換上西裝的峻吉要離開時，會長的年輕手下必恭必敬地開出一條路。於是峻吉又得頻頻行禮答謝走過這條路。

「你打得真好啊！」

「謝謝。」

「你很拼哪。下次要更上一層樓，摘下世界冠軍！」

「謝謝。」

會長和花岡等在外面。峻吉通常坐副駕駛座，這次特別讓他坐後座。會長還指示俱樂部的新人幫他拿手提行李包。這種特殊待遇都是經過周密思慮，讓峻吉感念在心。車子發動後，會長將裝冠軍腰帶的袋子，慎重放進峻吉的手提行李包，然後擺在自己的大腿上，說出讓峻吉誠惶誠恐的話：

「今晚我是幫你拿提包的小弟。」

花岡和會長，帶峻吉去常去的酒店，向酒店的女人介紹，這是剛出爐的全日本拳擊冠軍。酒店裡也有看過今晚拳賽來這裡喝酒的粉絲，紛紛前來舉杯慶賀，要求握手，甚至坐了下來。花岡很喜歡這種客人，但八代會長一臉不耐，沉默不語。只要看到這個道貌岸然男人的冷漠側臉，再怎麼爛醉的醉漢也感到寒氣逼人立刻離席。「我當然很重視粉絲……」會長對峻吉說：「但我無法忍受吵鬧的傢伙。不過你可千萬別學我的做法喔。」

八代說這句話時，眼裡快速閃過兇暴與溫柔的混合眼神。這絕非表示關愛，但峻吉並不討厭這時的會長。與之相比，花岡的情感耽溺太嚴重，簡直像融化了一半的奶油放著臭氣。

女人們對峻吉獻上的殷勤，可說是平凡的英雄崇拜，因為峻吉給她們的第一印象是直截了當的「男子氣概」。不僅如此，這種英雄崇拜還夾雜著對朋輩的特殊親密感，以一種微妙的直覺，看穿這個英雄的身分和自己相同，都只是一種如情婦賣身般的境遇。

會長不時說著不知開玩笑還是認真的話：

「那個女的怎麼樣？那個也不錯喔。……怎麼樣？如果你喜歡可以帶出場喔。不然我去幫你說也行。不過我可把話說在前頭，這種樂子只限今晚。」

峻吉只默默聽著，無法像平常比賽結束後，燃起那種慾望。他選擇喜歡的拳擊話題。

「總之轉身踏出的步伐變快了，這是很大的進步。」

花岡現學現賣記者的話。

「我沒想到對方的步伐變得那麼慢。」

「當然要看準走下坡時出手。等世人都知道走下坡時再出手就太遲了。這是投資者的直覺喔。那群記者先前還說你現在拿冠軍還早得很，但現在正是時機，現在贏了你就能身價翻倍了。」

女人紛紛想邀峻吉跳舞，但峻吉不太想跳，腦海裡不斷浮現冠軍腰帶的清晰模樣。儘管它靜靜地待在手提行李包裡，但應該像燃燒不盡的隕石，依然保持劃過夜空的熱度吧。

最後，他終於抵擋不了想獨自端詳腰帶的誘惑。

「那我告辭了。明天一早還得去各處答謝。」

「說得也是。那你就回家泡個澡，好好消除疲勞吧。不可以繞去別的地方玩喔。來，你的寶貝。」

會長終於把腰帶交給峻吉。

峻吉離開酒店後，獨自走在夜晚的新宿街頭。回到家將腰帶拿給母親看，母親一定會立刻供上神桌。峻吉看看手錶，深夜一點多。街上的酒吧門燈微暗，霓虹稀稀落落。夜空布滿星辰，雖然無風，但十月的冰冷夜氣，使他微醉的太陽穴感到緊繃。

他手上拿的是真正的光榮，真正的星星，是轉瞬即逝的行動好不容易留下的結晶遺物。他擔心會不會遺失了，將手伸進包包摸摸看。確實還在。他好想早點仔細端詳這個冠軍腰帶。……無論如何，現在他是公認的力量攜帶者，是冠軍這種璀璨之物的搬運者。因此在行走之際，峻吉也會覺得手上的包包，會不會突然發出淒厲的聲響或爆炸。然而這個內含所有危險的力量象徵，竟乖乖地在這個簡陋的包包裡休息，委實不可思議。

峻吉沒有自己去喝酒的習慣，因此也沒有熟悉的酒吧，只是隨意信步走著。走著走著，忽然看到有個地方好像在夢中來過，感覺非常強烈，周遭的一個角落猛地變成十分熟悉的場所。他覺得自己好像被人蒙住眼睛帶來這裡。那是阿收母親經營的「洋槐」附近。

峻吉轉過街角，往「洋槐」走去，卻找不到「洋槐」。他在打烊的商店和咖啡店的招牌前，來回走了兩、三次。後來才發現「洋槐」已改名為「情人」，外觀也徹底重新裝潢，成了一家昏暗的酒吧。

峻吉推門而入，店裡只有吧台幾個客人，站在吧台裡的女人向他點頭致意。昏暗的燈光下，只見那個女人穿著敞得很開的和服，胸口露出的肌膚宛如鮮明的白帆。臉雖然看不清楚，但絕非阿收的母親。

峻吉在吧台坐下，點了威士忌兌蘇打水，然後請吧台裡的女人將紫色燈罩的檯燈光線轉向這裡。於是周遭的黑暗裡響起一陣咋舌聲，但也隨即停止。

峻吉將牛皮紙袋拿出的東西，放在燈光下。那是一條紅黃條紋相間的寬幅腰帶，上面有著長十五公分、寬十公分的金色扣環。

這原本應該在他的腰際閃閃發亮，結果變成冠軍腰帶和冠軍得主面對面，異樣的對峙狀態。看著這條腰帶，峻吉覺得這隻金鷲更為露骨地展現出天生的不誠實。

但是鍍金的扣環，有些地方剝落了，露出銅的本色，鑄模浮雕也有些泛黑了。巨鷲展開的羽翼上，以德國風格的字體浮雕「BOXING」字樣。巨鷲伸爪停在王冠的頂端，王冠上鑲著各種寶石連成幸運草的模樣。從左手邊擁著王冠的是月桂樹的樹枝，右手邊則是柏樹的樹枝。王冠的下方刻著首位冠軍得主的名字，以及年月日。巨鷲展翅的羽翼尖端，誇張地突現出整個盾牌造型。

峻吉陶醉地凝望腰帶，連端上來的酒都忘了喝。

金色時而朦朧轉為鮮明，又變成朦朧。巨鷲看似猛然振翅，又變成金色標本。這平靜的浮雕蘊含著無數激烈的比賽打鬥，鮮血飛濺，神智暈眩，勝利的空白感與敗北的苦楚。

峻吉是不思考的，因此也不知道自己此刻的感情是喜悅，抑或一種空虛。至少感情沒有行為那種躍動，隨著行為受到磨練，感情便逐漸死去。

「你在看什麼呀？很漂亮的寶物哪。」

吧台裡的女人探出頭來看。若是學生時代的峻吉，一定會喜孜孜地向女人炫耀吧。但如今基於職業上的羞恥，或說是一種專門的壞心眼猛然發作，他不想讓女人妨礙獨自一人的陶醉。

更何況峻吉在經驗上得知，女人很難理解這種性質的光榮。

「沒什麼，只是個無聊的東西。」

峻吉胡亂打開牛皮紙袋，想把腰帶收進去，可是很難放進去。

「你是拳擊手吧。我看得出來喔。借我看一下嘛。」女人說。

這女人的長相不是峻吉喜歡的類型。他將冠軍腰帶放進手提行李包，擺出一臉不悅。

「喂，幹嘛這麼小氣。給她看又不會少一塊肉。」

旁邊有人這麼說。吧台邊坐了幾個在喝酒的年輕人，這是其中一人說的。

峻吉瞄了他們一眼。就是那種在街上常見的年輕人，每個都穿牛仔褲，上半身則是紅色或藍色的尼龍夾克，長髮束在後頸，前面的頭髮則用髮蠟固定成塔狀。

在這一帶不向峻吉低頭行禮的年輕人，一定是連流氓都稱不上的小混混，不屬於任何幫派的中輟生，只是愛裝流氓的圈外人。這種人通常會無端找碴打架，隨便抓女生輪姦，騎機車到處亂飆，只有這樣才能感到生存價值。年紀大約十九或二十，處於少年與青年之間的焦躁時期，有的長著白皙少女般的豐盈臉頰，有的總是嘟著一張不滿的嘴。

峻吉很了解這種人，但是離他們很遠。

若是以前，這種傢伙對峻吉而言，就像活著的沙包。他們不講理的挑釁，把他們自己物化了。沒錯，他們的訕笑、逞強的眼神、千篇一律的流氓用語、扭身的姿勢、端架子的方式，還有他們的腕關節……這些種種都不是人的特質，只是沒眼睛沒鼻子的沙包，被嘲弄般搖個不停的物理特質。他們連肉都是仿造的肉，是假肉。他們是裝滿垃圾的麻袋。他們所有固定的特徵，讓他們看起來只是個沙包。

……然而，他們所呈現的只是「弱」而已。「弱」就像他們的尼龍夾克裡，那有如X光片透明的內臟，看得一清二楚。纖細、柔軟、沒出息、鬧彆扭、抒情的蟲籠。但是換個角度看，這種弱像是鞏固如星星般的峻吉之「強」，映照在遠處地上水灘的投影。沒聽過星星會揍自己的投影。

峻吉已不像往昔會湧上憤怒或憤慨，他對此不覺奇怪。因為他是「強」的，如此而已。這個秩序是不可撼動的，力量的階層就如天體圖般井然有序。

——但那些傢伙一再找碴尋釁，就像手搆不到背部的癢處，氣得跺腳的小孩。

「嘖，真是個小氣鬼大哥啊。」

「反正這種地方不歡迎好色鬼。」

「英子，妳讓開啦！妳的奶子很礙事！」

「現在是裝模作樣的傢伙當道啊。」

峻吉完全不予理會。女人使眼色想勸和，但被其中一個男人狠狠瞪回來，嚇得她煞時臉色發白，整個人僵住了。

這種時候，時間以一種戲劇性的速度前進。時間帶著黏性，看似頻頻停滯，但其實以犀利的加速度前進。若委身於加速度，誰都會覺得時間停止了。峻吉非常清楚，這種有事發生前的時間感。他曾是這種精確無比的時鐘。

果不其然，一個年輕人起身朝峻吉走來。他一站起來，身高高得驚人，猶如釋放著青澀臭氣的梧桐樹。長相原本就輕薄，歪嘴擠出假笑更顯輕薄，還故意放低身段，探過頭來說：

「大哥，您剛才在看一個閃閃發亮的寶貝，能不能借我們瞧瞧啊？」

峻吉稍稍動了右手。他是無意識地動手。結果那個年輕人便仰面朝天叉開雙腿，背部撞到門邊的牆壁，立刻摔倒在地。

其他年輕人見狀也擺出架式，但被站在最後面的人制止了。於是他們把店砸得東倒西歪，破口大罵外加恐嚇，然後便全部走了，消失在店外的黑暗中。

店裡的客人只剩峻吉一人。尷尬彆扭的女人竟以唱流行歌的口吻說：

「你好強哦。」

峻吉沉默不語。

他也不知自己為何沉默，就只是沉默著。

不久，峻吉喝完酒，付了錢，左手拎著手提行李包離開這家店。走出店外就被人掃了一腿。霎時，峻吉知道這不是普通的掃腿，而是像球棒的東西打到小腿。

倒下的瞬間，他以胸部護著手提行李包，因為會倒在那上面，因此很自然以右手抵著地面。不料一個黑影衝過來，以白色重物狠擊他支撐在地的右手背。接著清楚聽到碎裂聲。峻吉覺得是一根大木槌，但其實是一塊石頭。

手提行李包和裡面的冠軍腰帶都安然無恙，但峻吉右手的指關節遭到粉碎性骨折。住院後，首先縫合傷口，過了兩三天消腫之後，動了骨科手術。醫生將粉碎的骨片收集起來，好不容易組回原來的形狀，然後打上石膏。過了三星期摘下石膏，開始做按摩復健。然而光靠按摩師，川又覺得不放心，因此他每天執著地為峻吉按摩。他總是神色凝重，不發一語，滿頭大汗地為峻吉按摩。疼痛終於退去了，但峻吉的右手依然無法握拳。

外科醫生告知八代，峻吉再也無法握拳。於是八代等待峻吉自己提出引退，但也只等了一天。峻吉討厭被同情，因此也向花岡的公司提出辭呈。花岡有挽留他，但結果還是接受了。峻吉覺得花岡惋惜的話語背後，帶著些許怨恨與難過，而且拖得很長。宛如忽然聽得懂鳥語般，峻吉也忽然能看清別人的感情了。那是一種淒慘的景致，他承認了世間人們的勇氣。

「可以不用來了，你恢復得比一般人更快。」外科醫生說。

由於峻吉默默不語，醫生踰越了醫者範疇，將手輕輕搭在峻吉肩上。

「別太想不開，這是你人生很好的轉機，說不定能找到當拳擊手無法擁有的豐饒未來。一切都要看你怎麼想。……不過目前，先找個好女孩吧。這或許是不必要的忠告，如果你因為這件事而誤入歧途，就不是男子漢喔。」

醫院的窗外是一片秋高氣爽的晴空。宛如以消毒水擦得很乾淨的天空。清爽、無機、充滿哀愁的味道。診療室那磨得發光的銀色器具表面，也映著窗戶與秋空，以及些許雲彩。

「我的人生？」峻吉暗忖，「這個醫生對待我的人生，簡直像在對待他手中的香菸盒。」況且這個醫生的溫柔也深深傷了他。以前因為比賽受點小傷時，同樣是這個醫生，總像簡單修理收音機般對待他的身體，從未流露出安慰之意。

這是峻吉念的大學的附屬醫院，走出大門的迴車道，隔著馬路對面就是母校的校舍。體育館也在這棟陰鬱大樓的一角，此刻川又應該在裡面。以前峻吉從醫院出來，經常順道進去看看，但今天壓根兒不想去。

發生那起事件後，川又是唯一沒有改變態度的人。他沒有安慰峻吉，向來拙於言詞的他不會講那種話術，但也沒有出言責罵峻吉。沒有話題時，依然沉默不語，即便峻吉來訪，他不會露出開心的表情，但也不會擺出困擾之色。他贊成峻吉辭掉花岡公司的工作，但也向峻吉保證，只要峻吉有意，他會幫峻吉找工作。不過他也說，現在這個社會，要有覺悟去當土木工人。峻吉也聽說，讓八代會長出醫藥費和生活費的也是川又。

峻吉踽踽獨行，漫無目的。在秋高氣爽的晴空下，獨自一人無事可做的狀況，是任何青年都免不了的。但峻吉從不覺得自己的狀況是一般青年的狀況。過去，即使他漫步在街頭，肌肉些微的緊張感也會喚起戰鬥記憶，雙腳總是明確朝著看不見的目的地走去。

然而如今，他覺得無力感之海已漫到他的下顎，只要水位再上升一點，必定溺死無疑。他的雙眼，看著與眼睛齊高的水平線。擋住他去路的無力感如漫漫海水，淹沒了整個街道、郵筒、郵局、咖啡店、小公園、電車、書店、水果店與服飾店。以前，他可是揚帆行駛在海面上，絲毫不會被弄溼。

這幾個星期裡，峻吉知道了過去從不知曉，因此也不知害怕的思考的諷刺性。以前他確信，不思考是免除恐懼的唯一方法，但那個成果並非來自努力，只是受到他的幸運保證罷了。

而如今，不思考需要驚人的努力！這個努力成為他勇氣的唯一證據。

「我才不要陷入思考裡！不思考原本是為了拳擊，即使拳擊從我的人生消失了，我也不會停止不思考！」

此外，那種叫人開朗地改變看待不幸或厄運的角度，或是遇到挫折便輕易將力量轉到其他方向，這種人生諮詢式的解決方式，峻吉也很討厭。當一個絕不後悔的人很重要。若是和微小的希望妥協，使得世界看起來像那個希望的形態，那就完蛋了。

即使無力感淹到脖子，也絕不改變看世界的角度。不會想在過去認為無意義的事物上，發現新的意義。……可是，峻吉的世界軸心已然折斷。他試圖拒絕一切夢想。也就是說，只明確承認折斷的軸心，對於因此改變樣貌的現實一概不予認同。

這種態度導致的結果，反而迫使在他眼前的世界，呈現出異樣的非現實感。一切依然如舊，就像凝沉的鐘聲餘韻，一直飄盪在大寺院裡，甚至滲入牆壁的細縫深處，無意義持續迴響著。然而不管他承不承認，即便只是一個無意義，也不再是以前同樣的無意義。……這種時候，絕望能幫上很大的忙。但如同討厭希望一樣，峻吉也很討厭絕望。

知道無法再握拳後，峻吉開始抽菸，也覺得菸慢慢變好抽了。

……走過校舍前面後，峻吉摸摸口袋，從菸盒掏出一根菸往嘴邊放，另一隻手則伸手找火柴盒。……可是就在此時，他忽然不想抽了。因為這樣漫無目的走著，還要取火點菸的動作，讓他感到一種難以言喻的無意義。

無意義終於像個拳擊手，以一記快速透明拳，將峻吉拿到嘴邊的香菸打落在地。這種事，最近常常發生，以後會更頻繁吧。秋意闌珊的上午藍天裡，熙熙攘攘擠滿了不斷瞄準他的透明拳擊手，名為「無意義」的拳擊手。

穿著母校制服的學生，三五成群從電車路走來，其中有個拳擊社的學生，看到峻吉便脫帽行禮。這是個新生，峻吉見過他兩、三次，長得相當俊秀。峻吉輕輕點頭回禮。這名學生的領子上，別著相當醒目的拳擊社紅色領章。峻吉喜歡後輩不花言巧語地打招呼，而是露出笨拙憤怒般的表情。然而剎那間，不名譽這個觀念閃過他心頭。與拳擊無關的受傷，這種不名譽。這個充滿侮辱的觀念，是他最努力不去思考的。

「我有抬頭挺胸走路的權利。」峻吉暗忖。……若是以前，這種權利嚴密地只屬於他自己。但是現在，他覺得這種權利必須和萬人分享。只要說出「我」，背後就有社會慣用句在騷嚷著，例如「是人都會」、「既然生而為人」、「就算是螻蟻」、「只要被稱之為人」之類的。那些他過去輕蔑的弱者，如今都站在他這一邊，支持他，對人性的弱點加以喝采，想和他走在同一條路上。

走到反射著刺眼正午陽光的電車路，峻吉想抬頭挺胸時，發現來往行人都抬頭挺胸在走路，頓時覺得沒意義便放棄了。他的強，他的獨創性根據，已完全消失了。

峻吉曾抱著好玩的心情去上過兩、三堂課的英國文學老教授，帶著兩個孱弱的學生，從路旁的舊書店走出來。這個老教授是十五年前從公立大學退休轉來峻吉的母校，又老又瘦的可憐犬儒學者。他上課有種乞丐腔調，滿臉老人斑，嘴巴閉不太起來總是顫來顫去，上下排假牙不斷碰撞，發出圍棋在棋盒裡摩擦的聲音。

這個老人始終如一，活在安全的確信中。過著打從一開始便陳腐，所以也不怕更陳腐的專家學者命運。就像三十年前在英國做的西裝那種命運。……老教授隔著老花眼鏡，瞄了峻吉一眼。他當然不認得峻吉。臉色蒼白的學生湊向老教授耳畔低喃了幾句。峻吉知道他在說什麼，很想把那學生打倒在地。因此他走過後又回頭看。忽地，老教授滿是皺紋的眼裡，漾滿了紅銹般的好奇心，站立不動盯著峻吉看。

「這個老傢伙。」峻吉如此暗忖，卻也被他老朽的模樣嚇到。這是他第一次看到老人後，感到如此深惡痛絕。

「我得閉上眼睛，什麼都不想，趕緊跑過人生的道路。因為我以後也會變成那樣。」

他的心，產生想像力了。

洋溢著殘秋陽光的午休路上，上班族和學生逐漸多了起來。應該找個地方，吃頓便宜的午餐，但這也沒有意義。筷子八成會從他指間掉落吧，一定會。

人們悠悠地走著，享受午休時間的清閒。看不見的煙火，在晴空的某處連聲炸響。或許人們是在歡欣鼓舞地慶賀，峻吉的右手已無法再握拳。

「既然我無法再打拳擊，就應該發生什麼恐怖大事件。如果那個煙火是砲聲就好了！」

邊走邊想午飯要吃什麼的人們，根本沒理由認為那是砲聲。上班族胸前的領帶夾，學生的金色鈕扣，ＯＬ粉領族的胸針，全都被陽光照得閃閃發亮。

擺在舊書店門前的美國平裝本偵探小說叢書，亮澤的封面充斥著鮮豔色彩，有破掉的桃色內衣露出乳房，有血跡斑斑的白襯衫，有毛茸茸的手抓向空中，有槍，有戴得很低的毛呢帽，打人的男人的腰部動作……

眼前這種非現實的世界樣貌，沒有破裂真是不可思議。看在峻吉眼裡，像個過度膨脹到橡皮表面薄而敏感的氣球。

電車鐵軌在晴朗的馬路中央延伸到遠方，其中一部分在鐵道橋黑影的遠方強烈閃耀。完全缺乏目的，缺乏存在理由的事，竟然以無意義的精確性展現出來，就像以鏡頭透明地映出世界，使他大吃一驚。他想摸摸自己的鼻子和臉頰，想起自己的右手不太能動，便用健康的左手。……他摸到被毆打變硬的皮膚裡，已半被壓扁而奇妙柔軟的鼻子。這鼻子在陽光曝曬下，冒出些許油脂。

——忽地有人抓住峻吉的肩膀，渾厚低沉地說：

「喂，你可是深井峻吉，別悶著一張臉走路。」

峻吉抽回肩膀，回頭一看，是個穿藏青色西裝的男人。他是同年級的啦啦隊長正木。

正木的外型不同於一般印象中的啦啦隊長。他沒留鬍渣，沒穿短外褂和褲裙，也沒踩高木屐，身材也非高大壯碩，更不是動不動就欣喜若狂的樂天派。反倒看起來像個肺病患者，臉色很差，體格也不算好，唯獨那天生的魔力嗓音別具一格，低沉渾厚、絕不沙啞、如江水滾滾不盡。他以這種魔力嗓音率領啦啦隊，從那絕不壯碩的身體裡發出的熱氣，讓大家熱血沸騰。雖然他平常能言善道，但性情頗為陰鬱，可是當啦啦隊長時，是人稱「火球般的男人」。比起一般啦啦隊魁梧隊長的指揮，他的指揮有種自虐的熱情，讓人不由得身陷其中。他將自己的肉體視之度外，讓人覺得擁有一種夢魔般的自我解體能力。峻吉其實很怕正木，從未與他親暱交談過。

「還沒吃飯嗎？我現在正要去吃，一起去吧？」不等峻吉回答，他便逕自朝著自己想去的地方走，邊走邊說，「你後來發生的事，我大致聽說了。」

正木避開上班族和學生混雜的大馬路旁便宜餐廳，走進陽光完全被遮蔽的巷子，來到一家門口的布簾像髒兮兮圍裙的中華料理店。進入店內後，正木沒問峻吉的意思，便點了兩碗拉麵。兩人坐在角落的廂座位子，桌上有個花瓶插了很多免洗筷，還有之前的客人灑落的湯汁痕跡，以及潮溼的杯子圓痕。

正木叼起一根菸後，遞了香菸給峻吉。

「你最近也會抽菸了吧。」

峻吉嚇了一跳。

「好久不見了啊。」

正木終於在香煙繚繞的對面微笑說。

「是啊，半年不見了。說不定半年以上了。」

「時間轉瞬即逝根本是騙人的。你看看這個。」

正木從口袋掏出一只造型粗俗的老舊碼錶。

「這是前陣子，我花兩千圓跟一個學弟買的。他說可以典當的東西只有這個，真是個可憐的傢伙。可是這只碼錶確實會走喔。」

正木按下計時鈕，指針便痙攣地沿著細字轉動。

「來測測拉麵幾分鐘會來吧。你可能會說很無聊。可是你以前在擂台上比賽時，大家都這樣在測喔。一回合三分鐘。那不是也挺無聊的嗎？」

「你找我來是為了講這個？」

「哎，你別生氣嘛。當然有更重要的事。你聽好了，拉麵等一下就會來，這是錯不了的。我們會把拉麵吃光，這大概也錯不了的。然後接下來呢？」

「我們會分道揚鑣吧。」峻吉以不怕坦白時才有的熱切爽朗語氣說，「坦白說，我現在誰都不想見。」

「沒錯，你和我會分道揚鑣，然後你又變成一個人，接下來怎麼辦呢？」

「你煩不煩啊，我也是有女人的。」

「和女人上床也很無聊吧。女人也是一種碼錶喔。排遣一回合三分鐘的無聊吧。只是這樣而已。」

「你到底想說什麼？」

拉麵端來了。熱氣撲上臉頰，峻吉這才感受到自己臉頰的冰冷、粗糙與蒼白。正木扳開免洗筷，發出悅耳聲響，然後將碼錶放在兩碗麵的中間。

「聽好了，這也是不會倒流的時間。我們來比誰先吃完拉麵吧。」

「別玩這種孩子氣的遊戲。」

「你才別說這種可笑的話。我可是為了你才這麼做。如果你想過和受傷前一樣充實的時間，那麼拉麵就要這樣吃才對。孩子氣的是你喔。」

峻吉沉默不語，低頭吃起拉麵，覺得難吃極了。眼前碼錶指針的晃動，看起來像奇怪的生物。峻吉突然發現，它和打倒對方時，從裁判嘴裡發出的高亢讀秒聲一樣，都屬於同性質的時間。這個發現讓他厭惡至極。……峻吉忽然停下筷子。

「按掉它。」

正木泛起陰鬱的微笑，按掉計時鈕，指針隨即神經質地回到原位。

「覺得很討厭吧？你想想看，你未來持續的都是這種時間。不管到哪裡都像被勒住一樣，一直重複同樣的波長。而你已經無法打拳擊。現在還算好的，畢竟各種倔強和尚未燃盡的鬥志，會趕緊到處找樂子排解鬱悶。順利的時候，甚至會忘了自己已經不能打拳擊。……所以說，現在還算好的。可是再接下去，時間可是漫長到難以招架喔。你有想過這一點嗎？依你這種體格，大概活到八、九十歲吧。這麼漫長的歲月，你打算怎麼過呢？活在過去嗎？和擺在架上的獎盃、相簿一起過一生嗎？不過，你已經不能打拳擊了。這是相當漫長的時間哪。」

峻吉激動到忘了生氣。正木所言不差，擺在眼前的確實像堆積在整理過的焦土上的瓦礫，那是已死時間的堆積，在秋末烈陽的照射下，動也不動。

一陣恐怖襲上峻吉心頭。他沒自信活過如此漫長且一無所有的時間。究竟要如何以緩慢的死，去度過已死的時間。這需要超乎勇氣的東西。就算成功了，也是陰慘的成功。峻吉很害怕。他從未思考過這種事。

正木目不轉睛觀察峻吉的神情，知道自己說的話直達他內心深處並產生了效果，然後帶著同樣陰鬱卻熱切的語氣繼續說：

「其實啊，我是想告訴你消磨這種時間的最佳方法，所以才跟在你後面。聽好了，靜靜地聽，我接下來要說的話。」

他口條清晰，像在唸祈禱文地說：

「我們日本人，必須全面體現天皇國大日本的真正樣貌，以光榮君臣一體的大和，成就世界各國、全人類翹首以待的，自由、和平、幸福、安心、立命的大儀表之國。我們必須成為這種師表民族。這裡有著我們天照民族生死一貫，歸一天皇信仰，扶翼皇運天長地久的偉大與崇高。」

正木說到這裡稍稍歇了口氣。峻吉有點受不了的說：

「這是什麼跟什麼啊？」

「這是思想喔。你相信這個嗎？」

「我根本聽不懂。」

「好，那聽聽另一種吧。」正木以同樣的語氣繼續說，「我們要確立建國的理想，發揚日本精神，排除共產主義，匡正資本主義，修正敗戰辱國的亡國憲法。達成國賊共產黨的非合法化，以和平、獨立、自衛為目的推動重整軍備。打倒賣國共產黨及其同流合汙的勢力，以及形成其溫床的亡國統治階級，確立民族共榮的新秩序……」

「這又是什麼啊？」

「這也是思想喔。」

正木淡定地說。峻吉恢復了小孩般的探詢力氣。

「你相信這個？」

「相信？這個嘛，說相信或許言過其實。只是這種話語給我一種『痛快的心情』。不知為何，我很容易對這種話語產生共鳴，總覺得自己的肉體很容易融進每一個字句裡。可能是因為這種話語，最接近『死』。……以前我當啦啦隊長的時候，常常在唱威風凜凜的加油歌時，突然感受到『死』，覺得很痛快。就像忍了很久終於可以小便時，身體不自主地打顫那種心情，那大概就是『死』的感覺吧。

對健康的青年而言，最重要且緊急必須的大概是『死』的思想。而且不是有條件的死，而是亂七八糟，全面對死的認同，『去死』這種命令，還有像葬禮的銀色假花一樣，將所有古老神祕莊嚴的語彙羅列出來的死亡裝飾……這些都是必要的。聽說戰前有個『敢死團』[27]，我要是活在那時候，會很樂於加入吧。」

「你是很極端的右翼分子。」

「沒錯。不過這種事我只跟你說喔。因為我認為，我和你在這一點很像。這和你在拳擊中掌握到的一樣吧。」

「我可不這麼認為。」

---

27 一九三三年日本新宗教日蓮會青年部組成「日蓮會殉教眾青年黨」，通稱「敢死團」，在路上邊走邊喊「死吧死吧」遭到逮捕，後來一九三七年其中五名團員在國會議事堂等五處地方企圖切腹自殺，給社會帶來極大衝擊，史稱「敢死團事件」。

峻吉拒絕了一種奇妙的打顫快感，如此回答。

「因為是現在，你才會這麼說。更何況，你的個性是不思考的。你能證明你以前不是這樣嗎？」

——之後兩人談了很久。峻吉很欣賞正木不會強迫別人接受他所屬政治團體的思想。

「為什麼我不相信也可以？」

「越是不相信的人，越有能力。你看我知道了，我就是這種人。我確實知道我不相信。但是我也知道，能夠清楚地在自己以外看到那種思想，把它拿來當道具，獲得難以言喻的陶醉，覺得自己的死和別人的死非常接近，這才是最有能力的團員資格。此外雖然不是很豐厚，但也有金錢收入。越是獲得賞識，你就會越來越懂得如何賺錢。

對青年而言，反抗是生，忠實是死。這是一句陳腐老話。可是對青年而言，反抗是必要的，同樣的忠實也是必要，兩者都是美味甜美的果實。當運動員真好啊，可以把反抗的能量都用在運動上，把忠實的能量都用在前輩上。這是相當單純的結構，卻也確實遵循了青年法則。……怎麼樣？想不想發誓忠於自己絕不相信的思想，對於『未來』或『新社會』的什麼全數反抗。」

「我相信拳擊。」峻吉語氣深沉地說。

「這我知道。」

「這是我的目的。」

「可是，現在呢？」

峻吉不發一語，默默把玩架在空碗上的溼筷子。杉木筷子的稜角已泡漲疲塌，浮著薄油膜的殘餘湯底，沉著紅色和綠色的小龍圖案。

「現在怎麼樣？至少現在，拳擊不是你的目的。雖然不是目的，但你依然想要相信拳擊，或者自認還相信。……但是剛才說的漫長時間就迫在眼前喔。不，你最討厭的未來已迫在眼前。……若相信不是目的的事物，是你眼前的生存意義，那就好好調整模糊不清的希望刻度吧。你現在應該處於能把全然不相信的事物當作目的的絕佳情況。」

「是這樣沒錯……」峻吉說得支支吾吾，「是這樣沒錯。可是，我無論做什麼事，都需要有我正當的敵人。」

「這一下子就能找到啦。敵人現在也出現在你面前。敵人打從一開始就站在那裡等著你。你的行為，將你的夥伴，變成了敵人。所以才要行動。只要一行動，敵人立刻出現。」

「你都做了些什麼行動？」

「很多啊。譬如十一月一日，出席日蘇談判的全權代表松本回到日本吧。那時候在羽田機場，有『日蘇立即停止談判』、『別向共產黨搖尾乞憐』的示威活動，那就是我指揮的。我的部下打傷了警察，還去吃了一趟牢飯。那傢伙以前只是微不足道的流氓，現在可是護國烈士。」

「如果由我指揮的話，現在敵人是誰？」

「李承晚吧。還有對砲擊聲明束手無策的日本窩囊政府，以及窩囊外務省。」

峻吉終於清楚感覺到，自己逐漸把自己賣了。他漠然地尋思：「就像賣掉一塊長滿芒草的土地，我也將自己的未來賣給這傢伙吧。我要成為永遠不思考，永遠不醒來，永遠沉睡的力量者。這才是力量所保證的真正幸福的含意。」

正木已知自己成功說服峻吉，便向峻吉說明，邀他入團也是會長的意思，會長說會給峻吉特別待遇，一開始就以幹部迎接他入團，明天早上在會長與大幹部的列席下，將在總部舉行入團儀式。然後正木從口袋拿出一張日本紙的卷紙，這是一張將毛筆字直接印刷上去的古式誓約書。正木先以手帕仔細擦掉桌上的汙垢，再將誓約書攤在峻吉面前。

誓約書

大日本盡忠會會長　鈞鑑

此次承蒙准許加入貴隊，自當死守左記各項誓約。

一、我等決心依皇道達成皇國維新。

二、始終服從隊長，維護隊上秩序與團結。

三、無論任何場合均不得損及貴隊隊員的名譽，不違背隊規。

以上對神明發誓，絕對嚴格遵守。若有違背，願受任何處分，絕無異議。

年　月　日

〇〇〇

見證人〇〇〇

……………………。

「在這裡簽上你的名字。嗯，用鋼筆沒關係。」正木說。

接著正木從口袋拿出小刀，請峻吉按血印。

「要割哪一根手指？」

「你真是什麼都不懂啊，小指啦。」

峻吉毫不遲疑，拿著閃亮的小刀，往自己的小指腹輕輕劃了一刀。但沒有成功，他稍微用力再割了一次。結果背脊出現一陣剛才正木說的痛快戰慄。白色的傷口內側，競爭似地湧出鮮血。

「不愧是拳擊手，看到流血泰然自若。」正木讚嘆。

9

……藤子朦朦朧朧知道清一郎去上班了。

昨晚十一點半應該抵達愛德懷德機場[28]的飛機，延誤了兩小時。由於藤子和明治製鐵的社長也有私交，因此陪同清一郎前去接機，包括通關時間，前後等了三小時，才終於擠開人群接到社長，由清一郎開車成功將社長送抵飯店。這時已半夜三點半。回到家上床睡覺已近四點。

28 Idlewild Airport。現名約翰甘迺迪國際機場。

儘管如此，清一郎今天還是準時八點起床出門上班。

他們借住在一位美國朋友的公寓裡。這位美國人是工程師，要去委內瑞拉一陣子，不想失去這間地點方便的公寓，所以請清一郎夫妻搬過來住，夫妻倆也終於能擺脫住了兩個月的飯店生活。但這也只是臨時住家，他們最終想搬去舒適的郊外公寓，但譬如已經預定的里佛岱爾區公寓，也得等住在那裡的貿易公司夫妻搬回日本才能住進去。

……藤子看看床頭的時鐘，已經快中午了。房裡的光線依然像黎明時的昏暗，想必是昨晚的雨還持續下著。

旁邊清一郎的枕頭沾著髮油汙垢，在昏暗的光線下更顯骯髒。汙垢直接以汙垢被映照出來。藤子不禁把臉埋在枕頭裡，親吻它。

然後藤子起身走到窗邊，拉開窗簾，在雨幕中眺望建築物背面複雜的高低起伏。這裡是紐約市五十六街的西側。

從大馬路那頭看到的，幾乎都是同樣高度的建築物櫛比鱗次、密集如雲，但以街區相當於中庭處望出去，只見低矮的屋頂、屋頂花園、向外延伸的寬廣陽台，以及古老紅磚建築的後窗。就連這間三樓房子的窗下，也有一條細長蜿蜒的屋頂花園，奇妙的是，除了窗戶看不到通向屋頂花園的出入口。清一郎夫妻在窗外堆了很多壁爐用的木柴。

屋頂花園種了兩、三盆已然枯萎看不出是什麼花的盆栽，還有壞掉歪斜的藤椅任憑雨水拍打。明明看不見土，房子與房子之間卻聳立著幾棵高大的懸鈴樹[29]。時序已進入十一月，澄黃的闊葉多已掉落，猶如廣告傳單溼溼地黏在屋頂的水泥地與藤椅上。

四下不見人影，汽車聲也傳不到這裡。對面紅磚房子的後窗也一扇扇都拉上白色窗簾，或放下百葉窗，猶如廢屋一片死寂。

藤子想在壁爐生火取暖，打開窗戶，將手伸向木柴，可是木柴被淋得又溼又冷，她畏縮地抽回了手。穿著睡衣很冷，也不能一直把窗戶開著，還是關窗將臉貼在玻璃窗上，眺望窗外的落寞雨景吧。……紐約的冬天，就這樣開始了。

直到昨天為止，藤子都沒察覺到，暴露在雨中的藤椅，後背已有部分藤條綻線彈出，深褐色的藤條往雨中伸展出去，宛如牽牛花的藤蔓伸手尋求支柱。

「我不該看這種東西。」藤子以剛起床的恍惚腦袋思索，「我千里迢迢來到紐約的偏僻地帶，竟在仔細端詳這種東西。實在太離譜，不該如此。」

接著她的思緒又飄渺起來，想到清一郎在此地與日本國內的顯赫風評。藤子經常聽到，人們說他腦筋敏銳，工作認真，而且人緣很好，絲毫沒有輕薄之處，外語能力又強，是山川物產最優秀的年輕職員。藤子沒有任何證據能否定這是謊言，但透過這種風評看到的清一郎，簡直像十根手指都戴戒指的男人。

「如此一來，就算每一只戒指都很有品味，也是白費啊。此外，那個人太有老人緣了。他總是能以獨特的手法，緊緊揪住老人衰弱的心臟。回國後，那些擁有權力和金錢的老人，一定會把他捧得像神一樣，說什麼『他真是個好青年，我從沒看過這麼優秀的青年。當初沒把我女

---

29 Platanus orientalis，又名法國梧桐樹。

兒許配給這種男人，真是一大憾事。』」

——藤子接著思索人們對自己的評價。來到紐約不久，已有一些人在背後稱她「惡妻」。聽到這種事來向她通風報信的人，也同樣到處向別人碎嘴，於是「惡妻」已然成為她的通稱。然而就藤子自己而言，她認為自己沒做任何壞事，但也明白這個惡評所為何來。因為其他公司的職員，一年內不能帶妻子過來，唯獨她打從一開始就跟隨丈夫前來。人們認為，這是男人享受第二次自由單身的美好時光，但清一郎卻遭惡妻糾纏，緊盯著老公，所以才稱藤子為惡妻。

在國外，若轉過身去不理這種流言蜚語，這些八卦不僅不會消失，反而會演變成自己默認了，因此必須主動迎戰，一一滅火。這是生活在國外日本社會的通則，但藤子壓根兒沒力氣遵循這種通則。

……雨以同樣的密度下著，白天室內的暖氣早已停止，因此玻璃窗絲毫沒有起霧。這單調的雨宛如下令般，要藤子看個清楚。

藤子猛地心頭一驚，難以相信自己竟在紐約飽受孤獨折磨。若將這件事告訴日本的朋友，恐怕沒人相信吧。因為藤子曾是喜歡冷嘲熱諷的愉快女孩，壓根兒與孤獨沾不上邊。

一週或十天會有一次，丈夫會在午休時間回家，陪她共進午餐。這時丈夫會先打電話回來。然而今天，清一郎已排定與明治製鐵社長在餐館吃飯。藤子猜想，清一郎八成會懇切地提醒對方：

「算我多管閒事，小費千萬別給太多。日本人給小費總是過於大方，反而有被輕蔑的傾向。」

……想到這裡，藤子不由得笑出聲。因為笑了，腦筋也稍微清醒了些，便去廚房打開冰箱。冰箱裡稱不上塞很滿，但東西也不少。裡面亮起的那盞小燈，在這陰雨昏暗的房間裡，尤其顯得令人愛憐，彷彿是一盞只在這裡偷偷營生的生活之燈。

冰箱裡有可以當早餐的食物，但藤子想獨自去麵包店，不是那種高檔豪華的甜點糕餅店，而且想在不起眼的小店吃頓稍晚的早餐。

藤子來到第六大道，一片煙雨濛濛中，看得到前方中央公園凋零的模糊樹梢。她仿效這塊土地的人們，早早就穿上俄國羔羊皮領的冬季大衣，撐著枯葉色的明亮透明傘。這把傘讓她覺得，透明的雨似乎只降在自己上方。

這一帶和第五大道迥然不同，沒有華貴亮麗的商店，也沒有精美的櫥窗。一間窗戶貼著金箔，將店名寫成半月形的古風店家前，摺疊的遮陽篷已有一端傾斜，雨水從漏斗般的地方流瀉而下。

藤子走過兩個街區，推開位於街角上的麵包店的門。這是一間乾淨時髦的店，裡面有吧台和四、五張桌子，無論任何時間都能點早餐。

所幸吧台沒什麼人，於是藤子坐上吧台，向一個看似義大利人的肥胖服務生點了半個葡萄柚、熱巧克力和英式鬆餅。她不喜歡葡萄柚中間放的罐裝鮮紅櫻桃，所以總是用湯匙舀到托碟上。

吧台正前方的櫥窗擺著各式甜點。天氣晴朗時，可以欣賞行人經過櫥窗瀏覽點心的表情，十分有趣。可是今天暖氣開得很強，玻璃早就起霧了，只有紅色風衣或黃色計程車經過時，陰霾起霧的窗戶才會鮮豔起來。

藤子的右邊原本沒人坐，這回來了一個彎腰駝背的矮小老太婆。老太婆一坐定便向吧台裡的服務生說：

「哦，好冷哦。這天氣實在太冷了。漫長的冬天就要開始了呀。」

服務生笑也不笑，沒好氣地問她想點什麼。老太婆以乞食的口吻說：

「能不能給我一杯咖啡？」

咖啡立刻就端上來了。老太婆的唇毛浸在熱氣裡，嘟起搽著鮮豔口紅的唇，像鸚鵡般伸出乾硬的舌頭，一口氣喝光咖啡。她穿得一身黑，頭上插著惹人厭的羽飾。

喝完咖啡後，這回她轉向藤子，猶如陰暗流水舔著橋墩開始叨絮。

「不好意思，妳是日本人吧？果然沒錯，我就知道。我一眼就能看出日本人喲。有一部電影《羅生門》很精彩吧。我看了那部電影後，幾乎成了日本迷。我還蒐集了很多日本郵票呢，朋友送我的小佛像，我也寶貝得要命。日本的佛像真可愛，像是玩了泥巴回家的可愛淘氣小屁孩……」

藤子對這種日本迷的言論早已聽膩了，但這個老太婆與其說是日本迷，不如說是為了找個人暫時聊天的權宜之計。老太婆的肚子整天都塞了一堆話，想說的話已滿到喉嚨，若藤子和顏悅色地搭腔，那一肚子的話想必會像破裂的水管漫流而出。紐約究竟有多少這樣拼命找人講話的人。若能聊個五分鐘，不管對方是外國人或小狗都好，甚至瘋瘋病人也無所謂。

——這時藤子發覺一個個子頗高的男人，往她左邊的椅子坐下。四開版小報的影劇版右頁，稍稍碰到藤子的鬆餅盤。藤子露出一臉不悅，趁著老太婆轉過身時，看了那男人一眼。

「早啊，杉本太太，我也現在才要吃早餐喔。」男人說。

他是住在同一棟公寓樓上的法蘭克。

藤子曾在現在住的房子裡，和法蘭克聊過天。那是房子主人工程師去委內瑞拉以前，清一郎夫妻前來商量租房子的事，那時工程師的朋友法蘭克剛好來玩，因此加入談話。法蘭克是二十七、八歲的青年，據說是聯邦電視台每週四晚上電視劇的製作人之一。

搬進來住以後，藤子偶爾會在走廊或樓梯遇見法蘭克，但彼此也只是微微一笑，簡單打個招呼，從沒好好聊過天。她不曾邀請法蘭克來家裡，也沒被法蘭克邀請過。

法蘭克長得開朗粗獷，前額髮際線稍稍上禿，頭髮是深棕色，瞳眸也是深色，對日本人而言算是容易親近。穿著有點邋遢，不像清一郎工作環境的美國人一本正經的裝束。笑起來真的很天真無邪，少年般的酒渦，宛如用線吊起來出現在他雙頰。那笑容真的很迷人。

法蘭克看了看藤子吃的東西，除了將熱巧克力改成咖啡，其他兩樣點的都和藤子一樣，然後繼續抽剛才的菸。

「下午一點的早餐並不算特別頹廢。可是早餐前抽的菸，實在無比美味。這香菸才是道地的頹廢滋味喔。」

法蘭克這麼一說，右邊的老太婆像是聽到什麼髒話似的，猛地起身便走掉了。

「妳都在這裡吃早餐啊？」法蘭克問。

「不是。而且我不是都這麼晚才吃早餐喔。」藤子以英文慢慢地說。

「因為我的工作都集中在晚上……不過我常來這家店，今天倒是第一次遇見妳。」

霎時，藤子忽然驚覺，這樣的邂逅並非巧合，剛才離開公寓時，法蘭克可能就跟過來了。想到這裡，脖子猛地泛起一陣微燙。接著她又想到剛才孤獨老太婆的反應，娼妓這個詞便飛進她的思緒裡。一旦來到陌生的外國大都會，就算賣淫也不會有人發現吧。這個不可思議的念頭閃現腦海，隨即又消失了。藤子翹起腳來，雨靴上的水滴滲過襪子，冰冷地碰到她的小腿。

「每次經過你們家的門前，因為吉米還在時養成的習慣，我總會不由得想敲門。快要敲下去才發現不對，於是就作罷了。不過有一次我是敲了以後才驚覺的。那時我慌忙衝下樓梯，像個亂按人家門鈴落荒而逃的壞小孩。……這可能是一種夢遊症吧，我常常無法控制自己。給你們造成困擾前，我或許先去看一下精神分析醫生比較好。……到底是怎麼回事，我對那個房間有著奇怪的鄉愁。」

這擺明是追求女人的說詞，藤子保持日本女人在外國典型的冷淡說：

「等吉米回來了，我們又會搬去新公寓，到時候你又能自由進出那間房子了。……倒是這是什麼報紙，我沒看過哩。」

「這是演藝圈的業界報紙啦。」法蘭克氣勢受挫，只好攤開演藝報紙給藤子看。「妳看，淨是些演藝圈的術語，對外國人來說，可能是最難懂的報紙。妳猜猜看Gotham是什麼意思？其實指的就是紐約喔。」

藤子從孤獨中被拯救出來，頓時轉趨開朗。就像看著溫度計的刻度，她也知道自己越來越開朗了。接著兩人談了目前百老匯的當紅劇碼和音樂劇。從二月起，長期在帝國劇場上演的《絲襪》，是以老電影《妮諾奇嘉》[30]改編的音樂劇，這是藤子來紐約第一次造訪的劇場。仔細想想，這也是她和清一郎一起去看的唯一一部戲。

從那之後，藤子也看了二十幾部戲，但清一郎並不是那麼喜歡看戲。父親給藤子寄來豐厚的零用錢，她總是和隻身的旅客一起去看戲，看完戲再帶旅客去清一郎等候的夜總會。

藤子看過的戲劇之多，讓法蘭克嘖嘖稱奇，更驚訝於很難到手的票，她也能弄到手。於是他隱約透露，因為自己的工作關係，可以幫藤子弄到很難到手的票，也說了很多百老匯後台的八卦內幕。

說到這種事，法蘭克就興奮起來，說話的速度變快，動作也變大。百老匯的戲劇界，工會勢力強大，往往會硬塞很多沒必要的舞台工作人員，以致於在道具不多的戲時，五、六個大男人在換幕時間搬搬桌椅就沒事做了，剩下的時間就在後台打撲克牌消遣，因此舞台工作人員又稱為皇家貴族。……此外法蘭克還說到，最近剛開演，一齣頗為叫座的日本傳統戲劇狂言，在波士頓試演的當晚，受到導演與作者對立的波及，竟在笑容可掬的謝幕後，帷幕降下的瞬間便在舞台上興起大亂鬥，導致數人受傷。

……法蘭克越說越快，並雜夾美國俚語，使藤子越來越難聽懂。她時而擺出想起似地點點頭，但其實根本聽不懂。這幾個月的外國生活，藤子也學會了虛與委蛇的應和技巧，不讓對方感到自己其實不懂。

法蘭克說話的速度越來越快，看在藤子眼裡就像以前出現在英文課本第一頁，描繪字母

30 Ninotchka，又名《異國鴛鴦》。

發音的舌頭和嘴唇的怪異畫面。年輕男人的舌頭猶如鴿子時鐘，在兩片薄唇裡一伸一縮。時而睜大雙眼，時而閉上一隻眼睛。淡褐色，長長的，恍如人工般的上翹睫毛。……那些話語猶如雨滴，煩不勝煩地撲上藤子的臉。以為那些完全缺乏意義、閃閃發光、像連珠炮射來的話語忽然停了，卻又像魔術師看向空中，從一無所有之處取出一張撲克牌，下一句話又從天空降了下來。然後這句話帶著語言的鎖鏈，又牽連出一大堆話。毫無意義。……這時人們的對話根本沒有意義，不管聽或不聽，說或不說，根本一樣。這段時間被話語占據而流逝了，然而沒被話語占據的時間也同樣流逝了。

「這個人果然是外國人。」

藤子暗忖，對於這嘈雜的沉默感到疲乏。與其這樣，不如獨自在雨中漫步好得多。

——於是藤子說要去第五大道買東西。法蘭克說午餐時間過後，和人在麥迪遜大道有約。然而午休時間還沒結束。兩人走到寒冷的戶外，在第五大道的人群中，雨傘挨著雨傘散步了一會兒便分手了。

＊＊＊

清一郎看完鏡子的長信。信中提及峻吉身為拳擊手遭到的致命受傷，以及夏雄陷入神祕主義的泥淖中，連展覽會的作品都畫不出來。

「怎麼每個傢伙都一樣。」清一郎咋舌暗忖，「幹嘛這樣急著死？阿收已經死了，怎麼連夏雄，還有那個峻吉也！」

尤其峻吉的挫折更觸怒了清一郎。鏡子在信中詳細說明了事件難以避免的突發性，但清一郎卻認為這是峻吉自己選擇的路。

因為清一郎堅信，無論是多麼偶然的天外飛來橫禍，人都是自己選擇自己的命運，穿適合自己的衣服，招來與自己相應的悲劇。但這也只能說是一種旁觀者的確信。

死是常態，毀滅必將到來。世界崩壞的徵兆，宛如朝霞，每當黎明望向窗外，便能清楚看見。但清一郎看不順眼阿收、峻吉與夏雄，面對這種事態竟急於奔向個人的毀滅。個人的「世界崩壞」當然也一定會來。人們肉體上的死亡或精神上的死亡，每一次都會將世界粉碎得如玻璃碎片。他們選擇適合自己的衣服。……然而清一郎也很討厭這種確信。只有他試圖違背自己的確信活下去。只有他不慌不忙，想朝著那預言般、一般性的世界崩壞，朝著那如制服般適合任何人、概括性的世界崩壞，活下去。因此他有一條金科玉律，那就是活在別人的人生裡。

不僅如此，他甚至害怕阿收、峻吉、夏雄所直面的，或正在經歷的個人悲劇色彩。這裡面有他討厭的奢侈華麗。「個性」對清一郎而言，是陳腐老舊又奢侈華麗的東西。唯獨他應穿著樸素的西裝，活出別人的角色。無論多麼徒勞，也該這麼做。就像波斯古老傳說的人物，為了避開死神的銳利眼光，隱身於市集喧囂中。

清一郎將讀完的信放進口袋，隨即看向一旁的《先驅論壇報》[31]，上面以斗大的標題，報

31 現為《國際紐約時報》。

導與世界崩壞正好相反的新聞。

「美國經濟　史上空前繁榮！」

美國已擺脫一九五三至五四年的景氣衰退（這個衰退是輕微的，不像第一次大戰後的衰退發展成全世界的大蕭條），以意想不到的速度大幅刷新過去各項經濟指標，國民所得上看三千兩百億美元，達到史上空前記錄。

而且這波好景氣也影響了歐洲與亞洲，使得世界整體經濟達到戰後最高水準，馬克斯經濟學的希望性觀測徹底失敗，證明了資本主義具有不死鳥的威力。

眾多統計數字與此類論述，使得《先驅論壇報》的經濟版宛如盛讚足球比賽獲勝的大學報紙。

清一郎知道得很清楚，這不是謊言，也沒有任何誇張。身處世界繁榮的根據地，而且在華爾街的辦公室上班，他親眼目睹二十世紀初的許多經濟學預言徹底被打破了。那種歷史必然性的威嚇，那種古老的占星學，已無法像以前那樣威脅人心。

然而這正是清一郎所謂世界崩壞的明顯前兆。紐約是世界繁榮的根據地，同時也是大規模世界崩壞的根據地，亦即清一郎所說「唯一決定性現實」的發源地。紐約不斷死去又復甦，這裡不斷拆除老舊之物，到處可見建設工程，在結晶形的高層建築群旁，宛如一座脆弱玻璃屏風般的幾十層摩天大樓已開始興建。有一棟大樓的巨大綠色玻璃帷幕，恰似一張巨大風景明信片，清晰映照出紐約許多古老摩天大樓的深沉色彩。

這個國家如怪物般的繁榮遙遠餘波，甚至也抵達了東洋島國。那裡有一小群年輕人，清一郎也曾是其中一人，演員死了，拳擊手受傷了，畫家近乎瘋狂。縱使那是清澈的瘋狂，但依然是瘋狂。他們穿著適合自己花色圖案的衣服，經歷了個人的悲劇，死於個人之死。但看在清一郎眼裡，他不認為事情會就此結束。他們只是將自己的身體放進再生的一環。這種肉體之死或精神之死的彼岸，一定有詭異討厭的復活在等著！

遙遠古代農耕儀式的再生神話，不僅在這個紐約有，甚至在歐洲、在毛澤東的中國、在剛獨立的亞洲和非洲的年輕各國都有，遍及整個世界，各自穿上不同的衣裳。這堪稱是現代唯一的信仰，是歷史與思想都被打入難以收拾的相對性的現代特性。一個思想看似死了，必定復甦。一個理想主義死絕了，又以新的形式復甦。而且思想與思想，只會互相殘殺。

然而清一郎認為，這些再生神話與復活祕義，無疑是世界崩壞的徵兆。正因他是相信最終、決定版的、絕無例外的世界崩壞而活，所以他的信念是絕不再生，絕不復活。

……儘管如此，他很欣賞紐約天生的哀愁氛圍。「不知有明天的心」總是活在這個灰撲撲、一臉愁苦的都會角落。

清一郎滿足地嘆了口氣。

「阿收死了，阿峻受傷了，夏雄則……沒錯，我不該責備他們。責備也是一種幫助。至少我們的驕傲是，直到最後，都沒有人互相幫助。——所以我們的同盟，至今依然健全持續著。」

「我們出去散步吧。」

這句話藤子已說了好幾次。今天是很難得，不須去接人也不用送人的星期天。藤子早已換上散步服裝。

清一郎不情願地摺起《先驅論壇報》，真的很不情願。他是在模仿漫畫裡，當丈夫的在星期天碰到這種事會出現的典型態度。

然而藤子接下來的敏感反應，倒是讓清一郎感到些許困擾。藤子說：

「你不適合扮演耽溺於看報的老公角色喔。」

接著又補上一句：

「報紙裡出現的事，你早在三天前就知道了。你是這種類型的喲。」

聽到這句話，清一郎安心了。藤子依然只看她自己想看的清一郎。而且藤子說這種話，只是想賣弄一些詭辯。

妻子在家中有濫用這種詭辯的傾向，因此清一郎必須警戒以對。而這完全源自藤子的孤獨。既然旅美的日本人都是敵人，憑她的英文又無法向美國人展現機智，因此只能對丈夫抒發。尤其這一個月來，清一郎更是窮於應付妻子戲謔機智的說話方式。那就像在家裡，每餐都被迫吃餐廳大菜。

清一郎起身去打領帶。和單身時代一樣，他依然很討厭「週末」的服裝。

「去公園散步，穿輕鬆點就好啦。」

「不行，我要看起來像中東的王族。」清一郎說。

這間公寓的主人吉米去委內瑞拉之前，清一郎夫妻在吉米策畫的惡作劇裡，成功扮演了一個角色。那時吉米帶他們去常去的餐廳，向人介紹他們是中東地區的王族，服務生的領班竟然中計相信，畢恭畢敬地稱藤子「Your Highness」。那是夫妻初到此地，對一切還新鮮好奇，非常快樂的時光。

來到第六大道，夫妻倆像外國人挽起了手。藤子希望能挽著手走路，清一郎則是喜歡「別人的習慣」這種事。就這樣走著走著，兩人與其說是日本夫妻，清一郎頑強的下巴與銳利的眼神，藤子那圓圓的臉蛋與大眼睛，看起來更像中東地區哪個西歐化的王族夫妻。

天氣十分寒冷，冬天的氣息越來越深。清一郎偏好室內暖氣的人工熱度，藤子則很愛呼吸戶外的空氣。在東京時，她最愛夜總會的黯淡燈光，如今被置於紐約的孤獨中，反倒愛上了大自然。

「愛上大自然」——這是危險的徵兆。清一郎片刻不曾懷疑，妻子愛他的肉體，但妻子在孤獨中萌生的妄想卻投向大自然，這違反了他的感覺。雖然基於種種逼不得已的原因，將妻子冷落於孤獨中，但他討厭看到孤獨的妻子。他向來追求平庸，妻子竟追求個性，這種發展出乎他的意料。因為訂婚時期，清一郎看到喜歡玩弄機智的她，認為她會是個「熱愛丈夫的平庸妻子」。

事實上，藤子在床上確實非常真摯。來到紐約以後，有時甚至會搶走丈夫的角色，變得十分主動。清一郎也將它看作是妻子孤獨的反應。雖然有時也會認為，只是美國的風土民情，毫不客氣入侵日本人的臥房。

——由於是星期天，除了餐飲店，所有店家都打烊休息。行人也顯得稀稀落落。看似快要下雪的陰霾天空，扼殺了石砌街道的清晰輪廓，使街道看起來像老舊的銅版畫。

夫妻倆手挽著手，走進中央公園的冬樹下。

「散步是壞習慣。這會養成孤獨。」

沒有人想在公園入口，立個這種警示牌嗎？所幸今天陰霾寒冷，看不到那種孤獨曬太陽的人，占據星期天的中央公園長椅。每棵樹下都積著厚厚的落葉。

從枯樹的樹梢，可以看到紐約灰色的冬空。

「你不作一首俳句嗎？」藤子揶揄地說。

基於習慣，清一郎竟立即尋思以枯木樹梢為季題[32]的平庸俳句，使得自己也大吃一驚。

「有位女詩人去了巴西，每天作五十首俳句。我要是能這樣就好了。」

「作俳句也能成為野心的種子啊。」

藤子依舊很愛野心這個詞。

「換作女人的話，不叫野心。」

清一郎表現出些許男性尊嚴地說。

群聚在散步道中間的鴿子，羽毛也都是冬季天空的顏色。有些老人在溜狗，其中兩位老婦人牽的狗都很精悍，長相也比主人漂亮得多。這兩隻狗像在打拳擊似的，逗弄著對方不肯離開。兩位老婦人事不關己地一直站著聊天。小狗的拳擊賽時而會脫軌，倒到鴿群那裡去，嚇得無數的鴿子一起振翅高飛。頃刻間，清一郎與藤子的視野充滿了群飛的鴿子。振翅聲粉碎了凝滯的空氣，有如撒落玻璃碎片的冰冷，霎時襲上臉頰。

中央公園裡，他們兩人最喜歡的是松鼠。每次來散步都會向賣花生的攤子買幾袋帶殼花生，引誘松鼠。有一隻松鼠在遠處，單手貼在胸前，歪著頭，定定地看向這邊。還有一隻松鼠，叼了一顆花生便慌忙回去自己的領域。然而也有更大膽的松鼠，在不到一公尺處，便迅速咬破花生殼，以雙手捧著花生，花很久的時間，慢條斯理吃掉一顆。嚙齒類動物的細白門牙動作，在落葉、陰霾天空、寂寥樹木的景色中，平添了一絲鮮洌趣味。

枯木林的那頭，中央公園東邊的大廈群顯得模糊迷濛，猶如遠處陌生的都市景觀。

藤子陸續丟花生餵松鼠，怎麼餵都餵不膩。清一郎一下子就膩了，想起之前一個明朗的秋日午後，來這個公園散步時，看到楓紅的樹下，突然出現一個少女黑人娼妓，不斷向他送秋波。這個大白天裡的黑人娼妓，穿黑衣戴紅帽，拎著紅色手提包，頭髮染成眩目的金色，搽著鮮豔的口紅，歪著嘴角，單手撐在紅棕色的楓樹樹幹上……

「下雪了。」

藤子站起身，仰望冬木的樹梢說。

清一郎懷疑地伸出手，掌心並沒有雪花，但是看到黏在深藍大衣袖子上的雪花消融了。

---

32 又名季語，在俳句中表季節的詞。

「下雪了。」

藤子又說了一次，像孩子般誇張地又叫又跳。清一郎以觀賞舞蹈的心情望著這一幕。

儘管他是在有心理準備下，開始過這種沒有真實感的生活，但也實在太沒真實感了。藤子似乎打算用剛下的飄渺雪花打雪仗。

她的姿勢彷彿在說：「我們很年輕喔。」確實清一郎也還只是二字頭。但藤子認為的年輕，是她從日本帶來的國際性觀念，而且總在心裡的某個角落，期待戲劇化的劇情會降臨在自己的生活裡。若清一郎年紀更大一點，或許會覺得這種膚淺的年輕很可愛。但清一郎畢竟還太年輕。

——表面上，兩人相當愉悅快活，從溜冰場旁邊登上一座稍高的假山。山頂上有一座像日本古老寺院六角堂的建築，大白天的窗戶透出燈光，在雪花紛飛中顯得很溫暖。

兩人走到山頂，從外面眺望六角堂。窗戶因蒸氣變得霧濛濛看不清裡面，但隱約可見充滿人影。雖然看起來很多人，卻聽不到笑聲或嘈雜聲，只有木塊碰撞般的聲響。沉甸甸的門扉上寫著：

「免費入場」

清一郎走上前去，推開門扉，霎時一股沉悶的強烈暖氣撲面而來，裡面煙霧裊繞，看不清人們的面孔。堂內並不大，卻到處是人，有很多桌子，人們圍著桌子下西洋棋或跳棋。這是個免費的娛樂場所。棋桌旁站滿看熱鬧的人，一邊抽著香菸或菸斗。沿著六角形的牆邊設有長椅，但長椅上也坐滿了人。儘管如此，沒有談話聲也沒有笑聲，沒有人特別注意進來的是一對日本夫婦。

隨著眼睛逐漸適應後，清一郎和藤子都發現裡面淨是老人。大家都穿著粗俗的衣服、白髮、禿頭，陷入跳棋長考的額頭上，皺紋深得令人驚懼。堂內有種異樣的味道，是老人特有的臭味。有些人的下顎皺紋簡直垂得像鐘乳洞。皺紋之間還蔓延著老人斑。尤其坐在長椅上的老人，只是為了取暖，彼此毫不交談，宛如停在棲木上的小鳥，半垂著如鐵般的眼皮，下顎微微顫動……在這種黑色與灰色陰鬱沉悶的氣氛中，唯獨西洋棋和跳棋的紅白棋子顯現鮮明色彩。

——藤子催清一郎出去。戶外寒冷刺骨。然而夫妻倆出去時，也沒人好奇地目送他們的背影。坐在長椅上的老人，只凝視著前方一公尺處，瞳眸甚至動也不動。

「流浪漢真可憐啊。」藤子想著富裕的父親說。

「不是喔，他們是靠退休年金在生活的人。生活上基本沒問題，只是巴著免費的娛樂。」清一郎說明。

藤子那病態的開朗，因為看到這幕情景而痊癒了。因此清一郎也無須再多言。雪下得有點大了，兩人在紛飛的雪花中，走過公園東邊的步道，來到廣場上，看到巨大的青銅製騎馬雕像。

清一郎停下腳步，張開嘴巴，眺望這悲劇英雄的青銅雕像。

「有什麼好笑的嗎？」

藤子看到清一郎微笑，如此開口問。

「沒什麼，我只是想起皇居前的楠公銅像。以前我午休散步都會看到。」

藤子非常吃驚，想不到丈夫到現在還保有對鄉土單純的愛。

＊＊＊

清一郎以每個月二十五美元的費用，將一九五一年出廠，漆成黑白兩色的帕卡德車（Packard），寄放在市中心的車庫保養。上下班則搭地鐵，只有去機場接送，或去近郊兜風才會開這輛車。

下週六，夫妻倆將應邀去紐約州帕切斯的辰野家共進晚餐，因此得去三十五街西的車庫取車。

辰野信秀是日本人聯誼會的會長，但今晚的主人是信秀的妹妹山川喜左衛門夫人。夫人不願待在生病的丈夫身邊，來投靠幾年前喪妻的哥哥而開始在美國漫遊旅行，之後就一直住在哥哥家。山川喜左衛門病篤的消息傳來時，她非得回日本不可，但喜左衛門雖然極度衰弱，竟靠著那個詭異指壓師的照料，至今依然活著。因此夫人以「那個幽靈」稱故國的丈夫，還曾公開如此說：

「那個幽靈還能活著，都是託我的福喔。萬一我佛心大發回日本的話，他一定會驚嚇而死。」

儘管如此，夫人愛山川物產如同自己的兒子，偶爾心血來潮，會邀山川物產的員工來哥哥的宅邸共進晚餐。她時常邀請分店長，為了公平起見也輪流邀請其他職員。這次輪到清一郎，但這種邀請不會令人毛骨悚然。

從市中心開車到帕切斯，抓一個半小時比較保險。兩人在公寓前攔了計程車便趕往車庫。車庫的肥胖年輕職員，一臉睡眼惺忪地招呼他們，說的英文帶著濃濃的布魯克林腔，很難聽得懂，過了好一會兒才把清一郎的帕卡德車開出來。不料，這輛車竟然還是前幾天下雨開過以來的樣子，車身髒兮兮的，車窗玻璃也沒擦過的痕跡，連電瓶都沒電了。清一郎十分惱火，立刻叫那個職員充電。夫妻倆就在傍晚的寒冷戶外等候。

北風強如奔流，從高聳建築物間的十字路吹了過來。藤子的大衣裡只穿著晚禮服，冷得豎起寬寬的衣領包住臉頰禦寒。

「還沒好啊？到底在幹什麼？」

「應該快好了啦。」

這種對話反覆了好幾次。每說一次，藤子的語氣就變得更尖銳。

「找個暖和的地方喝杯茶等吧。」

「再等一下啦。充完電我們得立刻出發，沒什麼時間了。」

「那你就催他快一點嘛。」

「我已經去催兩次了……這裡又不是日本。」

「他就是知道我們是日本人，才把我們當傻瓜。」

「這是日本人的被害妄想。畢竟紐約幾乎都是外國人，如果一味地想著哪個國家的人會怎樣，根本沒辦法做生意。」

「既然這樣，我們也拋掉日本人的謹小慎微好了。」
「普通的態度就好。我向來都以普通的態度行事。」
「要是我爸在這裡會怎麼做呢？他一定會立刻打電話給美國的企業家朋友，在今天之內就叫那個胖子回家吃自己。」
清一郎原本想回：「要我當翻譯嗎？」但又作罷。因為庫崎弦三的英文很破。
藤子知道，把老爸搬出來會傷到清一郎的自尊心。然而清一郎明白，這時藤子的表現並非來自可愛無意識的小姐脾氣，她顯然是故意的，因此清一郎抑住了怒氣。他並非抱著入贅的卑屈自尊心結這個婚，卻也和別人一樣，會因這種有權有勢的豪門千金老套壞心眼，感到受傷，這點確實不可思議。然而傷到他自尊心的還有別的理由。因為清一郎總希望相信，至少在自己的心裡，在情感的內部，已遠離社會面子的角力衝突，只剩一片荒廢。
雖然他忠實扮演別人的角色，但應該與別人的心無緣。不料「別人的感情」竟也如此盤據在他內部，差點表現出世間一般的反應，不僅不可思議，更令人毛骨悚然！
但清一郎完美地抑住了怒氣。他的克己修煉在此發揮了效用。斷然制止別人的感情入侵，堅守自己內部的荒廢與真空狀態，只是假借別人的角色，這種克己原則是最寶貴的生活理論。外表看起來只是在忍耐，但其實不是。他是努力在驅逐違背他理論的感情。
結果車子花了將近一小時才修理完畢。藤子氣到不想講話，但車子一發動便說：
「趕快開暖氣啦！你看我的手凍成這樣！」

說著還將冰凍的手套往清一郎臉上壓。清一郎閃身躲開，使得藤子的怒氣飆到最高點，哭了起來。車子從四十一街東駛進東河河岸的羅斯福大道，沿著平坦的道路北上曼哈頓島，一路上藤子哭個不停。

就連這種晚宴前的爭吵也是徹底美國式了。清一郎一邊疾駛，一邊悠悠地等妻子哭完。過橋進入布朗克斯後，藤子會停止哭泣吧。然後到帕切斯之前，會匆忙地補妝吧。這個預測完美猜中了，因此年輕的丈夫對自己鳥瞰人生的視點有了自信。

藤子補妝時，在鏡中發現一張典型日本女人的臉，努力找回和這張臉相符的感情。在這份努力的作用下，她說：

「對不起哦，我不是在生你的氣。只是太冷了，又很害怕……還有就是，可能是平常孤獨寂寞爆發了。」

接著，藤子冷嘲熱諷的側面突然抬頭。

「我如果想要像一般女人哭哭啼啼，隨時都辦得到喲。而且我喜歡你默默忍耐的表情。其實我在哭的時候，常常偷瞄你，你的眼睛動也不動。」

清一郎就此讓步，主動搬出藤子的父親。

「山川夫人可是妳父親永遠的女性喔。妳也要討山川夫人歡心才行。」

帕切斯林木蒼鬱，其中零星分布著許多宏偉宅邸，各個宅邸都有其不同風情的庭園。住在這裡的人都很有錢，有一套獨特裝模作樣的方式，這裡的田園俱樂部是十九世紀末創設的。

辰野信秀是子爵的次男，很久以前就來美國，從沒回去過日本，早川雪洲[33]在好萊塢走紅時，他馳名於波士頓社交界，和波士頓的名門千金結婚，之後移居紐約，一生什麼都沒做，就被拱上日本人聯誼會的會長，戰爭中也免遭扣留，而且將赴美時的財產增加到今天這種地步。這種「無所事事的人種」在日本已全然沒落，而信秀成功的祕訣卻在於，他將舊日本的貴族主義，毫不讓步地在美國固守下來。

比起自己的丈夫，山川夫人更佩服這個哥哥。她之所以嫁給山川喜左衛門男爵，也是信秀赴美前的安排。直到太平洋戰爭爆發之前，信秀都把山川物產當成自己的金庫。而且山川物產旗下公司募集外資時，信秀一再動用自己的人脈幫忙，但從未想過擔任幹部。

帕切斯的豪宅有十七個房間，山川夫人占用了景致最好的客房。這幾年寄居於此，她絲毫不以為意。這些人是五十年為單位來思考金錢問題。畢竟過去哥哥蒙受山川物產極大的恩惠，就算她在這裡被照顧幾年，哥哥那在哈佛大學當教授的混血兒長男，將來也會受到山川物產充分的恩惠。更何況，哥哥的妻子早在幾年前就死了，這個家開派對時，山川夫人必須出面當女主人。她似乎生來就是為了擔任這種職務，但在日本的機會卻越來越少。

「要把華族當作招牌啦。」這是夫人來到喪妻的哥哥身邊時，第一句說的話，「山川物產已經當不了招牌了。」

「這一點我很清楚。我已經這樣做四十年了。」

「在日本，華族這種稱號已經像古物店的勳章，可是在這裡，不管向誰介紹我，你都要說我是男爵夫人。」

「像妳這麼活力充沛的女人，很難認為是亡命貴族。」

「不過不管怎樣，只要是日本的華族，再怎麼落魄衰敗，都比那些擠在貧民窟的義大利公爵或伯爵夫人有價值。」

清一郎來到紐約一處郊外，乍看彷彿戰前東京舊市區的一角在這裡復活了，看到一棟式樣古老沉靜的豪宅座落在常綠樹林裡。他將帕卡德車停在玄關前的車廊，一位老管家立刻出來迎接夫婦倆。

藤子顯得很緊張，清一郎見狀不禁微笑。這也難怪，這位戰後派的企業家女兒，比清一郎更嚴重地，被父親灌輸古老山川總本家的威嚴，此刻根本無心在丈夫面前誇示父親的威信，只擔心要謁見長久籠罩在光輝傳說裡的，父親的主君夫人。

「我看起來不像哭過吧？我的眼睛很容易腫。」

光用手鏡照還不放心，進入帕切斯後，藤子便問清一郎。更一臉忐忑地詢問清一郎的意見：

「我們遲到了一小時耶，怎麼辦？還是老實說比較好吧。不然要怎麼辦呢？」

這種態度完全不像平常的藤子，簡直像個提心吊膽的鄉下女孩，而且對丈夫「單純的心」

---

33 早川雪洲，一八八九—一九七三，本名早川金太郎，年輕時赴美留學，後來活躍於歐美電影界，是第一位在西方電影界達到頂峰成就的日本人，晚年參與《桂河大橋》的演出，並獲提名為一九五七年的奧斯卡最佳男配角獎。

所展現不知畏懼的堂堂態度，深感佩服。車子快抵達時，藤子感佩之餘，還像孩子般地問：

「你不怕啊？」

「有什麼好怕？我本來就是『深獲好評』的人。」

清一郎一邊踩煞車，一邊淡定地回答。

山川夫人將清一郎夫婦介紹給所有人。其中有正巧來紐約玩的日本前王族夫婦、紐約日本工商會議所的會長、紐約總領事、卸任後返回日本途中的前駐葡萄牙大使夫婦等。除了這些主要的日本人，還有七對中年以上的美國夫婦。

清一郎興致盎然地望著山川夫人。這個女人與其說五十歲，應該快六十了，卻毫不在乎地露出白髮，完全不裝滑稽的年輕。而且在一群口紅搽得很濃的美國老婦人裡，夫人也顯得格外年輕有威嚴。她姿勢端正筆直的談吐態度，秀麗的鼻子與銳利的眼神，雖然缺少些許嬌媚，但顯得高貴莊嚴，適合穿晚禮服的肩膀，有種不可一世的感覺。臉上的皮膚確實衰老了，但夫人不隱藏她的衰老。但那裸露的肩，在水晶燈的照耀下，顯得嬌豔豐腴，宛如三十歲女人的肩。

儘管長相毫無相似之處，年紀也懸殊得像母女，但不知為何，清一郎一直想起鏡子。在境遇上，夫人可說是鏡子的擴大圖，是放在世界地圖上的鏡子。這種印象並非第一次。之前清一郎剛到任時，因為藤子尚非正式赴美不便一同前往，清一郎隻身隨分店長去拜見夫人，在那短短的初次見面裡，他也有同樣的感受。

然而夫人冷淡的態度，以漠不關心和公平為旨的親切，卻與鏡子截然不同。雖然身為隱居者，但夫人有一半是公開的存在。儘管如此，清一郎在跨進大門時就感覺到，這裡飄盪著和鏡子之家相同的空氣，而且將那空氣微妙地變質、擴大、深化，變成一種難以辨認的東西。

山川夫人那不太笑的嘴角，不露嬌媚的眼睛，都充滿一種孤高的精神。可以想像這種女人多麼不愛丈夫。她片刻也不曾忘記往昔的豪奢。

清一郎在稍遠處，觀察夫人應對客人時的眼神。那眼神不斷閃現批評，嚴格地分辨別人，絲毫不為地位財產所惑，明顯地藐視平庸之輩。

客人裡，有個男人一看就是平庸之輩，身材肥胖矮小，在日本是知名的文化人，到了四十多歲才第一次出國旅行，英文一竅不通，在各地的日僑圈子走動。山川夫人看這個男人時，眼神像是在看滑稽醜陋的甲蟲類，一種叫糞金龜的蟲子。

「夫人看起來比傳聞中更可怕耶。」

藤子嚇得膽顫心驚，低聲對丈夫說。夫人像是在看小女孩般看著藤子。

室內裝潢完美融合了維多利亞王朝樣式與日本風格。這種融合帶給日本客人一種熟悉的親近感。暗色桃花心木的擺飾櫃與漆器很搭，也和螺鈿[34]、七寶[35]、中國古老陶器十分協調。貓腳形的家具陳列在桃山屏風[36]前；火焰旺盛的壁爐上，是以義大利大理石做的壁爐台，台上擺

34 鑲嵌貝殼，亦即將處理過的貝殼，嵌入質地較硬的木料中做成家具等高級藝品。

35 七寶燒，日本金屬琺瑯器的一種稱謂，極其美麗華貴，恰如佛經提及的七種珍寶，金、銀、琉璃、瑪瑙、赤珠、水晶和硨磲，故以「七寶」名之。

36 桃山屏風的特色是金碧輝煌，以金箔繪上圖畫製成。

著古九谷燒的大花瓶。

客人還在喝餐前酒。廚師是辰野信秀在戰前就從日本請來的，侍者端上的每一道前菜都做成食物的造景，有的像富士山，有的像鳥居，也有神社、寺院、水池、拱橋、仙鶴等，每道菜都博得滿堂采。

分店長徵得山川夫人的允許，帶著日本製的相機，走到清一郎夫婦旁。

「機會難得，我也請夫人一起來合照，這會是杉本夫婦很棒的紀念照。」

夫人毫不猶豫站進夫妻倆的中間，也沒向他們打招呼，便直截了當面對鏡頭。清一郎覺得夫人的裸肩有一股醉醺的熱氣。相機為了對焦，花了不少時間。一個美國人對日本相機深感興趣，更是打擾了神經質的攝影師。

「我岳父看了這照片，一定會很羨慕。」

「哦，庫崎先生啊……是啊，當時我也年輕。」夫人依然端正看著前方，側臉輪廓分明，以冷淡悅耳的聲音說，「那是一九二七年，我第一次去印度旅行時，就是他招待我的。我記得很清楚。」

「從那之後，聽說岳父經常夢見夫人。」

「成為夢魘了啊，真可憐。」

清一郎隔著夫人的肩，都能感受到藤子驚嚇屏息的樣子。

「至今還沒從夢中醒來呢。」

「他的執念真深啊，我真是罪過。」

夫人這次確實看向清一郎，就像拉丁女人常做的動作，睜大了驚愕的眼睛。這時要按快門了，因此分店長大聲請他們看鏡頭。連其他客人也看了過來。

「我們就乖乖拍照吧。」

夫人轉向正面，戴鑽戒的手指碰到清一郎的手背。這期間夫人也沒停止說話。

「這攝影師的技術也太差了。」

然後以看昆蟲的眼神，冷冷地看著分店長和鏡頭。

倒是藤子難以平息心中的錯愕。因為她第一次看到丈夫的另一面。那簡直是一種膽大包天的談吐，清一郎過於親暱的口吻，宛如將夫人當吧女對待。

清一郎自己也十分驚愕。他覺得自己在對夫人說話時，像是在對鏡子說話，不知不覺違背了戒律，露出了在鏡子之家以外從未示人的面貌。這雖然稱不上才氣，但真的自然地流露出喜歡輕蔑的調調。他感到很快活，並相信這種一來一往的對話，和夫人喜歡的輕蔑調調很搭。

「接下來也用這種調調和她交談吧。」清一郎心想，「而且最愉快的是，我和夫人敢把庫崎弦三當笑柄來說。」

可是在夫人離開後，藤子和丈夫終於能在一個角落獨處時，她對自己的父親被當笑柄完全沒印象。而且在驚愕中回過神來，還重拾以往冷嘲熱諷的快活，聲援丈夫說：

「你的膽子真的很大耶。我對你刮目相看了。」

一位美國婦人坐在壁爐前的椅子上，組裝日本製的雞蛋玩具。那是一種箱根的手工藝品，用很多不大一樣的複雜木片組成一個蛋的形狀，一旦解體後，不容易組回原來的蛋形。許多好奇人士圍在旁邊，看她如何完成這種複雜的組裝。

然而不管這位美國婦人怎麼組裝，雞蛋不是有洞，就是長出了角，最後終於煩不勝煩尖叫放棄。接下來是日本的前王族，用他胖嘟嘟的手指接過雞蛋，重新仔細拆解組裝。

清一郎一回神，發現藤子在離沙龍頗遠的牆邊，已成為中年美國夫婦的俘虜。旁邊也有總領事在。遠處的藤子姿影像個小孩，反而顯得很華麗。

清一郎又感受到，戒指碰到手背那種刺刺的冰冷感。原以為是心理作用，但這回直接壓上他的手背。

「多虧了這個蛋，我這個女主人終於可以喘口氣。」山川夫人對清一郎說，「女主人像那種蛋是最理想的，麻煩複雜，難以理解，像謎一樣，而且材料只是普通的木片。」

「妳不適任吧。」

「沒錯，我討厭謎樣的事情。」

夫人端著雞尾酒杯，一邊保持平衡，一邊引導清一郎去可以單獨談話的角落。插在黑底七寶燒花瓶裡的日式楓紅樹枝，將兩人遮蔽於眾人之外。

「你平常都做什麼運動？」夫人問。

清一郎暗忖，哦，來了，一如往常，這是最初的誤解。我總被認為是運動型的，雖然聰明機伶，但其實是單純的男人。

「沒特別做什麼運動，只是那個做一點，這個做一點而已。」

清一郎刻意謙遜地回答。
夫人的語氣忽然轉為權威，帶著命令口吻，匆忙但明確地說：
「市內常有非常有趣又神祕的派對喔，跟這種無聊的派對不同。你想去的話，我可以作陪。」
「我是因為欣賞你，你一定要嚴守祕密喔。我會打電話去公司，告訴你時間。到時候我會用木村這個假名，你可別讓公司裡的人發現。」
「請務必帶我去。」
清一郎擺出極其單純且愉快的微笑點頭。夫人輕輕握了握他下垂的手指，便快速離開了。
餐廳門左右大開，管家通知賓客，晚餐已準備完畢。
前王族的心被組裝雞蛋奪走了，根本無心用餐。這個小玩具就像他往昔的小小版圖，使他胖嘟嘟的小手難以應付。
「趕快做成炒蛋吧。」
剛才組裝失敗的美國婦人，將鮮紅的指甲搭在他肩上說。

＊＊＊

照片不久就洗出來了，藤子將它寄給父親。父親也很快就回信了。他以不同於平常事務性短信的筆觸，描述過去的幻影依然延續至今的感懷。看到長大的女兒，站在曾是日本資本主義皇后的身邊，他非常高興，並訓誡女兒要感謝丈夫清一郎選擇在山川產物工作。這種陳腔濫調的落伍情感表白，讓藤子有點看不起父親。藤子認為這是典型的店鋪夥計告白，同時也忽然想起，她就是受到父親這種感化，去見夫人前才會那麼害怕。想到這裡，忽然生氣了起來。

夫人為何對自己那麼冷淡？夫人幾乎沒跟藤子說話。那時藤子並不怎麼在意，為何過了好幾天，尤其收到父親的信後，感到無比屈辱又懊惱。藤子甚至認為，山川夫人是代表全體旅美日僑對她翻白眼。然後又想到這種悲慘的境遇，都怪當初父親以特別的名目，要她和清一郎同時赴美造成的，完全忘了那也是自己渴望的，反而怨恨父親情感脆弱的個性，並將他疼愛女兒視為一種俗惡心態。如今在這個任性的女兒看來，這種父愛和店鋪夥計的性情，只象徵著父親難以擺脫的一連串卑微特性。

身為婚後一年多的妻子，這種心情，應該能幫她更傾心於丈夫吧？偏偏清一郎去芝加哥出差了。藤子完全孤單一人。

紐約分店的七個部門裡，清一郎所屬的機械部是營業額最高，也是應酬最忙的部門。日本來的客人，九成都是機械部的客人，有時為了去迎接，整個部門必須全部出動，分成三組人馬去紐約三個機場接人。

華爾街古風盎然的辦公室，有一百多名員工在上班。從日本來的正式職員，包括分店長約有四十人，其他都是當地雇用的職員。有白人，也有日本移民的第二代；有打字員，也有速記員。

清一郎每天早上九點半上班，工作到六點多。每天一早到辦公室，就看到一夜之間，從日本拍來的電報堆積如山。清一郎要看電報，然後跟廠商聯絡，還要在腦袋裡把日本的來信譯成英文，然後口述，讓速記員記下，以便向相關廠商詢價。這些電報魚目混珠，好壞都有，其中也有無聊到令人納悶，為什麼這種東西要越過遙遠的太平洋來做交易。

剛到紐約時，像清一郎這種年輕職員，肩頭上的工作和責任，就是東京總公司的三倍。由於人數很少，工作繁忙，業務範圍廣泛。在東京總公司，沒什麼機會在文件上蓋自己的章，在日本沒蓋部長級的章就不能發出的信，在這裡只要清一郎簽名即可發出。回覆東京來的電報，也無須一一請示課長。

自己的辦公桌忽然變大了，給清一郎帶來一種快感。當然這並非權力大增，也非自由意識擴張，只是青年極度嚮往與渴望的社會性反應，而本身僅是幻影的觸覺性實感罷了。染指青年們搥胸頓足的渴望之物，是清一郎喜歡的感覺，用自己的手稍微去碰一下，用自己帶著手垢的手指去弄髒它。當青年抓住這種東西，便說成就了野心，甚至相信征服了社會。青年多麼喜歡誇張啊！以為掌握了地球，其實只是抓住了一塊土而死去。

機械部最近處理的，主要經辦電源開發機，和為了推展製鐵公司合理化所需之新型軋鋼機的進口業務。日本經濟動向的尖端形態顯現於此。松永安左衛門[37]長年大聲疾呼的電力近代化計畫終於開花結果，呼應政府的六年經濟計畫，以昭和三十年（一九五五）為第一年度，展開

37 松永安左衛門，一八七五—一九七一，被稱為「電力王」、「電力之鬼」的日本財經界人物。

能源開發六年計畫。於是超越日本機械工業製造能力的超大型渦輪機訂單出現了。

另一方面，源自歐洲的鋼鐵景氣進入昭和三十年後，之前因不景氣沒落的日本製鐵業也恢復生氣。礦工業產量大增，也有了投資設備的餘裕。清一郎在機械部就是負責這種軋鋼機的進口業務。

宛如巨型鐵製建築物的大型軋鋼機，是匹茲堡麥斯特公司的知名產品，清一郎去參觀他們的工廠時，覺得渺小的自己竟來採購如此巨大的機器，就像在馬戲團裡斡旋大象買賣的印度商人。

東亞製鐵要買軋鋼機的消息，從山川物產九州分店傳到東京總公司，是在山川夫人舉行派對前一週的事。東亞製鐵的常務兼技術部長，連同兩名能幹的工程師，已經開始辦赴美手續。此時紐約這邊，按照迎接重要客人的慣例，依據各貿易公司間的協定，召開各公司的聯合會議，以日本訂定的行程為主，各公司公平分擔嚮導與接待任務。

清一郎的工作越來越忙，他的桌子周圍更是熱鬧非凡。東亞製鐵的技術部長將視察美國各都市的製鐵廠，參觀各廠使用軋鋼機的運作情況，也參考現場工程師的意見，再決定要買麥斯特公司的軋鋼機，還是其競爭對手史特拉斯堡公司的軋鋼機。若決定買麥斯特公司的軋鋼機，合約就是山川物產的，但若決定買史特拉斯堡的，合約就落到日本商事手裡。

在日本訂定的行程，不一定符合美國公司的習慣，也未必方便在美國旅行，因此清一郎的工作便是聯絡日本商事等公司，並打長途電話給各地的製鐵公司，調整見面時間，預約飯店房間，配合當地各種情況做出最終版的行程計畫。然後當客人來了之後，要陪客人前往現場，努力懇切接待與嚮導，以期客人的評判天秤能朝自己的公司傾斜，成功簽下高達數百萬美元的合約。

使用史特拉斯堡公司軋鋼機的A．A鋼鐵公司位於巴爾的摩，負責嚮導與接待的是日本商事。使用麥斯特公司軋鋼機的L鋼鐵公司位於芝加哥，因此清一郎隨同機械部長，陪著三位重要的客人，前去芝加哥出差三天。

忽然傳來敲門聲。

「哪一位？」

藤子一問，敲門聲立刻停止。門外一片寂靜。倘若藤子起身前去開門，也只能聽到匆忙衝下鋪著地毯的樓梯的腳步聲。

她知道這不是外面來的客人。若是事先約好的客人，應該會在狹小的大門口，在那與房間數相同的門鈴裡，按下寫著杉本清一郎名字的門鈴。而藤子只要在房裡按鈴回應，須臾間沉重的大門就會自動打開。美國的中等公寓都有這種裝置，但來客竟沒用這種裝置，便直接爬上樓梯來敲門。

這個突來敲門的人，一定是住在同棟公寓的人。而且今天不是第一次。從那天一起吃過稍晚的早餐後，法蘭克就經常做這種事。

那次早餐的第二天，藤子就知道這是法蘭克，所以靜靜地不回應，但會悄悄將耳朵貼在門上，覺得對方似乎也在窺探門內的動靜。過了一會兒便聽到匆忙下樓的腳步聲。

隨著這種事情一再發生，有一次藤子倏地默默開門，結果聽到匆忙下樓的腳步聲。從那之後就安靜了一陣子。

這回敲門是發生在藤子早上送丈夫搭機前往芝加哥，從機場回來後，正要換衣服時。

——紐約已進入寒冬臘月。寒冷的程度是東京整個冬天幾乎沒有的。枯葉在路上翻飛，北風冷冽刺骨。淡藍色的冬空下，依然出現灑水車。

這個全世界和「幸福」這個字眼最無緣的大都會，就這樣進入了最符合它的季節。十二月是社交活動的鼎盛時期，同時也是孤獨的鼎盛時期。然而這兩個尖銳對立的鼎盛，藤子再不情願也得承認，自己屬於後者。在東京時，就算放著不管她，藤子也絕對屬於幸福的一族。不知為何，來到紐約卻成了孤獨的一族。和真正孤獨沉潛的人相比，藤子更不幸的是，她認為這種孤獨不適合自己，是一種蠻橫無理的命運捉弄。藤子不該如此孤獨，偏偏確實是孤獨的。

然而社交界也沒有幸福吧。為了一夜之宴，用飛機橫越大西洋，送來巴黎餐廳做的佳肴，這種大富翁想必也與幸福無緣吧。歐洲各個古老都市當然不在話下，即使美國的地方都市和小城市，都有市民的幸福理念，就像風信雞棲息在城鎮最高尖塔頂端上。唯獨紐約沒有。這裡的人們，無論富人窮人，每個都一臉想對幸福吐口水的模樣，終日忙碌不堪。就這層意義來說，紐約是世上稀有的男性都會。而身為女人的藤子，其孤獨的根源一定有幾分來自於此。

藤子勉強自己想像，自己是在東京一角的小住宅或小公寓裡，在丈夫工作繁忙時守在家裡的年輕妻子。她試圖如此想像，可是卻辦不到。藤子現在身處的房間，猶如一條遇難的小船孤立著。外面是「外國」這種海。明明人山人海，卻如無人之境。猶如「瓦斯燈璀璨耀眼的巨大野蠻之境」……

今天的敲門聲比以往更為執拗，反覆敲了兩次。藤子默不吭聲，結果第三次敲得很用力。

藤子停下換衣服的手，走到門口，對著門的細縫問：

「誰啊？」

「法蘭克。我現在從門的下面傳一張紙條進去。」

藤子感覺到他笨拙地跪下雙膝，然後一張紙條便從門下滑了進來。上面如此寫著：

「今晚，一起吃飯好嗎？如果妳願意的話，六點鐘，我在上次一起吃早餐的麵包店等妳。」

藤子懶洋洋地立即回覆。她什麼都沒想，在房裡走來走去，慢慢地找鉛筆。找鉛筆的時候，腦袋裡只想著鉛筆。找到之後，用鉛筆寫上「ＯＫ」，便將紙條從門下傳了出去。

法蘭克在門外發出像是感嘆詞的聲音，隨即又變成藤子沒聽過的口哨聲，然後傳來小跑步的腳步聲在樓梯間蹦跳便消失了。接下來又是一片寂靜。

藤子走到鏡子前。一如往常，鏡中絕對只映出藤子一人。然後是瀰漫著暫時居所不安氛圍的室內；壁爐台上木雕土著的臉；印花布的床罩；後方廚房的白色瓷磚。房裡依然一成不變。

「我在做什麼呢？我什麼也沒做。這個房間永遠只有我一個人。什麼事都不會發生。」

藤子半冷半熱的腦袋，呆呆地尋思。一邊梳理髮型一邊心想，瀏海再剪短一點比較好。

——藤子沒有向丈夫說，從他出發以前，法蘭克便頻頻來敲門。對此，藤子也絲毫不認為不忠於丈夫。因為這種敲門沒有任何危險性，等同不存在，再則若將這種芝麻小事向清一郎說，清一郎一定會認為她太自戀，再度譏笑她只是妄想，所以藤子不願跟清一郎說。

奇怪的是，清一郎有種怪癖，總喜歡把一些事情當作妄想而不屑一顧。藤子很早就發現丈夫有這種傾向，卻將它曲解成現實主義者，或野心家的特性。然而其實，這只是清一郎觀念上的特質。

即使妻子將具體的憂慮跟他說，他也會以「想太多」來打發妻子，叫她「別胡思亂想」。他就是這種丈夫。映在妻子眼裡的具體事物，妻子毫不質疑便信以為真的事，他拒絕照單全收。當妻子說「那是馬車喲」，他討厭這種命令式，對現實的指示方式。他看事情總是這樣看，從某個角度來看是馬車，但從另一個角度來看又不是馬車。

稀薄的現實，稀薄空氣裡喘不過氣所呈現的扭曲形象，清一郎對此已見怪不怪。因此看到那些來到外國的日本旅客，面對陌生環境驚慌失措，狼狽地失去鎮定，清一郎反而更驚訝，他們在日本時，竟然能毫不懷疑地把現實當現實看。以前通勤路上的紅色郵筒，看在清一郎眼裡是稀薄的存在。此刻紐約的巨大建築群，看在他眼裡也只是稀薄的幻影。因此在外國生活，對清一郎輕而易舉。

「那是馬車喲。」藤子說。

藤子說這話是在一個秋末夜晚，深夜一點左右。那時她和清一郎看完戲搭地鐵回家，在前一站提前下車，信步走在第五大道。

深夜的道路上忽然出現灰色的馬匹拉著馬車，而且連續三輛，留下噠噠噠的聲響，消失在深深的夜霧裡。

接著再走過一個街區後，來到通往住家的轉彎時，清一郎猛地停下腳步說：

「半夜有奇怪的東西經過啊。」

「那是馬車喲。」

藤子這個回答，嚴格地說，不是清一郎感想的正確答案。這裡可以看出女人特有的，以最淺顯易懂的方法整理現實的強力標準。清一郎對此十分反感，儘管自己看到的確實也是三輛灰馬的馬車，卻隨即反駁：

「那是妳的妄想啦。」

……「那是妳的妄想啦。」藤子覺得，現在搭機前往芝加哥的清一郎看穿了自己的生活，連門下的互傳紙條，也會用這句話來做歸結。

傍晚六點以前的時間，該怎麼過呢？或許從現在睡到傍晚，先儲存睡眠比較好。要是法蘭克能現在直接帶她出去就更棒了。

藤子換上了睡衣。在這沒人發號施令的地方，接近晌午時分，為了睡覺竟換上睡衣，似乎也太做作了。但對藤子而言，這是自己一個人，為了給自己看的滑稽儀式。結果睡覺的理由也沒了。

藤子躺在床上，望著老舊龜裂的灰泥天花板。又轉過頭來，望著灰色凍結的天空。不知不覺中，藤子想起日本的性愛入門書，屢屢將以往日本男性無知的性蠻橫，與歐美男人甜蜜溫柔的熟練殷勤，拿來當作惡與善的樣本對照比較。但清一郎絕非粗暴的丈夫。藤子茫然地尋思他那具有常識、健全、熟練且周到的愛撫，而西洋男人毛茸茸又白皙柔軟的肌膚和強烈甜美的體味，又會增加些什麼呢？

這個國家的人很容易老，法蘭克也不例外有些禿頭，但那有著少年般酒渦的笑臉，藤子並不討厭。他那厚臉皮與極度膽小形成有趣的矛盾，畏縮的接近與獨特的執著，尤其對「日本女人」抱持的幻想觀念，都深得藤子喜愛。基於些許聰明，藤子喜歡對自己的個性感到厭倦，但並不討厭自己被當成抽象的夢想對象，撲朔迷離的夢中女人，東洋詩意的化身。

藤子像個女人，比約定的時間晚二十分鐘到。法蘭克在麵包店裡看晚報等她。兩人聊了兩三句後，法蘭克說，氣象預報說今晚可能會下雪。

這間麵包店只是短暫碰頭的地方，法蘭克和藤子商量找個地方喝餐前酒，他說廣場飯店就在旁邊，去那裡的橡樹廳喝也不錯，至於晚餐地點，他已經在四十九街的勒．尚特克雷爾餐廳訂位了。

喝餐前酒時，法蘭克心情極好，一直在談去委內瑞拉的吉米，所以藤子備感無聊。剛才在麵包店看到他的笑容時，藤子覺得自己從孤獨裡被拯救出來了，而那種感動現在已逐漸消退混濁。

吉米！吉米！法蘭克不知道說了幾次這個名字。說吉米是個無可挑剔的好人，他一臉酷酷地說笑話，喜歡和工程師不搭的音樂與戲劇，輕蔑上流社會，也輕蔑放蕩不羈的藝術家，在工作上發揮超人的精力，以溫柔的語氣談在故鄉維吉尼亞州過世的祖母，非常喜歡日本，而且不是淺薄表面的日本趣味，而是真的敬愛日本人，對領帶很有品味，若到手埃及或土耳其香菸一定會與人分享，和好朋友喝酒時會模仿自由女神，用濃濃的布魯克林腔模仿總統演說，很會打撲克牌，也很會耍撲克牌魔術……把吉米說得像一種超人、理想人物、神奇的萬能者。然而在藤子的印象中，吉米確實是親切、低調、溫暖的男人，但充其量也只是有能力、平庸，到處都有的「能幹男人」。

到了勒．尚特克雷爾餐廳，有一面牆畫著巴黎協和廣場，服務生都是法國人，客人幾乎都以法文點餐，法蘭克也終於說完吉米，這回開始談自己的工作。藤子也逐漸發現，這個男人實在無聊透頂。若他全部用日文說，自己可能會受不了。

藤子細細打量法蘭克的衣著，他穿著堪稱紐約男人夜間制服的灰黑色西裝與銀灰色領帶。衣領上方露出年輕的脖子，以及年輕、氣色良好、表情豐富的臉，但因全身穿得非常樸素，使得那生動的頭部顯得更為裸露。但與日本同齡的青年相比，法蘭克的皮膚帶著衰頹徵兆，眼睛下方和鼻翼旁邊，有描線般的斷續皺紋。

就像從耳朵拿掉收音機的耳機，藤子不想聽法蘭克的英文。那種近似強迫別人接受的說話方式，讓她很困擾。……只要拒絕傾聽，那些話一個字也進不來，於是藤子能以靜觀的態度，看著法蘭克爽朗愉快的表情與嘴巴的動作。

「這就是溫柔，對女人親切，開朗的美國青年啊。」藤子心想，「若是這樣倒也不見得不適合我。日本避暑勝地的青年都模仿這種調調。儘管有時模仿更顯魅力，但真品其實也不差。……我猜他有一天會向我求愛吧。這副得意洋洋的樣子，有一天會變成沉靜的態度吧。……不過這不重要，總之現在能讓我擺脫孤獨就好。」

不知何時，孤獨竟征服了那麼驕慢的心，使藤子變得有些卑屈。若能讓她免於孤單，她可能願意對任何人微笑吧。藤子以不諳世事的心情幻想自己成了賣笑婦。然後想像，所有賣春的原因不是源於貧窮，而是孤獨吧。

法蘭克的話題終於談到藤子。這時他的英文變得清晰易懂。

「美國人都誇讚日本女孩。不過看到妳以後，我深深明白，日本太太比日本女孩好上千萬倍。我想問妳一個問題，妳是因為美麗才產生警戒心？還是不管美不美，警戒心都是日本太太應有的謹慎？」

「這是我們對外國人的一種禮節。」

藤子回答後心想，這種要用第一人稱複數的談話有點愚蠢。她對「我們」毫無興趣。

——戶外冷冽刺骨，但剛才喝的酒暖和了身子，兩人便欣賞著聖誕節即將到來的街景，慢慢地走著。洛克菲勒廣場已架起高達六十五英尺的魚鱗雲杉，上面裝置了成百上千的燈籠與三千顆燈泡。兩人走到樹下，和看熱鬧的人群一起歡呼，又眺望在眼前玩耍的溜冰人們。

藤子久違地出現旅人心情。一旦找回旅人的心，一切都變得稀奇，綻放愉悅光彩。只要不去想自己是流浪之身，對世界改觀即可。

溜冰者脖子上飄揚著黃色領巾或鮮紅圍巾，那些顏色的躍動顯得極有活力，看到裝模作樣的老紳士在冰上跌得四腳朝天，藤子放聲大笑。那不是只會從四面牆壁反彈回來的笑聲，而從彼此相視的一張臉波及另一張臉的笑聲，是確確實實有反應的笑。

對世界改觀即可！藤子以感謝的眼神看向法蘭克。但法蘭克的臉卻不在旁邊。他穿著厚大衣的手從背後抱住藤子，鼻孔毫不客氣聞著藤子的髮香。

法蘭克帶藤子去她幾乎不知道的格林威治村看了很多夜總會。去了禁酒時代令人懷念的地下酒吧看小型歌舞短劇，也去了「晚安」看寄席藝人[38]表演。

但法蘭克帶她去的夜總會，都不是能跳舞的夜總會。根據藤子的經驗，東京青年是期待在跳舞時碰到身體，才帶女友去夜總會，而法蘭克卻只在桌下輕握她的手。

他的謹小慎微和精力旺盛的笨碩身體，形成的有趣對比，給藤子不壞的印象。那些體格衰弱又對慾望飢渴的日本青年啊！藤子在法蘭克毛茸茸的大手裡，感到懂事聽話又溫順的小孩的勇敢靈魂。這個清教徒的謹慎裡，有一種類似囚犯小心翼翼的魅力。藤子心想：「這個人會不會在想上帝啊。」

「都一把年紀了！」……不知不覺中，藤子覺得自己比這個青年老很多。

「這個人到今晚為止，錯過了五次吻我的機會。」

藤子看看手錶，已經午夜一點了。但在紐約，這並非深夜時分。

漫才[39]一搭一唱的逗趣表演，看得法蘭克大聲喝采。但藤子不懂那英文俏皮話的意思，於

38 表演落語、浪曲、漫才、雜耍等大眾曲藝的藝人。
39 主要為兩人表演的話藝，類似雙口相聲。

是法蘭克也以簡單易懂的英文一句句說明給藤子聽。然而這種囉唆，只讓藤子感到厭煩，也厭倦了對他的說明擺出好笑表情的義務。那比完全聽不懂的俏皮話更不好笑。

藤子不禁想起在日本時，有個嫁給美國人的朋友，聽進駐軍電台的漫才時，總是聽得哈哈大笑，而自己則以輕蔑的眼神看著她。想到這裡，藤子斷然不想成為那種女人，因而板起一張臉。

法蘭克見狀，囉哩八唆地問：「妳覺得無聊嗎？無聊的話，我們馬上出去。」或是「是不是身體不舒服？」

藤子搖搖頭，為了讓自己更像個難懂的謎樣女人，更縮蜷在自己的內心裡。她尋思著，既然已經板起一張臉，接下來要做出什麼不適合這種場合的舉動。她從手提包拿出手鏡，在鏡中找到了答案。鏡中映出的是一個日本女人。別人可能看不出來，但她清楚看到喝酒與夜遊導致的疲累。這份疲累呈現在水潤的瞳眸裡，在下眼瞼的刺痛裡，也在雙頰微弱卻尖銳的陰翳裡。

「我可是人妻喔。結婚才一年，而我並非不愛我丈夫。」藤子暗忖。

她試著想人在芝加哥的清一郎，試著輕喚他的名字。可是沒有萌生良心的苛責，也沒有愧疚的感覺。於是藤子終於放心了，確認自己對眼前這個美國青年的感情，並非愛情。

——因此藤子得以像想回家的孩子般，說出這句話：

「我要回家了。」

到一個人回家前，藤子還需要些許心理上的討價還價。走出「晚安」時，外頭大雪紛飛，要攔計程車並不輕鬆，兩人走在大雪中，來到一處紅磚建築的陰暗處，法蘭克忽然吻了她。

在漫長的接吻中，法蘭克雙眼緊閉，藤子卻圓睜大眼。這是出自警戒心。法蘭克背對建築物，因此藤子可以看到他背後的紅磚牆上，映著遠處的街燈。兩人接吻時，大雪依然毫不留情地猛下。藤子看到他又長又翹的睫毛上，停著一兩片雪花。男人的臉從高處俯下，形成很深的暗影。藤子的頭髮，完全埋在被他手臂拉起的大衣寬衣領裡。藤子覺得口鼻周圍都被大雪纏繞著。與其說接吻，毋寧說是大雪讓她覺得快要窒息。然而即使如此也比孤獨好。紅磚建築二樓有一扇敞開的窗戶，看起來像黑洞。不管多冷的夜，也有人不開窗就睡不著。藤子專心仰望這扇窗戶黑洞。雪花不斷飄進窗裡。那黑洞裡一定有個在打呼、獨居、難以取悅的初老潔癖者。……藤子終於閉上眼睛，宛如這時才發現自己被吻。

若是調情的接吻，藤子在婚前就知道很多。但這個美國青年的吻帶著貪婪的真摯，使她很不舒服。宛如變了一個人似的。藤子推開他的胸膛，抽回嘴唇，然後鞋跟輕輕落在鋪石道上。

——回到公寓以前，藤子一直擺出壞心眼的態度。其實她只要保持威嚴即可，但她覺得壞心眼比威嚴更有女人味。法蘭克真的一副很憂心的樣子。到了自己的公寓門前，藤子將房門打開一條縫便迅速溜了進去，然後從細到只看得到她雙眼的門縫說：「晚安。」便關門上鎖。接著湊在門邊，聽到法蘭克的腳步聲在門外徘徊了一陣子。但法蘭克沒有敲門。於是藤子走到浴室，打開熱水的水龍頭。打從少女時代就這樣，她喜歡以泡澡取代思考。

翌晨，報紙出現這個標題：

「積雪達八、九英寸，今晚路面將結冰」

藤子迫不及待地去玄關拿這份報紙。昨晚疲累不堪，泡完澡就立刻睡了，今晨倒是意外地醒得很早。

窗簾明亮透白，是因為雪的緣故。藤子站在窗邊望向屋頂，屋頂包著厚厚的雪。是暴風雪。積雪的表層不太穩定有點起毛，時而會吹起一陣雪煙。

老朽的藤椅一直遭風雪吹打，椅背幾乎都埋在雪裡，前面可以清楚看到藤條的網眼。隔著風雪，老舊的藤條有如復甦般呈現黃色光澤，但隨即又吹來丟擲雪塊般的風雪。看來藤椅一整夜就這樣被風雪玩弄著。

不知為何，藤子今天也想獨自去麵包店吃早餐。只要是法蘭克不會去的店，就算幾乎每個街角都有的舒蕾芙特分店也好。那裡只有女客人會去，通常是一群小有積蓄的退休女人，或是獨居寂寞的中年女人和老太婆。

下雪的日子，可能也會有老太婆在入口處誇張地拍打大衣上的雪花，進來坐在櫃台邊，以乞食的口吻請求：

「能不能給我一杯咖啡？」

妄自尊大的年輕美男服務生則懶懶地應答，大多時候連理都不理，便粗魯地把咖啡杯放在托盤上推出去。老太婆的隔壁可能坐著臭著一張臉的中年女人，吃完甜點後，終於逮到機會跟美男服務生搭訕：

「今天早上十一點，下午兩點，和現在，我一共來了三次喔。簡直就像把這家店包下來了。」忙碌的服務生置若罔聞。因此這女人想了一整天的搭訕話語，成了沒有迴響空虛的自言自語。

在入口處抵擋強風匆忙收起的許多黑傘；從那裡飛散的雪花；馬賽克瓷磚上的些許泥濘；女人們骯髒的雨靴……藤子心想：「我不想去。與其要成為那種女客人的其中之一，我寧願獨自待在這裡挨餓。」但這種感慨有些誇張，畢竟藤子很年輕，有丈夫，而且是日本人。

藤子望著窗外下不停的雪，百無聊賴地度過整個上午。她以水果罐頭、餅乾、咖啡，解決了一頓難吃的早餐，花很長的時間在鏡子前面化妝。鏡中那張剛睡醒的臉，真是從未見過的醜。仔細化好了妝，卻懶得換衣服，一直穿著睡衣和睡袍。打算今天一整天就用這副模樣蟄居在家，覺得自己像個自甘墮落的女人，很高興。

藤子躺在長椅上，翻閱已經看過很多次的《VOGUE》和《Harper's BAZAAR》之類的時尚雜誌。她孤單一人，房間裡沒有任何會動的東西，只有那一大片窗外的雪花在動，看起來像發黃銀幕裡放映的古老無聲電影。動作單調且生硬，永遠聽不到聲音的機械性暴風雪。

藤子看膩了時尚雜誌後，接著看起了小小的通訊錄電話號碼。裡面羅列著住在紐約的朋友。全都是日本女人，一群喜歡在白天湊在一起喝茶或看電影的女人。藤子若打電話去，對方會以嬌滴滴又懷念的語氣，邀她立刻過去玩，或是一起去看電影，一起出錢吃飯，然後很開心地道別。……事後卻到處張揚：「我陪杉本太太出去玩了一陣子喔。她終於舉白旗投降了。」淨是這種人。

藤子越來越孤獨，覺得這間被大雪困住的房間像是牢獄。而孤獨卻像內部的火焰，讓人渾身發燙。她將冰冷的手貼在臉頰上，站起身，在房間裡來回踱步。最後終於跪倒在窗前，明明不信什麼神明，卻在心中反覆祈禱：

「救救我！請您救救我！只要能解救我脫離這種狀態，我什麼都願意做！」

霎時，藤子腦海浮現一個念頭。想從這扇窗戶，跳樓自殺。但這只是虛假的跳樓自殺。因為就算從這扇窗戶跳進暴風雪，也只會掉在被雪柔軟包覆的木柴堆上，然後飄飄然滾落在屋頂的積雪上。但是，哪怕只是從窗戶跳下去，也會發生某種程度的事吧。說不定對面紅磚房子的後窗，有人正好看到。要是有人從頭看到尾就更棒了。風雪的對面，那扇後窗垂著白色窗簾，一片寂靜。藤子覺得那窗簾的暗處，有一雙黑眼睛，帶著極大的興趣在監視整個始末。一種對別人瘋狂的無私共鳴。……然而藤子並不知道，其實她丈夫的眼睛比任何人更適合這種共鳴。

藤子豁出去打開窗戶。暴風雪倏地迎面撲來，吹瞇了她的雙眼。藤子做了一個深呼吸，雪花湧進她的喉嚨深處。她覺得雪花在她火爐般的內部融化了，不禁開口說：「啊！好舒服！」

就在此時，門被敲了。藤子幾乎沒聽到敲門聲。接著又敲了一次。第二次顯得有些猶豫。第三次則彷彿帶著光明正大的權利。……儘管丈夫從沒敲過自家的房門，但這種敲門方式，讓藤子以為是忽然匆忙回家的清一郎敲的。於是她放著敞開的窗戶不管，便衝去開門。

站在門外的是，穿著紅毛衣的法蘭克。他理所當然似的走進來，並反手關上了門，然後看到風雪從窗戶灌入，將房裡吹得亂七八糟的景象。雪甚至散落在起床後沒整理的凌亂床上。昏暗的室內，那鮮明起伏的純白床單，宛如雪強暴了房間。壁爐上那紅黑色的土著臉上，也沾了幾片雪花。

「到底怎麼回事？」

宛如自己的房間被弄亂般，法蘭克立刻關上窗戶，走到藤子身邊，將手搭在她肩上，又問：

「出了什麼事嗎？」

接著以大手捧著藤子的臉，再問：

「究竟怎麼了？妳的臉怎麼冰成這樣？」

＊＊＊

妻子一如往常，去機場接出差回來的清一郎。有點老派的清一郎，不會刻意跟妻子說工作上的成敗。但從他疲憊卻仍生氣勃勃的表情，還有機械部長在機場道別時的話：「今天你就不用去公司，好好休息吧。接下來應該可以放心了。」清一郎覺得妻子已經知道他工作十分成功。

夫妻倆並沒有直接回家，而是先去常去的第三大道「海中之王」的海鮮餐館，將女服務生拎著蝦鬚拿來的大蝦燒烤一番，以白葡萄酒舉杯慶祝。清一郎問起他出差期間那場大雪，妻子答得模糊其詞。

來到紐約後，他已習慣妻子這種表情。看到妻子逐漸被他自己束手無策的病菌侵襲，他感到一種慰藉。「這個女人遲早也會跟我一樣吧。她會知道除了鍛鍊對各種病菌免疫的精神之外，別無他法。到時候，妻子將成為我另一個親密好友。」

但這需要長時間的耐心期待。他輕蔑夫妻心靈零距離的那種小市民想法。他不覺得有靠近的必要。他像水車永遠在同一個地方打轉，妻子則像散步者，在他的周遭時近時遠地走著就好。反正不久之後，那個平等的毀滅到來，會吞噬一切。

「銀貂皮，妳想怎麼辦？」

白葡萄酒喝得雙頰微紅的清一郎問。藤子抬頭瞄他一眼。丈夫見狀暗忖：「這傢伙像是被逼到走投無路的女間諜。」不料藤子說出令人意外的回答：

「銀貂皮？我已經不想要了。」

關於銀貂皮的長披肩，有一些經濟上的原委。藤子想要一條銀貂皮的長披肩。只要向父親請求，一如往常透過美國友人寄零用錢來，藤子就能買了。但藤子卻要清一郎送她當聖誕節禮物。可是銀貂皮長披肩是何等昂貴之物，以清一郎的薪水根本買不起。於是無論如何都想達成願望的藤子，便向丈夫供出一切，叫他去父親美國友人那裡拿錢，就當清一郎買的，送她當聖誕節禮物。

然而如今，藤子卻說不想要了。這句話讓清一郎察覺到妻子的非比尋常。偏偏清一郎絕不像一般丈夫會問那種老套的問題：「妳到底怎麼啦？」他只是認為妻子又陷入什麼新妄想了。

飯後，夫妻倆立即回公寓。清一郎打開窗戶，把木柴搬進來。藤子被冷風一吹，看到打開的窗戶，丈夫低頭的背影，不禁渾身打顫。

清一郎在壁爐邊燒柴取火。他取火的技巧很高明。滲入雪水的木柴很快就爆裂開來，不久火焰便像解放般悠悠地燃起。夫妻倆坐在壁爐前，望著越來越旺的火焰。腳下的地毯被烤暖了，發出熟悉的味道。

清一郎望著壁爐火焰，覺得好像來到了鏡子之家。在紐約時還不會這樣，一旦外出旅行就會想起鏡子之家。那個崇拜瘋狂無秩序，那個自由，那個漠不關心，而且永遠飄盪著一種熱烈友愛氛圍的鏡子之家……清一郎在這火焰中，看到那一切一切，覺得鏡子就在自己的耳畔，說出這種話：

「你選擇了俘虜的生活方式。居然自己跳進柵欄中，想證明自己是一頭猛獸，只有你才會有這種想法。可是知道你是猛獸的，全世界只有你一個人喔。」

……藤子悄悄地哭了起來。不過這種以淚水來回報丈夫工作成功的任性女人，恰好符合清一郎的喜好。至少哭泣的藤子，比亂耍機智的藤子好多了。清一郎以調侃般的彈鋼琴手勢，撫摸低著頭的妻子秀髮。不料妻子卻一把揮開他的手。

藤子昨晚幾乎沒睡，一邊等著向丈夫坦白的時間，一邊思忖該在哪個時機將自己投入悲劇的瞬間。左思右想的結果，浮現的智慧只有眼淚。……和法蘭克的一切，對她而言一點都不快樂。想到事後懊悔，與這熾烈的坦白渴望，藤子覺得自己彷彿只是為了獲得千載難逢的坦白機會，才故意犯錯。

清一郎頑固地沉默不語。他認為問「妳怎麼啦？」會破壞自己的性格。但看到憔悴妻子垂落的髮絲，背著火焰映出顫抖的影子，他有種預感，覺得嶄新的人生經驗將在眼前展開。他不害怕，但也做好了準備。「我不相信任何妖怪。」

藤子戰戰兢兢地訴說，清一郎不在時，她有多寂寞，承受多少身心煎熬的孤獨。她那一反常態的謙虛語調，使得清一郎暗自心驚，頓時覺得彆扭，便又在壁爐裡添了柴火。他不喜歡這種人生跳脫日常的步調，而且帶著一種戲劇性色彩。他認為這是人生的越權行為，很想告誡妻子要謹言慎行。藤子宛如察覺到他的心思，結結巴巴地說：

「事到如今，你想叫我閉嘴不說嗎？你認為到這個地步了，停得下來嗎？」

藤子顯然期待丈夫會反問「妳指的是什麼事？」但丈夫頑強的下巴與銳利的眼神，被火焰照得宛如不帶任何感情的凝重雕像臉孔，始終沉默不語。藤子也在他的下巴看到，經常出現的安全刮鬍刀傷痕。忽地藤子感到一種不安，擔心丈夫會不會又以妄想來歸結自己剛才說的話，於是一口道出：

「我在你出差的時候，做了不該做的事，跟別的男人。」

清一郎並不驚訝，覺得「別的男人」這句話有種難以言喻的滑稽感，暗自心想：「想不到我身上，也有發生這種平庸事件的餘地！」這實在太過平庸，因此他覺得像是自己下了訂單訂做的事件。但清一郎堅決維護自己的性格，絕不出言問「跟誰？」

藤子得不到期待的反問，焦慮之下變得比自己預期的果敢。

「你猜是誰？你猜是誰？是法蘭克喔！」
她說得像在炫耀勝利。而清一郎聽完之後露出的表情，讓她感到極度愚蠢。
其實清一郎是安心地露出愚蠢的表情。他在內心暗忖：「對象竟是法蘭克！法蘭克也真是的，竟找上我老婆！……藤子還不知道那傢伙的事。完全不知道。其實那傢伙和吉米，是很久的男同志夫妻了。」
剎那間，不知基於憐憫抑或壞心眼，清一郎決心不把吉米和法蘭克的關係告訴妻子。這種決心來得很快，漂亮地幫他完成了平日相信的人類社會愚蠢樣貌。這正是急速崩壞，荒謬愚蠢，猶如漫畫的世界樣貌，完全吻合他的喜好。他的手中握著人與人之間不可知論的鑰匙，換言之，他是這個小小世界的神。
一般人看到這種喜劇性的鴻溝，會誤以為看到深淵吧。他忽然想起峻吉、阿收與夏雄。他絕不相信深淵這種東西。這是他和他們唯一不同之處。他認為深淵、地獄、悲劇、破局之類的，只是青春特有的浪漫偏見，那個理應會來的毀滅才是唯一。一切都是通向毀滅的過程中，反覆演出的喜劇性事態罷了……
清一郎一臉難以言喻的表情，又沉默太久，因此藤子對這寂靜的憤怒感到些許害怕。她期待丈夫能拋開平日的冷靜，表現出駭人的憤怒。但等了又等，還是看不到。
「我不會再跟法蘭克見面了。我們能不能早點搬去別的公寓？這種事再怎麼囉唆辯解也無濟於事，可是絕對不是我主動追求的。我是真的被逼到走投無路才會發生這種事。那時我太寂寞了，寂寞到想自殺，法蘭克剛好出現來救我。」

清一郎覺得妻子這番話太過傳奇，描述得過於詳細。所有的坦白都免不了誇張，而且坦白者看到對方不相信自己的誇張時，通常都會膽顫心驚。藤子湊過臉來，幾乎要搖晃丈夫的身體說：

「為什麼你擺出這種表情？我可是犯了罪喔，在你出差期間。」

「犯罪？別說得這麼誇張。」

清一郎像是在觀賞水族館玻璃牆裡的魚臉，看著坦承毫無實質之罪的妻子的臉。他太清楚這是沒有實質的罪，因此認為一切都是謊言。

「你還不相信嗎！你認為我在開玩笑撒謊嗎！」

藤子憤然起身，如魔術師般拿來一個裝滿菸蒂的菸灰缸。

「你看裡面的菸蒂，跟你抽的菸不同吧。這全都是法蘭克抽的金邊臣香菸[40]喔。」

「真是粗心大意的男人啊。」

清一郎像在捏別人推薦的夾心巧克力，捏起兩、三根扔進壁爐的火焰中。菸蒂霎時燒了起來，火焰中搖晃著一道強烈的金色火光。

妻子竟然連證物都準備妥當，看來她坦白的誠實是無庸置疑。然而從這裡也可看出，她非常清楚丈夫凡事不輕信的個性。收集這些菸蒂，可說是妻子深諳丈夫性情所做的家常準備。面對妻子的不貞，他確實是個世間罕見的多疑丈夫。……對於事態喜劇性的輪廓，清一郎看得越來越清楚。壁爐的火焰，看似馬戲團用的火圈。女馴獸師藤子，一手高舉火圈，一手執鞭猛打地板。跳火圈！快跳過去！清一郎只需高呼一聲，跳過火圈即可。

然而他卻像懶惰膽小的野獸，只是望著那燃燒的火圈。任何人都會因衝動或憤怒，不知不覺克服怯懦，輕易跳過的火圈。若是平常的清一郎，光靠絕不讓人看到真心的念頭，就能克服吧。

但他訕笑的心，再怎麼也無法湧現這種勇氣。他在火圈周圍轉了轉，聞聞味道，便懶惰地捲起尾巴，折返躺下了。然後以盡可能嚴肅的語氣說：

「我不會生氣喔。做錯事就做錯事了沒辦法，以後別再跟法蘭克見面就好。」

藤子明顯露出失望之色。

「為什麼你不生氣？為什麼不責備我？為什麼要原諒我？」

她屈膝以日式的正坐，端坐在地毯上，只有單眼反映著壁爐的火焰，看得出她渾身發熱。

「在外國生活，往往會有這種事。以後別再犯同樣的錯誤就好。還有，忘了這件事吧，早點忘記。」

「可是我犯了罪喔。為什麼你不罵我？為什麼不打我？」

這種戲劇性的藤子，像個惹人生憐的孩子。藤子認為只要丈夫生氣、罵她、處罰她，自己就能真正從孤獨中被拯救出來。不知這是打哪來的確信，但這嬌生慣養長大的女人，過於將人生的期待賭在這個瞬間。就像占卜晴雨的孩子，只是胡亂地認定，若丈夫嚴厲處罰自己，便能

40 Benson & Hedges，英國的香菸品牌。

拯救自己擺脫孤獨，若不如此，自己將陷入前所未有、更難治癒的孤獨裡。

因此，藤子的失望輕易變成了恐懼。為了擺脫恐懼，她將手伸進黑暗裡，抓住了最世俗的觀念。那是個令人鬆一口氣，單純，凡事都能靠此解決的開朗觀念。

「我差點忘了。就連這個時候，這個人也只是個單純的野心家。他怕離開我和我的父親。他認為若因一點小事就責備我，惹得我不高興，他就虧大了。沒錯，一定是這樣。這個人就如我最初看穿他一樣，是個溫柔的可疑人物，連這種時候也不忘自己的角色。」

藤子如此思忖，將所有世俗的卑劣都推給丈夫，對自己的內心視而不見。她沒有發現，她認為丈夫在社會上和經濟上都離不開她的這種自信，其實就是讓她做出這種坦白的勇氣來源。

藤子的心情終於平靜下來，擦乾眼淚，嫣然一笑，重拾往日冷嘲熱諷的態度，如此調侃清一郎：

「你真的很善良耶。我現在深深體會到了。」

藤子擺出嫣然一笑是想讓丈夫知道，自己臉上浮現的微笑，絕對是不誠實的微笑，是和法蘭克見面時，反覆練習的娼婦微笑。

然而清一郎也逐漸明白，剛才為何猛然決定，不把法蘭克和吉米的醜聞告訴妻子。因為他在內心決定，尊重妻子虛構的緋聞、虛構的罪、虛構的坦白。因為那是妻子費盡心思想出來的，就如平常對妻子做的菜絕不口出惡言，他也決定不對妻子創作的緋聞品頭論足。若傷害了它，毀了這個幻影，會使妻子跌入新的可怕絕望裡，遲早也會成為毀掉他至今辛苦構築起來的玻璃製現實的開端。無論如何，他必須撐到毀滅那天。

尊重別人的幻影，是清一郎人生條訓中最重要的條文。這是人生的第一要義，是為了絕對不誠實、絕對不認真熬過這個人生的最大訣竅。

清一郎再度將令人愉快的單純與率直、開朗的聲音、運動員般的遲鈍誠實等等披掛上身，開始駕輕就熟演出「別人的角色」。

「重要的是社會顏面。」清一郎說，「這個問題就永遠當作妳我之間的祕密，無論再熟的朋友都不能說。因為會喚起記憶的通常是很熟的朋友，如果只是自己的祕密，記憶也會逐漸消失。法蘭克那裡我會去跟他說，叫他好好反省。也趕快找新公寓搬家。一時找不到的話，回去飯店住一陣子也好。上城[41]那邊也有很多清靜又便宜的飯店。……妳也不妨趁這個機會，拋開隱遁的想法，積極和討厭的日本人交往吧。比起孤單一人，置身於流言八卦的暴風雨中，比較不會無聊喔，不久聽起來就會像小鳥在唱歌了。男人都是這樣活下去的。」

「我會照你的話做。」藤子說。

清一郎刻意擺出悲傷的表情。

「我今晚累得要命，可是聽完妳說的話，不曉得睡不睡得著哪。」

面對這如畫般的模範丈夫，藤子浮現了居高臨下的心情，同情清一郎，感到很心疼。

41 紐約的區域劃分法，五十七街以上稱為Uptown（上城），以住宅區為主，二十三街以下稱為Downtown（下城），以商業區為主。

「我真是個壞太太。在紐約的日本太太裡，我一定是最壞的太太。不過明天起，我會徹底改頭換面。今後不管做什麼事，我都要當一個好太太。我去煮熱蛋酒給你喝吧。喝了身體會暖起來，可以睡得很香喔。」

「哦？那就去煮熱蛋酒給我喝吧。」

清一郎在地毯上舒展身體說。

＊＊＊

雖然展現了寬容瀟灑的態度，但清一郎確實逐漸發現自己受傷了。最好的證明就是，他在隔天立刻寫信給鏡子，將一切向鏡子和盤托出。這封信的開頭如此寫著：

「我戴綠帽了。而且是很罕見的，有點另類的綠帽。……」

不知為何，他想起單身時代，下班後去嫖妓，然後組裝進駐軍出售的像兒童玩具般的機器，如此玩樂的初夏夜晚。那是為了找回與自身親密感的小小嘗試。……但是，他卻擅長以誇張的語言來舒緩自己的感情。

「無論如何，我完成了對欺瞞的奉獻。」

然而事實上，他只是恰巧握有漂亮的王牌。多虧這張王牌，他才能獲勝。若沒有這張王牌，他沒自信是否能如此平靜。清一郎想要別人想要的東西。但別人並非想要戴綠帽。

這種勝利的偶然性，這種奉獻的歪打正著，像是渡過危橋後的感覺，淤塞在他心中。山川夫人打電話來公司，用木村這個假名。話筒裡傳來夫人毫不隱諱的直爽聲音。

夫人告訴清一郎，星期五晚上，上城西區某個不太有名氣的飯店有派對，是個古巴的砂糖業者羅梅洛，包下飯店的整層九樓，邀請約五十名客人，在這裡開趴狂歡。

當晚在一間酒吧碰頭時，清一郎從夫人口中得知，羅梅洛與巴基斯坦政府的要員幾乎都是親戚關係，聯合美國資本家經營大農場，也在哈瓦那經營賭場，並走私武器賣給反政府軍。

這晚夫人一反常態，喧鬧得像個小女孩，使得清一郎也反常地感傷起來，不由得以在鏡子之家的口吻，將妻子的「罪」全盤托出。

「在紐約，不少女人只對男同志有興趣，專門追求男同志呢。你太太的情況剛好相反，你應該感謝神明，你太太不是那種類型的女人。我猜你太太只是很寂寞吧。那是一種假裝自殺的舉動，只為了引起你的注意。不過既然她做了那種事，今晚你也可以盡情享樂呀。……我想想看哦，有沒有什麼要先提醒你的？啊，對了，今晚的派對，你要看好自己的錢包喔。因為有很多從哈瓦那來討生活，來歷不明的女人。」

然後夫人突然想起什麼似的，問清一郎：

「對了，那個人叫什麼來著？就是你太太外遇的美國人？」

「法蘭克。」

「對，法蘭克。你去找他談了嗎？」

「隔天我就去他家興師問罪，狠狠訓了他一頓。當我跟他說，我還沒把他的祕密告訴我太太，他非常感謝，還喜極而泣。真是奇妙的心理啊。所以我就警告他，如果他膽敢再碰我老婆，我就把他的祕密告訴我老婆。那傢伙開心地向我保證不會了。」

「我問你一件事，你是怎麼知道他的祕密的？」

「剛來紐約的時候，吉米因為工作關係常來我們公司，主動接近我。有一天晚上我們一起喝酒，他不僅把他和法蘭克的祕密告訴我，還開始向我求愛。我當然一口就拒絕了，不過他說今後也希望我和他當普通朋友，還把房子借我們住。」

「我的天啊，看來你成了東洋男人的魅力化身了。男同志看男人的魅力，比女人的眼光好多了。女人應該多向男同志學習才對。女人那種心機和膚淺的自戀，使得女人面對男人的魅力時成了瞎子。因為女人成了瞎子，所以到頭來什麼都得不到。」

晚上九點，兩人搭計程車抵達飯店。周遭一片靜謐，一旁可見哈德遜河河濱公園的冬季枯木。走進狹小的玄關，便聽到猶如被搔癢的女人笑聲。那是從大廳一角的酒吧傳來的。

兩人在電梯時，依然陸續聽到女人的笑聲。其他什麼聲音都沒，也不見客人形影。一位看似義大利的肥胖中年男子，離開櫃台後，在後方的桌子專心翻閱帳簿。電梯各樓層的數字燈，從十二樓降到七樓後，宛如突然改變主意似的往上升，停在九樓。

飯店服務生走了過來，以戴白手套的指尖，為兩人再度按下電梯鈕，然後閉上一隻眼睛說：

「今晚連電梯都醉了。」

在電梯裡，山川夫人挪了挪銀貂皮大衣，稍稍露出肩膀，裡面穿的洋裝和頭戴的帽子都是淡紫絲綢，在低矮天花板的燈光照射下，顯得威風凜凜。她甚至將白髮也化為衣著的一部分，打扮十分得宜。那表情不像要去參加詭異的派對，而是宛如要出席一艘新船的下水儀式，顯得莊嚴隆重。

在九樓下了電梯，穿過走廊，按下盡頭的門鈴後，一位穿燕尾服、繫白領帶的年邁黑人服務生，畢恭畢敬出來迎接。霎時傳來震耳欲聾的拉丁音樂唱片的喧鬧聲，室內異常的酷熱迎面撲來。

室內光線昏暗，但也看不出什麼異樣。羅梅洛走了過來，和清一郎打招呼。他是典型的古巴人，鼻子下面蓄有短髭，身材肥胖，一雙平易近人的滑稽大眼，說到誇張處會把眼珠子向上翻吊，充滿拉丁風情。那是一雙絕不思考的雙眼。毛茸茸的手指戴著鑽戒，穿著古巴風的墊肩雙排釦西裝。

羅梅洛依照山川夫人的耳語指示，向客人介紹夫人叫「花子」，清一郎叫「太郎」。叫什麼名字根本不重要。

「這真是個裝模作樣的派對啊。」

「現在確實如此。不過等一下你就知道了。例如那個男人喜歡在眾目睽睽之下做那檔事，那個瘦瘦的女人恨不得馬上脫光光。其他女人我倒是不認識。那個年輕男人，只喜歡五十歲以上的女人。還有那個上了年紀的癡肥巴西銀行家更誇張！反正你就慢慢看吧。這些裝模作樣的人都會變成野獸。」

「妳也是嗎？」

「該怎麼說呢？總之我很愛看滑稽的事情，愛看得要命。我是為此來到這裡。」

不久，清一郎和一個古巴來的混血女人熟了起來。這個女人膚色棕褐，英文很破，說是在哈瓦那的電視台跳恰恰。她的膚色有種乾糙黯沉的光澤，宛如熱帶的珍貴樹木。當光線照到她的肌膚，光滑肌膚的表面像是抹上一層金粉。儘管身材纖細，但比白人緊實得多，沒有斑點也不見汗毛的肌膚底下，讓人覺得蘊含著太陽的彈力。頭髮又黑又長，五官極具西班牙風，即使在暗處，眼白也不時閃現光芒。還有就是，這個女人喝酒喝得很兇。

山川夫人一直跟那個偏愛五十歲以上的女人的青年聊天，那個青年長得十分俊美，看起來有些神經質。不知道有多少演戲的成分，這個青年一直擺出膽怯、過於謙遜的態度，臉上浮現的笑容，每一個都在迎合對方。青年攏合細細的雙膝，一頭厚重的金髮梳成飛機頭，不時會以飛機頭戳夫人的胸部，然後露出笑容。當夫人與清一郎四目相交，夫人臉上浮現的無疑是友愛的微笑。每當看到這抹微笑，清一郎便充滿身處鏡子之家的安心感。

有個法國女富豪，在說她最近入手的色情書刊，有桑．魯可夫人的《肉之華》，一九八〇出版的《基西拉島的新逸樂》，還有艾爾丘勒．弗克茲著的法國古典異色書《亞格妮絲修女的勇氣》等等。這個法國女人戴著眼鏡，一副學究風貌，以學術般的口氣說這些書。事後清一郎問山川夫人，聽說她是女同性戀者。

派對終於開始走樣，女人們肆無忌憚地脫光衣服，頻繁進出寢室。清一郎也和古巴女人一起去寢室。連接的每個房間都有兩、三張床，房裡光線昏暗，充滿嗆鼻的香水味、體臭和喘息聲。清一郎拉著女人的手，尋找空床位的途中，在黑暗中看到許多白皙的屁股。有的屁股在動，有的屁股像是睡死了。

「快來看！快來看！開始了喲！」

聽到這句日本話，清一郎從小睡中醒來。很多人擠在一個房間的門口，有的全裸，有的將釦子確實釦到脖子，大夥兒擠成一團，定睛看向房裡。清一郎也越過山川夫人的肩望向房裡。只見那個巴西老銀行家，雙手拿著兩根燭光刺眼的蠟燭，站在寢室中央。周圍的床上有四、五個裸女疊在一起，每個都從意外的地方抬起頭，宛如揚起鐮刀狀的脖子，斜拖香腮，望著老銀行家。老銀行家也是全裸，皮下脂肪厚得沉甸甸的，側腹的肥肉鬆弛下垂，鮪魚肚更是凸得驚人。白色的皮膚上長著密密麻麻如蜉蝣般的紅棕色體毛。燭光照到他的禿頭，但肥肚以下籠罩在黑暗裡。

這個巴西人目光炯炯凝視正前方。正前方是擠在門口看熱鬧的人，但他凝望的不是這個，而是只有他自己才看得到，存在空間裡的一個點。

不久，巴西人站著的醜陋癡肥身體，開始微微地顫抖。肚子的肥肉像果凍般微妙搖晃。拿著蠟燭的雙手，徐徐地向前方靠攏。即便蠟油滴在手指上，耀眼的燭火也從左右兩側，慢慢朝正前方靠攏而來。老銀行家全身痙攣得更厲害，額頭上也冒出豆大汗珠。眼珠子忙碌地盯著左右燭火。兩個火焰，終於快要在他眼前合而為一。可是他的手在發抖，所以火焰也不斷搖晃。

……好不容易，巴西人終於將兩根蠟燭在眼前合而為一。這個瞬間，他射精了。看熱鬧的人齊聲發出「哦！」的愚蠢歡呼聲。

所幸清一郎並非裸體，因此得以和一直穿戴整齊的山川夫人，並肩走回客廳拿酒。

「怎麼樣？沒有比這個更滑稽的節目了。」

「我也沒看過如此荒唐的景象。」

「這裡說不定是地獄吧。不過地獄還真滑稽，滑稽到令人笑不出來。」

「看來夫人討厭嚴肅的事啊。」

「那個銀行家，在自己的辦公室，也能擺出很嚴肅的表情喔。但是命中注定，人無法忍受自己只有一張臉。即使身敗名裂，也要為滑稽效力，而且樂在其中。」

「對那個巴西人而言，那是成為自己的瞬間吧。想要當自己的話，除了墜身滑稽地獄，別無它途啊。」

「任誰都一樣喔。」夫人滿懷確信地說，「沒有一個人例外。」

然後像是老毛病發作般，夫人又突然想起似地說：

「啊，因為那個銀行家，我想起來了。你知道嗎？山川物產的社長昨天腦溢血倒下了，繼任的社長等同已經敲定，就是你的岳父喔。」

10

一九五六年四月初，最近鏡子之家已沒客人，這晚卻來了不速之客。當時鏡子正在陪滿十歲的真砂子做功課。真砂子聽到客人的名字，便興高采烈扔下功課衝去玄關。因為夏雄來了。
夏雄穿著清爽的灰色春季西裝，繫著充滿朝氣的胭脂紅斜紋領帶，頭髮理得乾淨俐落，雖然略顯清瘦，但氣色很好，臉上已恢復往日孩子般的生氣。
「真的好久不見了，你也變了很多呀。看起來像到處可見的敦厚好人家的少爺。」
鏡子暫且在玄關這麼說，其實內心感到些許期待落空。因為原本這種夜間突來的訪客一定是清一郎，因此門鈴響起時，儘管不太可能，鏡子也以為是清一郎沒事先通知，忽然從紐約回來了。
真砂子纏著夏雄不放。前年的夏天，真砂子只能抓著他的褲子，現在已經能勉強和他挽手了。
「一陣子不見，妳長這麼高了啊。」
夏雄快活地稱讚她。真砂子則回以孩子氣的嬌媚。雖然身材已出落得如苗條少女般亭亭玉立，但依然像孩子似的蹦蹦跳跳。
夏雄走進客廳，東張西望地讚嘆。
「哦，變得真漂亮。簡直像剛蓋好的新房子。」
以前暴風雨的雨水會流進來的法式落地窗，已完全換上新木框，看起來比以前堅固許多。老舊椅子也全部換新，壁紙的花紋雖然一如往昔，但明顯是重新貼過，顯得異常明亮輕快，連掛過畫框留下的令人懷念斑痕也消失無蹤了。最明顯的不同是，這房間的夜晚燈光，看起來比以前亮了兩倍，被香菸的煙油和塵埃弄髒的水晶燈，擦得一塵不染。

懂得分寸的夏雄沒問理由，鏡子也沒主動說明。夏雄在以前坐過無數次，如今顯得有些陌生的長椅坐下。

「妳在寫功課啊？」

他拿起桌上的數學筆記本。真砂子立即誇張地大呼小叫搶回去。因此夏雄只稍微瞥見一些稚拙的數字。

「對，在寫功課喔。」

鏡子代替真砂子回答。鏡子的穿著打扮比以前素雅，再也不用擔心被誤認為酒吧女或舞女。妝似乎也化得很淡。反而使鏡子看起來很年輕。

「明治紀念館森林裡的櫻花開了嗎？」

「現在剛好盛開喔。」

鏡子起身去打開法式落地窗的窗簾。月色皎潔，隔著玻璃窗，看得見遠處的森林輪廓。夏雄稍稍斜著臉，避開映在玻璃窗上自己的臉，眺望遠處森林中，巨大櫻花樹綻放的白色繁花。在澄澈的夜空下，閃著光澤的黑森林夜景裡，那白色櫻花有如蔓延的霉菌。

看到女傭端了紅茶和點心來，真砂子立刻去櫥櫃拿來干邑白蘭地和兩個酒杯。

「兩種都可以，儘管喝。」真砂子說。

「這是這孩子最大的款待喔。對其他客人絕不會如此。」鏡子笑說。

夏雄不禁暗忖，這個家的教育方針依然如此。然後雙手晃著白蘭地酒杯，這麼說：

「我今天是來告別的。我就要離開日本了。」

「以前阿清也曾這樣來告別過。我家簡直像車站或港口。倒是你要去哪裡呢?」

「去墨西哥。不過，不是用我賺的錢去。」謙遜的夏雄補充說明，「是我父親讓我去學畫。日本畫家也要去那種色彩耀眼的國家看看，大自然比美術館的畫更是好老師，這是我思考的結果。」

「這樣啊。你來告別得正是時候。要是晚個兩、三天，可能就無法這樣靜靜地喝告別酒了。」

夏雄首度問了:「為什麼?」鏡子簡短說明情況。後天，丈夫要回來這個家了，一切都已準備就緒，所有手續也已辦妥，母女倆已做好準備恢復以前的生活。房子的整修，也是丈夫派工人來日日趕工，終於在昨天完成了。

「我完全不知道這件事。」夏雄語帶感慨地說，「那麼，我們的鏡子之家也結束囉?」

「從後天起，這裡就不是鏡子之家了。世上到處都有的親子三人家庭會在這裡扎根，誰都不能隨興在自己喜歡的時間來了。我也得一早起床送丈夫出門上班，送小孩去學校上學，然後和家長會的太太們應酬吧。你能想像嗎?我竟然成為家長會的一員，太不可思議了。」

「可是，妳有自信辦得到吧。」

「自信?」鏡子倦怠地說，「我才沒什麼自信。那些愚蠢無聊的太太們，可能會惹得我怒火中燒吧。不過慢慢地，我大概就能忍耐了吧。以前我像一艘藉由別人的緋聞和別人的夢想來鼓滿風帆的船，後來遇到了暴風雨。現在船靠引擎就能自己動，我只要擺出一臉不知情的樣子即可。你看，我的病已經治好了。」

「妳會不會生了另一種病？」

「不是，我已經痊癒了。我之前罹患的病是，認為這個世界鬆鬆軟軟，可以運用自如，認為存在就存在，認為沒有就沒有，如今我已治癒了。現在這個世界非常堅固，就像技術高超的木匠做的穩固抽屜，不怕任何推壓撞擊，任何夢想都無法腐蝕它。我跟你說我今後信奉的神明長得什麼樣。他有一雙炯炯有神的紅色眼睛，一隻眼睛寫著服從，另一隻眼睛寫著忍耐；兩個大鼻孔會冒煙，煙霧在空中勾勒出希望二字；巨大而下垂的大舌頭紅得像塗了紅色食用色素，上面寫著幸福二字；咽喉深處則浮現未來二字。」

「真是怪誕的神明啊。」

「今後三百六十五天，我都要在這尊神明前面焚香，獻上供物。無論這尊神明多麼怪誕，只要長著一張人臉就行。心血來潮，我也可以吻他的嘴喔。

人生這種邪教，真是卓越的邪教啊。我決定信奉這個教了。以不打算活下去地活下去，騎著『現在』這匹無頭之馬到處奔馳……這種事聽起來很恐怖，可是只要信奉邪教就沒問題。害怕單調，害怕無聊，也是一種病。可是重複、單調、無聊，是比任何冒險都更能令人長久沉醉的酒喔。只要不醒來就好。可以的話，永遠沉醉最好。如此一來就不會挑剔酒的品牌了吧？」

夏雄被這長篇大論壓制得沉默不語。之後兩人默默喝著干邑白蘭地。真砂子假裝在寫數學作業，一邊側耳傾聽大人談話。很奇妙的，這裡已沒有以前那種嘲笑氛圍，只有平靜的家庭氣氛。夏雄覺得自己宛如變成世上百無聊賴型的丈夫。

這是個沒有春風喧囂的夜晚。每當搖晃杯中的干邑白蘭地，圓圓的玻璃杯內側，就會留下透明的雲彩斑痕。夏雄的舌頭因這烈酒發熱，覺得嘴裡含滿了在這個家無法說出的強烈話語。以前常來這裡的時候，他明明非常沉默，只會微笑。

鏡子那薄薄的嘴唇和中國風的美麗臉蛋一如往昔，無從得知究竟是什麼改變了鏡子的想法。她那筆直的頸項，豐盈的胸部，在過於明亮的燈光下，宛如學究風的素描線條，只勾勒出肉體的輪廓。但也正因如此，夏雄對鏡子的身體感到一種實際存在感，宛如握在手中般的真實。這是他從未有過的感受。

宛如要趕走腦中的思緒，夏雄開始說話。

「阿峻、阿收和阿清，到頭來都不信妳所說的邪教啊。儘管如此，阿清會繼續努力吧。總之他會努力。」

「是啊，他很努力喔。他常寫信給我。不過像他那樣藐視幸福活下去，女人是辦不到的。」

「阿峻加入了右翼組織。他真是一條漢子。可是太有男子氣概了，所以沒有發明的才能。」

「你講話怎麼像起阿清了？」鏡子驚愕地說。

「我也受了很多影響呀。」

「我一直以為你是最不會受別人影響的。」

「那是阿收吧。他從自己的肉體發明出一切，不看別人的模樣，也不聽別人的聲音，以自我肉體的毀滅解決了一切。……大家都是流彈。為什麼呢？大家都是流彈。」

「用不著如此感傷。」

鏡子以相當嚴厲的口氣說。當她壓抑某種感慨時，溫柔的表情會倏然緊繃，變得有些恐怖。

「倒是你，你怎麼啦？現在變得很有精神，話也比以前多了，還突然說要去墨西哥。雖然我得提醒自己，不能像以前那樣隨便出動好奇心，不過今天是最後了，我想問問也無妨。聽說你沉迷於神祕事物的思考，好像是去年夏天吧，後來怎麼了？說給我聽聽。」

「我嗎？」

夏雄微微一笑。但這微笑沒有畏縮的影子。夏雄原本就是為了說這件事來到這裡。他坐在長椅上，伸了伸懶腰，然後稍微彎下腰去，雙手包覆著白蘭地杯，緩緩道來。

……………………。

我究竟是從神祕中痊癒了，抑或被神祕拋棄了，還是打從一開始就不曾和神祕相通，這一點我也不知道。

鎮魂玉沒有任何效果，肉體上的苦行也沒帶來任何效用。只有我的心深深地被死亡與黑暗占領。現實世界的形象清晰之物，依然無法打動我的心。

神祕的魅力真的很難言說。向不喝酒的人說明酒的魅力，一定比這個容易多了。神祕的魅力，首先會給我們一種身處世界邊緣的感覺，恰似極地探險或征服處女峰，覺得自己來到了人類居住世界的外圍邊緣地帶，隻身一人，直接與他界接觸。神祕一旦進入心裡，我們會一口氣走到人類界以外，走到人類精神外圍的邊緣地帶。這裡的景觀獨一無二，一切人類的事物都在自己的背後，宛如眺望遠方都市，結成一小撮結晶閃閃發亮，而另一方面，自己的前方則屹立著令人暈眩的空無。

因為我是畫家，我自認很懂這種精神邊境的景致。可是畫家站在這裡完成造型後，會把畫布收起來，回去人類聚落。神祕家不會就此滿足。神祕家最重要的工作是，這個世界與那個世界的通訊，實體與虛無的通訊。

若曾站在這種世界盡頭、精神邊境，探險家或登山家可能也如此，會極其自然地覺得自己是人類的代表。神祕家的確信也和這個很像，因為在那個地方看到的人類，只有自己。

因為我是畫家，所以不把這個地帶稱為靈魂，而是稱為人類的邊緣。如果有靈魂這種東西，如果靈魂存在的話，應該不是潛藏於人的內部深處，而是伸出到人的外部的觸手尖端，在人的最外側邊緣。一旦超出那個輪廓和邊緣，就到了不是人的極度邊緣。

我有一雙只關注外界的眼睛，卻不關照自己的內心。這正足以說明，為何只被森林、夕陽、花卉、靜物之美所感動的人，會投入神祕裡。這麼說妳懂了吧。我朝著清晰可見的外界前進，筆直地向前走，於是理所當然般，撞見了神祕。因為朝著外部的外部一直走去，不知不覺中，我來到了人類的邊緣地帶。

神祕家與知性的人，在這裡會背道而馳。知性的人走到這裡，會忽然回頭看人類界，於是人類界的一切在他眼中像個小模型，像個容易解釋的算式。世界政治的動向，經濟的趨勢，青年的不平不滿，藝術的瓶頸，凡是和人類精神有關的事，他都能像簡單算式解開，絕不留下模糊的謎題，語言變得過度明晰。但是神祕家在這裡徹底背向人類，放棄解釋世界，他的語言充滿雜亂的謎團。

不過事到如今，仔細想想，結果我並非知性的人，也不是神祕家，果然還是個畫家。過度的明晰或黑暗的謎團，都不屬於我。來到人類的邊緣地帶時，我無法背向人類界，也無法帶著嘲諷冷淡的親和微笑，回首君臨人類界，只是一直漂浮在喪失世界的感情裡。

我的雙眼無法聚焦在鎮魂玉，只能戰戰兢兢看著周圍的黑暗。結果在那裡我看到了，許許多多被喪失世界的感情擊碎的年輕人的臉，漂浮在同樣的死亡與黑暗裡。走到這裡，我已經不是一個人。我在那裡看鮮血淋漓的美麗死者臉孔，也看到受傷的臉，也有拚命睜大眼睛的臉……

雖然我也放棄過好幾次，但到這個冬天為止，我依然緊抓著神祕不放。我也去中橋房江先生那裡好幾次。我的體力消耗殆盡，卻沒罹患重病，有一股神奇的生命力在支撐我。總之，或許只因我年輕吧。

傾心於神祕之後，我嚴禁在畫室擺置鮮花。因為我覺得鮮花的色彩與官能性的香氣，會妨礙我專注於神祕。

初春時節，有一天早上，我不知不覺睡過頭。冬天的時候，我已經訓練自己睡得很短，一定是這不合時節的溫暖，讓我的心情放鬆了。我在畫室一隅的沙發床白色床單醒來，發現枕頭旁邊橫放著一株水仙。

我原想生氣，但又作罷。因為枕邊的水仙放得極其自然，宛如在等我醒來。

現在跟妳說這種事，想必妳不僅無法理解我當時的特殊心理狀態，而且一定笑出來。其實我現在跟妳想的一樣，那株水仙可能是家人的惡作劇，或是家人窩心的好意。可是當時我不是這麼想。

在窗外照進的晨光裡，我在床上稍稍撐起身體，靜靜地和枕邊的水仙相對。我的畫室有隔音設備，外面的聲音完全進不來。晨光中的水仙和我，得以在這全然的沉默裡，兩人獨處。

這時我想到了一件事，這株水仙一定是靈界賜予的禮物。我從去年夏天以來，經過漫長修煉之後，在某個初春早晨，靈界賜予我一株清冽的水仙，以看不見花之精氣凝結，具現成如此清晰的白色花形。

我開心得渾然忘我，好一陣子沉醉在恍惚的喜悅中。漫長的修煉終於沒有白費。我執起堅實葉子守護的綠莖，拿到眼前，仔細端詳綻放的花朵。

水仙花的姿態十分清冽，沒有任何汙點，一片片花瓣宛如初生，芬芳馥郁。花瓣正確地勾勒出，剛才還堅實疊合在花蕾裡，受到旭日照耀而綻放的微妙起伏線條。這確實是正確的形象，使我不禁想起宋代花鳥畫的高雅寫實，尤其是宋徽宗的《水仙鶉圖》。

我毫不厭膩地一直凝視水仙，花朵徐徐沁入我的心，那絲毫不帶曖昧的形態，猶如弦樂器的彈奏縈繞在我心裡。

片刻之後，我驀然覺得背叛了自己。這果真是來自靈界的禮物嗎？靈界的東西，會以如此難以置信的完整形象出現在我眼前嗎？所有屬於虛無的事物，不是都只出現在可以這麼想也可以那麼想的不可靠心象裡，藉此動搖世界嗎？我看到的水仙，是一株無庸置疑的水仙。我覺得看到水仙的我，與被看的水仙，屬於同一個堅固世界。這不正是現實的特徵嗎？所以這株水仙之花，不正是現實之花嗎？

如此思索的我，霎時感到難以言喻的驚懼，嚇得差點將水仙花扔在床上。因為我忽然覺得這朵花是活的。

……我忽然覺得這朵花是活的。那不只是物象，也不只是形態。如果我去問中橋先生，他可能會說，我在那個瞬間透視了清冽水仙的白花，在透明的花朵裡看到了花的靈魂。就如他在漫長艱苦的修煉下看到了龍，而我看到了水仙的靈魂。

可是，那時我的心離這種想法很遠。我想的是，若這株水仙花不是現實之花，我也不可能如此存在呼吸著。

我單手拿著水仙下床，打開久未打開的窗戶。於是早春的陽光裡，今年第一陣和煦春風帶來的種種香氣與聲音，忽地占領了我的耳朵。

因為我家位處高地，可以看到遠處的百貨公司、高樓大廈林立的路街、飄浮的廣告氣球，甚至閃亮地行駛在遠方高架鐵路上的電車。隨著風勢的強弱，不時也聽到許多雜音。一切都宛如今晨被洗滌一新。

我不是在跟妳說哲學，也不是作比喻。世間的人們往往認為，現實是由這種事物構成的，例如桌上的電話、電子看板新聞、薪水袋，要不就是看不到的遙遠國度的民族運動，政界角逐等等。但身為畫家的我，在這個早晨創出了新的現實，亦即重新構築了現實。在根基處，支配我們住的這個現實世界，別無其他，正是這株水仙。

我發現這白色、容易受傷、猶如靈魂本身的精神性裸體之花，在堅實清爽的綠葉守護下的端正清洌早春之花，正是一切現實的中心，亦即現實的核心。世界繞著這朵花的周圍運轉，人類集團與人類都市也規規矩矩排列在這朵花的周圍。無論世界盡頭發生什麼現象，都是源自這花瓣微動而產生的波及，不久會返回原處，悄然平息在這花蕊裡。

我望向遠方的陸橋，看到一輛汽車閃著晨光通過陸橋。忽然間我覺得，那輛汽車頓時和我失去了距離，以極短的絲線連結了我的存在。這也是水仙的功勞。

我呼吸庭院的清新空氣，所見之處還沒什麼綠意，但樹梢微微帶紅的枯木，已失去冬季苛烈的輪廓。這也是水仙的功勞。

多麼玄妙的水仙！從我漫不經心拿起這株水仙開始，水仙延長線上的所有東西，彷彿連成一條鎖鏈，接二連三出現，向我致意早安。這儼然像水仙的謁見之儀。我向和我同住一個世界，也和水仙同住一個世界的萬物打招呼。那些我過去長久忽視，如今感到難捨難分的同胞，在水仙之後陸續出現。來往路上的行人、拎著購物袋的主婦、女學生、威風凜凜的摩托車騎士、腳踏車、卡車、巧妙穿越路街的虎斑貓、那座陸橋、廣告氣球、大廈群的凹凸、高架鐵路、遠處的汽笛聲、晾在公寓窗戶的衣服、人類集團、人類所有製作的產品、大都會本身……這些種種，接二連三以異常新穎的面貌出現。

我一天天找回現實，能這樣精神奕奕出現妳面前，花了兩個月的時間。關於這兩個月，不用再詳細說明吧。我已徹底結束之前的閉鎖生活，家人的開心當然不在話下。工作也慢慢開始做了，我成為普通青年的欲望的俘虜，想去看更廣大的世界與未知的國度。我父親也很贊成，於是我決定去墨西哥。

……………………。

語畢，夏雄笑說：

「妳一臉難以置信的表情啊。不過我已經盡量把自己真正的體驗，說得簡單易懂了。」

「聽得懂聽不懂不重要。」鏡子愉悅地說，「你現在這樣精神奕奕在這裡，就是最好的證明了。」

但其實鏡子聽完夏雄這番話，內心感動不已。她在這番陳述裡，找到了自己生存方式的保證，也在這個總是溫順微笑沉默的青年，首度展現雄辯能力而激昂泛紅的臉上，感到過去未曾有過的共鳴。

鏡子對女人的立場從不讓步。對一切理論做出女性的見解，是鏡子的長處。

「再給客人倒點酒吧。」

鏡子若無其事地對女兒說。真砂子滿心歡喜，扔開數學筆記本，跑去為夏雄斟干邑白蘭地。夏雄見狀心想，鏡子究竟何時才要讓這孩子上床睡覺？

夏雄想一直待在這裡。唯獨今晚，想到自己即將出國，而且是鏡子迎接丈夫回來之前最後一個自由的夜晚，益發眷戀不捨。夏雄醉眼環顧四周，往日的情景浮現眼前。彷彿看到昔日的好友，以各自輕鬆的姿勢，坐在如今不熟的新椅子上，想說話就說話，想喝酒就喝酒，想回家就回家，完全一副輕鬆自在的模樣。

阿收穿著華麗襯衫，窩在自己的美貌柵欄裡，一副不曉得在想什麼的無為模樣，呆呆地托腮靠在椅子的把手上。峻吉則站在壁爐邊，總是擺出一副緊繃態勢，宛如凝視著眼前的假想敵，一張被打得扁平的臉上，唯獨雙眼格外突出，綻放著俊敏光芒。清一郎穿著樸素的西裝，打著樸素的領帶，但領帶結鬆弛邋遢，酩酊大醉地說：

「世界快毀滅了吧。好！我們出發吧！」

——鏡子似乎也感受到夏雄的感慨，如此問道：

「你在想以前的朋友吧？」

「嗯。」夏雄回答。

這溫順老實的肯定，打動了鏡子易感的心，使她不禁暗忖：

「這個人活像幸福王子，清瘦、勇敢、多少懂得了不幸，也學會愉快說話的幸福王子。可是這已經不是真正的幸福王子。記得以前他說過，他孩提時代真的很幸福，之後就沒有那種幸福了。那麼水仙花又如何呢？那一株水仙花，真的能凌駕他孩提時代的絕對幸福嗎？

我還有事情可以教他。」

之後鏡子立刻說出自己的想法：

「你要去旅行很好。墨西哥應該有很多肌膚微黑，漂亮的女人。可是你有過那方面的經驗嗎？」

夏雄霎時漲紅了臉，沉默不語。然而比起鏡子的這番話，更讓他害怕的是真砂子的態度。這個十歲的女孩，原本垂著妹妹頭的短髮，看似專心埋首在數學課本裡，聽到母親這麼說，倏地猛然抬頭，目不轉睛盯著夏雄。她那水汪汪的眼睛閃著好奇心，卻也充滿了善意，像是年長的女人在一旁觀看，誠心安慰年輕人，也熱烈期待他的答覆。

外頭好像起風了，窗外枝葉晃動。但室內一片祥和，不像以前那樣傳來風雨叩打門窗的聲響，將風雨的氣息帶進來。法式落地窗也堅固緊閉，水晶燈的燈光璀璨耀眼，讓人覺得屋裡完全與外界隔絕。

「你還沒有經驗吧？」鏡子語調柔潤地問。

「嗯。」夏雄依然漲紅了臉，靜靜回答。

此時真砂子突然起身，走向客廳一角的留聲機，在櫃子裡翻找唱片，取出一張，踮起腳尖放上留聲機。夏雄吃驚地數著這小女孩背上的鈕扣。

甜美的舞曲開始播放。真砂子像是完成了大事業，一臉得意洋洋回到母親身旁，帶著孩子氣的雀躍，匆忙收拾課本、筆記本和鉛筆，將這些東西夾在腋下。

「妳要睡啦？了不起。晚安。」鏡子說。

真砂子走到夏雄旁邊，抓著椅子的把手，道了一聲晚安。

「這時你要吻她的額頭啦。她在外國電影裡學的。這孩子想讓她最喜歡的客人，親吻她的額頭。」

夏雄將嘴湊近長著細微汗毛的額頭，聞到一股乳臭味的髮香。真砂子隨即靈巧地將額頭抽離男人的唇，走到門口後，回頭揮手說：

「再見。到了墨西哥要寫信給我喔，貼很多漂亮的郵票。」

然後甩了甩那豐盈的妹妹頭短髮，消失在門後。

「你那是什麼表情？」鏡子笑問。

「我很害怕呀！」

夏雄對抗不了音量過大的舞曲，只能勉強地大聲說。

「有什麼好怕的嘛。那孩子很欣賞你喔。」

「欣賞我？」

「對啊。來我家的客人裡，她最喜歡的是你喔。最討厭的大概是阿清吧。當然全世界，她最愛的是我丈夫，也就是她的父親。現在父親終於如她所願要回來了，所以她變得很寬容，似乎也有點可憐我起來了。

以前我完全搞不懂那孩子在想什麼，最近可是瞭若指掌喲。從她剛才斟酒的方式，和放唱片的方式看來，你已經確實得到那孩子的許可了。要不然，聽到那番話，她會竭盡所能地妨礙。」

「可是真砂子才十歲吧。」

「十歲又怎樣？她可是我的女兒喔。」

鏡子以無所謂的語氣，說出這種驚悚的宣言。

兩人沉默了片刻。這回夏雄主動開口說：

「前年的這個時候，大家去了箱根啊。」

「嗯，蘆湖啊。然後在飯店裡……」
「在飯店裡……回想起來，那真是個奇妙的夜晚。」
鏡子這麼一說，宛如忽然獲得什麼權力似的，單手拿著白蘭地杯，坐到長椅上的夏雄旁邊。
「總之，你太尊敬我了。」
「那時妳說，沒戴耳環像沒穿衣服。」
今夜鏡子沒戴耳環。夏雄以一種平靜的心境，看著女人形狀姣好的耳朵，略帶桃紅色澤，經常被香水滲入的柔軟耳垂。
不知不覺中，鏡子撫摸他的頭髮說：
「現在你不尊敬我了？這樣也好。反正你要出國了，我們也沒什麼機會見面了。」

＊＊＊

「鏡子居然向我告白這種事！我第一次從她口中聽到她做的事。我到現在還不敢相信，夏雄居然跟她上床了！而且鏡子是他第一個女人！……說不定是鏡子在最後的最後，撒了她預藏的謊言。真的太離譜了。她究竟打什麼主意，居然不打自招向我們供出那種事？」
光子獨自激動說個不停，隨後又忿忿地補充：
「而且是前天晚上的事喔！她是把我們當傻瓜嗎？還說夏雄感激到哭了！愚弄人也要有個限度！」

「不過，那一定不是謊言。」爛好人的民子說，「鏡子從沒撒過謊。她會跟我們說那種事，一定是非常信任我們。她老公回來的前兩天，才第一次出軌，要是被人問起會很尷尬吧。更何況她老公還雇了私家偵探調查她，是否只是嘴巴上說的守身如玉，調查清楚才剛要回來呢。」

光子與民子離開鏡子之家，走在前往車站的狹長路上，熱烈地談著，幾度還停下腳步。光子的語氣充滿難以抑制的憤怒，民子則一如往常裝腔作勢，說得滿不在乎。這使得光子更為光火。

這是個晴朗的日子，行人稀少的路邊，處處可見盛開的櫻花從大宅邸的圍牆探出來。因為沒風，櫻花飄落在兩人的頭上，也聽到有人在彈鋼琴的聲音。走著走著，兩人汗流浹背慵懶了起來。最近發胖的民子，雖然覺得老天爺對自己不公平，但照常想吃就吃，想睡就睡，也不積極發出不平之鳴。光子倒是相反，顯得削瘦許多，原本就略顯淡黑的膚色，變得更黑且多了青色，大而下垂的眼睛下方，增添了許多皺紋。但光子越來越喜歡穿貼身衣服。

總之，兩人對自己的現狀沒什麼特別不滿。今天光子穿著稍顯素雅的青瓷色衣服，民子則提早兩個月穿上印花洋裝。

兩人雖然批評鏡子的韻事，但其實是被另一件事深深傷了自尊心。今天兩人一如往常心血來潮，便相約帶著伴手禮，突然造訪鏡子之家。原本以為會受到一如往常的歡迎，還能在這裡交到新男友，不料冷淡出迎的鏡子竟突然說：

「妳們來得真不是時候啊。」

儘管如此，鏡子還是請她們入內，並說不到一小時，她丈夫就要回來了，所以請她們在那之前務必離開。兩人霎時怔住了，於是鏡子便不打自招說出自己和夏雄的韻事。

離開時更糟糕。鏡子送她們到玄關，以委婉的方式說，感謝她們過去的誠摯交往，希望她們以後別再來了。

——隨著車站越來越近，好脾氣的民子也逐漸對鏡子心生怨懟。

「那個人竟然若無其事地拋棄朋友。其實我打從一開始就認為，鏡子是最冷酷的人。」

「少騙了，妳看人的眼光哪有那麼好。妳根本是最被鏡子巧妙拉攏的人。」

光子以嗆辣的語氣說，但民子也沒生氣表示贊同。

兩人之間鬧得不愉快時，經常只要去常去的銀座美容院，心情就會好轉。關於這一點，兩人的想法也一致。於是她們來到信濃町車站的站前廣場，尋找理所當然會有的計程車，偏偏今天遲遲等不到計程車。

橋那邊的外苑森林，增添了不少綠意。一群穿著罕見卡其色制服的青年，圍繞著幾面旗幟，群聚在跨越鐵路的陸橋上。卡其色制服的胸前，看得到黑襯衫與黑領帶，讓人覺得這群人帶著不祥與陰森。

「是有什麼皇族要經過吧。一群警察聚集在那裡。」民子說。

光子不理民子這種愚蠢的錯覺，逕自看著那群穿著制服，有如兇猛殘忍鳥類般的青年。每個看起來都體格結實，面貌英俊，光子不禁遺憾沒和制服男上過床。

不久，那些不曉得在橋上商議什麼的年輕人，突然解散了。大多數結伴往車站走去，只有其中一人迎面走來。民子看到這個年輕人，大聲叫喚：

「阿峻！這不是阿峻嗎！」

光子知道是峻吉後，忽然感到幻想破滅。可是身穿制服的峻吉，臉上洋溢著粗野生動的精力，體格結實得宛如要撐破制服。這個身體屹立在兩個女人面前，看起來像是以全身向她們下達什麼屈辱性的命令。

「這是什麼制服啊？」

「盡忠會的制服。」

「盡忠會是什麼？」民子問。

「妳們不用知道。」

然後峻吉說，接下來要去鏡子之家，但在光子與民子極力勸阻下，峻吉終於放棄了，可是也拒絕和她們一起去銀座。

「我還是跟同伴們一起回去吧。」

峻吉語畢便轉身跑走，追著正要通過剪票口的幾名制服男人而去。

「他也太冷淡了吧。」民子說，「介紹兩、三個朋友給我們認識又不會怎樣。帶那種穿著來歷不明制服的人一起去玩，一定很好玩。」

此時一輛計程車，徐徐停靠在這兩個打扮時髦的客人旁，兩人迫於無奈只好上車，告訴司機去銀座的美容院。

……鏡子坐在偌大客廳中央的長椅上，把從學校早退回來的真砂子擱在一旁，頻頻看著時鐘，一邊回頭望向通往玄關的門。

時間早已超過約好的下午三點。會不會是指針走得太快了？一切都已重新修理整頓，唯獨這習慣無秩序生活的時鐘，忘記拿去修理了。

「應該快到了吧。」

鏡子不知道第幾次這樣對真砂子說時，清楚聽到汽車碾過大門裡的石礫，駛進來的聲音。真砂子興沖沖想奔出去，鏡子硬是拉住她。

「我跟妳說過很多次了，乖乖在這裡等。在這裡迎接父親，對他說歡迎回來。」

這是鏡子僅剩的矜持，是她最後非得展現的僅剩自尊心。因此她才故意挑選背對門口的長椅，想在確認丈夫走進來的腳步聲後，再慢條斯理地起身，轉過頭去迎接他。

玄關的門開了。接著客廳的門也氣勢驚人地被打開。鏡子被這股氣勢嚇到，不由得轉頭看向門口。

七隻德國狼犬與大丹犬，同時被放開一口氣衝了進來。霎時狗吠聲震天價響，偌大的客廳也立刻充滿狗臭味。

解說

三島由紀夫自己最喜歡的小說

陳系美

《鏡子之家》是讀者花最少心力，便可窺知三島強大的作品，也是三島自己最喜歡的小說。

這部作品發表時，三島曾說：「我在《金閣寺》描寫了『個人』，這部《鏡子之家》想描寫的是『時代』。《鏡子之家》的主人翁，不是人物，而是一個時代。這部小說，並非所謂的戰後文學，而是『戰後結束』的文學。」

戰爭結束，連「戰後時期」都走向結束，是多麼可喜可賀的事，但《鏡子之家》開頭第一句竟是：

「大家都在打哈欠。」

因為無聊又平凡的日常回來了。日常是多麼需要珍惜的東西，尤其在經歷戰亂之後。但在三島文學裡，戰後社會的「生」，泛指重複、單調、無聊、平庸、瑣碎、近乎無機質的「現實之生」，亦即所謂日常性或日常生活。三島不願妥協、無法接受，甚至唾棄詛咒的，即是這種充滿日常性的「現實」。

三島的青少年時期在戰時及戰後初期度過，戰時不知有明天的世紀末之美，與戰後初期的廢墟之美，深深影響了少年三島。對三島而言，那是個「充滿生死悲劇崇高之美」的時代，隨著戰後復興，整個社會的價值認同逐漸指向「平庸的日常之美」，呈現出一股陰溼、情感化的和平主義女性化性格。因此，三島的悲劇，就在他自小憧憬的生死悲劇崇高之美被時代拒絕，同時也被當下偏向女性化的日常性之美的拒絕中，迸放開來。

於是我們經常可以在三島的二元對立世界裡，看到「生」與「醜」劃上等號，「死」與「美」劃上等號。

這個令人打哈欠的時代充滿虛無感，甚至成為一道高牆，迫使《鏡子之家》中的四位青年必須面對。因此無秩序根據地的「鏡子之家」像個孤島，成為憧憬非日常的最後堡壘，最後隨著「鏡子之家」的消失，也宣告戰後結束的時代全面來臨。

《鏡子之家》執筆於三島由紀夫三十三到三十四歲之時，描寫時代結束的同時，也是三島青年期最後一座紀念碑，因為他在這時（三十三歲）結婚了。介紹結婚對象杉山瑤子給三島認識的，是他的多年好友湯淺敦子，而湯淺敦子的家，正是「鏡子之家」的原型場所，三島將其作為《鏡子之家》的舞台。湯淺敦子的先生經常出差，寬敞的家裡經常只有湯淺夫人和年幼的女兒，這和《鏡子之家》的設定也有相似之處。其實在更早之前，三島二十九歲時便曾以湯淺母女為材料，寫了短篇小說〈上鎖的房間〉，作中的女主角是位娼婦，而〈上鎖的房間〉就是《鏡子之家》的母胎。

因為是青年期最後一座紀念碑，算是總結算，也算是告別，三島將自己拆為四個分身，拳擊手峻吉、演員阿收、畫家夏雄，與上班族清一郎來寫這部作品。

這時的三島已積極進行肉體改造，勤於上健身房，練拳擊，還曾去日本大學的拳擊社指導拳擊，但拳擊只練了八個月，因為他聽說練拳擊必定導致腦壓上升，破壞大腦機能。雖然只練了短短八個月，但描寫拳擊手峻吉上擂台比賽的場面，仍充滿鮮活的躍動感。峻吉是三島行動家的象徵人物，他只相信行動和有效的拳擊，認為思考是敵人，是一切醜陋的代表。

而美男演員阿收則象徵三島的自戀角色，靠著一張俊美的臉，讓女人供養過活，但三島後來也送他去健身房練身體，誇耀自己的胸圍長了幾寸，肌肉變得多結實，使阿收成為「詩人的臉與鬥牛士的身體」，是肉體的讚美者。但美男阿收，卻碰上醜女清美。從三島的文學脈絡來看，阿收與清美也相當於金閣寺與溝口。

然而最讓我震驚的是，譯到清美用剃刀割傷阿收時，日本剛好公布三島自殺前九個月未公開的訪談錄音，聽到三島提到「死」時說：「死是肉體形成之後，從體外進來的。」我一陣鼻酸，這分明在講阿收。難道三島在那時，已如此思考死法？阿收是四個男主角裡，唯一死亡的。日後三島的那把武士刀，也是從體外進來，在三島的肉體形成之後。

至於畫家夏雄，則是最像也最接近三島的角色，代表三島身為文學藝術家極富感受性的一面。但這樣的夏雄，卻槓上阿收所代表的肉體美，並直言：「這麼重視肌肉的話，趁還沒老之前，在最美的時候自殺吧。」這也可以看出三島內心的矛盾與糾葛。然而宛如預言般，阿收在最美的時候自殺了。

清一郎是三島理論家的側面，除了代表上班族對俗世的處世之道，帶著三島的冷眼，偽裝成參與命運的旁觀者之外，也是三島文學脈絡裡，從《假面的告白》以降，戴著「面具」成為「他者」的人物。三島更直言「成為他者是我自負的根本」。因此就在《鏡子之家》的四位青年，面對時代這道異質性的他者高牆時，清一郎想的是：「我要變成這面牆。我要化為這面牆本身。」當其他三人，峻吉、阿收、夏雄宛如成了「獻給虛無的供物」，唯有戴著面具成為他者的清一郎倖存下來。

這樣的清一郎，令人想起芥川龍之介說：「最聰明的處世之道是，既對世俗投以冷眼，又與其同流合汙。」雖然令人唏噓，卻也象徵著三島決定從戰後時代畢業，也是和自己人生和解的努力吧。

然而對《鏡子之家》的女人來說，這道時代的高牆似乎並不存在，即便同樣在鏡子之家出沒的民子與光子，對戰後社會也沒什麼不滿，活得悠遊自得，因為她們是活在趨向女性化的社會吧。這個社會對她們而言不是他者。最明顯的莫過於三島描寫清一郎的這一段：

「他精於塑造自己的形象，而且塑造的方法和世間教的相反。他以奇妙的直覺發現，若想洞悉社會的本質，與其研究別人，不如研究自己才是捷徑。**這是女人的方法。可是現在社會對青年要求的，並非當一個男人。**」

就連鏡子後來也信起「人生這種邪教」，還對夏雄說「若要像清一郎那樣藐視幸福活下去，女人是辦不到的」。

若將當時的東京，看成一個走向女性化的社會，清一郎後來去的紐約，三島形容它是非常「男性的都會」，而且是「全世界和『幸福』這個字眼最無緣的大都會」，所以清一郎的妻子藤子在這裡過得痛苦。

藉由這些描述，也更能看出三島對於當時日本社會的看法。

《鏡子之家》發表後，雖然成為暢銷書，但當時的日本文壇並沒有給予太高的評價，主要在於這四個主角之間近乎平行狀態，彼此沒有糾葛，只是各自去碰撞時代之壁。可是這本來就是三島的設定。近來日本文壇也重新審視《鏡子之家》，認為這不是缺點，並肯定三島如實描寫了時代的虛無，是三島文學相當重要的作品。

即便在當時不受文壇好評，三島也不氣餒，隔年便開始構思《豐饒之海》，繼續堅持四條線，只是這次不是平行，而是縱接，而且角色設定和《鏡子之家》有異曲同工之處。

「感受性」：畫家山形夏雄與松枝清顯

「行動家」：拳擊手深井峻吉與飯沼勳

「理論家」：上班族杉本清一郎與本多繁邦

「被看者（被觀賞的肉體）」：演員舟木收與月光公主

三島曾說，《鏡子之家》是他自己最喜歡的小說。這話不是在他三十四歲《鏡子之家》問世時說的，所以並非為了推銷自己的作品。他說這話，是在他四十二歲時，距離自決前三年。
看來三島是真的很喜歡《鏡子之家》，畢竟他說過，他把自己的一切都投進去了。
《鏡子之家》付梓半世紀之後，台灣出版了繁中譯本。我想三島在天之靈也會微笑吧。

鏡子之家

鏡子の家

作　　者　三島由紀夫
譯　　者　陳系美
主　　編　呂佳昀

總 編 輯　李映慧
執 行 長　陳旭華（steve@bookrep.com.tw）

社　　長　郭重興
發行人兼
出版總監　曾大福
出　　版　大牌出版 / 遠足文化事業股份有限公司
發　　行　遠足文化事業股份有限公司
地　　址　23141 新北市新店區民權路 108-2 號 9 樓
電　　話　+886- 2- 2218-1417
傳　　真　+886- 2- 8667-1851

印務經理　黃禮賢
封面設計　許晉維
印　　製　中原造像股份有限公司
法律顧問　華洋法律事務所　蘇文生律師

定　　價　520 元
初　　版　2017 年 05 月
二　　版　2020 年 12 月

國家圖書館出版品預行編目資料

鏡子之家 / 三島由紀夫 著 ; 陳系美 譯 . -- 二版 . -- 新北市 : 大牌 ; 遠足文化發行 , 2020.12
面；　公分
譯自：鏡子の家
ISBN 978-986-5511-45-6 (平裝)

861.57　　109015682